中国社会科学院 学者文选

卞之琳集

中国社会科学院科研局组织编选

中国社会科学出版社

图书在版编目(CIP)数据

卞之琳集 / 中国社会科学院科研局组织编选. —北京：中国社会科学出版社，2009.3（2018.8 重印）
（中国社会科学院学者文选）
ISBN 978-7-5004-7628-3

Ⅰ.①卞… Ⅱ.①中… Ⅲ.①卞之琳（1910～2000）—文集②文学—作品综合集—中国—当代 Ⅳ.①I217.1

中国版本图书馆 CIP 数据核字(2009)第 022391 号

出 版 人 赵剑英
责任编辑 冯广裕
责任校对 徐幼玲
责任印制 张雪娇

出　　版 中国社会科学出版社
社　　址 北京鼓楼西大街甲 158 号
邮　　编 100720
网　　址 http：//www.csspw.cn
发 行 部 010－84083685
门 市 部 010－84029450
经　　销 新华书店及其他书店

印刷装订 北京市十月印刷有限公司
版　　次 2009 年 3 月第 1 版
印　　次 2018 年 8 月第 2 次印刷

开　　本 880×1230 1/32
印　　张 12
字　　数 289 千字
定　　价 69.00 元

凡购买中国社会科学出版社图书，如有质量问题请与本社营销中心联系调换
电话：010－84083683

出版说明

一、《中国社会科学院学者文选》是根据李铁映院长的倡议和院务会议的决定，由科研局组织编选的大型学术性丛书。它的出版，旨在积累本院学者的重要学术成果，展示他们具有代表性的学术成就。

二、《文选》的作者都是中国社会科学院具有正高级专业技术职称的资深专家、学者。他们在长期的学术生涯中，对于人文社会科学的发展作出了贡献。

三、《文选》中所收学术论文，以作者在社科院工作期间的作品为主，同时也兼顾了作者在院外工作期间的代表作；对少数在建国前成名的学者，文章选收的时间范围更宽。

中国社会科学院

科研局

1999 年 11 月 14 日

目　录

编者的话

卞之琳先生（1910—2000）是我国著名诗人、翻译家，也是成就卓著的学者。这里所收的论文是卞先生在外国文学研究和诗歌及翻译理论方面的代表作。《论〈哈姆雷特〉》、《论〈奥瑟罗〉》、《〈里亚王〉的社会意义和莎士比亚的人文主义》三篇文章是在20世纪五六十年代撰写的，后来收入《莎士比亚悲剧论痕》（1989年）一书。用作者自己的话来说，结集出版时文章基本不改，只是“摘去一些本不恰当或属多余的‘帽子’，揭去一些容易揭去的标签”。《〈高加索灰阑记〉的诗情画意》一文选自作于1961年的系列论文《布莱希特戏剧印象记》（1962年的《世界文学》杂志连载三期，1980年出版）。

除了著名的《莎士比亚悲剧四种》外，卞之琳先生还翻译过数种法国文学作品，如贡斯当的《阿道尔夫》、纪德的《窄门》和《新的食粮》。他在北大读本科时就发表过象征派诗歌的译作，可见他的法文翻译是早就得到认可的。《安德雷·纪德的〈新的食粮〉》是小说的译序，也是一篇很好的论文。还应该提一下这篇文章是卞先生在西南联大时写的（1942年），创作时间在本文集里最早。

改革开放后，我国的外国文学研究跨入了一个新时期，如何看待现代派文学是当时社会上最关注的问题。《分和合之间：关于西方现代文学和“现代主义”文学》是卞先生在1978年一次讨论会上的发言，经整理后收入《外国文学研究集刊》第一辑（1979年），现在读来仍非常有意义。

卞之琳先生一直非常关注中国诗歌格律和中英诗歌的异同。本文集中《说“三”道“四”：读余光中的〈中西文学之比较〉，从西诗、旧诗谈到新诗律探索》、《翻译对于中国现代诗的功过》和《重探参差均衡律》三篇文章是卞先生在这方面研究的精华。

关于闻一多、梁宗岱、叶公超和冯至的四篇文章史论兼备，是充分反映卞先生学养的佳构。文集里的压卷之作是卞先生自选诗集《雕虫纪历》的序言。这篇文章堪称作者对自己诗歌创作的总结，对中国诗歌研究者是大有帮助的。

陆建德

2007年3月于中国社会科学院院外国文学研究所

论《哈姆雷特》*

一

《哈姆雷特》这个悲剧是莎士比亚的中心作品，最丰富的作品；哈姆雷特这个人物已经在西方成为家喻户晓的形象。世界各国的导演和批评家往往把这出戏当做自己的毕业课题；翻译家总想译一译这部作品；演员总想演一演这个角色。三个多世纪以来出现了种种不同的解释，种种不同的译本，种种不同的演出，真是五光十色。莎士比亚在这个剧本里，通过活生生的人物形象的塑造，非常集中地概括了一定社会历史的主要和本质的现象，非常集中地反映了社会生活中深刻的矛盾。谁都从哈姆雷特这个典型人物的身上指得出一点什么，说得出一点什么。这一点什么，那一点什么，往往是对的；问题是这一点什么，那一点什么，又往往是互相抵触的，难以得出一个统一的全貌。主观主义唯心论的评论就是最容易钻牛角尖，闹成“瞎子摸象”。我们试

---

* 本文和《论〈奥瑟罗〉》、《〈里亚王〉的社会意义和莎士比亚的人文主义》三篇文章选自卞之琳著《莎士比亚悲剧论痕》（三联书店，1989）。——编者注

用辩证唯物主义和历史唯物主义的立场、观点、方法来作的科学研究，首先要求一个全貌的认识。可是辩证唯物主义和历史唯物主义，另一方面，决不容许形而上学式的使一个古典作家创造出来的有血有肉的典型形象僵化成一个画谱里的定型。这样一个典型形象，在统一的全面认识之下，凭它的深刻性，凭它的能动性，还是容许各时代人民层出不穷地创造性地体会，从中汲取永远是活的教育意义。

这里就试图初步提供一个大致不差的全貌的认识。我们首先把莎士比亚的这部中心作品放在作者写的时代里、社会里，放在作者前后左右的作品当中，从全面看它，确定这部作品里的中心人物的全面轮廓是怎样，然后进一步分析这个形象的典型意义，这个典型形象的塑造所表现的人民性和现实主义艺术——最后这不可分割的三点也就是哈姆雷特这个不朽形象的力量所在。

二

莎士比亚，在《哈姆雷特》第 3 幕第 2 场里，使哈姆雷特就演戏说（亦即就剧作以及一般文学创作说），它的目的是“给自然照一面镜子”，要照出“时代和社会”的“形象和印记”。莎士比亚的同时代剧作家本·琼孙也把莎士比亚称为“时代的灵魂”[①]。我们要了解莎士比亚，特别是《哈姆雷特》，不能不先看看他的时代，特别是他写作《哈姆雷特》的时代。

莎士比亚的时代是英国历史上的一个转折点。它是封建社会基础崩溃和资本主义关系兴起的交替时代。

---

① 本·琼孙（Ben Jonson）第一对褶本《莎士比亚戏剧集》题词（1623）。译文见卞之琳编译的《英国诗选》（湖南人民出版社）。

这一阶段社会发展的过程里充满了社会各阶级之间的矛盾、斗争与联合。15世纪以来，不利于生产发展的中世纪社会制度和新兴的资本主义关系之间的矛盾，在阶级关系上就表现为两个阵营之间的矛盾。一方面是封建割据的贵族和天主教会，一方面是资产阶级和广大人民。王室和后一方面是联盟关系。这是当时社会上的主要矛盾。到15世纪末尾，都铎王朝起来，主要靠资产阶级的支持，利用“玫瑰战争”削弱了贵族权力的条件，利用宗教改革削弱了教会势力的条件，基本上结束了封建割据的局面。英国出现了恩格斯所说的“本质上以民族为基础的强大王国”①。战败贵族的地产、教会的地产，转移到新贵族和大资产阶级的手里、资产阶级化的贵族和贵族化的资产阶级的手里，“转化为近代私有财产”②，“合并于资本”③，支援了向海外的商业扩张、殖民地掠夺，把资本主义原始积累的过程推进了一大步。亨利第八以来，特别在伊丽莎白朝的全盛时代，王室和以资产阶级为首的社会阶层之间的联盟达到了平衡的状态。可是王权统治，本质上究竟还是属于封建性的，就会随社会发展而日益暴露它的腐朽性、反动性，因此到伊丽莎白朝的最后几年，1600年左右，王室和以资产阶级为首的广大人民之间的矛盾又开始展开了。

另一方面，历史的担子实际上向来都挑在一个“无名氏”的肩上，社会进步的代价实际上主要都是由这个“无名氏”付出。这个“无名氏”就是人民大众，劳苦大众。原始积累时期的历史，马克思说，“是用血与火的文字写在人类的编年史中

---

① 《自然辩证法》导言。

② 《资本论》第1卷，中译本第7篇，第24章。

③ 同上。

的”[1]。他又说，“农村生产者即农民的土地剥夺，就是这全部过程的基础”[2]。这个过程的受害者主要就是耕种大贵族大主教领地和使用公地的广大农民。工商业发展也是靠驱使广大农民首先无家可归，其后流入城市，以廉价劳动，为资本家生产。资产阶级与劳动人民之间的矛盾，资本主义与生俱来的矛盾，在当时就形成了社会上的次要矛盾。可是这种矛盾眼看就要转变成主要矛盾的，所以也不可忽视。

因此，莎士比亚的时代是一个非常辉煌的时代，同时又是一个极端残酷的时代。

就一方面而论，伊丽莎白朝的全盛时代，英国对内消灭了从事于封建杀伐的贵族权力、自作主张的天主教会势力，对外摧毁了海上霸王西班牙的无敌舰队，因此工业发达，商业繁盛，同时民族文化繁荣了，先进思想传播在大学内外，与人民大众并不脱节而以戏剧为主要形式的文艺，得到了蓬勃的发展，造成了名副其实的“文艺复兴”。这个时代，由于封建桎梏和宗教控制的打破和摆脱，由于地理上和知识上的新发现，启发了人的觉醒，开扩了人的眼界，激起了民族自尊心和民主倾向，肯定了对生活的热爱、对人类前途的理想和信心，这一切形成了“人文主义”的人生观和世界观。

就另一方面而论，羊毛业和以后毛布纺织业的发展，使资产阶级化的贵族和贵族化的资产阶级，进行“圈地”活动，把耕地改为牧场，把公用空地占为私有围场，把农民从家屋里赶出来，从土地上赶走。这种剥夺农民的过程，在14世纪已经开了

① 《资本论》第1卷，中译本第7篇，第24章。

② 同上。

头，到都铎王朝进入了高潮[①]，到伊丽莎白女王时代也还并没有完结。亨利第八朝的人文主义者托麦斯·摩尔在他的《乌托邦》一书里说“羊群把人都吃了”，它们“使庐舍荡然，市井为墟”[②]。伊丽莎白朝的菲立浦·斯塔伯斯在1583年也说：“这种圈地活动使富人吃掉穷人、像畜生吃掉草。”[③] 这些成千上万的从土地上赶出来的农民，扶老携幼，到处觅食，在道路上颠沛流离，再加上贵族解散出来的家丁家将，寺院封闭出来的人手，不但做流民、乞丐，而且有时迫不得已，要犯些盗窃行为。这样，他们侥幸没有饿死，也会随时被官府抓起来，照禁止流浪的法律，抽鞭子或者送上绞刑架。据说在伊丽莎白女王时代，“差不多每一年都有三四百无赖者，系成行列，被牵上绞台”，而女王自己在一次出巡国内各地以后，也感叹说，“到处皆是待救恤的穷人”[④]。马克思把这些受惩罚的人群称为“今日工人阶级的祖宗”，同时又说这些“像鸟一样无拘无束的（或‘自由’的）无产者，要想一被赶到世界上来，就为新兴的手工制造业所吸取，当然是不可能的”[⑤]。他们中一部分侥幸能到大城市的工场里做工了，他们的待遇又是怎样呢？据说英国劳动工资，历史上最低的年份是1550年至1600年，正好包括了伊丽莎白朝的全盛时期！

这两个方面交织成这样的光景：

① 摩敦（A. L. Morton）：《人民英国史》（1948）第6章。

② 《乌托邦》第1卷。《资本论》第1卷，第7篇第24章里有引文。

③ 斯塔伯斯（Philip Stubbs）：《时弊的分析》（转引自布拉克——J. B. Black——《牛津英国史》中《伊丽莎白朝史》，1936）。

④ 《资本论》第1卷，第7篇第24章。

⑤ 同上。

伦敦当时由中世纪的普通海港一跃而成了世界的中心[①]。伊丽莎白女王的几个主要王宫都对着泰晤士河，我们可以想象她从窗口看得见多少船舶来往的盛况。当时著名的探险家德雷克，在1580年环航全球回来，女王亲自上船，册封他爵士的时候，心中自然有数，明知道船舱里压着血迹斑斑的从海外掠夺来的金砖。女王从德雷克这次航海掠夺上因投资而获利25万镑[②]。人才荟萃的女王宫廷也就是统治阶层各种集团互相倾轧的焦点。号称英主的“贞洁”女王，在她左右宠臣当中，看谁的面孔漂亮，就赐他这样那样的贸易垄断权的照会，一时不高兴起来，又会打他耳光，取消他的照会。当时的大人物差不多都能文能武，多才多艺；可是自己身兼政治家、哲学家、文学家的培根说他们泰半都贪得无厌，而他自己也以贪鄙出名，而且在他的朋友，女王的宠臣，艾塞克斯伯爵失败的时候，也不惜落井下石。财富忽然集中到新贵手里，他们就穷极奢华。显贵雷斯特伯爵一次在乡居给女王接驾开宴，上菜一千碟，由200家臣侍候；而农夫和工匠经常吃豆粉一类做的黑面包，偶然碰上一顿鹿肉一杯好啤酒，就自比伦敦市长[③]。同王宫和贵人府第遥遥相对的，有随时在威胁的大监狱伦敦塔。伦敦塔又是当时的武库、钱库、王室珠宝库。街上的叫卖声、叫卖谣曲本的歌唱声，间或呼应着监狱里的一些惨叫声。有名的圣地圣保罗教堂就像北京从前的隆福寺、苏州从前的玄妙观。烘托着高楼大厦，烘托着万商云集，烘托着歌舞升平，都是伦敦的狭窄的陋巷、拥挤的小屋，脏臭不堪，疫病流行。1593—1594年

---

① 这一段的综述，在这一点以外，还有几点也采用了多弗·威尔孙（Dover Wilson）提法，参看他的《莎士比亚简论》（1932）；有些材料取自拉雷（Walter Raleigh）编《莎士比亚时代的英国》（1916）等书。

② 转引自劳孙（J. H. Lawson）：《隐蔽的遗产》第2部第6章（1950）。

③ 参阅布拉克《伊丽莎白朝史》。

发生的鼠疫，特别厉害，一下子卷去了1万至1.5万条性命，而伦敦当时还只有12万人口。宫廷要看戏，倒也罢了，伦敦市内东一处西一处盖起了公众戏院，工徒最热心去看戏，使店老板深恶痛绝，结果市政当局几次下令禁止演戏；另一方面，政府对演戏，就像对出版一样，执行严格检查的制度，出言不慎的就会遭坐狱或杀身之祸。伦敦见识过大军凯旋的热闹，同时农民起义威胁过伦敦；而在伦敦市内工徒们也时常聚众骚动。

这两个方面从一开始就不能分开的，可是大致上在16世纪末尾以前和17世纪开头以后，情势分成了两种。以前，光明面是当代留给大家的主要印象；以后，是阴暗面。

伊丽莎白女王死于1603年。传说她生前逢到外国使节问起她怎样使她统治下的英国得到稳定的诀窍，就跳几步舞给他们看：那就是平衡的作用[①]。可是她死前两三年，英国的平衡状态失去了。1601年议会开会的头几天，她有一次亲自到议会，走过下院议员中间的时候，极少人向她照例说一句“上帝保佑陛下”[②]。宫廷所代表的王室、新贵族、大资产阶级的统治日益腐败，日益暴露它的封建本质（到1603年詹姆士第一上来以后就更进一步），一般资产阶级的日益强大、日益要求他们的统治地位，二者之间，展开了矛盾，使原先的联盟破裂了，预示着17世纪中叶革命风暴的来临。这种开端具体反映在资产阶级，在1601年，反对女王政府支配垄断权的斗争。这是一方面。另一方面，资产阶级和劳苦大众之间的矛盾也加深了，预示着日后总有一天要发生的另一种革命。这种开端具体反映在同一时期内伦敦工徒们在终于变成工资劳动者以前的骚动。1601年2月发生

---

① 多弗·威尔孙：《莎士比亚简论》。

② 哈里孙（G. B. Harrison）：《伊丽莎白朝琐记》。

的艾塞克斯事件，虽然像只是宫廷内部斗争的事件，却是戏剧性地反映了社会上的动荡不安。这个煊赫一时的大人物，失宠以后，苦求女王恢复他的甜酒专卖权，不成功，就听从门客的怂恿，想利用社会各阶层的不满情绪，掀起叛乱。他们头一天设法使莎士比亚的旧作《理查第二》演出来，表示君王无道可以废位，第二天就出动，到伦敦市上，登高一呼，无人响应，结果为首的都被抓起来，这个大人物后来首先上了断头台①。

我们知道这个时代的阴暗面并不是1600年左右才开始的，可是由于1600年左右的这些事件，特别是震动全国的艾塞克斯事件，大家才把注意力从这个时代的光明面转开了。人文主义的理想和现实发生了矛盾；艺术复兴也就到闭幕时期了。

所以十六七世纪的交替又是这个时代的转折点。

反映了这个时代的、以莎士比亚的作品为最高峰的许多现实主义的戏剧，基本上都表现了对于生活的热爱，充满了要求人类解放的战斗性、人民性。只是从16世纪末尾开始，就出现了许多愤世嫉俗的著作，表现了逐渐渗透当代人心情的“忧郁”。舞台上风气也转到阴惨的方面，不但莎士比亚，其他剧作家，例如恰普曼、本·琼孙、玛思敦，不管形式上写的算是悲剧还是喜剧，都流露着这一种气氛。《哈姆雷特》就是这种忧郁表现的最高峰。

三

时代是这样，和时代相应的莎士比亚的创作过程、思想发

① 关于这一段的主要提法，参看莫洛佐夫的俄文本《莎士比亚悲剧集》序（中译本《莎士比亚论》，见《译文》1954年5月号）。

展，又是怎样呢？

本·琼孙说莎士比亚“并不囿于一代而临照百世”①，正因为他是“时代的灵魂”（不是皮毛），照我们目前的说法，正因为他通过卓越的现实主义艺术，表现了深而且广的不朽的人民性。

他在作品里表现出来的这种现实主义，这种人民性，又是怎样得来的？

从莎士比亚有限的生平资料中，我们知道他是乡下城镇的市民阶级出身，晚年退休到家乡过的是市民阶级水平的生活。可是他在主要创作时期又大致都住在工商业中心、政治中心的伦敦，主要靠为舞台做各种工作，特别是靠一管笔，赢得他的生活资料。他上台演过戏，干过当戏子这项“贱业”，当时社会上写戏也是不体面的营生。我们可以判断，由于他的生活和他的创作活动两者之间的互相结合，互相推动，他在伦敦期间，同社会各阶层，从工徒、水手、青年学生到王公贵人，都有程度不同的交往。文艺复兴时代，资产阶级还是新兴的进步阶级，反对封建割据，反对封建束缚，要求民族统一，要求自由，要求民主，与广大人民利益相一致，但是资产阶级从一开始就是一个新的剥削阶级，与人民利益也有矛盾。当时基本上属于资产阶级思想范畴内的作家，越是伟大，越是能发扬本阶级与广大人民利益相一致的思想，越是能在揭发封建阶级的罪恶本质的同时，也揭发本阶级与人民利益相矛盾的倾向，因此在作品里表现了较少的阶级局限性、较多的人民性。莎士比亚就是这样的作家。他这样生活，也就具备了思想上少受资产阶级限制的条件。生活面的这样扩大也使他更多地受到先进思想的熏陶、艺术文化的教养，再加上他显

① 第一对褶本《莎士比亚戏剧集》题词。

然的主观努力，他那种表现了深广的人民性的现实主义创作的发生和发展，就可以设想了。

“莎士比亚过的是寓言的一生：他的作品就是铨译”，浪漫派诗人济慈说得很有意思[①]。可是莎士比亚的生平资料非常有限，作品却非常丰富，我们只有主要从他的作品看他的创作过程，特别是他的创作过程的骨干——他的思想发展。

贯串在莎士比亚全部作品里的思想也就是文艺复兴时期人文主义的进步人生观、世界观。这种思想也就代表了当时人民的理想。作为莎士比亚全部作品的基础的这种思想的发展过程，也就是这种进步的人文主义思想的形成和经过严重考验以后的深化。

首先，莎士比亚，在他的作品里，一贯的肯定人生，肯定人必须进行斗争，争取生活的幸福、生活的美满、生活的丰富，争取全面的和谐。

莎士比亚显然认为，要不断达到这个目标，每个人，不分男女，不分贫富，不分家世，不分种族，都需要充分发展，全面发展。人类首先要从封建桎梏里解放出来，虽然要摆脱的还不限于仅仅是封建性的束缚。妇女的解放，在莎士比亚的作品里，更具体和集中说明了这一点。莎士比亚作品里的杰出妇女，都不再是中世纪文学里的偶像或者玩具，都有独特的人格、鲜明的个性。

由此进到人与人的关系来讲，进到社会关系来讲，莎士比亚在作品里，一方面提倡自由，一方面也指出责任心。他在作品里主张生活自由，可是再三反对人随意吃人的倾向。反映在男女关系上，莎士比亚作品里的正面人物，都是一方面为恋爱自由而斗争，一方面也就是为家庭圆满而斗争，莎士比亚为他们的胜利而喜悦，为他们的失败而哀痛。

---

① 福曼（M. B. Forman）：《济慈书信集》123 号（牛津大学出版社，1935）。

如果说个人主义特别标志了当时新兴的资产阶级的思想活动，莎士比亚并不完全赞成个人主义，他强调个性发展，反对损人利己的极端倾向。他在这一点上，也就较多表现了深广的人民倾向，较少表现了阶级和时代的局限性。

再进到政治思想来讲，莎士比亚在作品里反映了当时人民的想法，反对封建割据而拥护中央集权的君主政体。可是像托麦斯·摩尔一样，他对一个君主，强调的不是他的权利而是他的义务。莎士比亚作品里的亨利第五的主要好处就是能同人民互通声气。

如果说君主专制是英国原始积累初期新兴的资产阶级的政治主张，莎士比亚一贯反对专制暴政，虽然对君主寄托过希望，终于并不存多少幻想，他在这一点上，又较多表现了深广的人民倾向，较少表现了阶级和时代的局限性。

莎士比亚，在作品里，直接对人民大众的态度是怎样呢？

他的作品证明他是爱人民的，他看出人民的力量是强大的，可是他不信任人民的集体行动。莎士比亚的戏剧都是斗争的戏剧，可是他的戏剧表现出他认为要达到和谐的目的，不能用集体暴动的手段，而人民大众的集体行动正是最容易为少数野心家所操纵的盲目行动、暴乱行为。他这种和托麦斯·摩尔相同的见解，也就显出了他终还是受了阶级的局限性、时代的局限性。

然而，历史证明，不等到资本主义相当发展了，由集体生产而造成了大量的近代工人阶级，让他们出来领导斗争，人民革命都不会真正成功。莎士比亚当然还无法了解这一点历史的必然性。

主要就是这种种思想和它们的反面，通过各种人物之间的矛盾、斗争，错综构成了莎士比亚全部戏剧的基础。

贯串着莎士比亚的这种思想基础是在不断发展的，它随创作各阶段的不同而发生相应的变化。

过去莎士比亚学者普遍把莎士比亚作品分成四个时期，苏联学者一般把它们分成三个时期，就是把第一和第二两个时期并成了一个。把全部作品分成三个阶段，确乎较能明显地说明莎士比亚作品里的思想发展过程。

这三个时期是：1591 年左右至 1600 年为第一期，《哈姆雷特》（大约于 1601 年大致改成最后的形式）以后至 1608 年为第二期，1609 年至《暴风雨》（大约作于 1611 年）为第三期。

在第一期内莎士比亚写了他的两篇长诗和一套十四行诗（至少是其中的主要部分），写了他所有的历史剧（如果我们不把最可疑的《亨利第八》算是莎士比亚的作品），写了全部纯粹的喜剧，只写了三个到四个悲剧。这是莎士比亚思想和艺术的形成时期。这一期的作品基本上充满了喜悦，充满了阳光，虽然提出了一些矛盾，这些矛盾也都以轻松的斗争方式来解决了。《理查第三》、《约翰王》、《理查第二》这几本历史剧里抒情的笔调松懈了悲剧的紧张。充满了血腥的《泰塔斯·安德路尼克斯》，即使主要是莎士比亚的作品，总是显出了流行的复仇戏剧的影响，显得还是年轻的想法。悲剧《罗密欧与朱丽叶》前两幕根本是喜剧，全部充满了明朗和愉快的色彩。只有到这一期的最后，到《久理思·恺撒》和可能写在《哈姆雷特》大致定稿的前一年（1600）的《特罗伊勒斯和克蕾西达》这两本戏剧里，才开始流露了阴郁的气氛。

从《哈姆雷特》开始，莎士比亚就一连写了几个最伟大的悲剧，连这一期内所写的两个喜剧，《一报还一报》和《结果好万事好》，也充满了阴暗的色调。这是莎士比亚思想与艺术的成熟与深化的时期。

一般人把 1609 年开始写的四部戏剧称为“传奇剧”。这一期在莎士比亚的创作过程里实际上是尾声了。前一期所充分展开的矛盾，在这个闭幕阶段，只是用巧遇和幻想来加以解决，使收场圆满。这些戏剧等于梁山伯和祝英台最后从坟墓里化成而飞出的一对幸福的蝴蝶，体现了人民要求美满的希望和幻想。

所以处在第一和第二两大时期之间的《哈姆雷特》在莎士比亚的创作过程里是一个转折点。

《哈姆雷特》出现在1601年左右。我们了解了时代也就了解了这部悲剧为什么在莎士比亚的创作过程里处了这样一个中心地位。我们现在再进一步从莎士比亚的作品里看看贯串了这些作品的思想基础在《哈姆雷特》以前和以后发生了怎样的变化。

首先，莎士比亚在他的作品里表现出来的对于人类的信心、对于生活的肯定，从《哈姆雷特》开始，在几个悲剧里，经过了严重的风波，经过了痛苦的考验，而终于坚定下来，到最后简直还显得特别带新鲜的气息，从关怀年轻人所得来的新鲜的气息。莎士比亚在他最后的一个戏剧《暴风雨》里，使我们听到女孩子米兰达的赞叹。

> 人类是多么美丽啊！辉煌的新世界
> 居然有这些人在里面！
>
> （第5幕第1场）

可是就个性的充分发展，全面发展而论，遥对着前期的各色各样在单纯的悲欢离合中，成功失败中，哭也痛快、笑也开怀的人物（除了《威尼斯商人》里的夏洛克以及其他少数例外），《哈姆雷特》以后的作品里出现了那么些极端自私自利或者极端自我中心、坚持个人意志、愈陷愈深、终于毁人毁己的恶汉或英雄，例如亚果（《奥瑟罗》）、艾德孟（《里亚王》）觉醒以前的里亚王自己，麦克白斯，科里奥拉纳斯等等。这种人物在早期的戏剧里固然也有透了一下头的，可是，举例说，早期的理查第三比起后期的麦克白斯来，借用哈姆雷特所说的一句话，“只是他身后的黑影子罢了”——空空洞洞的庞然大物罢了。《哈姆雷特》以前，女中豪杰的坡霞（《威尼斯商人》），环奥拉（《第十二夜》）等等，一帆风顺，并没有在女性人物中碰到同样强大的敌手；《哈姆雷特》以后，考黛丽亚（《里亚王》）就碰上了她的两个姊姊。莎士比亚的作品里极少有在男女关系上不负责任的女子，出现在《哈姆雷特》稍前或同时或稍后的克蕾西达（《特罗伊勒斯与克蕾西达》）却大有可疑了，到以后的戈奈丽尔和芮良（《里亚王》）就丑形毕露，里亚和泰门也就臭骂了女人。从《哈姆雷特》前后开始，莎士比亚表现人欲横流，不但把“大鱼吃小鱼”的观念一再提出，而且通过剧词或者剧情，一再说明了贪得无厌者终于吃了自己。

这些都表明了莎士比亚在《哈姆雷特》以前，着重在宣扬个性发展，在《哈姆雷特》以后，着重在批评极端个人主义了。

恋爱自由、婚姻自由，在莎士比亚前期作品中，例如在《维罗纳二绅士》中，在《仲夏夜一梦》中，在《威尼斯商人》中，在《风流妇女闹温塞》中，都是很轻松地争取到了，甚至于罗密欧和朱丽叶演了悲剧也还显得很美满的，可是和哈姆雷特差不多同时的特罗伊勒斯和克蕾西达的遭遇就非常悲惨了。这最后一对年轻人的主要问题已经不在于能不能争取到私人关系的自由，而在于能不能，在不自由的社会关系中，保得住私人关系的自由，保得住爱情的纯洁。

在封建社会向资本主义社会的转移中，人摆脱了一种束缚，又受到另一种束缚，摆脱了封建宗法的桎梏，又受到纯金钱关系的操纵①。莎士比亚在《哈姆雷特》以前的时期也初步意识到这

① 参看《共产党宣言》。

一点，只是在以后的时期却特别尖锐地提出了它。

罗密欧拿黄金换到了不容易得到的毒药，也就说黄金比毒药还毒。夏洛克（《威尼斯商人》）从钱眼儿里滋长出来的刻毒固然遭到了无情的打击，可是莎士比亚同时还没有意识到巴桑尼奥如果借不到钱，没有敲门砖，首先就无缘接受可爱的坡霞。金钱的罪恶本质，经过《里亚王》到《雅典人泰门》里，就简直逼得人发疯了。

反对封建制度以外，批评资本主义关系在莎士比亚《哈姆雷特》以后的戏剧里占了重要的地位。

同时，就政治思想说，莎士比亚，通过早期的历史剧，到《亨利第四》和《亨利第五》还在试图找一个理想君主。可是《哈姆雷特》以后，在他的作品里几乎找不到一个君主有点近乎理想而很有生气，有血有肉。反对专制主义也占了重要的地位。

换句话说，在《哈姆雷特》以后，莎士比亚加深了他对宫廷和资产阶级的暴露和批评。

莎士比亚对人民的爱好，随他的创作发展而有增无减，对他们的认识，只有逐渐加深。《亨利第六》（这部连续三本的历史剧里可能有极大部分非莎士比亚创作的成分），《约翰王》和《理查第二》都表现了群众力量的强大，《亨利第六》初步提出了农民起义的幼稚性、脆弱性。在《哈姆雷特》紧前面的《久理思·恺撒》里，人民群众的行动固然会随政治煽动家的口才，东风东倒，西风西倒，那些“英雄豪杰”的命运也会随人民群众的好恶而颠来倒去。到《哈姆雷特》以后这一期内写的《科里奥拉纳斯》里，莎士比亚就不着重表现人民群众行动幼稚的可哀，而着重了表现阴谋家、野心家利用人民群众的可恶，以及耿直的科里奥拉纳斯蔑视人民群众的可悲。

除了早先的历史剧里所表现的封建贵族混战中的反复无常本

身并无是非可说而外，莎士比亚早期戏剧里的“背叛”行为，特别是许多青年男女的背叛行为，都是背叛反面，都是对不合理制度的斗争，在《哈姆雷特》以后的几部大悲剧里，背叛行为却相反了，不是背信弃义，就是篡夺，受害的对方都是正面，斗争也都是跟这种“背叛”行为的斗争或者背叛者对自己的内心斗争；这正好有点像人生理想、社会理想的被出卖——幻灭，而跟这种“背叛”行为的斗争也正像恢复理想的斗争。

同时，《泰塔斯·安德路尼克斯》、《亨利第六》、《理查第三》这些最早的戏剧里所写的血腥报复，在莎士比亚的笔下，有意无意，都是使人起反感的，只是这些报复行为都是进行得惊人的迅速。《久理思·恺撒》里的惩凶也是来得像迅雷一般。《哈姆雷特》以后，《里亚王》中的匡正除乱就来得不是那么容易，甚至以两败俱伤来结束，《麦克白斯》的下场主要是“多行不义必自毙”；斗争的意义也就变得更广更深。

此外，从《哈姆雷特》起，通过《里亚王》，到《雅典人泰门》为止，装疯和真疯的错综，在别的剧作家可能只是舞台上的噱头，在莎士比亚的笔下，却正好表现了他那些人物内心痛苦的最高峰。

最后，莎士比亚，在戏剧里，特别在后期戏剧里，站在广大人民一方面，不但反对封建罪恶，而且反对资本主义关系的罪恶倾向，可是历史注定了人民胜利还得经过一个资本主义的阶段，莎士比亚后期戏剧中反映人民理想、进步思想的人物，仿佛有一种只能演悲剧的命运——这个命运也就是历史条件。《哈姆雷特》以后的悲剧里人民性更深，悲剧性也更强了。

《哈姆雷特》是莎士比亚两大创作时期之间的桥梁。我们看清了两岸的不同形势，才可以清楚地看出桥梁的作用、桥梁的意义。

四

莎士比亚写戏剧和希腊悲剧家写戏剧有一点相似的情况。希腊悲剧家都用民间流行的民族神话作为题材，莎士比亚常用民间流行的传说，以及历史书和传奇著作里的现成故事作为题材①。他甚至还拿现成戏剧作为蓝本。《哈姆雷特》的写作不但有前一种情形，而且有后一种情形的可能。我们把这种材料来源以至可能的蓝本拿来和《哈姆雷特》对比看一下也可以使我们进一步明确莎士比亚在这本戏剧里的创作意图。

哈姆雷特的故事大致有很古的起源。只是丹麦历史家萨克索·格拉姆玛提库斯在12世纪末所著的《丹麦史》里首先把这个故事写了下来，写成了这样的形式②：

阿姆雷特（哈姆雷特的前身）的父亲，日德兰总督，在单人对战中杀死了挪威国王，博得了英名，可是他的兄弟芬格把他谋杀了，对众人提出理由，假装正经，俨然大义灭亲的样子，达到了篡位夺嫂的野心和私欲。年轻的阿姆雷特装疯自卫，以便待机报仇，因此一举一动，都显得没精打采，可是一言一语，都显得话里有鬼。芬格生疑，用“美人计”来试探他，因为阿姆雷特从一个心腹朋友处得知内情，没有成功。芬格又使自己的一个亲信，躲在房间里，偷听他和母亲的单独谈话，可是阿姆雷特机警，发觉了就当场刺杀了他。阿姆雷特随即对他的母亲大张挞伐，说她忘记了丈夫，骂她是娼妓，是禽兽，说得她心碎了，决心要改邪归正。芬格就另想办法，打发两个护从，把阿姆雷特送

① 参看韦立谛（A. W. Varity）《哈姆雷特》序文（1904）。

② 参看多弗·威尔孙《哈姆雷特》序文（1934）。

去英国，在文书中密令英国国王处死送来的青年。路上阿姆雷特，趁这两个人熟睡的时候，搜索他们的箱箧，找出了文书，读了训令，就抹去原文，重新改写，把自己要受的杀身灾祸转嫁到这两个人的头上。这两个人，到了英国，立即被国王处死，阿姆雷特不但受到国王礼遇，而且大为赏识，把女儿嫁给了他。一年后，阿姆雷特回到丹麦，设计使芬格和他的左右纵酒作乐，放火烧宫，把他的党羽都活活烧死，找到已经退出的芬格，在交手中夺取对方的剑，杀死了大仇人。

《哈姆雷特》剧本里的情节和人物在这里大致有了些雏形，虽然这点中世纪传说的骨骼要成为文艺复兴式戏剧，还需要修改，还需要赋予意义，才有生命和血肉。可是一般专家认为剧本材料来源主要还是1570年在巴黎初次出版的贝尔佛莱的《悲剧故事集》。这位法国编译家在书中根据萨克索和意大利作家班戴洛转述的故事，改加议论，比诸《丹麦史》，“总督”改为“国王”，并不重要；这里确实提出阿姆雷特的“极大忧郁”值得注意。此外有两点可注意的添加：阿姆雷特的母亲在谋杀案以前和他的叔父通奸；阿姆雷特和那个“美人”本是一对情人。至于1608年英国出版的贝尔佛莱译本《哈姆卜雷特故事》显然是反受了剧本的影响①。

这点故事的梗概很有点像莎士比亚剧本情节和人物的梗概，可是又天差地别。我们知道从一座大楼在建造过程中的脚手架身上，一点也不可能认出大楼本身的面貌。可是我们知道了莎士比亚的剧本有这点来源，也就了解了我们不能不在莎士比亚的剧本里，从这种现成的架子来认识作者自己的创作意图。

莎士比亚在1601年左右写作《哈姆雷特》（或者至少是把

---

① 弗奈思（Forness）集注本《哈姆雷特》附有这种译文。

它大致改定）以前，远在1589年左右，伦敦舞台上显然已经见过一个以哈姆雷特故事为题材的悲剧。一般人推测写它的该是写《西班牙悲剧》的托麦斯·基德[1]。有人考证莎士比亚在1594年第一次把它改编了。也有人推测它就是莎士比亚自己写的，可是一般人都不以为然，因为大家相信莎士比亚在1589年左右还刚开始他的戏剧活动（包括上台演不重要的角色）。

那个剧本早已失传了，可是18世纪德国出现的德文《杀兄受惩记》，一名《丹麦王子哈姆雷特》[2]，钞本可能是根据它修改和缩写而成的，因此从中可以想见它的一点面貌。这是一般人的猜测。别人也可以猜测它可能是根据莎士比亚早期的那个改编本或者完全自己编的早期作品。不管怎样，我们拿它来和莎士比亚的《哈姆雷特》（或者至少是《哈姆雷特》的定稿）对比一看，它和莎士比亚的《哈姆雷特》出入的地方，对于我们正确了解莎士比亚在他的《哈姆雷特》剧本里的创作意图，总有很大的帮助。

理由有三点：

一、假定德文剧本根据的是莎士比亚前人的剧本，我们可以看他怎样改前人的作品，看出他自己的意图方向。

二、假定德文剧本根据的是莎士比亚自己的早期作品，我们可以看他怎样改自己的作品，看出他自己成熟和深化的意图方向。

三、反过来，假定德文剧本的执笔者把莎士比亚前人或自己的作品改了一些，我们至少可以看出莎士比亚的意图方向怎样不

---

① 《西班牙悲剧》本身也有几乎和《哈姆雷特》有表面的类似处：主角报仇先装疯，戏中有鬼，戏中有戏。

② 弗奈思《哈姆雷特》集注本有英译文。

同于别人的意图方向。

照这样做去，我们仅从几点有意义的歧异中，就可以看出莎士比亚在思想上推陈出新的用心所在（也就是他在艺术上点铁成金的窍门所在），超出普通的复仇剧格局，写出深刻的社会悲剧①。

首先，我们知道1589年左右就出现在英国舞台上的哈姆雷特悲剧，除了“报仇”气氛以外，显然以其中鬼魂的作风在观众里留下了最深刻的印象，因为当时有人提到鬼魂在台上惨叫“哈姆雷特，报仇！”显得“像叫卖牡蛎的女人”。现在我们从《杀兄受惩记》里也可以看到鬼魂从背后偷打巡夜人的耳光。莎士比亚在他的《哈姆雷特》里就不把鬼魂写得这么可笑，而把它庄严化了。它生前是哈姆雷特极端敬爱的父王，理想君主，“人”——哈姆雷特给他的至高的称号（第1幕第2场）。可见莎士比亚使这个“人”的亡魂显得庄严，正是点明了莎士比亚在全剧中处处留心，着意要表现他对人类的称赏，对糟蹋理想的丑恶现实的痛心。

对比之下，莎士比亚把哈姆雷特的叔父克罗迪斯作为反面人物这一点分外强调了。例如，哈姆雷特看见克罗迪斯正在虔诚祈祷，因此并不乘机杀他，等哈姆雷特一走，他在《杀兄受惩记》里还是表现了悔罪之心，决心要斋戒，行善，祷告，责备自己的野心，在莎士比亚笔下却是轻轻松松地只说了两行：

我的话飞上去，我的心还留在地面。
无心的空话飞不上天。

（第3幕第3场）

---

①《哈姆雷特》在1603年最先出版的偷印本所谓“第一四开本”和1604年出版的可靠的所谓“第二四开本”以及1623年出版的莎士比亚第一个戏剧集本，所谓“第一对褶本”之间，也有很大的出入，但不是本质的歧异。

可见莎士比亚刻意加强哈姆雷特以及他的父王和取而代之者两方面之间的显明对照：一边是善，一边是丑；一边是庄严，一边是下流；一边是真，一边是假。

罗森克兰兹和纪尔顿斯丹在《杀兄受惩记》里只是克罗迪斯的两个无名侍从，莎士比亚把他们和哈姆雷特拉紧了关系，表明他们本是同学好友。这一点关系的拉紧使我们看出，莎士比亚显然看重另一点关系的紧密：有意无意倒在敌对方面或者是被敌对方面当做工具的莪菲丽亚，是哈姆雷特的情人，波乐纽斯是她的父亲，莱阿替斯是她的哥哥。可见莎士比亚显然要达到使矛盾尖锐的效果，要加深哈姆雷特对世道人心的愤慨、理想破灭的痛苦。

莱阿替斯在《杀兄受惩记》里听说父亲暴死，只是一个人从法国赶回来，闯进宫里，质问克罗迪斯，要求报仇。莎士比亚却使他为了逞个人一时之快，利用了人民，煽起了暴动。莎士比亚正因为深爱人民，一贯痛恨自私自利的伪君子利用人民，欺骗人民。莪菲丽亚的丧礼场面，在莎士比亚笔下也正好用来揭发了莱阿替斯的装腔作势。

由此种种，可见莎士比亚有意着重哈姆雷特一边深感到理想落空的痛苦，一边深恶了社会上的是非颠倒，假仁假义、不忠不信、假公济私。

另一方面，《杀兄受惩记》里，莪菲丽亚一点也没有显出对哈姆雷特有什么感情，最后的发疯却又只是发的“花痴”，自杀的办法是从高山上跳下来，粉身碎骨。莎士比亚却对她充满了怜悯之心，最后使她攀柳落水而死，完全诗化了。正因为如此，莎士比亚才有可能终于使对她表现过残忍的哈姆雷特，在她的坟头，伤痛得不能自制，发疯一般，跟她的哥哥大闹一场。

这里也可见，莎士比亚终于表现“脆弱”的妇女主要只是社会罪恶环境的牺牲品。也就因此，莎士比亚使哈姆雷特到死还是保持了对人类的信心。

此外，《杀兄受惩记》里，哈姆雷特一再提出克罗迪斯戒备森严，无从下手，莎士比亚却并不十分强调哈姆雷特报仇行动的外在困难，而使哈姆雷特意识到自己的斗争行动牵涉到社会矛盾的深处和广处，斗争行动中所碰到的自己在人生观世界观上的严重危机。

这一点正好使我们从《杀兄受惩记》和莎士比亚剧本的出入问题，进一步看一看可能是缩写的《杀兄受惩记》主要欠缺了什么。最突出的欠缺具体表现于哈姆雷特装疯一点也不像疯，哈姆雷特的“忧郁”只是一句空话。只是对现实认识得如此深刻，感受得如此深刻的莎士比亚才会使哈姆雷特说那些非常像疯话的痛心话，才能给哈姆雷特的“忧郁”那么深厚的内容。

这也就反证了一个道理，即删去莎士比亚使哈姆雷特说的那些疯话和独白，也就拆毁了《哈姆雷特》剧本，消灭了哈姆雷特本身。

这也就反证了把莎士比亚的《哈姆雷特》剧本除去了深广的社会意义，也就没有了莎士比亚的哈姆雷特这个典型人物。

同时，这也就使我们明白了英美现代文学界影响最大的作家托·斯·艾略特为什么说《哈姆雷特》是一个“艺术性的失败”，说剧本里感情“超过”了事件①。他们抹杀《哈姆雷特》剧本的社会意义的办法，也就是要大家把《哈姆雷特》剧本看做是一堆事件的枯骨。

艾略特这句话一举而不但支持了现代莎士比亚学者当中的所

① 艾略特（T. S. Eliot）：《圣林》（论文集，1920）。

谓"历史派"[1]，也支持了心理分析派以及其他种种客观主义者、形式主义者，鼓励了他们肯定《哈姆雷特》的所谓"艺术性的失败"，肯定了这是莎士比亚前人作品留给他的包袱。其实，莎士比亚用别人的现成材料写自己的戏剧，如不能把这些材料随心所欲，塑造成有机的整体，使它借自己吹进去的气息或生命，而变成活的，也就不成其为莎士比亚了。

到这里，我们得提醒一声，所有伟大作品的内容都来自当时社会，来自实际生活。莎士比亚的许多戏剧，尽管穿了古装，谁都承认，是反映的莎士比亚自己的时代。可是现代英美学者大都把时代看做是一些时人时事的烦琐现象，不注意社会现实的本质，因此他们颇有些倾向于"影射"论的猜测。就《哈姆雷特》而论，批评"历史派"不懂历史的英国学者多弗·威尔孙就断定艾塞克斯伯爵是哈姆雷特的原型[2]。实际上，我们知道艾塞克斯事件只是以这样一个场面人物倒台时候的轰动性而震醒了人民对当时政治与社会的重新认识，他与女王的争吵，与宫廷贵族的另一派的倾轧，并没有更大的意义；我们知道艾塞克斯只是当时宫廷贵族中年轻、漂亮、有些才气又糊涂到家的女王宠臣和野心家，没有显出什么与哈姆雷特相称的人文主义的理想。就一般创作经验说，就莎士比亚处理题材的特殊方法说，我们可以设想莎士比亚可能从艾塞克斯事件的轰动性而得到了写作（或修改）《哈姆雷特》的启发，也有可能从艾塞克斯的外表想到了一点哈姆雷特的外形。我们要了解《哈姆雷特》，可以想想艾塞克斯事件所暴露的时代危机的严重性，决不能朝艾塞克斯这个人的方向

① 英国罗伯孙（J. M. Robertson），美国斯托尔，德国许景（L. L. Schicking）是所谓"历史派"。

② 《莎士比亚简论》以及威尔孙论《哈姆雷特》的其他著作。

来看哈姆雷特的典型性。哈姆雷特决不能是艾塞克斯的写照，也不能是别的什么人的写照；他是莎士比亚的灵魂，“时代的灵魂”。

五

我们认识了《哈姆雷特》写作时代的社会变化、作者自己前后左右的作品里所表现的思想发展，以及作者运用现成题材的态度，也就不能不这样来看这本悲剧的主要情节的脉络：

哈姆雷特是青年王子，论身份属于社会统治阶层，可是在威登堡大学读书，受了这个人文主义堡垒的新思潮的陶冶。他是充满了人文主义的理想。

最初，人文主义的理想渲染了这个阅世未深的青年学生对现实的看法。他感觉到世界是和谐的，富丽的。“大地”是“一副大好的框架”，“天空”是“一顶极好的帐幕”，“一层镶嵌了金黄色火点子的房顶”，人在中间是“宇宙之华，万物之灵”。照哈姆雷特自己的说法，他的父王是“人”，他的母后也该就是“女人”——女人的代表。他们是恩爱夫妻。他的恋爱对象，莪菲丽亚，是一个纯洁美丽的女孩子。他自己在莪菲丽亚看来也正是一个理想人物，能文能武，多才多艺。他爱朋友，爱下级。他对一般人民都十分亲切，他受到广大人民的爱戴。他自己可以承继王位，为人民负责推进人文主义的理想。

理想忽然遭受了现实的沉重打击。哈姆雷特的理想父王忽然死了，还不出一个月的时候，他的理想母后忽然就改嫁了丈夫的弟弟（叔嫂结婚在当时还被认为是乱伦的行为），而且这位人所不齿的叔父，克罗迪斯，居然取得廷臣的“一致拥护，一切顺利”，不但娶了兄嫂，还夺了侄儿分内的王位。克罗迪斯做了国王，常在宫里纵酒作乐，社会上却因为多少意识到内忧外患的危机，人心惶惶，因此常注意“重大变故的预兆”，也就因此，作为军官的玛塞勒斯到时候就很容易脱口说出，“丹麦的国家里怕有点乌七八糟”。原先哈姆雷特所不注意的社会和生活的阴暗面一下子都呈现到他的面前来了。

理想幻灭，造成了“忧郁”。哈姆雷特开始怀疑到“人”，怀疑到“女人”，怀疑到社会，怀疑到人生。

正当他在忧郁中，由小到大，由个人到社会，寻思问题，无以自解，在人生观、世界观上开始发生危机的时候，他的心灵进一步受到了一个几乎是摧毁性的打击。他父亲的阴魂出现了，向他透露了：他母亲和克罗迪斯先就有了暧昧关系，他父亲是克罗迪斯用毒药害死的！这一点透露把哈姆雷特打击得不由不叫起来：“时代整个儿脱节了！”

打击来得这样的沉重，他痛苦到极顶，也就表现出一点迹近狂乱的心情。

可是哈姆雷特，既然一向是有所理想的，现在他自然是要进行斗争的：他接受了鬼魂交给他的报仇任务。这个任务在哈姆雷特看来自然就联系了整个的社会斗争任务，因此他在说了“时代整个儿脱节了”以后，马上说：

啊，真糟，
天生我，偏要我把它重新整好！

（第 1 幕第 5 场）

任务艰巨，真像要扭转乾坤。而且鬼魂还告诫他说过：不管怎样进行复仇，“别玷污你的心灵”。这并不只就对付他的母亲而说。这也就增加了执行任务的困难。既然轻举妄动不得，既然心乱如麻，沉不住气，他就趁势装疯，进行准备。

装疯作为准备有种种便利。装疯可以迷惑阴险的克罗迪斯和廷臣的视听。装疯可以畅所欲言，暴露丑恶的现实，揭发黑暗的社会，借此作弄国王和他的左右，看他们反应，给他们鞭挞。因此装疯也就是他行动的第一步。

哈姆雷特正开始做这个第一步行动，新的精神打击又来了。他虽然对一般的女性失望了，却在对一切的失望中、痛苦中、寂寞中，特别需要莪菲丽亚的支持了。波乐纽斯，和他的儿子莱阿替斯一样，拿世俗的眼光看哈姆雷特对莪菲丽亚的真情，把它反看成假意，看做是阔少爷玩弄女性的调情。这个宫廷奴才的头子，相当于首相的自称“善观风色”的世故老人，在附和克罗迪斯代替哈姆雷特登上王位的过程以后，现在断然禁止女儿和他往来了。现在，不先不后，哈姆雷特，正在最需要精神支持的时候，恰好受到莪菲丽亚退信拒见的待遇，最后，在痛苦中，闯入莪菲丽亚的私室，无话可说，从吓慌了的女孩子那里看不见什么表情。哈姆雷特随后察觉波乐纽斯要利用她为克罗迪斯试探自己，最后又发现莪菲丽亚当真做了他敌人的工具。哈姆雷特理想的破产差不多完成了。

还不仅如此，哈姆雷特看见同学好友罗森克兰兹和纪尔顿斯丹到艾尔西诺来，马上看出了破绽：他们是克罗迪斯叫来试探他的，他们也倒在敌人那一边！

哈姆雷特的装疯发泄了他的忧郁，可是在装疯中放手思考了问题的时候，他的忧郁也愈来愈深。

世态不但对他翻出了阴暗面，而且整个地翻了过来，让他看出到处都是邪气压倒了正气。过去一直对他的叔父“做鬼脸的那些人，如今却愿意出 20 块、40 块、50 块‘杜开’来买他的一枚小画像了”。向来叫座的戏班子被迎合低级趣味的童伶班子的时髦排挤出大城市，到乡下四处去跑码头了。坏人养尊处优，好人不得善遇，因此哈姆雷特慨乎言之：“要是按各人的功德对待每一个人，那么谁又能逃得了一顿鞭子呢?”

这就像控诉了莎士比亚《十四行诗集》第66首里所说的那种类似“黄钟毁弃，瓦釜雷鸣”的不平现象。

因此，哈姆雷特作为疯话说：“丹麦是一所监狱。”至于世界呢，世界也就是一所大监狱。

于是，再进一步，哈姆雷特觉得“大地这一副大好的框架”变成了“伸到茫茫大海里的一座荒凉的山岬”，“天空这一顶极好的帐幕”，“这一层镶嵌了金黄色火点子的房顶”，“也无非是一大堆结聚在一起的乌烟瘴气”。人，“宇宙之华，万物之灵”，也只是一点泥土罢了。

由社会问题进到人生问题，哈姆雷特在人生观、世界观上发生了这样严重的问题，他觉得自己要不要活下去都成了问题。

可是他在问自己要不要活下去的时候，很少想到自己，想到的还是社会的不平现象：

谁甘心忍受人世的鞭挞和嘲弄，
忍受压迫者虐待、傲慢者凌辱，
忍受失恋的痛苦、法庭的拖延、
衙门的横暴，做埋头苦干的大才，
让作威作福的小人一脚踢出去……?

（第3幕第1场）

他在这种痛苦的思考中，想到自己也就自比乞丐，自比“游民、种田的奴才”，想到他们所受的欺凌：

谁叫我坏蛋，打破我的脑壳，
拔下我的胡子来吹我一脸毛，
拧我的鼻子，把手指直戳我的脸
骂我说谎?

（第2幕第2场）

可是他在把问题扩大来思索的时候，也就往往不能把憎恨集中到一个焦点上，克罗迪斯的头上。他的深仇大恨是太广了，要报复简直像不胜其报。他知道克罗迪斯和波乐纽斯在偷听的时候，就对莪菲丽亚装疯而扬言说："我非常骄傲，有仇必报，野心勃勃；随时都在转大逆不道的念头，多得叫我的头脑都装它们不下，叫我的想象力都想不尽它们的形形色色，叫我找不到时间来把它们一一实行哩。"这样，一步行动也就反而在客观上延宕下来了。

哈姆雷特对自己要求是严格的。于是他冷静下来的时候，又责备自己做了"感情的奴隶"，骂自己是"懦夫"。这也就反而显出他常常有点沉不住气的急躁情绪。

然而，就是在清醒的思索中，他不会想到简单的除去了克罗迪斯，不但便宜了他，而且就能扭转乾坤，恢复理想了吗？他在"活下去还是不活"那一段有名的独白里说，一般人顾虑一死也并不能一了百了，终止苦难。从这一段独白里的社会内容看来，这也是反映了他顾虑抽刀一击并不能彻底解决社会的不平问题的苦闷。

实际上，怎样能彻底解决社会的罪恶是另一个问题，哈姆雷特在装疯说疯话行为中已经在行动，在进行斗争。邪气四面袭来，他也就在随时随地都进行作战。他的装疯首先在宫廷里制造了不安。他的装疯引起了克罗迪斯的疑虑。克罗迪斯让波乐纽斯来试探他，他就借控诉社会罪恶而奚落了他。克罗迪斯派罗森克兰兹和纪尔顿斯丹来试探他，他就联系了社会罪恶而揭穿了他们的背信弃义。他那些疯话在他们身上并没有产生什么效果，只是使他们各自把对于哈姆雷特的错误情报供给了克罗迪斯。波乐纽斯为克罗迪斯打发莪菲丽亚来试探他，他也就不留情地把社会罪恶拆穿给她看看。他那些疯话在这个本质善良的女孩子身上发生了效果，那是意想不到的效果：粉碎了她的理想、她的期望，给她准备了后来真正发疯的条件。

实际上，最重要的是：哈姆雷特，在痛苦的思索中（在说他的独白中），在说他的疯话中，从他所想到的社会不平，从他对人民大众所受苦难的认识和体会，不但感受到敌忾的感情，而且获得了斗争的力量。他在那些控诉中也就显出了理想的光芒。

跑码头的戏班子恰好来演戏。他们大多是哈姆雷特的旧相识。他一见这些社会底层的小人物就兴高采烈了一阵。他叫一个戏子念一段悲剧的台词。结果，哈姆雷特大为感动：

可真是不可思议啊：看这个戏子
无非演一场虚构，做一场苦梦，
竟能使灵魂都化入了想象的身份，
发挥了作用，直弄到脸色都发白了，
眼泪都出来了，神情都恍恍惚惚，
嗓门都抖抖擞擞，全身的精力
都配合意象！

（第2幕第2场）

哈姆雷特认出了：哪怕担当一个微不足道的任务，把全身心都放进去，也就显出了生命的力量、人性的光辉。哈姆雷特更可以行动了。

王后是爱儿子的，巴不得哈姆雷特能看看戏，恢复兴致。克罗迪斯，别有用心，就希望有这类娱乐排除哈姆雷特的忧郁——他认为充满危险性的野心。哈姆雷特自己，正怀疑鬼魂也可能是魔鬼，说的话是否靠得住，需要证明。克罗迪斯是恶汉，显然是毫无疑问的，可是哈姆雷特，总不会希望他当真坏到这步田地、这样厉害地糟蹋了人性。他就找一出和鬼魂所说的情形相似的谋杀戏剧，自己再添一些台词，叫戏班子准备演出来试探克罗迪斯，也正好给他一顿当众的鞭挞。

演戏的目的主要的一面是如此。演戏的目的还有次要的一面，可能是哈姆雷特在安排演出的过程里或者在演出的过程里临时想出来的：当众鞭挞王后，顺便也试探她是否参与谋杀。

因此演戏，在哈姆雷特说来，正可以一箭双雕。

为了达到目的，他请他剩下来的唯一的好友，唯一的亲信霍拉旭帮他集中注意演出过程里克罗迪斯的反应。他自己呢，不但兼注意王后，而且在安排演出以外，在台下对莪菲丽亚的谈话中，在插入自己的叫嚷中，在对克罗迪斯和大家的说明中，当了“帮腔”。

因此演戏，在哈姆雷特说来，也就是全面出击。

演戏的结果呢？王后增加了对于自己马上改嫁的羞愧，是不用说的，可是她没有显出对于用毒药谋杀，有什么特殊的敏感。克罗迪斯，非常顽强，知道事情不妙，还能不动声色，坚持下来，可是到最后，终于受不了剧情、台词和哈姆雷特直接对他的气势汹汹的一再进攻，终于垮了，不能终场，拂袖而去，当场出丑。

所以，这在哈姆雷特说来，正是一场大胜利。难怪他在大家乱哄哄散出去了，只剩和霍拉旭在一起的时候，不由得手舞足蹈，哼起了信手拈来的谣曲体韵语。

同时，克罗迪斯的谋杀罪行也就证实了，因此哈姆雷特又能把他的深仇大恨集中在一个焦点上了：

要知道本来啊简直是天神
统治的这一片江山，
如今啊王位上坐的是什么人？
一个大大的——孔雀。

（第3幕第2场）

"孔雀"在莎士比亚当时的博物学中以性淫且暴著称。霍拉旭点穿了哈姆雷特掩盖了的意思，说"殿下该押了韵才是"。押上韵就是"浑蛋"。

演戏是一个转折点，从此哈姆雷特就急转直下，大踏步行动了。

克罗迪斯从演戏里也知道了哈姆雷特确实装疯，尤其是看出了哈姆雷特知道了他的谋杀罪行，要向他报仇。原先，他意识到哈姆雷特在身边的危险性，决定打发他去英国，现在进一步决定打发他到英国去送死，借刀杀人。因此，演戏在克罗迪斯说来也是一个转折点。

从此，两大敌人，看准了目标，面对面进行了激烈的斗争。

第一个照面，马上在演戏以后的当夜就来了。可是这是在克罗迪斯精神上惨败了、一个人垮在那里、暂时感到良心的咬痛、跪在那里、想做祷告的时候。他没有觉察到哈姆雷特恰巧走到了他的背后。这在哈姆雷特是最方便的报仇机会，可是就这样趁敌人在惨败中、在毫无防备中、倒在眼前、虔诚祷告、忏悔罪孽的时候，从背后一刀杀死他，在情势上说来，只等于下流的谋杀，决不是堂堂正正的报仇。情势是如此，哈姆雷特，把剑拔出来又插了回去，在痛恨中说出的理由是：报仇要彻底，不能便宜了他，要在他正在作罪恶行径的时候才杀他。

哈姆雷特顺路到他母亲的房间去。波乐纽斯，原先在演戏以前，在和克罗迪斯偷听哈姆雷特和莪菲丽亚谈话以后，在克罗迪斯决定把哈姆雷特打发去英国的时候，坚持让王后看戏以后找哈姆雷特密谈一次，让他自己去再偷听一次情况，现在就请王后以母亲身份"好好教训他一番"，由他自己躲在一边，偷听效果。他马上就来找哈姆雷特，传达王后的命令。哈姆雷特就接受了这个机会。他用语言直截了当地鞭挞了母亲一顿。结果证明了他的母亲对谋杀的事情的确并未知悉。结果打动了她的心，使她真诚悔罪了，也就把她拉到了哈姆雷特这一边，为儿子保持机密。这也就使哈姆雷特恢复了对母亲的一点正常感情，也就帮助他逐渐恢复了对人性的信心。因此，这又是一场胜利。

可是，在他和母亲谈话的开头，他发觉帷幕后边有人偷听，以为又是克罗迪斯在干这种无耻的勾当了，正好动手，拔剑隔幕刺过去，结果刺杀了克罗迪斯的这个糊涂的积极帮手。刺死这个该死的老糊涂并不足惜，只是这一着失手却给哈姆雷特带来了不利。

他把主动权落到了克罗迪斯的手里。原先，克罗迪斯，跪在那里，实际上并不能祷告忏悔，还是在坚持作恶，只是无意中倒使光明正大的哈姆雷特上了当。现在他抓住了哈姆雷特杀人的把柄，可以名正言顺地惩治他这个敌手了。可是他充分认识到人民爱戴他，不好对他严厉处置，而且弄得不好，那样反而会引起人民对他自己的不利。无论如何，他现在把哈姆雷特打发到国外去却总是振振有词了。于是他以派往英国追缴贡物为名，立即打发哈姆雷特去英国，让护送前去的罗森克兰兹和纪尔顿斯丹拿了给藩属国英国国王的训令。训令的内容是立即处死送来的青年王子。

哈姆雷特已经听说克罗迪斯要打发他去英国，虽然不知道究竟捣什么鬼，却猜到一定不是好事。现在他就充满了自信，慨然接受了这个挑战。他把这一点先就吐露给母亲说：

看他们干吧；
叫爆破工兵用炸药炸翻了自己，
倒是好玩，不好好干一场才奇怪，
我要在他们的地雷底下埋地雷，
让他们直轰上月亮去。

（第 3 幕第 4 场）

哈姆雷特在出发去英国的路上，遇见了挪威王子福丁布拉斯的远征部队。士兵甘为弹丸小地视死如归的精神又给他打了气。他在海上果然发现了阴谋，就悄悄地把那道密封的训令取出来，用掉包方式，改写了一道，毫不留情，把这两个克罗迪斯的帮凶，送到英国去做他自己的替死鬼。他自己在和海盗作战的时候，奋勇跳上海盗船，和原船脱了关系，就乘机说服海盗，取得他们的协助，回到丹麦。他向克罗迪斯和王后送了信，只报告他单身回来了，同时把他的好友霍拉旭找来了和他秘密会晤。他又取得了斗争的主动权。

可是，莱阿替斯，听说父亲暴死，从法国赶回了丹麦，利用人民不满情绪煽起暴动，打进王宫，撇下群众，只顾质问克罗迪斯，不分青红皂白，声言要报仇。这个贵族青年的举动完全是为了自己的个人利益，个人的所谓“荣誉”，实际上毫不讲道义，实际上完全不关心人民的痛痒。因此，克罗迪斯很容易用三言两语，把他扭转来，正好利用他作为反对哈姆雷特的工具。他们背着王后，商议了阴谋。克罗迪斯要莱阿替斯等哈姆雷特回到宫廷了，就向他挑战比剑，利用哈姆雷特一向慷慨大度，不疑心对方作弊的弱点，用快口的真剑混充比武用的钝剑来暗算哈姆雷特。莱阿替斯，锦上添花，还要用他一种宝贝毒药来涂剑。克罗迪斯还有最后一手：调他的拿手毒药放在酒里，在比赛的时候，赏给哈姆雷特去喝。因此，克罗迪斯，对哈姆雷特输了一仗以后，又布置好三重保险的圈套来等候他。

双方在一个坟园里无意中碰见了。

原来，莪菲丽亚，先以为哈姆雷特发了疯，心就碎了，听哈姆雷特的疯话，爱情的理想也就破灭了，再加上父亲一下子死得不明不白，情人一下子走得也不明不白，孤单无助，对什么也想不通，自己真的就发了疯。她投水自杀了。

哈姆雷特由霍拉旭作伴，悄悄回来，路过坟园，又和社会底层的小人物掘坟人一接触，在说笑中，对生死问题看得非常开朗，对社会罪恶更动了愤慨。恰巧国王、王后和莱阿替斯一群人，以符合自杀者的简单行列，前来送葬，他就同霍拉旭躲起来一看：死者正是他所爱的莪菲丽亚！他就非常悲痛，又听到莱阿替斯，在哀悼死者的时候，装腔作势，骂哈姆雷特害了他的妹妹，就再也沉不住气，跳出来和莱阿替斯大闹一场。

爱情回到哈姆雷特心上，虽然太晚了，总是标志了他为人性，为理想斗争的又一场胜利。

可是他这一露面使他在和克罗迪斯一帮人的斗争中又陷于被动地位了。大家一回到宫廷，克罗迪斯就马上使莱阿替斯要求哈姆雷特和他比剑。而且哈姆雷特，因为一时发作，无端得罪了莱阿替斯有点抱歉，现在只好顺他的意思，接受他的挑战。

这时候哈姆雷特预感到像命运似的一点阴影，流露出一种淡淡的哀愁，可是他心情已经恬静，因为他对一切，哪怕对死，都有所准备了，而“有准备就是一切”。

比赛的时候，莱阿替斯一连输了几回，不能下手，就用偷袭方式，刺伤了哈姆雷特，哈姆雷特也就夺过剑来刺伤了他。克罗迪斯先赏酒给哈姆雷特喝，哈姆雷特没有喝，让王后抢去为庆贺儿子而喝了一下，现在毒性发作，要了她的命。莱阿替斯让自己涂在剑上的毒药催了命，临死就对哈姆雷特揭发了全部的阴谋。哈姆雷特发现手里的剑是有毒的，就用毒剑狠狠地刺中了国王，发现王后喝过的酒是有毒的，就用毒酒再给克罗迪斯灌了嘴：三重保险都反过来加在了克罗迪斯身上，结果了他的性命。哈姆雷特自己因剑伤中毒，也就死定了。

他临死，对人民负责，留言推举年轻有为的福丁布拉斯，承继王位。世界还是“冷酷”的，他要知友霍拉旭留下来讲他的斗争事业——照我们现在的说法，也就是用来教育人民。

哈姆雷特的斗争是成功了：他报了仇，打发掉了一些帮凶。可是也失败了：他没完成他的社会任务，把自己牺牲了，连带断送了一些还有希望的人物。同时又是成功了：他在斗争中使人道、正义、理想发出了不灭的光辉。莎士比亚也就给这位忧郁的王子，用了他所有剧本里最堂皇最热闹的结束场面（歌颂，奏军乐，放炮）来收了场。

霍拉旭说要替哈姆雷特向大家讲到：

荒淫、残杀、反常背理的行为、
出于偶然的灾殃、意外的送命、
逼不得已将计就计的顺利，
以及，这一个收场里，谋害别人
反害了自己的结局。

（第 5 幕第 2 场）

可是这只是哈姆雷特斗争情节的表面事件和现象，重要的是它们所体现的意义，那也就是这个悲剧的中心思想。

从掌握这个悲剧的主要情节的来龙去脉里，我们也就认出了这个悲剧的主题思想应该是：理想和现实发生了矛盾，发生了冲突；人类为理想的斗争，哪怕一时失败，仍显出了理想的光辉，加强了改造现实的信心。

这还不够。哈姆雷特到死还流露出来的一种虽然是淡淡的哀愁使我们不能不想到：他一直是孤军奋斗的；他虽然为人民所爱戴，而且从人民所受的那些苦难的体会里感染到一种斗争力量，却始终没有像莱阿替斯一样地要人民跟他一致行动。因此，讲到这本戏剧的主题思想，我们也就有理由替莎士比亚加一条：代表人民的先进思想和脱离人民的斗争行动产生了悲剧——时代的悲剧。

六

我们这样认出了主题思想，这样从全面认识了主要情节，也就是从全面认识了中心人物的发展，就可以看出哈姆雷特这个有名的典型人物表面上好像很矛盾，实际上很统一；也就可以从全面解决大家对这个人物聚讼纷纭的一些主要问题：延宕问题，软弱问题，悲观问题，装疯问题，残酷问题，以及到最后还得要碰上的所谓命运问题。这些问题实际上又都是环绕着一个基本问题：忧郁问题。

莎士比亚的《哈姆雷特》悲剧出世而且流行了一百几十年后，在18世纪中叶以后，特别在欧洲浪漫主义运动刚开始的时候，许多学者和批评家开始陆续提出了这些问题。我们现在顺次来统一地解决这些问题，也就是进一步认识哈姆雷特这个人物的真面目①。

莎士比亚把一出可能是普通的复仇剧点化成了一出确实是伟大的社会悲剧，关键所在，从外形的表面上一看，首先就是哈姆雷特的报仇行动有了延宕。

固然，一切戏剧都有延宕，没有延宕也就没有了戏文。既然《哈姆雷特》演出来（从上节对于情节的分析里也可以看出来）使观众觉得一切都自然而然的，延宕也就不成问题了。因此，现代有些学者和批评家②就认为《哈姆雷特》戏剧里实在没有什么延宕：只听见鬼魂讲了克罗迪斯的谋杀罪，哈姆雷特没有得到证

---

① 现代英美莎士比亚学者中的“历史派”，因为解决不了这些问题，就把责任都推在假定的蓝本。我们知道（回看本文第四节）莎士比亚不能把现实材料改成自己的创造，也就不成其为莎士比亚了，因此把这些问题都请莎士比亚自己负责。

② 例如英国锡孙（C. J. Sisson）在他编订的《莎士比亚全集》（1954）一书中。

明，不可能就进宫去杀死仇人；哈姆雷特看见克罗迪斯在面前跪着做祷告，不可能从背后一剑杀死他，砍去了后边两幕戏。

实际上，的确，全剧中也只有在这两点上，特别在第一点上，哈姆雷特的行动有了延宕。从鬼魂透露谋杀罪行到准备演戏，也就是从第1幕到第2幕，总是有一段时间过去了，可能是几个星期，最多是两个月[①]，而哈姆雷特还在装疯，并没有进一步行动。第3幕演戏以后，哈姆雷特撞见克罗迪斯跪在那里，拔出了剑还是放过了他，是一种行动的延宕，可是有明显的充分理由。哈姆雷特的主观说法是为了报仇要报得彻底，这也不是一种推托想法，而客观情势上，哈姆雷特也只能暂时放过他，否则就违反了莎士比亚把哈姆雷特和克罗迪斯单独碰在一起的用心，违反了他使光明磊落和阴险卑鄙互相对照的用意了，否则哈姆雷特和克罗迪斯，一正一反，也就没有什么分别了[②]。至于以后的两大敌手，在斗争中，一反一复，把主动地位和被动地位一再互换，却是属于“兵家常事”的你来我往，更不能说是延宕，只是一般戏剧里的“波折”。

然而，从见鬼到演戏准备这一段的延宕，说是由于要求证据，还是只举出了片面的理由。理由是成立的：哈姆雷特后来也明白提出的；而且我们照常情说，听到坏消息也总期望于万一，证明不确。可是这只有在哈姆雷特冷静一点的时候才想到的理由。他在听了鬼魂的透露以后，在激动中，一开头就决定了要装疯的。而另一方面，我们了解装疯就是哈姆雷特行动的第一步，

---

① 这其间赴挪威特使已经去了又回来。一般学者从第3幕第2场莪菲丽亚说“两个月再加两个月”，推算说，既然哈姆雷特父亲死到母亲改嫁是一个月，到克罗迪斯举行加冕礼，开第一次御前会议（第1幕第2场）是两个月，可见现在又过了两个月，虽然从莎士比亚剧词里推算时间往往是靠不住的办法。

② 可参看《特洛伊勒斯和克蕾西达》里赫克特与阿基里斯的对照。

可是到第2幕，就是到准备演戏以前，他这步行动总是并没有获得显著的进展，除了好像给荒淫和自满自足的宫廷社会投了一颗只引起不安的炸弹，除了吓慌了天真的莪菲丽亚。而且，从第2幕起，甚至到第4幕，哈姆雷特在独白里一再责怪自己浪费了时间。固然，这只是对自己的严格要求，对自己的警惕和鞭策，可是他在独白里，以及在疯话里，还说了那么些和报仇无关的话。所有这几点都还有全面的，更基本的原因。问题不是那么简单。

所以，全剧中，就是第1幕到第2幕这一段客观上行动甚少进展的事实，以及更重要的，也就是主要的，主观上独白以及疯话里透露的心情，特别对于浪漫派运动以来主要在书房里读这本杰作的许多人，造成了行动延宕的印象。

忘记了哈姆雷特的忧郁，或者不了解他这种忧郁，他这种忧郁的社会内容，大家都觉得他行动的延宕成了问题：他为什么不赶快行动呢？而且意思自然是：为什么不赶快报仇呢？这就引起了无数的争论，产生了一系列有名的解释，也就是说一系列有影响的对哈姆雷特这个典型人物的误解。

许多人认为延宕的原因是：哈姆雷特生性软弱，或者意志薄弱。

首先提出这种看法的批评家当中最有名的是歌德。歌德早年（1795）在《威廉·迈斯特》小说中对《哈姆雷特》这个悲剧发表过辉煌的议论。他指出悲剧第1幕结尾的这两行：

时代整个儿脱节了！啊，真糟，
天生我，偏要我把它重新整好！

（第1幕第5场）

是“哈姆雷特全部过程的钥匙”。这是极端正确的。可是，由于他的主观，他倒拿了钥匙，结果不是解开了而是扳开了哈姆雷特，拆坏了哈姆雷特。因为他接下去就说莎士比亚把一项大事业放在一个“不适于执行它”的人身上。“我看出全剧就是照这种看法来构造的”，他说。“这里是一棵橡树种在一个珍贵的只合在怀抱中承受娇花的瓶子里；树根伸出去，瓶子就裂成了碎片。”接下去，他就说：“一个禀性优美、纯洁、高尚而最有道德的人物，却没有作为英雄所必具的魄力，垮倒在他既不能担当又不能抛弃的重负之下；一切责任在他都是神圣的——这太难了。”换句话说，歌德把一切都归咎于哈姆雷特主观上的个性软弱。在他看来，哈姆雷特是一个感伤派才子，有点像他自己的维特。歌德是接触了哈姆雷特忧郁的内容，可是没有揣摸到内容的深度，因此也就没有看出哈姆雷特的一举一动和他忧郁的核心之间的统一而有机的联系。

英国的柯尔立奇，在歌德以后（1808 年到 1812 年），在《讲稿集》里，认为哈姆雷特是一个冥想派知识分子。他也说，“哈姆雷特具备了一切可爱和优秀的禀性，只是缺少了一项品质”。意思也就是：软弱，或者是，意志薄弱。他一再说哈姆雷特厌恶行动。他说：“我们看见一个伟大的、差不多是了不起的智力活动，也看见了由此而来的同样比重的对于实际行动的厌恶……”他又说那是“内心有一整个世界的人物身上所习见的对于行动的厌恶”。

实际上，理想和现实的冲突并不就等于思想和行动的分家。柯尔立奇，以及后来和他作同样想法的批评家，落入了一种二元论的想法。照这种想法，思想家总不能是行动家。文艺复兴时期的巨人却并不如此，而莎士比亚所心爱的哈姆雷特并不是 19 世纪的产物。而且照这种讲法，行动就只能是盲动，一个人在行动以前甚至在行动中都不能有思想活动了。

跟歌德一样，柯尔立奇承认哈姆雷特是勇敢的，决不是“懦夫”。我们看到哈姆雷特不顾别人劝阻，不怕悬崖和大海，挺身去追随鬼魂，刺死他误认为国王的波乐纽斯，解决罗森克兰兹和纪尔顿斯丹，夺剑反击莱阿替斯，猛刺克罗迪斯，接受一切挑战，毫不畏惧退缩。处处表现出有魄力、有胆气，怎么总起来又成了软弱呢？

歌德不了解这种行动和哈姆雷特忧郁内容的内在联系，因此就认为剧本缺少统一性，倒适于扩展为一部长篇小说。

柯尔立奇对《哈姆雷特》剧本小处的艺术性分析是生动的，可是他忘记了为内容服务的全面的艺术性。因此，他认为哈姆雷特的问题是在于他爱好冥想。也就是说为思索而爱好思索。他不知道哈姆雷特思索什么，不了解哈姆雷特的忧郁，忧郁的内容。

我们现在把生性软弱或意志薄弱这一个实际上不成立的问题拿来和哈姆雷特忧郁的内容对看一看。

哈姆雷特天生是爱好人世的和谐、幸福、美丽。一般人民也是如此，哈姆雷特只是集中体现了这种善良的品质。不能和平建设、和平生活，必须进行流血斗争，在善良的人民也总认为不得已，在两方面的急剧转换里，一时脱口而出，说一声“真糟”或“倒霉”（更确切一点），也正是人情之常，何况哈姆雷特一下子感觉到天翻地覆了，自己碰上了扭转乾坤的责任，一时间几乎受不了一种作为先觉者有时会感到的沉重心情。啊，“真糟”，他喊出来，“天生我，偏要我把它重新整好！”这一句连同上一个短句，“时代整个儿脱节了！”所以是全剧的钥匙，全剧中心人物的钥匙，主要不在于他埋怨生不逢辰，碰上了这样重大的责任，而在于他，宛然众醉独醒，意识到责任的这样重大。这也就是他可贵的地方。而对于他（也正符合他最初的理想看法，也正符合他在一定时期内的特定的想法），既要担当流血任务，又要“不玷污”自己的“心灵”，既要把大局扭转，又要投鼠忌器，特别在他走出一步，周围人物都向敌人方面靠一步的情况下，怎样才行？这也正是哈姆雷特见鬼以后第一步忧郁的基本内容。

由个人问题到社会问题，到人生问题，忧郁的内容扩大了，加深了。焦点放开了，眼睛就不能集中在近在面前的克罗迪斯个人的一个头颅上。哈姆雷特首先得解决全面的根本问题，才能使抽刀一击充分发挥了意义。

时间既然操在自己的手里，一位英雄就不可以在忧郁的沉思中探索一下吗？

哈姆雷特，虽然没有出游，也就像屈原一样地“上下而求索”了。

因此，不是他个性软弱，而是这种探索规定了客观上的延宕。

也正因为不从这方面看哈姆雷特忧郁的内容，只看到他在探索的过程里一再想到人世一场空，一再想到自杀，剧烈地追问“活下去还是不活”？许多人就认为哈姆雷特是一个悲观主义者。

认为哈姆雷特悲观厌世的人也是太多了。雨果这个响亮的名字也被列在了这些黯晦的人名字当中。这位法国大诗人对于社会的现实感是深刻的。他在所著《威廉·莎士比亚》（1864）一书里，关于哈姆雷特的装疯问题，说了“知道国王是凶手，就是犯叛国罪……一个人猜疑到什么嫌疑，命就不保”，对那种社会本质的认识可说是入木三分。可是他并没有深入地想一想哈姆雷特的忧郁问题，因此只拿一些表面的空气替哈姆雷特大做其悲观论调的文章，说“一切都为了全无”，又说“人在这里就是世界，世界在这里就是零”。

我们只要看一看哈姆雷特临死还想到对人民负责，把承继王位的人选问题交代妥善，还要霍拉旭把他的斗争故事说给大家听，就可以看出他到头来并没有对人世灰了心。

全部戏剧里也没有在什么地方肯定了他悲观厌世。只是他在探索的过程里碰上了世界观、人生观的危机。他想：社会如此黑暗，人生也就根本没有意义，一个人要讲行动，要讲实践，首先要确定有什么意义推动他活下去。

精神的危机也正是哈姆雷特进一步忧郁的基本内容。

放过了哈姆雷特的忧郁，忧郁的内容，也就不会抓得住哈姆雷特装疯的道理。

许多学者认为，在萨克索和贝尔弗莱的故事里，哈姆雷特前身的叔父是公开杀害他的父亲的，因此儿子装疯自卫，是讲得通的一种办法，可是到莎士比亚的戏剧和以前那个可能的蓝本里，谋杀既然是极端隐蔽的暗害，哈姆雷特也要装疯，就不但是多余，而且反而会平白引起克罗迪斯的怀疑。说不过去，大家就发生了哈姆雷特到底是真疯还是假疯的争论。

我们从情节的分析里知道，在莎士比亚的笔下，哈姆雷特的装疯不只是“守”，让克罗迪斯和他的帮凶摸不着头脑，“保护自己”，而且是“攻”，揭发、控诉、鞭挞罪恶的社会统治，借以试探克罗迪斯和他的左右，相机“消灭敌人”。作为第一步行动的装疯也正给哈姆雷特的忧郁一个发泄的出路。

如果哈姆雷特是真的疯了，那么全部戏剧都失去了意义。可是，另一方面，一个普通人，要是和发疯一样的心情毫不相干，在紧要关头也不会凭空想出了装疯这一着办法。常识可以解决这里的矛盾。我们极少人有迹近发疯的经验，可是总有许多人有喝醉酒的经验。“发酒疯”往往也要借三分醉意——如果你心头有什么不能畅所欲言的话要说。哈姆雷特由幻灭而忧郁，在忧郁中再受一句几乎是摧毁性的打击，使他神经都要失常了，趁势装疯，也就自然而然了。

哈姆雷特在装疯的过程里，随情势的发展，有时候忧郁到了顶点，或者痛苦到了高峰，间或一时像发疯一样，也是可以设想的[①]。遭受莪菲丽亚退信、拒见以后，哈姆雷特闯进她的闺房，呆看她一阵，一言不发，最后只是沉痛的悲叹了一声，这在了解他心情的人看来，就不能认为是装疯，而是和真疯相差不远了[②]。哈姆雷特在莪菲丽亚的坟头上，和莱阿替斯大闹，也是如此，所以他后来对莱阿替斯抱歉说自己疯了，这并非和哈姆雷特不相称的虚伪[③]。

哈姆雷特的装疯说疯话，一方面适应了内部的忧郁，一方面针对外界的罪恶社会现象，也再恰好不过了。社会上是非黑白，完全颠倒，小人得势，大才受侮，波乐纽斯和莱阿替斯把逛窑子、搞女人认为正当，反而把哈姆雷特对莪菲丽亚的纯洁爱情认为玩弄女性，连莪菲丽亚断绝哈姆雷特也采用了反诬方式，说对方变了心，甩掉了她。在这种情况下，真话也只能当疯话来说，于是哈姆雷特，从全面讲来倒是最清醒的，也正好用类似“满纸荒唐言”的办法来倾吐一肚子愤慨了。

他在忧郁的沉思中，从被压迫的广大人民的苦难形象，感染到一种超乎个人的力量。表现到外面，他在直接间接，对波乐纽斯、罗森克兰兹和纪尔顿斯丹、受利用时候的莪菲丽亚，以至克罗迪斯自己，用种种放肆的疯话来鞭挞的行动当中，发挥了力量，也推动了自己。他叫伶人念一段台词的时候，看到他把全身心都灌注到所担当的任务里，念得声泪俱下，使麻木不仁的波乐

---

① 多弗·威尔孙在他的《〈哈姆雷特〉里发生了什么》（1936）一书对于这一点有可取的阐发；格兰维尔·巴克（Granville-Barker）在他的《哈姆雷特》导言里却又说得太过分了。

② 阿达姆斯（J. Q. Adams）在他编订的《哈姆雷特》（1929）所附诠释里以及其后的多弗·威尔孙对这个场面的解释比较近情理。

③ 萨缪尔·约翰孙（Samuel Johnson）不了解这一点，就替哈姆雷特惋惜，认为白璧之瑕。

纽斯也有点受不了，大大地感动了他自己。他因此一手安排伶人在宫里演戏，向克罗迪斯全面出击的结果把铁石心肠的元凶也在精神上打垮了。这场胜利也正显出了人会在正义对邪恶的鞭挞中发出的光芒。哈姆雷特的精神危机也就渡过来了。以后，王后的开始悔改、莪菲丽亚的发疯，也都给他哪怕从反面，哪怕用惨痛的代价，证明了这些不幸的妇女天性的善良。人是有希望的，改变社会现实也就大有可为了。

因此，哈姆雷特“上下而求索”的结果，没有探索到通到理想世界的具体道路，可是在行动中，不是在空想中，深切感到了实现理想所必抱的斗争精神。他以后也就不怎样忧郁，也不大用得着装疯，而在加速度的斗争行动中发挥了理想的光辉。

正如许多人由于片面看问题而惋惜哈姆雷特个性软弱，有些人，由于只看见斗争的表现，也就惋惜哈姆雷特未免有点残酷。

常有人说，哈姆雷特，照他的性格，不该对莪菲丽亚这样残酷。实际上，他们忘记了莪菲丽亚，虽然并不是有意的，在最紧要的关头使他失望是多么残酷。而且哈姆雷特当她面，主要是借题发挥，骂一般女子的弱点，揭发对这种弱点负责的周围环境的罪恶，针对帷幕后边偷听的耳朵或者周围的特殊对象和大庭广众的耳朵。也常有人说哈姆雷特不该对波乐纽斯这样残酷，说他究竟是莪菲丽亚的父亲。我们却不会忘记波乐纽斯那样作践自己的女儿，强迫她断绝她和哈姆雷特的纯洁的爱情，而又极端无耻地把她献给克罗迪斯当工具、当钓饵来试探哈姆雷特，说是“给他放出来”（用在交配牛马场合的行话）。他那样干涉哈姆雷特，积极为他的敌人出主意，跑腿，到紧要关头还要“听壁脚”。哈姆雷特，虽然无意杀死他，既由他“一手来罚他”，自然没有理由要惋惜。而这个家伙的一死，正如哈姆雷特自己说，叫他“马上要背起包袱”，陷他处于不利的被动地位，想想也真可恶，把他拖到幽僻的角落里，也正是适得其所（若在萨克索的原来传说里，还要把“他的尸首剁成碎块，用沸水煮了，倒在阴沟里喂猪”呢）。

极少人指责哈姆雷特对罗森克兰兹和纪尔顿斯丹的残酷，或者对母亲的残酷，也颇有人觉得哈姆雷特放过好像在祷告中的克罗迪斯的时候，说了定要杀得他灵魂都永远不得超度的一类话，未免太野蛮。这种话在莎士比亚当时，实际上也等于我们民间过去也常为了表示深恶痛绝而说的咒骂话，好比说：“把他打进十八层地狱门，叫他永远不得超生！”而且哈姆雷特说话的用意明明是表示报仇要报得彻底。

这一切倒正好显出了哈姆雷特，对敌人，对反面人物，或者对人物的某些反面，斗争起来决不留情，毫不妥协。

哈姆雷特要斗争就是这样斗争法。所以在全面行动以前，要顾此顾彼，顾虑到玉石俱焚。这也使我们想起了情节前半期当中规定哈姆雷特那么样忧郁的一种情势。

最后，我们还是要问了：那么，哈姆雷特既然这样了不起，为什么终于一手完成了向社会罪恶的代表进行报复的任务，却没有亲手消灭了社会罪恶呢？他自己也牺牲了而留下的世界却还是一个“冷酷”的世界。“一颗高贵的心现在是碎了”，霍拉旭说。这都是为什么？

过去的批评家，解释不了，往往就把这一切都归诸命运。

英国布拉德雷在20世纪开头（1904）出版的《莎士比亚悲剧》直到今天对英美莎士比亚批评界还是影响极大的一本书。他在这本书里，讲哈姆雷特，讲到底还是只好说仿佛冥冥中还有一种更大的力量支配了哈姆雷特的悲剧，说悲剧里有一种命定的感觉。资产阶级唯心论，解释不了问题，终于还得拉出宗教来帮忙。布拉德雷虽然也不承认《哈姆雷特》是“宗教剧”，终还是向宗教观念去找了解答。

我们从历史环境来看问题，就知道《哈姆雷特》剧本里一般人相信鬼魂、恶魔、上帝，相信宗教，不过是莎士比亚当时一般社会生活里的习俗，哈姆雷特在乎的是“人”。在这里，和在别处一样，要解答问题，只有深入的分析人与人的关系、社会因素、时代特征。

我们从资本主义关系当中突破出来的伟大的时代使我们今天能够清晰地认识哈姆雷特的问题。苏联的莎士比亚学者和批评家，例如斯密尔诺夫、莫洛佐夫和阿尼克斯特给我们指出了哈姆雷特当时也就是莎士比亚当时的历史条件。哈姆雷特最后的问题，他最后在斗争行动中为什么在思想上带点宿命论色彩的问题，莎士比亚自己还不可能说得清楚，我们现在该知道，正是历史条件问题，不是“命运”问题。历史条件规定了先进思想还不能和广大人民相结合而成为一种不可战胜的力量。哈姆雷特有魄力，有理想，爱人民，受到人民的爱戴，从体会到广大人民的苦难里感染到超乎个人的敌忾心，超乎个人的力量，可是，在莱阿替斯为了个人目的都可以一下子鼓动人民大众起义的情况下，显然是正因为鄙弃这种举动，即使为了超乎个人的任务，也坚持孤军奋斗。这是他可以说得上的唯一弱点，一个重要的弱点。历史条件规定了他还只能扮演悲剧。这也是使他到最后还不能完全解脱忧郁的原因，虽然是他自己并不清清楚楚意识到的原因。

马克思说设想拿破仑帝国“而没有帝国的胜利，就好比设想哈姆雷特而不但少掉了丹麦王子的忧郁，连王子本身都少掉了”①。

---

① 马克思：《六月十八日的失败（马拉霍夫·库尔干的冲击）》（伦敦，1855年6月23日）。

我们根据了马克思的教言也就看出了是忧郁贯串了哈姆雷特所有的这些个别问题[①]。而解决了这些个别问题也就明确了这位忧郁王子的精神全貌。

哈姆雷特这个人物的精神全貌，总起来说，就是通过忧郁的轻纱而显出的一个能动的丰富多彩的辉煌形象。我菲丽亚对他的品评，代表了周围一般人在他忽然忧郁以前对他的看法，在剧本的表现里也得到证明的看法：他既有军人的气魄又有读书人的才艺，既是全国瞩望的政治家又是众所喜爱的社交家。可是这位少女，由于天真，不了解哈姆雷特为什么忽然忧郁到发疯的地步、忧郁的深刻内容，以为他真疯了，什么都完了。实际上他从此觉得他和自己所出身的社会阶层是格格不入而极不相容了。他从此却在装疯说疯话中，在斗争行动中，不但显出了是一个社会战士，而且显出了是一个勇于探索的思想战士。他在剧本的动作里就一直"蒙上了惨白的一层思虑的病容"。他的忧郁随行动而一步深一步，以波浪式向前推涌，推到戏中戏的顶点才一步步开始退下去，虽然也是取波浪式的规律，还是一阵又一阵的反过来一下，只是一阵轻一阵。到收场莎士比亚着重点出了他的战士精神。

哈姆雷特，正像恩格斯所说的文艺复兴时代的巨人那样，是多方面的人物，他在自己发展中更显出了他的多方面性。时代启发了他的多方面的发展，时代又沉重打击他，打得他火花四射——多方面起了反应。正因为他在思想上有极大的概括能力，他也就担负了精神打击的集中力量。正因为他有极高的理想，他也就感到了极深的痛苦。正因为他有人民的、人道的正义感，他

① 布拉德雷（A. C. Bradley）在他的《莎士比亚悲剧》一书中也说哈姆雷特的忧郁是剧情的中心，只是他把忧郁作了病理学的处理，而且不从发展来看它。

才把个人的问题放到社会的问题当中来思考。社会的合理不合理使他探问了人生的有意义没有意义。总是不离开社会内容来思考，使他终于不否定人生，不忘记实际行动，从人民大众的苦难形象里增得了敌忾心，增得了超乎个人的力量。而就在行动中，他才基本上解决了他的思想问题，突过了世界观、人生观的危机。他在反抗自己所属的统治阶层中，他在行动中，显出来：他是高贵的，他却在当时的统治阶层看起来说话夹用了“鄙俚”的民间语言（在他们也看不出民间语言经过他的嘴都变成不但最有血有肉而且有高贵的灵魂）；他是正直的，他却在当时的统治阶级看起来也会耍无赖、用下流诡计；他是善良的、多情的，爱朋友、爱部属、爱一切正派人的，他却在当时的统治阶层看起来有时候非常“无情”、十分“残酷”。他主观上是坚强的，可是客观上由于一手担当的社会任务太重，造成了一些站在个人立场看起来是软弱的印象。他决不是懦夫、懒汉、贪生怕死、醉生梦死的，可是他要求自己很高，常常责备自己是“懦夫”、“糊涂蛋、可怜虫”、“成天做梦”、“胆小如鼠”。他报仇行动的延宕，除了由于把任务扩大，也由于他有时不免急躁，做了“感情的奴隶”，常常控制不住自己。这是他主要的缺点。可是这倒是文艺复兴时期的巨人，大气磅礴，不受“资产阶级的限制”，给了他的一种时代的限制。他热爱生活，热爱和谐，不爱暴力，不爱流血斗争，可是现实逼得他不能照他的主观愿望来行动，因此他就暴露了他的基本弱点：他热爱人民，他却要从上到下的改变社会，不要人民来跟他一致行动。这是他所受的阶级的限制，也是历史条件的限制。可是他的理想还是符合人民的想望，他的个人斗争也还和当时人民的斗争方向一致。他没有找到达到理想的道路，可是他找到了一条重要的真理：达到理想必须进行不断的斗争。结果他虽然成熟了，他还是有朝气，他演的还是史坦尼斯拉夫斯基所说的“一个青年人的悲剧”①。时代还没有到，他的胜利中包含了失败；可是时代会永远前进的，他的失败中也包含了胜利。

我们如果看不出这种矛盾的内在联系，它们的统一性，当然要说哈姆雷特是一个矛盾的人物。我们知道矛盾的不是他的性格，矛盾的是当时的社会。他的处境正好反映了当时社会的本质。

七

我们看了哈姆雷特这个中心人物，也就势所必然地看见了他周围的一些人物，现在再看一看他周围的这些人物，也可以进一步认识这个中心人物。

哈姆雷特的父亲，虽然只以鬼魂的身份出现过两三次，说过两次话，却对于哈姆雷特的思想变化极有影响，对于戏剧情节的发生和发展，是不可分的一部分②。他对于哈姆雷特说来该是理想君主，可是哈姆雷特一开始就着重他是理想“人”。作为斗士，他以英武闻名遐迩；他的亡魂第一次出场，穿了盔甲，带了怒容，使霍拉旭想起了：

先王当年就穿了这一副盔甲
同野心勃勃的挪威王进行了决斗；
就带了这一副怒容，恨谈判决裂，
在冰天雪地中，痛击了波兰的雪车队。

（第 1 幕第 1 场）

① 转引自莫洛佐夫《莎士比亚在苏联舞台上》（1947）。
② 有一点传说在这里就很有意思：莎士比亚自己演过“鬼魂”这一个角色。

作为丈夫，他非常温柔，哈姆雷特说：

对我的母亲又这样恩爱，简直不容许天风吹痛了她的脸庞。

（第1幕第2场）

正因为情爱深，他才骂他的妻后“堕落”到“吃人家垃圾”；正因为理想高，他自己说话才用了极端狰狞的形容词句来揭露克罗迪斯谋杀罪行的恶毒。这都并不表现他“玷污了”“自己的心灵”，正如哈姆雷特后来在寝宫辱骂他的母亲并不是表现了“自己的心灵”受了“玷污”。他最初就教哈姆雷特不要伤及他的母亲，“让她受天罚”，他后来，到哈姆雷特把母亲骂得无地自容了，还要把谋杀罪行讲给她听的时候，怕她过分受不了折磨，还出现在哈姆雷特面前，替她挡一挡驾。他所以还能这样体贴，该是因为他没有忘记罪恶环境的责任。

这里，对于抱天真想法的哈姆雷特，也就发生了问题：他的父亲生前既是理想君主，怎么这样无能，不但不能改变他自己统治下的罪恶环境而且自己都做了罪恶环境的牺牲者呢？再扩大开来看，社会上“压迫者虐待”、“傲慢者凌辱”、“衙门的横暴”、“法庭的拖延”等等不平现象也不可能是他遇害以后一下子发生的，当然是由来已久，只是哈姆雷特原先不曾注意罢了。因此，就“人”而论，这位国王的形象可以激励哈姆雷特对于社会罪恶的憎恨，就理想君主而论，却只有使哈姆雷特发生苦恼：一个人怎能从上到下改变社会呢？

克罗迪斯是哈姆雷特斗争对象的主要代表人物。他简直是社会罪恶的化身。他，照哈姆雷特自己的话来说，是“戕害人性的毒疮”。他和哈姆雷特的父亲比起来恰好是一个强烈的对照：人家是“海庇亮”（太阳神，号称最美的男性神祇），他是“萨徒”（丑陋而淫荡的山怪）。他淫嫂，杀兄，篡位，窃国，一下子都干了。他在演戏以后，精神上一时撑不下去了，深感到罪孽深重的时候，还是自己承认放不下自己的野心、偷来的王冠、骗来的王后。

他爱自己的野心，他爱王冠，这是没有问题的，可是他真爱葛忒露德的时候，好像是说了真话：

我的生命和灵魂都跟她分不开，
正像星球的运行离不开轨道，
我也寸步离开她不了。

（第 4 幕第 7 场）

可是，到紧要关头呢？哈姆雷特和莱阿替斯比剑双方受伤出血的时候，葛忒露德，因为误饮毒酒，毒发倒下的时候，听到哈姆雷特逼问说："王后怎样了？"克罗迪斯只想到自己的阴谋要败露，只顾到自己的安全，不肯自己顶出去，料想葛忒露德已经不能说话，欺瞒说"她看见流血就晕倒了"。他只爱自己！

他处处都是自私自利的。他对莱阿替斯说："我爱你的父亲，我也爱自己。"可是波乐纽斯这位第一名大臣为他服务到终于送了命，他只想到为自己打算，连埋葬都没有好好埋葬他。莱阿替斯为他执行比剑阴谋，如果照预订计划把哈姆雷特暗算死了，自己安然无恙，那么怎样收场呢？这个莽冲的青年没有问一问。基德的《西班牙悲剧》里都有主谋人的灭口毒计，莱阿替斯在克罗迪斯一贯的毒手之下，前途也未可乐观。罗森克兰兹和纪尔顿斯丹，如果真的知道那封密令的本来内容，也就是说完全参与了那一套借刀杀人的阴谋，如果到英国不是反给哈姆雷特做了替死鬼，必然还是会，像哈姆雷特所说的，在克罗迪斯手中，遭受当海绵被挤瘪的命运。

他是一个十足的玛基雅维利主义者。他为了达到个人野心，一贯地不择手段。用毒药是他一贯的特色。

因此，这个极端个人主义者，一方面是王家贵胄，专制暴君，一方面也就是泡透了资产阶级精神的原始积累时期的冒险家。

他底子里是这样阴险恶毒，外表上却总是做得冠冕堂皇。哈姆雷特说他是一个笑面虎。他不但能诱骗葛忒露德，而且能笼络廷臣，窃取王位。

他所以能如此本领高强，简直会偷天换日，就因为周围正是一个罪恶的社会而他又深刻认识社会罪恶的本质，他说：

在我们人世的贪污腐败的潮流里，
罪恶，在手上镀了金，会推开公道，
常见到邪恶的赃物正好当贿赂
买掉了法律。

（第 3 幕第 3 场）

另一方面，他又充分估计到人民的力量。他知道莱阿替斯，并没有群众基础，纯为了个人目的，煽起暴动，并不害怕，一转手就把他收服在自己手里充当自己的工具。他知道哈姆雷特深得人民的爱戴，就小心翼翼，用全副精神来对付他。他在哈姆雷特杀死了波乐纽斯以后，抓住了把柄，却不敢把他公开治罪。

就是怕一般民众非常爱戴他，
怕他们用好感泡他的一切过失，
就像魔泉把木头都泡成石头，
把他的铁索化成了光荣；因此
我的箭，太轻了，射着这样的大风，
不但会射不到我对着瞄准的目标，
而且会反过来射到我开弓的身上。

（第 4 幕第 7 场）

因此，他是哈姆雷特强大的敌人，有时候在哈姆雷特看来又是无足道的渺小：哈姆雷特想到社会人生的根本问题的时候，常常不把他放在眼里了。

胜利总是在正义一方面。他的收场是有典型意义的：“谋害别人，反害了自己。”葛忒露德临死也挣扎着拆穿他的骗局：“不是，不是”——不是因为看见流血而晕倒——“是酒，是酒”——是酒里有毒。莱阿替斯临死也揭穿了他的阴谋。毒剑毒酒正好都落到他自己的头上，正是最合适不过的必然的结局。

波乐纽斯这位“襄理国家”的重臣，这位两朝元老，对于克罗迪斯顺利和兄嫂结婚，把王位篡夺，有过功劳，所以相对得到新主的信任。他显然是从中间统治阶层爬上宫廷的，没有理想，没有道德观念，只有功利主义，只有世故，充满了市侩气。“听壁脚”是他的拿手好戏，饶舌是他的专长。他愈老愈糊涂，愈沾沾自喜。克罗迪斯称他“老好人”，哈姆雷特却叫他“老傻瓜”。

这个又可气又可笑的小丑，本领也不小。他收集了说不完的格言，拿来教训儿子，教训女儿。一切通过他肚子里的那个“处世哲学”的大熔炉，都变成不堪的庸俗化。例如他的格言中就有这么典型的两行：

> 多听人提意见，少对人发表意见；
> 有批评都接受，自己的判断要保留。
>
> （第 1 幕第 3 场）

庸俗的趣味使他把艺术价值也颠倒了。他虽然自称在大学里演过《久理思·恺撒》，却照哈姆雷特的说法，“只爱听滑稽的插曲，或者淫秽的打诨，要不然就会瞌睡的”，至少他老来显然是如此。

和这一点互相呼应的，更严重的是：他首先把道德价值就颠倒了，他是十足的假道学先生。他赞成儿子“搞女人”、逛窑子，他反对女儿和哈姆雷特谈恋爱，把哈姆雷特的纯洁爱情反当做阔公子玩弄女性的花样。他教训女儿的时候就用“捧出一个小傻瓜”这类的下流话。他从女儿那里逼出了一封哈姆雷特从前写的情书，拿到宫廷上当众朗读了，挖苦一顿，给大家开心。他把这一切当做爱护女儿，实际上只是讨好克罗迪斯。他不管女儿的痛苦，最得意自己给克罗迪斯找出了哈姆雷特发疯的原因。进一步，他还自己建议替克罗迪斯把女儿当母牛母马“放”给公牛公马去试探哈姆雷特。

哈姆雷特对于这一点是最看得清楚的，也就是深恶痛绝的。他在第2幕第2场装疯把波乐纽斯叫做《圣经旧约》“士师记”里的耶弗他，哼两行民歌说：

只有个美丽的女娃，
宠爱她可真是到家。

波乐纽斯就凑趣说，“既然殿下把我叫做了耶弗他，我就当真有一个女儿叫我宠爱得真是到家”。“不”，哈姆雷特回答说，“接不下去的”。意思是：“你有个女儿，可不见得宠爱到家。”哈姆雷特看出他和耶弗他有一点相同——无耻地献出女儿，牺牲女儿。

他这样一个人对于哈姆雷特决不是一个敌手。可是对这样一个人，哈姆雷特有时候也真感到无可奈何。哈姆雷特在第3幕第2场借了看云的机会用指鹿为马的说法来嘲弄他的奴才相、他的没有是非心，他却一点不生气，只是跟着说“像骆驼”，“像鼬鼠”，“像鲸鱼”，反当人家是使性的傻孩子捉弄了人家。克罗迪斯把他看得也很清楚，在自己和哈姆雷特的斗争里，并不重视他帮忙的作用。可是他客观上却以糊涂替克罗迪斯给对方添了许多麻烦，最后还以横死绊了对方的脚。

罗森克兰兹和纪尔顿斯丹总是两个人在一起出现。这正表示社会上这一类人物的众多。如果克罗迪斯只把波乐纽斯当做了“帮闲”能手，他却重视他们两个，把他们当做“帮忙”好手，虽然客观上并未比波乐纽斯起了更大的作用。他们只要巴结上做了国王的克罗迪斯，就不惜出卖同学好友的哈姆雷特；只要看见克罗迪斯脸色一转，就狐假虎威，对王子也声色俱厉。不管他们究竟知道不知道那封密令的本来内容，他们总是参加了克罗迪斯打发哈姆雷特去英国的阴谋。因此，哈姆雷特对他们还击起来更是无情，更是痛快。他直截了当地对他们说，“随你们叫我是什么乐器吧，你们只能撩拨我，不可能玩弄我”，他当面指出了他们这类人物的命运，“国王像猴子一样的，把他们衔在嘴角里，先舔弄一会儿，最后才一口吞下去”。他杀死波乐纽斯是出于误会，把他们送死，却是他自鸣得意的杰作。

莱阿替斯相当于新贵族家庭的下一代，显出了十足的贵族气。他在国外，在巴黎的繁华世界里，受一般贵公子的教育，主要过骑马、击剑、玩女人的冶游生活。他的封建意识，对于他的父亲说来，也就青出于蓝。他不但否定男女之间有什么爱情，不但否定爱情能越过门第高下的限制，而且明白说王子就无权自由选择配偶。他装腔作势，实际上并不爱他的父亲，爱他的妹妹。他不但没有感情，而且没有思想：他只想到也只爱自己的面子、虚荣。他要“报仇”，就为了自己的“荣誉”。可是他想到就行动的时候，又把“荣誉”丢开了：他不讲道义，不求光明正大，他讲卑鄙下流的暗算诡计。因此，他又是一个极端个人主义者。为了达到个人目的，他不择手段。毒药也跟他有缘。他也会冠冕堂皇，利用人民，煽起暴动，为他自己来推翻国王。很有意义的是，身为国王而首当其冲的克罗迪斯恰好就在这个关头找到了一个得力的帮凶，给了哈姆雷特致命的一击。

这个年轻贵公子处处同哈姆雷特形成了一个对照。莎士比亚除了使他们两个在开头，在一个正要回巴黎、一个回不了威登堡的时候，一同上过场，以及使他们最后在一起比剑以外，只在莪菲丽亚的坟头照了一次面。那正是一场冲突。哈姆雷特，正因为自己对莪菲丽亚深沉的哀痛，而深恶莱阿替斯卖弄他浅薄的感情，以至于自己沉不住气。那么，他的所谓“行动”，特别是他在行动中的利用人民，该使哈姆雷特发生什么感想，也可以推知了。同时，莎士比亚用人民轻易受他利用的事件，也就从旁阐明了哈姆雷特也会朦胧感觉到的一种苦恼。

克罗迪斯以下这些反面人物都是些帮凶。可是他们也正是社会罪恶的代表，剪除他们也是为人民除害。

哈姆雷特对正面人物，只要见一点好处，就非常欣佩。

挪威王子福丁布拉斯并不是一个理想人物。哈姆雷特临死推举他承继丹麦王位多少是不得已而求其次。可是他有一个长处：他和哈姆雷特的父亲一样，是一个堂堂的战士。他在和群众关系上，不像莱阿替斯随便利用人民，而能把无家可归的穷苦人民组织成一支大军，由他率领了出外征战，为一点较有广泛意义的“荣誉”，寸土必争，视死如归。难怪他也能赏识哈姆雷特，给他举行威武的葬礼，称他为战士。

穷学生霍拉旭是哈姆雷特的患难朋友。他在宫廷社会里，特别在罗森克兰兹和纪尔顿斯丹的对照之下，更显得善良。哈姆雷特，正因为自己的容易激动，特别赏识他的稳如泰山，称赞他“始终一贯”：

> 遭受一切而不受半点伤痛，
> 无论受命运的打击或是照拂，
> 你都能处之泰然，同样谢谢。

（第3幕第2场）

然而，他同时也就不是一个积极的社会“战士”。他是了解哈姆雷特的，因此他很合适地接受了哈姆雷特临终交给他的教育人民的任务。

现在再看看罪恶社会的两位女性牺牲者：

葛忒露德不能就是一个坏女人。她只是不够坚强。主要是罪恶环境造成了她的失足。我们不能太看重她的丈夫（鬼魂）在沉痛的抒情中骂她的话，当真认为她是“色欲”的化身。因为她的丈夫一再强调的是：克罗迪斯“诡计多端，花样百出”，那样“有本事诱骗人”。否则，哈姆雷特原先把她看做了理想女人就毫无基础，知道她堕落以后也不会觉得简直是天翻地覆了。否则，她也没有可能后来又逐渐变过来，使她一贯温柔的品质、善良的品质，重新突出来，也就帮助哈姆雷特获得一种新的和谐的感觉。

环境和性格规定了她的变化。她爱丈夫是真挚的，可是她抵抗不了克罗迪斯的诱惑，做了他的俘虏。她哭丈夫的暴死也是真挚的，可是她不知道有谋杀情事，屈从了克罗迪斯的诱惑，跟他结了婚。她爱儿子是一贯的。从克罗迪斯当众宣布哈姆雷特是他的王位继承人看来，就可以知道她和克罗迪斯，在结婚以前，先对于这一点有过谅解。她头脑简单，以为这样并不是剥夺了她还很年轻的儿子应有的权利和义务。她悔罪以后还不能和克罗迪斯一刀两断。可是她还没有确切知道克罗迪斯的谋杀罪行，因为鬼魂挡住了哈姆雷特对于这一点的透露。哈姆雷特也没有这样过高的要求她。时机也还没有成熟到她可以帮哈姆雷特把全局扭转过来。可是她已经确守儿子向她吐露的秘密，在儿子杀死波乐纽斯以后，替他骗克罗迪斯说哈姆雷特疯极了，只听见帷幕背后有一点响动（事实上是听见了波乐纽斯的叫喊），而且说“哭了”他所误杀的老头儿。她在克罗迪斯的影响之下，最初会劝儿子节哀，泰然说“有生必有死”，“很普通”，不要太在乎。她在寝宫受儿子鞭挞这一场以后，就会说这一类话了：

也正合罪孽的本性，我心惊肉跳，
把细事都当作大难将临的预兆……

（第 4 幕第 5 场）

同时，在转变以后，她一有机会也就很自然地让一些温柔话脱口而出了，例如替哈姆雷特解释说：

只消一会儿他就会安静下来的，
就像耐性的母鸽子一窠抱出了
一对金黄的小雏儿。

（第 5 幕第 1 场）

莎士比亚报告莪菲丽亚诗化的自杀，也就在这位王后身上找到了适当的发言人。

她最后喝毒酒而死，是出于偶然。可是她介在短兵相接的克罗迪斯和哈姆雷特中间的地位也就使她无意中代儿子喝毒酒的可能性非常大了。

“苦命的王后，再见。”哈姆雷特临死说，哈姆雷特临死想的都是大问题，没有想到母子情分，正如他临死也没有特别提到他的爱人，莪菲丽亚。

莪菲丽亚很正确地自称为“妇女中最伤心悲惨的女子”。她是一个纯洁的少女，可是也不够坚强。她太单纯了，她深爱哈姆雷特，可是她不了解周围社会问题的复杂。她无意中由她的父兄摆布成反对哈姆雷特的工具。她作为工具没有起多大的帮凶作用，可是她不由自主的行径给哈姆雷特在精神上的打击却是太大了。她是在父兄的封建压力之下教养起来的。她听了哥哥劝她防止哈姆雷特，劝她“守身如玉”的教训，就说：

可是好哥哥
你千万不要学坏牧师，给我指点

上天堂要走的长满荆棘的陡坡路，
自己可像个招摇过市的浪荡儿
只顾走莲馨花道路，流连忘返，
全忘了自己的劝告。

（第1幕第3场）

她听了父亲对她说“当心你给我捧出来一个小傻瓜”，就生气回答说哈姆雷特对她的态度十足是“光明正大”。可是她资质太弱，反抗不了。等到灾祸接二连三地来了，复杂深广的社会罪恶也使她朦胧地意识到了，她就受不了，丧失了理性，虽然她在发疯中，正如莱阿替斯所说的：

忧思、苦恼、愤恨，甚至于地狱，
她都会点化成温柔，点化成爱娇。

（第4幕第5场）

她和哈姆雷特正好相反：一个是不坚强反抗，发疯，自杀；一个是装疯，虽然想到过自杀，但还是坚强反抗，打击了罪恶社会。

她和哈姆雷特有一点特别的相同处。在哈姆雷特以外，不算掘坟人甲，就只有她也熟悉民间歌曲，只有她在发疯的时候也哼唱过它们。她也熟悉民间男女的生活。她熟悉乡下花草的名字和传说，使她的疯话里增加了民间的气息。

波乐纽斯和莱阿替斯在假道学掩盖下对她说的关于男女问题的下流话也可能影响了她在发疯中对于民间歌曲信手拈取的题材范围。可是他们不会了解怎么还不能给她隔绝了周围人民大众的空气。

我们在剧本里看到哈姆雷特周围，除了和他面对的这些统治阶层的人物以外，还或远或近地围绕着兵士、水手、跑码头戏子、掘坟人，以至起义的平民。他们，直接间接地，也都烘托了哈姆雷特这个中心人物。

八

现在我们看身处在这些人物当中的哈姆雷特究竟怎样是典型环境里的典型人物。换句话说，艺术中的哈姆雷特以及烘托他的周围人物怎样集中表现了一定社会历史现象的本质呢？

别林斯基说："在一位真正有才能的人写来，每一个人物都是典型。"① 莎士比亚，对于别林斯基说来，一直是这样的一位作家。从这一点，我们也可以了解别林斯基为什么认为莎士比亚的"每一个戏剧都是一幅世界的缩影"②。《哈姆雷特》，在莎士比亚的戏剧当中，一向都是被认为最有多样性的，因此更是这样的戏剧。我们知道任何艺术作品都受题材限制的，它所以能是"一幅世界的缩影"，就在于它概括了一定社会历史的主要和本质的现象。

我们把莎士比亚写作《哈姆雷特》的时代背景，拿来和剧本的情节和人物对看一下，就可以看出哈姆雷特的"世界"，不是中世纪的丹麦，而是文艺复兴时代的英国。

照这样说来，我们能不能像莫洛佐夫一样地认定剧本里的丹麦城堡反映了莎士比亚时代封建贵族的城堡呢？莫洛佐夫的印象是这样："城堡主人的侄儿上大学念书，在那里他接触到了托麦斯·摩尔所写的《乌托邦》一类的书。等他返回城堡后，他用另外的眼光来看周围的环境，并且感觉自己在城堡里是一个陌生的人。首都的演员们到这个城堡来。城堡主人大张筵席……这里

---

① 别林斯基：《论俄国中篇小说与果戈理的中篇小说》。

② 别林斯基：《文学的幻想》。

还有一个城堡里的老执事官，他曾经在大学里学习过，甚至扮演过学生业余演出的恺撒大将……执事官的女儿在城堡周围的草地上采花。"[1] 这种印象和剧本里的情景多少有一点相似，只是这样一看，哈姆雷特的天地就缩小了，剧本的广大而深刻的现实内容、典型意义，也就消褪了。单就表面形式看，剧本里的丹麦宫廷倒像是伊丽莎白型宫廷，只是具体而微，虽然莎士比亚时代的英国宫廷，意义要狭得多——我们不能像平常看现代作品里所表现的典型工人家庭或典型农庄那样的看莎士比亚这一类把时代、国家都随意改置，而布景排场也非常简单化，甚至带一点象征性的古典诗剧里的典型事物。

透过表面形式，我们就得照别林斯基的更为宽广的眼光来看[2]，我们可以看到整个国家、整个社会的全面反映。

我们知道英国封建基础崩溃和资本主义关系兴起的文艺复兴时代是一个急剧变化的时代。我们在分析当时的阶级关系的时候，也就看见了贵族资产阶级化和资产阶级贵族化的现象。封建领主也"圈地"，推进资本主义原始积累过程。旧贵族所剩无几，已经如恩格斯所说的，"为中等阶级出身和有中等阶级倾向的新贵族所代替"[3]。马克思说王权"自身也是资产阶级发展的一个产物"[4]。

我们在剧中人物的性格上可以看到一种复杂的反映。克罗迪斯这个国王十足是文艺复兴时期君主当中的一种类型，恶劣的类型，一个极端自私自利的"玛基雅维利主义者"，也就是说，充

---

① 莫洛佐夫：《莎士比亚悲剧集》序（中译文：《莎士比亚论》）。

② 安尼克斯特论《哈姆雷特》一文（苏联《文学教学》，1954 年第 2 期）据以发挥说，"本剧的情节就包括了全部人类生活的实质"，未免过分了。

③ 《德国农民战争》第 4 章。

④ 《资本论》第 1 卷，第 7 篇，第 24 章。

满了原始积累时期冒险家的意识、新兴资产阶级精神的毒辣一面[①]。波乐纽斯这个重臣显得不是原来就属于贵族阶层的；他感到自己的女儿和哈姆雷特阶级悬殊，不好“高攀”；他一方面表现了封建奴才意识，一方面又透露了资产阶级精神的又一个反面——市侩气。莱阿替斯应是新贵族的下一代，已经十足是贵公子的一种类型，可是他一方面强调王子不能自由择配，一方面又以行动说明了谁都可以随便反对国王；一方面标榜个人的所谓“荣誉”，一方面为了达到个人的目的，又不择手段，可以利用人民，也可以运用毒药，因此他和克罗迪斯正好投合，因为头脑简单，做了他可鄙的工具，罗森克兰兹和纪尔顿斯丹是为虎作伥的势利小人，意识上符合封建奴才阶级，也符合资产阶级，不顾信义，只求向上爬。另一方面，哈姆雷特和发了疯的莪菲丽亚却又（主要以他们说话所用的语汇和意象）透露了：他们多少感染了一点人民大众的气质。

这些人物的性格使我们看得出这种阶级本质的互相渗透，互相错综。事实上，人物自己的说明里也有一点证据。奥斯立克是一个青年廷臣。他说话的矫揉造作，他的自鸣得意而不知道自己做了小丑，会使我们想起年轻时候的波乐纽斯。哈姆雷特在第5幕第2场里和霍拉旭谈了他。因为霍拉旭不认识他，目光锐敏的哈姆雷特就介绍说：“也算你运气好；认识他真是作孽。他有许多田地，都十分肥沃。一头畜生做了许多畜生的主人，就会把它的秣槽搬到国王的饭桌上来的。他是一只小八哥养成的小老鸹（原文只是‘一种红爪鸟’——红爪鸟善学舌，养驯了爱偷钱、玩火），可是，我说，拥有了大量的臭粪。”

从这里可以看出当时的新兴地主阶级甚至会爬上朝廷。这段

① 他自己也强调过“金钱万能”的作用，金钱可以“买掉法律”。

话也可以使我们推广出去，想到多少统治阶级的小人到野心家（包括克罗迪斯一类人），用巧取豪夺的手段，由窃占土地以至窃取国家。

这个大变化时代英国社会上富于流动性的各阶级的精神意识不可能不在剧中人物的性格上得到一些错综的反映，可是这并不是等于说我们要替剧中人物照英国当时的社会情况来严格划分阶级。

因为，我们分析实际社会的阶级关系虽然要画几条平行的细线，可是更该画一道粗线，分开统治阶层和被统治阶层，压迫阶级和被压迫阶级——广大人民。随阶级的新的分化，随阶级的经济和政治地位的变化，这条粗线也会多少上下移动一点的，也就是说随时代不同而画法不同。这条粗线也大致就画在总的阶级矛盾中的主要矛盾所在的地方。看待莎士比亚这种古典文学作品里的世界，大概更应如此。

鲁迅回忆19世纪末叶俄国文学刚被介绍到中国来的情况，说他有了“一个大发现”：“从文学里明白了一件大事，是世界上有两种人：压迫者和被压迫者！”① 这在阶级关系的范围内，也就是指出了主要矛盾的性质。

因此，哈姆雷特的世界也只是显著地画了一道粗线，上面是当时的统治阶层，下面是被统治阶层；上面主要是荒淫、残杀、阴毒、虚伪，下面一般是辛苦、勤劳、明慧、纯真；上面大多是出头露面的人物，下面照例是无名氏的兵士、水手、戏子、掘坟人，等等。

正合莎士比亚时代的情况，爬得上去的资产阶级的上层就属

① 《祝中俄文字之交》（《南腔北调集》——周扬《社会主义现实主义——中国文学前进的道路》一文中曾加以援引）。

于统治阶层，还压在底下的资产阶级的下层也就在被统治、被压迫的人民这一边，或者两边虽然没有出现资产阶级人物，却都有些当时资产阶级双重性的思想感情的不同反映。斯密尔诺夫说哈姆雷特既痛恨“宫廷生活”又痛恨“正抬起头来的市侩的虚伪”①。戏剧里的丹麦宫廷，规模虽小，倒正好比伊丽莎白宫廷概括了更多的东西。

克罗迪斯集中体现了统治阶级的罪恶，是这种罪恶的元凶祸首的典型。他那些帮凶，波乐纽斯、莱阿替斯、罗森克兰兹和纪尔顿斯丹，也就是统治阶层罪恶人物的各种典型。

妇女呢，即使到了资本主义社会也并没有得到真正的解放，所以很容易做社会罪恶的牺牲者：不是死，就是当人家的玩具、工具或者资产。葛忒露德和莪菲丽亚就是这种牺牲者的典型。虽然如此，两个人也不相同，葛忒露德表现了一种贵妇人的气质，莪菲丽亚本质上却近于“小家碧玉”。

福丁布拉斯属于统治阶级的顶层。他虽然只出场两下，由于别人一再谈到他，一瞥里也可以令人想见一个富有朝气、能得民心的正派军人的典型气度。霍拉旭是当时典型的有节操的读书人，气质上靠近底下那一道两大阶层之间的分界线。

底下就是为数众多而实际上在当时也难得出头露面的无名氏——人民大众。

哈姆雷特是当时优秀的先进人物的典型。他出身上层统治阶级；他接近人民。他抱了文艺复兴时代人文主义的崇高理想；他痛心周围社会的丑恶现实。他在本阶层社会内最好是装疯；他思想感情和人民方向一致。他为了改变社会现实，为了人类理想，和社会的罪恶统治进行不妥协的斗争；他还不能在行动上和人民

---

① 斯密尔诺夫：《论莎士比亚及其遗产》（中译本《莎士比亚新论》第2篇）。

结合在一起。这些特征在这个悲剧的中心人物的身上得到了高度的艺术性概括。

这个中心典型人物不是静止的，是发展的。他的发展正好特别尖锐地表现了当时社会历史发展规律在人民大众的思想感情上引起的反应。

我们知道英国文艺复兴时代的辉煌和残酷一开始就是不可分的，辉煌就是建筑在残酷上面。只是在这个大变动时代的主要时期，一直到1600年左右以前，民族国家的形成、海上威力的强大、工商业的繁盛、民族文化的高涨，使社会上广大阶层都感到振奋的情绪。当时普遍的情绪主要是反对封建制度，幻想只要封建束缚完全摆脱了，人人都有自由发展的机会。在原始积累时期各色冒险家的“自由”活动的影响之下，看到城市手工业户也有上升为资本家的，中农也有上升为新地主、农业资本家的[①]，“自由”受害的广大农民，付出了最重的代价，流离失所，固然痛苦，铤而走险，也还存希望：社会上“事在人为”的乐天想法占了上风，于是一切都形成了热闹，热闹凑合了辉煌。人文主义思想也就在这样的基础上反映了广大人民的想望。

和这种想望恰好一致，早期的哈姆雷特天真可爱地肯定了人的价值、人世的美丽。

可是社会变化逐渐明确起来了，一般人民，头脑一清醒，对于当时的阴暗面的认识也就压倒了对于当时的光明面的印象。

宫廷、新贵族、大资产阶级，同流合污，形成了新的反动局面：“封建形式，出空了实际内容”，正在“僵化成君主暴政制度”[②]。阶级分化固定下来，个别上升的现象决不能掩盖普遍的

① 参看布拉克《伊丽莎白朝代》（《牛津英国史》）第7章。

② 摩敦：《人民英国史》第7章。

农民赤贫化、城市手工业者无产化的已经确定的事实。

残酷现实沉重地打击了人文主义的天真理想。哈姆雷特也就在受到一重重的打击之下表现了一种典型的忧郁。

当时的社会局势已经逐渐引导到17世纪中叶英国资产阶级革命的道路上去。到那时候又有“人类一家”的口号鼓动了广大人民[①]。可是莎士比亚一代人，就在1601年也就看到了艾塞克斯一帮人居然也想利用伦敦市民，要他们附和叛乱。艾塞克斯这个历史上的人物，就这一点而论，倒有点像《哈姆雷特》剧本里的莱阿替斯。虽然一个煽动成功了，一个失败，结果总都是那么一回事。人民也有了顾虑。

先进的人文主义者托麦斯·摩尔早在16世纪初期，因为深得民心，被国王从资产阶级中提拔出来做了相当于我们过去的所谓“宰相”，又因为反对国王的行径而负了“叛国”的罪名，上了断头台。他的名著《乌托邦》，用拉丁文写了，1516年在国外出版，直到1551年才有英文译本在英国出版。他在这本书里指出过当时那种国家都是“富人反对穷人的阴谋”；他死后，在一个长久的时期内，名声受到了统治阶级历史家的任意污蔑。他是不信任人民的集体行动的，可是伦敦的一般人民对他有一个极端尊敬的传统[②]。就在1600年前几年，几位戏剧家，包括莎士比亚，合写了一个名叫《托麦斯·摩尔爵士》的剧本，却显然受到一再检查而终于没有能上演。托麦斯·摩尔在剧本里是“穷人所曾有过的最好的朋友”，他临死，和剧本里一些起义平民上断头台的情形差不多，十足是大义凛然。这当然是符合当时

① 参看希尔（Christopher Hill）《英国革命与人类一家观》（《科学与社会》1954年秋季号）。

② 参看仓伯思（R. W. Chambers）《托麦斯·摩尔》（1935）的“开场”篇。

（已经是 16 世纪末尾）一般人民的共同看法。莎士比亚写作（或大致改定）《哈姆雷特》剧本的时候，不可能没有感觉到当时人民的这种情绪。

经过十六七世纪之交的现实考验，人文主义思想只有两条路可走：不是退缩到单纯是资产阶级的思想领域，就是坚持反映人民的想望，化入空想社会主义，和农民起义传统相平行，也在历史上发生了进步的影响[①]。

哈姆雷特这个典型形象也是经过了严重的考验。只有坚定了对人类的理想，虽然还是非常笼统的理想，更没有指出达到理想的具体道路，虽然在历史条件的限制下，还是取从上到下来改变社会现实的办法，却指出了为理想进行不断斗争以赢得不断胜利的不妥协精神。

九

莎士比亚在《哈姆雷特》剧本里，通过典型形象的塑造，充分地表达了作者的思想感情、爱憎好恶，鲜明地表现了作品的倾向性。这种倾向性的特色是什么呢？就是人民性的深刻。

我们只要回顾一下前面的分析，就可以想起：哈姆雷特这个中心人物，正面人物（简直可以说是莎士比亚自己的灵魂，“时代的灵魂”），他肯定了什么，否定了什么，爱什么，憎什么？

他爱世界是锦绣河山；他憎它变成一个蔓草丛生的荒园，变成一所大监狱。他爱人类是“宇宙之华，万物之灵”，他憎人类被作践成粪土，成畜生。他这种爱憎也就突出地、集中地概括了他那个时代人民的、也就是各时代人民的思想感情。他所反对的

① 参看摩敦《英国乌托邦》（1952）第 2 章。

荒淫、残杀、假仁假义、卑鄙下流，当时统治阶级的罪恶本色，也就是人民所反对的；他所反对的倒行逆施的窃夺行为也正是各时代劳动人民所反对的剥削和压迫行为的集中表现。他这样在斗争行动上也站在人民这一边，和人民站在一个方向，他佩服演员能把“灵魂都化入了想象的身份”、兵士能视死如归，而这种品质也正是创造世界、创造历史的劳动人民的品质。他和正直人，特别和社会底层的人物，在一起的时候，既是和蔼诚恳，又是爱说无邪的笑话，自己身上都显出了人民的气质，和他们化成了一片。当他控诉“压迫者”、“傲慢者”、“衙门”、“法庭”的时候，就连硬说莎士比亚一贯敌视人民的布兰兑斯也认为王子口中倒是说出了子民会说的话了①。

主题和情节、中心人物以及他和周围人物的关系、典型意义，都使我们看得出：这种人民性立场贯串了全部戏剧。这种基本精神是总干，一些具体场合和个别字句里的人民性表现也就从这条总干上长出来互相辉映的枝叶花果。

不从全面着眼，说莎士比亚是纯客观主义者，从不在剧本里表示态度的资产阶级唯心论批评家，当然还可以断章截义，挑出个别字句，来证明哈姆雷特这个中心人物本身就是随便怎样解释都可以的人物，本身就无所谓立场。他们可以拿第2幕第2场里哈姆雷特说的一句话，来证明他首先就是和他们自己一样的唯心论者：“世界上没有什么是好，什么是坏，只是想法不同才分出了好坏。”可是我们看看上下文，罗森克兰兹听了哈姆雷特说丹麦是一所监狱，就表示不同意说：“我们并不这样想，殿下。”“啊，”哈姆雷特回答说，“那么对于你们就不是一所监狱；本来么，世界上也没有什么是好，什么是坏，只是想法不同才分出了

① 布兰兑斯（Brandes）：《莎士比亚》（1898）。

好坏。对于我，这是一所监狱。”哈姆雷特在这里正好是说明了观点不同，说明了他和克罗迪斯的走狗站了不同的立场，人民的立场和反人民的立场，因为第4幕第5场证明了人民随时都准备冲进王宫——也就是突出监狱。

是非是不能颠倒的，尽管当时的统治阶级，根据自己的立场，把能说真话的都当做疯子和丑角。莎士比亚也就在第5幕“墓园”一场里借所谓“丑角”的嘴来反攻说英国人都是疯子。

同样，我们离开了剧本里总的人民性立场，离开了总干，来摘取剧本里的人民性细节，也会显不出它们的真实性。我们只能抓住了总干来估量枝叶花果。

现在我们就在这个基础上看看常常被认为和全部戏剧并不相干的“墓园”这一场的前半场。我们会看出，实际上，这里不但正是推动悲剧到收场的不可少的一步，而且也正是人民性表现得非常突出的地方。

辩护这半场和全部戏剧是相干的批评家往往只是在艺术效果上加以解释①。他们说莎士比亚善于在悲剧里放进喜剧成分，用以对照，使悲剧性反而突出，这半场也就是一个例子。从表面上看来，不错，这里的轻松推动了后半场的紧张：哈姆雷特和掘坟人在还不知道是莪菲丽亚的坟头上开的玩笑，加强了他后来在知道了就是莪菲丽亚的坟头上发作的悲痛。只是这里也不是纯粹的轻松。而且，凡是并非出于思想内容的要求而来的，艺术效果也至多是肤浅的，并非真正动人的效果：这半场还有更基本的需要。

从思想内容来看，这半场可以说是呼应了第3幕第2场“活下去还是不活”这一段重要的独白，成为最后一步以前的这段

① 例如阿达姆斯《哈姆雷特》诠释（1929）。

独白的解答和发展。这半场给哈姆雷特的下一步行动，最后打稳了哲学基础，注满了社会意识。

当然，一提到哈姆雷特人生观、世界观问题，批评家又可以钻“坟园”的空子，发抒自己的悲观论调了。有的甚至早已说了：“人生对他（哈姆雷特）是一个坟墓，世界是一个坟园”；“他在别处都是忧郁的，只在那里（坟园里）才是快活的！”[①]我们不能说莎士比亚没有受过当时的哲学家的影响。哈姆雷特呢，他身上即使有过法国蒙田怀疑主义的落后一面的影响，那么，在这里，这点可能的影响也该已经让位给另一点更可能的影响——意大利布鲁诺带点辩证法成分的唯物主义的影响[②]。哈姆雷特推想亚历山大和泥土的关系，继续下去，自然就有点符合布鲁诺生灭相依、矛盾统一的想法、“种子变干，干变穗，穗变面包，面包变血”，等等的看法。这倒是乐天的想法，这在哈姆雷特身上倒是起积极的作用。哈姆雷特是并不逃避到抽象观念里流连忘返的，总是联系现实来思考问题的，因此这一路想法，对他既可以起稳定的作用，也可以起推动的作用。

不管怎样，哈姆雷特在这半场里对于死的想法推动了他到下半场里的感情。顺次序，首先想到死落到讼师、政客这些坏人的头上，使他们变成一场空，哈姆雷特感觉到十分痛快。其次，看到约立克的骷髅，而想到死也落到自己接近过而比较无所谓的小人物的头上，他的感情就复杂起来，可是他还能用“红粉髑髅”的观念挖苦人世的虚伪：“现在你给我到小姐的闺房里去，对她说，随她把脂粉涂到寸把厚，她结果还是会变成这一副尊容，叫

① 德国波尔恩（L. Borne）（1828），见弗奈恩《哈姆雷特》集注本第2卷。

② 布兰兑斯指出蒙田的影响；法国契希维兹（1968）指出布鲁诺的影响——见弗奈恩《哈姆雷特》集注本第2卷。

她笑一笑吧。”[①] 他接着想到历史上的英雄亚历山大和恺撒也变泥土，想想就不由不感慨了：死不但把大人物小人物，远的近的，都统一了，而且把好人和坏人也统一起来了！正在这时候，看到亲近而善良的莪菲丽亚，受了他好像是残酷待遇的莪菲丽亚，年纪轻轻，也进了坟墓，他就让自己的全副生命力推他跳出来，在一死以前，宣布他对莪菲丽亚的真情，痛击虚伪的罪恶社会。莪菲丽亚，虽然可怜，却并没有做醉生梦死的榜样，终于使哈姆雷特从她的死里也看到生。

同时，哈姆雷特在这半场里对于死的想法也稳定了他到下一场开头的感情。掘坟人唱的民歌使我们想起莎士比亚时代的流行诗歌，特别是莎士比亚的一些短歌和十四行诗。时代的激剧变化也反映到当时的抒情诗歌里，那里流露出来的“人生如朝露”一类的感觉相当突出，又因为热爱生活的时代精神，也表现了抓紧生活的要求。克罗迪斯在第1幕第2场里也会劝正要回巴黎的莱阿替斯“善用好时光”。可是用法有种种不同。莱阿替斯就用来过冶游生活，也用来搜求毒药。糊涂一生的也就是虽生犹死。人都有一死，只是有的死得“轻于鸿毛”，有的死得“重于泰山”。照我们现在的说法，有的人拼命挡住历史的车轮，终于粉身碎骨；有的人推进历史的车轮，到头儿心安理得，活在人类的集体生命里，完成了生的胜利。从泥土到泥土，中间就是这样的不同。如果有一个名字留下了，这个名字对人类就有种种不同的意义。因此，哈姆雷特到下一场临死的时候才那么在乎自己的“名字”会受到“伤害”。他并不在乎自己早死晚死，因此到下一场比剑以前，在显然预感到“冷酷的世界”一时还改不过来的一种淡淡的忧郁中，才终于泰然地说了：“有准备就是一切。”

---

① 莎士比亚当时人爱挖苦涂脂抹粉。

遥遥呼应着“活下去还是不活”那一段独白里的问题，哈姆雷特在完全可以“容受”自己有意义的一死，而坚持要“反抗”社会罪恶了。

也正是遥遥呼应着那一段独白，哈姆雷特在这半场里，借坟墓里挖出来的骷髅的题目，痛快淋漓地发挥了对于社会罪恶的控诉。

一个骷髅引起他说了这番话：“这一个骷髅本来有一个舌头，从前也会唱歌哩。看这家伙把它一摔就摔在地上，倒像那是世界上第一个杀人凶手该隐的烂颚骨似的！这尽许是一位政治阴谋家的脑瓜，现在叫这傻瓜随意颠来倒去了；谁知道他当初不是个偷天换日的能手呢？”

他又说：“或许是出入朝廷的老爷，最会说，‘早啊，大人！大人可好？’他也许就是某某老爷，嘴上在夸赞某某老爷的马，心上转讨过它来的念头，你说不是吗？……啊，正是呢，现在好，是蛆虫夫人的宝贝了，下巴颏也脱掉了，叫一把掘坟人的铁锹儿敲过来打过去。好一场翻身呀，叫我们有眼睛的看起来真是好看。花了那么多本钱培养了这些枯骨，无非是为了叫人家拿来当木头抛着玩吗？想起来我好不伤心呀［反话］。”

另一个骷髅又激起他说了一段话：“这不会是一个讼师的骷髅吗？他的搬弄定义，他的挑剔字眼，他的混淆是非，他的颠倒黑白，现在可都到哪儿去了？他为什么容忍这个撒野的家伙用一把肮脏的铁铲把他的脑壳乱打一气，倒不去告他一状，说他犯殴打罪呢？哼！这家伙生前尽许是一个收罗地皮的大主顾，只管挖空心思，要他的条文，搞他的甘结，敲他的罚金，抓他的双重保证，追他的赔偿。现在这就是他罚出来的好结果吗，赔出来的好收梢吗，叫他大好的脑袋里装满了大好的粪土？他的保证人，哪怕是双重四重的，再不能保证他收买来的地皮，顶多保上他一对契约那么大小的一点地方了吗？这么一小只匣子可装不下他那么一大堆地产的文契呢；地产的所有者本人就不能再有点周转的余地了吗，你说？”

接下去，他问了霍拉旭：“文契纸是用羊皮做的吗？”听到回答说“也有用小牛皮做的”，就说：“想靠这些东西保他长久的也只是牛羊罢了。”

掘坟人学法官，跟他故意咬文嚼字地开了玩笑。他又得到了借题发挥，嘲骂言论不自由的机会。“这家伙真是死心眼儿会扣门，”他说，“我们得对着指南针说话，一板一眼，毫厘不差，要不然一含糊就会出乱子，叫人家寻着错处了。”

我们从剧本里可以看出这样一条发展规律：社会罪恶和莪菲丽亚的受人利用驱使哈姆雷特装疯、反抗；哈姆雷特的装疯、反抗和社会罪恶促成莪菲丽亚发疯、自杀；现在又轮到社会罪恶和莪菲丽亚的发疯、自杀逼使哈姆雷特最后出击了。

他就在下半场跳出来首先和莱阿替斯起了正面冲突。

这半场也可以使我们看出哈姆雷特的这种人民感情是从哪儿来的：从他和人民大众的接近和亲近。他不是在坟园里才快活自在；他在社会底层最如鱼得水。他在第2幕第2场里，在和罗森克兰兹和纪尔顿斯丹作不快的谈话中，在忧郁中，一见戏子来，就和他们亲切地开玩笑，兴致勃勃，火花四射。现在我们听他怎样开始和不相识的掘墓人甲谈话吧：

哈　这是谁的坟呀，喂？

甲　是我的，先生。（唱）掘一个泥坑啊，请客人进里头，住起来挺美啊挺美。

哈　我看这个坑倒真是你的，因为你在里边瞎钻。

甲　你在外边瞎转，先生，所以这不是你的，

哈　你是在里边瞎缠，因为你明明在里边说这是你的。

这是给死的，不是给活的；因此你明明是瞎缠。

甲　先生，这就叫开着眼睛瞎缠呀，挺活的，一下子就会从我身上转到你身上哩。

这种接触也就让他再换一口气，积蓄了冲击力量；这半场里的人民空气也就给他从背后再推上了一把。

剧本在这里是通过哈姆雷特的思想感情表现了人民性。可是，同时，不通过哈姆雷特自己，通过周围的人物，人民性也得到了表现。我们，在这里，从掘坟人自己身上，能看见什么？

首先是人民的智慧。全部剧本里，除了哈姆雷特自己，就是掘坟人最显得聪明。我们从上面的例子不是也可以看出，连哈姆雷特和他们斗智都输了吗？

其次是人民的自豪。我们可以听听掘坟人甲、乙在哈姆雷特出场以前的这一段对白：

甲　来，我的锄头。要数家世，也再没有比种园子的、挖沟的、挖坟的这三家更古了。他们都是继承的亚当老祖的行业。

乙　亚当老祖也是个世家子弟吗？

甲　他是开天辟地第一个装起门面，挂起“家徽”来的。

乙　啊，他连裤子都不穿，还讲究什么叫“家灰”“家火”的！

甲　怎么，你是个邪教徒吗？你连圣经都不懂吗？圣经上说亚当掘地：掘地不用“家伙”吗？他的“家伙”，就是他的“家徽”。

这不是朴素的劳动创造世界的想法吗？

最后是人民的义愤。莪菲丽亚投河身死，却不照基督教规，还能葬在教堂坟园里，因为法官搬弄律令，辩解她没有犯自杀行为。掘坟人，并非针对莪菲丽亚，却憎恨教规和法律——剥削阶级的统治武器——和乱用法律的讼师、仵作一流人。掘坟人甲对这种法律上的诡辩就极尽了嘲骂的能事。他听说跳河不算自杀，就挖苦说："这只能是'自毁行动'（谐'自卫行动'），不能是别的什么。道理很清楚：假定我存心把自己淹死，这就造成了一种行为；一种行为有三个分支——一是干，二是做，三是行；所以，她是存心把自己淹死的。"他继续挖苦了一顿。最后掘坟人乙说："你要我干脆说一句老实话吗？如果这一个死的不是什么上等人家的妇女，人家早就不当她基督徒埋了她了。""啊。"甲就回答说，"你这才说对了！真是可气，大户人家的阔人偏比别的基督徒小弟兄更有权利投河上吊！"他们也提起绞刑架——剥削阶级的另一个统治武器——在它上面做文章（"绞刑架造得比教堂还坚固"）也正好遥遥呼应了哈姆雷特的一再提说"鞭子"——当时惩治"流民"的一种武器。

这半场里的掘坟人很像旧世界的掘坟人。人民已经相当清楚，已经有点气势逼人。难怪哈姆雷特也就在这里说："我这三年来已经注意到了，时世已经变得这样精明，乡下土包子的脚尖已经逼近朝廷人士的脚跟，擦得破他们后跟上的冻疮了。"因此，坟园里人民性的充分表现也紧紧地结合了剧情的发展，推动了下一步的悲剧性动作。

人民性当然也不止表现在坟园里。在坟园以外，莎士比亚还让我们瞥见了一下人民集体行动的威力。他们在第 4 幕第 5 场里冲进了宫里。我们可以听一听一位侍臣的报告：

请赶快躲避一下吧，陛下：
海洋涨起来，涌过了四周的堤岸
席卷附近的平地，来势汹汹，
还不比年轻的莱阿替斯带一群暴徒

压倒了禁卫队！暴徒都叫他王上；
仿佛世界还不过刚刚开始，
什么古风、旧制、老规矩，全忘了，
一切都自作主张，他们只顾喊：
"我们来挑选！一定要莱阿替斯做国王！"
扔帽子，举手，一直叫喊到云端里，
"一定要莱阿替斯做国王！莱阿替斯王！"

只是历史条件规定了他们还要"国王"，还一时随便听信了自私自利的莱阿替斯，规定了他们的行动马上被出卖了。历史也规定了当时哈姆雷特还刚在海上单枪匹马把克罗迪斯的两个走狗送上了死路。

一〇

莎士比亚创造出来的哈姆雷特这个典型人物自己都在剧本里发表了一段生动的艺术论，我们最后不禁还要从这段艺术论出发来约略检查一下莎士比亚怎样就在这个剧本创作的各方面圆熟运用了这些艺术手法。

哈姆雷特发表的是他自己的演剧艺术论，其中的论点离不开这个剧本的内容所规定的条件；也是莎士比亚的一般艺术论，其中的论点可以离开这个剧本的内容而广泛引用。因为我们到底下会看到二者是一致的，虽然个别地方可能有一点小问题（到这种地方，我们就可能主要就回到这个剧本的内容所规定的条件来看了）。

这段议论围绕着一个中心问题：演剧的目的，也就是一般艺术的目的。这个目的，他说："从前也好，现在也好，都是仿佛要给自然照一面镜子；给德行看一看自己的面貌，给荒唐看一看自己的姿态，给时代和社会看一看自己的形象和印记。”这也就是“反映论”的雏形，因为这里的“自然”就是生活，就是现实，就是“时代和社会”。塞万提斯在他和《哈姆雷特》差不多同时出版的《堂·吉诃德》里也借小说中人物说了：“喜剧依照（罗马作家）西赛罗的意见，应该是人生的一面镜子、世态的一副模型、真理的一种表现。”哈姆雷特也在台词里说到“模仿人生”，可是他不是自然主义者，因为他指出了两面，“德行”和“荒唐”，不放过生活的矛盾——一定社会历史现象的本质。

目的是这样，办法呢？“你们切不可越出自然的分寸”，哈姆雷特对伶人说。一方面：“千万不要老是用手把空气劈来劈去……而是要用得非常文静；要知道就是在你们热情横溢的激流当中，雷雨当中，我简直要说是旋风当中，你们也必须争取到拿得出一种节制，好做到珠圆玉润。”另一方面：“也不要太平淡了。”他又说：“要是表演得过火了，或者是拖泥带水了，尽管会博得外行人开怀，只能使明眼人痛心……”他在这里并不是反对“有意识的夸张”和“突出”原则，相反，他反对虚胀、浮肿，正是为了要达到“充分”和“尖锐”。他也反对“平庸乏味”，反对“灰色”，为了能做到真切动人。

他不但要求“用动作配合字句，用字句配合动作”，而且进一步说了：“还有你们那些演丑角的，只许念剧本上写下的说白，不要临时添花样。他们中间往往有人就专爱在台上自己先笑出来，逗引少数没有头脑的听众也哄笑一番，全不管戏里正好有紧要问题要大家注意哩。”这是就演剧而言，只讲到念法和做工，可是引申出去，也就适用于剧本创作中的人物、情节和语言各方面。一切都是要配合得当、紧凑、集中，要有统一性。

为了统一的目的——反映现实，贬恶扬善——而讲求这些艺术手法十足符合现实主义艺术的原则。

可是这段议论里还有一点。哈姆雷特怪所谓“站场”听众“大多数是什么也不懂，只赏识莫名其妙的手势戏和热闹”。他提到“外行人”和“明眼人”的时候，对伶人说：“你们把这种行家里面一个人的意见必须估计到重于一院子其他听众的信口雌黄。”他在前面另一时也提到“一般人”不赏识“鱼子酱”。这不是脱离大众、曲高和寡的论调吗？可是莎士比亚自己是当时最成功、最受群众欢迎的戏剧家。

这一点问题，回到剧本内容的条件来看，是容易解答的。哈姆雷特周围的当朝第一名大臣波乐纽斯就只喜欢插科打诨。在周围正气不张、邪气冲天的环境里，哈姆雷特就往往流露了感觉到众醉独醒的心情。而他对自己的要求也就是很高的。

另一方面，在莎士比亚自己的场合，我们也多少可以了解：他的戏剧在当时虽然受人民大众欢迎，戏剧内容的深刻的、先进的意义却还不可能受到普遍的充分了解，因为当时人民大多数都还得不到提高文化修养的机会。

列宁说：“知道艺术家托尔斯泰的，甚至在俄国也是极少数的人。要使他的伟大作品真正成为大家的财富，就必须斗争，就必须向那种使千千万万人陷于愚昧、卑贱、苦役和贫困的社会制度作斗争，就必须来一个社会主义的变革。”①

因此，这一点问题也不成问题。这一个次要的论点也并不妨碍这段台词的基本要求仍然符合现实主义艺术的要求。

剧中人物的哈姆雷特有没有把他自己的理论贯彻到他自己安排的那一场演出里呢？他借戏班子会演的现成戏剧的演出，以照

---

①　列宁：《列夫·托尔斯泰》（译本用《苏联文学艺术论文集》中《反对错误地解释文学的人民性》一文所引用的，与《马克思恩格斯列宁斯大林论文艺》一两处用字略有不同，比较光润）。

出克罗迪斯可能的罪行，以及葛忒露德已成定论的朝三暮四，而且达到了目的，当众穿透了元凶祸首铜墙铁壁似的伪装和掩蔽，在精神上打垮了敌人，也正如哈姆雷特在第 2 幕第 2 场里说过的，做到了“使有罪者发狂、无罪者惊愕，使无知无识者惊慌”。戏子的念法和做工，在剧本里没有说明，不能说没有遵守他的要求。至于演出里有他所不赞成的哑剧和开场白，现成戏词大半是矫揉造作的滥调，这又当别论。因为这里到底是戏中戏，必须和本戏有显著的区别。这是莎士比亚这位剧作者正应顾到的“分寸”。

进一步看，莎士比亚把哈姆雷特的这一段台词插在本戏里也十分恰当，决不是多余。因为戏中戏的演出在全剧里是一个重要关键，莎士比亚使哈姆雷特认真准备戏子演好戏中戏，以便达到他的重要目的。这一点也不违反集中和统一的要求。

这一番考虑正好是一个例子，帮助我们看见了莎士比亚把他的艺术手法在《哈姆雷特》剧本的创作里做到了。现在我们总起来看一看这些艺术理论运用在这个剧本创作的几个方面所达到的成就。

这里刚提过的哈姆雷特发表演剧艺术论，对全剧好像不相干却是很相干的，就使我们首先想起了剧本结构的严密、紧凑。情节里，敌对双方，你来我往，从主动地位到被动地位，从被动地位到主动地位，显出了斗争的剧烈。例如，哈姆雷特试探克罗迪斯，克罗迪斯试探哈姆雷特，到戏中戏正好达到了最高点，一下子两边照了面，两边恍然了。“以子之矛，攻子之盾”这一套规律到处在掌握，到处在利用。例如，克罗迪斯用密令叫英国国王处死哈姆雷特，哈姆雷特换掉密令的内容使英国国王处死了克罗迪斯的走狗。一切都安排出息息相关的意义，到处都显出了处境的互相呼应，例如哈姆雷特的装疯、想自杀和莪菲丽亚的发疯、自杀；问题的互相烘托，例如哈姆雷特的报仇和莱阿替斯的报仇；动作的互相辉映，例如哈姆雷特自觉地胡诌谣曲和莪菲丽亚不自觉地歌唱民歌；人物的互相对照，例如哈姆雷特对克罗迪斯，对莱阿替斯，对福丁布拉斯，对霍拉旭，对莪菲丽亚，霍拉旭对罗森克兰兹和纪尔顿斯丹，莪菲丽亚对葛忒露德。喜剧情调也推进悲剧效果，一松就为了一紧，使情节成为波浪式的，推涌到一个高潮又推涌到一个高潮。这一切形形色色的妙处，因为都是从主题上生出来又发挥主题的，充分而尖锐地表现了矛盾的本质，所以都不是空洞的噱头，并不引起紊乱，而是使剧本内容极端生动。

这一切所以都不是空洞的噱头，也因为都是靠托了有血有肉的人物。剧中人物，只要是说过话的，都不是僵化的概念，都是塑造得既不过火，又不拖泥带水，既有分寸，又能突出。

首先，他们不但有典型性，而且有个性。同一类型的人物，也彼此分得清楚。罗森克兰兹和纪尔顿斯丹是作者存心写成一对双生子式的，可是性格上也分得出：前者比较稳重而圆滑，后者比较急躁而直率，比较喜欢卖弄。两三个守夜军人之间，不用细看，也分得清彼此；两个掘坟人之间也是如此。

其次，人物自己的个性也有多方面的表现。哈姆雷特这个中心人物不用说了，正因为这样，莎士比亚才好叫他在戏里仿佛一个人演出了各种角色。克罗迪斯是一贯的卑鄙、阴险、残暴、顽强，可是平常在别人面前，却戴上了庄严、堂皇、礼贤下士，甚至温柔体贴的假面具。波乐纽斯是一个老糊涂，可是又相当狡黠，好像是一个老好人，可是又相当凶恶（看他禁止女儿和哈姆雷特来往的神情，他逼促王后教训儿子的态度）。莱阿替斯是没有头脑的，可是也最会想下流手段；他是极端自私自利的，可是对父亲和妹妹也不是完全没有感情。

最后，人物自己的个性也在发展中表现了它的多方面。哈姆雷特是不用讲了，莪菲丽亚也不用讲了，就是葛忒露德也使我们容易想得起这种情形。顽强到底的克罗迪斯在前半部是那么自信的，在后半部就在发狠中也显得踉踉跄跄了。甚至一贯稳定的霍拉旭也会激动得拿起有毒酒剩在里边的杯子来宣布说他是古罗马人，决不偷生。而所有这种发展、这种变化，又是一点不勉强，十分自然，显得合乎各人的性格。

所有这种人物性格的清晰、多彩，富于变化，在剧本里，并不靠外加的导演词来说明，除了靠情节以外，就主要靠人物口里说的语言来表现。

剧中人物差不多都是一开口就使我们听得出谁是谁。不但在一个场合，而且在前后不同的场合也使我们听得出，同时也听得出语言也已经发生了变化。

哈姆雷特，也正和他的性格相符合的，说起话来，语言最为丰富①，因为他吸取了极多的民间词汇，又因为他在装疯说疯话里得到了充分利用它们的机会。

作为例子，现在只举克罗迪斯的几段话来看看。先看他第一次出场所说的一段话，他那时候正是举行加冕礼以后第一次召集御前会议。这种开幕致辞式的话照例是最不易见出个性的，可是我们听：

至亲的先兄哈姆雷特驾崩未久，
记忆犹新，大家固然是应当
哀戚于心，应该让全国上下
愁眉不展，共结成一片哀容，
然而理智和感情交战的结果，

① 多弗·威尔孙说《哈姆雷特》里的词汇似乎比莎士比亚其他任何一剧所用的都丰富（参看他编订的《哈姆雷特》的序文）。

我们就一边用适当的哀思悼念他，
一边也不忘记我们自己的本分。
因此，仿佛抱苦中作乐的心情，
仿佛一只眼含笑，一只眼流泪，
仿佛使殡丧同喜庆、歌哭相和，
使悲喜成半斤八两，彼此相应，
我已同长嫂，过去和现在的王后，
并治我尚武之邦的先王德配，
结为夫妇：事先也多方听取了
各位的高见，多承一致拥护，
一切顺利；为此，特申谢意……

（第1幕第1场）

这是只有克罗迪斯才说得出来的话。多么冠冕堂皇的面幕底下，透露出一副暗笑的鬼脸。后来，在下令遣送哈姆雷特的时候，也是当众，他说了这样的话：

放任这家伙来胡闹，是多么危险！
可是我不能用严厉的法律惩办他。
他得到疯狂的群众一致的爱戴，
他们凭眼睛喜爱人，不用头脑，
因此会只怪犯罪人受罚太重，
却不管犯罪不轻。要风平浪静，
这样子马上叫他走、一定要显得是
出于周详的考虑。病发得急了，
一定得使出急药来医治才对，
要不然不好办。

（第4幕第3场）

这也只有克罗迪斯说得出来的。同样“有头脑”，同样有道理，面幕拉开了还想掩盖好，可是这里已经不是上半部里沾沾自喜的克罗迪斯，而是下半部里惶惑不安的克罗迪斯了。克罗迪斯在说话里有显出善于笼络别人的一面，例如他最初在御前会议上对莱阿替斯说：

现在，莱阿替斯，你有什么事情呢？
你说过有所请求。就说吧，莱阿替斯。
丹麦王只要听你说得有道理，
总会答应的。你对我有什么要求
还怕不会未开口先到手的，莱阿替斯？
丹麦王座对于你的父亲
就像头对于心一样的休戚相关，
就像手对于嘴一样的乐于效劳。
你想要怎样，莱阿替斯？

（第1幕第2场）

克罗迪斯在说话里也有显出善于镇压别人的一面，例如他后来在莱阿替斯冲进宫来问罪的时候，说了这段话：

你究竟为什么，莱阿替斯，
要这样大张旗鼓，公然造反？
放了他，葛忒露德。不用怕他会伤害我。
国王的周围总有个神圣的篱笆，
叛逆者只能来窥看，达不到目的，
只能想，做不成。好好跟我讲，莱阿替斯，
你为何这样动怒。放了他，葛忒露德。
说吧，好汉。

（第4幕第5场）

一软一硬，只是后一段里硬里带软，还是一个调子。显然，不同是由于眼前的两种处境不同，可是，从总的变化说来，一方面是上半部里的充满自信的克罗迪斯，一方面是下半部里的硬撑的克罗迪斯了。至于莪菲丽亚，她在发疯前，发疯后，说话当然得判若两人，可是就听她发疯前表示气恼的这句话："殿下真淘气，殿下真淘气！我要看我的戏"，和她发疯后说的这一句粗话："真是，嘿，不用赌咒了，我就了了它！"也听得出前后还是一个娇弱的少女。

戏中戏，为了和本戏有鲜明的区别，需要简单化的人物，也需要滥调式的语言。可是，就在这里，从人物的语言里也听得出个性。这里是阅世已深的国王：

> 爱妻须知，我诚恐即将辞世，
> 我的精力愈来愈不济事。
> 你该在花花世界里安享天年，
> 受人敬爱；倘一朝有缘得见
> 另一位如意郎君！

（第 3 幕第 2 场）

这里是装腔作势的王后：

> 哎呀，带住！
> 谁这样恋爱该就是负心的娼妇！
> 要再嫁丈夫，活该我受尽诅咒！
> 再嫁的就是谋杀亲夫的凶手！

（第 3 幕第 2 场）

当然，人物自己在舞台上运用语言来谈话（或说独白和旁白），目的倒不是为了当众表现自己的性格，是为了在人物与人物或人物对自己之间，发表思想感情，为了解说、议论，为了叙事、写景、抒情，等等。莎士比亚在这个剧本里，也就像他在所有成熟的作品里一样，对于不同人物的这种种要求，都能使他们得到恰如其分的满足，也就是说，他自己处处能做到字随意转，得心应手。作为例子，这里只须提一提他已经锻炼到登峰造极的经济笔法。第1幕第1场开头，小军官贝纳陀，因为前一夜见过鬼，心惊胆战，前来接岗位守夜的时候，问了被接替的兵士弗朗歇斯科一句话："没有动静吗?"回答是一个短句："耗子都没有动一动。"一句话点出了寂静而阴森的空气。一点平常的小事物造成了这么不平常的印象。第2幕第1场临了，莪菲丽亚，照她自己的观察方式，描摹了哈姆雷特怎样来找她，用不多几行，却构成了一幅强烈的图画：

他握住我的手腕，紧紧的，不放开，
伸直了手臂尽可能退回去一点，
又用另外一只手遮住了眉头，
那么样仔细打量我的面容，
好像要画它呢。他这样看了许久。
临了，轻轻地抖一下我的手臂，
他把头这样子上上下下地点三次，
发出了一声怪凄惨沉痛的悲叹，
好像这一声震得他全身都碎了，
生命都完了。然后他放了我的手，
转过身去还朝我转过头来，
他似乎不用眼睛只用脚走路，
他就这样子一步步走出了房门，
始终把目光盯住在我的身上。

莎士比亚在这个剧本里，像在他的另外一些剧本里一样，语言上不但用诗体（差不多全部是五步无韵体即所谓"素诗体"），而且用散文体。不同场合需要这两种体裁来互相配合。戏中戏和本戏需要鲜明的区别，在演出戏中戏的那一场里，本戏里人物说话就都用了散文体，戏中戏里人物说话都用了诗体，而且是有韵的（五步双行一韵体）。诗体和散文体一般是用来对照庄严和诙谐、典雅和俚俗、造作和自然，等等。这里的妙处却是：诗体也可以用得很滑稽，散文体也可以用得很庄严。波乐纽斯最爱用诗体说话，可笑的情形也就特别显著；哈姆雷特装疯总是用散文体说话，可是就用散文体也能够抒发崇高的诗情。这是哈姆雷特的散文：

> 我近来，也不知道为什么缘故，变成了兴致全无，再不想操练戏乐；我心情如此沉重，直觉得大地这一副大好的框架是伸到茫茫大海里的一座荒凉的海岬，天空这一顶极好的帐幕，你们看，这一片罩在头顶上的豪华的苍穹，这一层镶嵌了金黄色火点子的房顶，啊，我觉得也无非是一大堆结聚在一起的乌烟瘴气。人是多么了不起的一件作品！理性是多么高贵！力量是多么无穷！仪表和举止是多么端整，多么出色！论行动多么像天使！论了解，多么像天神！宇宙之华！万物之灵！可是，对于我，这点泥土里提炼出来的玩意儿算得了什么呢？人，并不能使我欢喜；不，女人也不行，尽管从你们的微笑里，我看出你们有相反的意思。
>
> （第 2 幕第 2 场）

而这是波乐纽斯的诗：

> 王上，王后娘娘，我要是谈论
> 什么是君上的尊严、臣下的本分，
> 为什么日是日、夜是夜、时间是时间，
> 那无非是浪费日夜，是糟蹋时间。
> 所以，明知道简洁是智慧的灵魂，
> 冗长是乏味的枝叶、肤浅的花饰，
> 我要说得简短。殿下是疯了：
> 我管他叫疯了；因为，要说明真疯，

那就是发疯，还有什么可说？

（第2幕第2场）

就它恰合波乐纽斯的性格说，就戏剧效果说，这倒也是莎士比亚的妙诗。

莎士比亚在戏剧里运用“素诗体”，在《哈姆雷特》以后，一般说来，字里行间，意义还要复杂、丰富，可是在这个介乎前后期之间的剧本里，有些地方却恰好达到了最高峰。我们只要举出“活下去还是不活”这一段有名的独白的前几行，就可以想见一斑：

活下去还是不活：这是个问题。
要做到高贵，究竟该忍气吞声
来容受狂暴的命运矢石交攻呢，
还是该挺身反抗无边的苦恼，
扫它个干净？死，就是睡眠——
就这样；而如果睡眠就等于了结了
心痛以及千百种身体要担受的
皮痛肉痛，那该是天大的好事，
正求之不得啊！死，就是睡眠；
睡眠，也许要做梦，这就麻烦了！……

（第3幕第1场）

长句的均衡，一些短句的适当重复，跨行法和中间大顿法的随心所欲的运用、吞吐、起伏，充分传达了哈姆雷特沉思的内容和调子，完全符合了戏剧的要求。

人物、事件、语言在《哈姆雷特》剧本里就是这样和作者的思想融成了一片，显出了马克思和恩格斯谈到“莎士比亚化”的时候所指出的特色。

当然，剧本里也有些细节前后互相抵触或者没有交代清楚。

其中最有名的问题是哈姆雷特的年龄问题。他在剧本开头还要回大学读书，别人提到他也说他很年轻，可是到第 5 幕第 1 场，不过两个多月以后，从掘坟人的话里推算起来，他却已经有 30 岁了。这点出入的最普通的解释是剧本上演的时候，观众不会注意到，而莎士比亚写戏剧却不是为了印成本子给大家当书读的：这是近情理的解释。可是另一种解释也是说得通的：两个多月内哈姆雷特经历了太大的风波，思想感情原先还太年轻，还太天真，到后来已经非常成熟了，因此莎士比亚就在年龄问题上，为了配合而加深印象，要一点制造幻觉的手腕。我们确乎会感觉到，从悲剧开始到结尾，这两个多月的经历，强烈到岂止像十年的变化，简直像概括了一生的变化。为了配合这种情调，我们在现代舞台上恐怕也很想不着痕迹地换一下灯光吧。莎士比亚是写实的，可是用的戏剧形式究竟是诗剧形式，而且是容许独白和旁白的诗剧形式，用以演出的舞台又是几乎没有布景的舞台。他就一贯地在各方面充分利用了这种自由和限制，取得了极大的优越性。他如果牺牲了一点细节上的真实性，却是为了加强总的真实性。

上面举出的他在艺术上的种种讲究也都是为了一个总的目标，统一的任务：最真切地反映现实，最真切地体现戏剧的主题思想。

二

《哈姆雷特》这部伟大的悲剧，一出世就受到普遍的欢迎，愈久愈受到大家的重视。它在同时代别的作家的一些阴郁气氛的作品当中，矗立为高峰，它的成功又引起许多剧作家“赶”了一阵“浪头”。只得其皮毛的着重要复仇把戏或者忧郁花样的剧本当然都不会达到它的高度。它在莎士比亚自己的剧本当中也是最出名、最流行，最常常上演的，几世纪以来，都是如此。远在1604年，自称为莎士比亚的朋友、自称看过《哈姆雷特》上演的一位作者就说过："真的，该叫人人都喜欢，像哈姆雷特。"这本戏剧在1603年以前得到过"在剑桥和牛津两大学演出"的荣誉，在1607年和1608年也得到过在航行海外的船上、由水手演出的荣幸。德国人在莎士比亚死后不久就见识了这个剧本，到19世纪一位德国诗人甚至喊出了："德国就是哈姆雷特！"莎士比亚的剧本在俄国第一个有译本的是《哈姆雷特》（出版于1748年），直到苏联，译本最多的也就是它。我们中国也是从这个剧本的翻译开始了莎士比亚作品的翻译（田汉译本出版于1922年），现在已经有好几种译本，以后也不会缺少新译本。难怪它也是几世纪以来得到最多评论的剧本。

悲剧的中心人物是世界文学中最知名的典型人物之一，可是受到了最多的误解。英国18世纪假古典主义时期的文学家和戏剧家对于哈姆雷特的坚强气魄是不发生怀疑的，可是看不见他的内心生活、他的理想精神。浪漫派兴起以后，英国、德国以及西欧其他一些国家的19世纪文学家和戏剧家一般都肯定了他的理想精神，可是又把他当做了白日梦者，优柔寡断的知识分子的代表人物——所谓"哈姆雷特型"。不管怎样，直到20世纪，哈姆雷特这个人物形象，在资产阶级知识分子的身上，也总还会敲动他们的道义感觉和社会良心的。只有现代西方的种种形式主义者，特别是所谓"历史派"和心理分析派，才妄想当机器一样地拆毁这个形象。现在主观主义唯心论的文学和戏剧批评家在这个形象面前往往就充当了"哈哈镜"。苏联批评家用了马克思列宁主义的科学方法，继承了俄国革命民主主义者的现实主义批评传统，开始为我们大家向这一方面打开了窗户。

我们在这里，在目前的条件之下，已经初步从英国文艺复兴时期社会本质的概观出发，从莎士比亚创作思想的概观出发，辨认了一下《哈姆雷特》剧本的思想性和艺术性。我们大致不差地初步认识了莎士比亚的剧本里如何运用现实主义创作方法，通过哈姆雷特这个典型人物，通过他和周围一些典型人物的关系，通过恰当的情节和恰当的语言，非常突出而生动地表现了当时的先进人物，为了人类的美好理想，和人民利益相一致的，反抗社会罪恶的斗争精神，斗争里显出的人道的光辉。

这部伟大的作品让我们大致顺这个方向去认出了本色，也就可以进一步真正地变成了我们大家的财富。它不仅对于我们的艺术工作者，而且对于我们将来的全体人民，都会是斗争生活中、创造生活中，所经常需要而取用不竭的艺术宝库。

1955 年 2 月 10 日

论《奥瑟罗》

一

《奥瑟罗》是莎士比亚在《哈姆雷特》以后所写的第一个悲剧。当时文献中记录这出戏演出的最早的日期是 1604 年 11 月 1 日。最早的古本，所谓“第一四开本”，出版于 1622 年；1623 年出版的第一个莎士比亚戏剧集，所谓“第一对褶本”，也收了这个剧本——它的比较最完善的古本。一般学者判断剧本的写作日期大致就是 1604 年。就写作时期来说，《奥瑟罗》也是莎士比亚的所谓“阴郁时期”的产品。

就内容来说，这个剧本处理了和《哈姆雷特》相仿的主题：美好理想和丑恶现实的矛盾；达到了相同的目的：通过悲剧性的冲突，黑暗受到充分的揭发，光明得到有力的阐扬。两种人、两种倾向也在这个悲剧里展开了矛盾，也使悲剧主人公经受了翻天覆地的变化：从和谐到混沌，从狰狞到崇高……文艺复兴时代人文主义思想也在这里发生了危机。颠倒和虚伪的罪恶社会本质在这里也找到了有血有肉的形象，分外突出的形象。

哈姆雷特性格的特色决定了《哈姆雷特》剧本是一幅社会

的缩影，在莎士比亚的戏剧当中，最为全面，最为丰富；奥瑟罗性格的特色也决定了《奥瑟罗》剧本是一个特写镜头，最为明确，最为强烈。《奥瑟罗》剧本就总的主题的一个方面——亦即就它自己的主题——作了辉煌的发挥，而由此出发，我们就看到这个剧本和《哈姆雷特》十足是异曲同工：它分担了自己的特殊任务，表现了独具的成就和特色，成了莎士比亚的最完美的悲剧。

《奥瑟罗》不像《哈姆雷特》一样在演出以后不久就有剧本出版。这可能就说明了它没有在一出世以后也立即风行一时。我们在当时文献里也找不到它“叫人人喜爱”的迹象。它在后世却断然是最流行的几个莎士比亚戏剧当中的一个。如果我们记得了德国诗人在19世纪曾经喊出了“德国就是哈姆雷特”，我们也不会忘记18世纪后半期，德国“狂飙运动”前夕，莱辛用莎士比亚抨击法国古典主义的清规戒律，作为摧毁性的一击，就用过《奥瑟罗》捶打了伏尔泰的模仿作品《查伊尔》[①]，而席勒早期的悲剧名著《阴谋和爱情》又正是从《奥瑟罗》得到的启发[②]。如果说1827年以前，法国浪漫主义运动在舞台上和古典主义势力进行的前哨战主要靠介绍席勒，在以后，大规模展开攻势也就是用维尼翻译的《奥瑟罗》开出了第一炮。那是在1829年了；在以前几年，英国剧团到巴黎演出《奥瑟罗》，却一再闯祸，引起骚乱，即使不再挨山药蛋和臭鸡蛋，还是吓坏了娇贵的太太小姐，闹得满城风雨。当时的法国风雅社会还看不惯高贵的悲剧主人公竟是有色人种，看不惯奥瑟罗当场掐死玳丝德摩娜，

---

① 莱辛《汉堡剧评》（1767）中的有关评论，常被援引，流行的法国《拉卢斯古典丛书》本《查伊尔》（Zaïre，1732）附录中也有，其中两句见本文最后一节。

② 席勒《阴谋和爱情》（1784）中文有廖辅叔译本（人民文学出版社，1955）。

看不惯亚果赤裸裸的邪恶相，看不惯应该避讳的手绢在舞台上闹出是非；就是后来用维尼译本的演出也还是在台下嘘声大作里终于获得成功的，因为他的诗句里竟出现“抹素牙”（“Mouchoir”法文“手绢”）这个俚俗的名字……时代不同了，观众也不同了，浪漫主义运动胜利了，也老早过去了。现在法国批评家竟至说：“形式上，《奥瑟罗》是作者的最精美的作品。再没有别的剧本是这样单纯、这样结构完整、或者更符合古典主义精神了。”[①]《奥瑟罗》如今不但继续在世界各国舞台上走红运，而且愈来愈有光彩。苏联舞台上最常演的莎士比亚悲剧也就是它[②]。

虽然如此，虽然《奥瑟罗》从没有像《哈姆雷特》一样引起不断的争论，就在19世纪对这个剧本推崇备至的浪漫主义批评家当中也还有人担心高贵的奥瑟罗身上究竟有野蛮人根性（例如德国的希勒格尔[③]），也还有人只好说亚果作恶根本没有动机（例如英国的柯尔立奇[④]）。现代西方批评家常把这一类问题更当空子来钻，想借此贩卖他们的神秘主义，宣扬他们的中世纪蒙昧主义。我们只有就《奥瑟罗》作品本身，联系了莎士比亚其他一些有关的戏剧，特别是《哈姆雷特》，进行探讨，指出了莎士比亚在他的悲剧时期所着重表现的英国资本主义原始积累时

---

① 以上关于《奥瑟罗》在法国情况一段，参看斯当达《拉辛和莎士比亚》（*Racine et Shakespeare*，1823，1825），雷奈·布莱《浪漫主义编年史话》（Bené Bray：*Chronologie du Romanticisme*，1804—1830，1932），罗伯·德·斯梅《〈奥瑟罗〉在巴黎和不鲁舍尔》（Robert de Smet：“*Othello*” *in Paris and Brusselles*，*Shakespeare Survey* 3，1950）。

② 参看莫洛佐夫《莎士比亚在苏联舞台上》（巫宁坤译本，平明出版社，1953）。

③ 弗奈思（Eurness）集注本《奥瑟罗》附录中收入希勒格尔（A. W. Schlegel）有关议论的英译文。

④ 柯尔立奇（S. T. Coleridge）《讲稿集》的有关议论已选入尼柯尔·斯密士编《莎士比亚评论选》（D. Nichol Smith：*Shakespeare Criticism*，1919）。

期社会发展中两种人、两种倾向的矛盾，文艺复兴时代人文主义思想发展中两个方面的矛盾①，才可以证明剧本是一个有意义的统一的整体，才可以连带解决现代西方批评家在那里当空子钻的一些问题，才可以同时，联系了《奥瑟罗》在文学史和戏剧史上的作用——影响和反响，认出剧本所以生动、所以完美的关键。

二

《奥瑟罗》的故事是一个爱情的故事。故事是简单的，可是在莎士比亚现实主义的笔底下，还是写成了极有典型意义的一出社会的悲剧，一出用意大利题材反映了英国社会现实的悲剧。

威尼斯城邦②的将军摩尔人奥瑟罗和威尼斯本地有势力人家的女子玳丝德摩娜互相爱慕，进而结婚，本来是私事，和别人并不相干。他们却生活在莎士比亚的社会里，一方面得到副将凯西奥的热心帮忙，包括旗官亚果的妻室爱米丽亚在内的一般人的同情，一方面受到玳丝德摩娜的父亲布拉班旭的坚决反对，以及旗官亚果利用妄自追求玳丝德摩娜不遂的无聊少年洛德里科作为工具的阴谋破坏。

社会上两种人在这里发生了矛盾。

奥瑟罗自己，由于亚果的挑拨，除去收场一段不算，对玳丝

---

① 在西方批评家当中，英国已故的奎勒—柯启（A. T. Quiller-Couch）在他的《莎士比亚的功夫》（*Shakespeare's Workmanship*，1918）一书中也曾注意到文艺复兴的两个方面。

② 莎士比亚时代的威尼斯名义上应该是“共和国”，莎士比亚在《奥瑟罗》剧本里却使威尼斯有“大公”（译成“公爵”不恰切，因为是“公国”君主，我国过去有此译法），所以这里就用笼统的“城邦”。

德摩娜从极端信任到彻底怀疑，从热爱到痛恨，以至横加杀害，从非常高尚到特别凶残，好像前后分成了两个奥瑟罗——这决不是什么性格分裂，而是社会矛盾在他身上起作用的结果。

同样，亚果，在最后终于真相大白以前，外表正直，受到一致公认，内心邪恶，简直灭绝人性，好像内外有两个亚果——这也不是什么性格分裂，而是社会矛盾在他身上的反映。

莎士比亚时代的英国社会既然处在封建基础崩溃、资本主义关系兴起的大转变时代，奥瑟罗和玳丝德摩娜，实质上抱了文艺复兴时代人文主义理想，互相吸引，自愿结合，自然首先和封建束缚两不相容，首先得通过斗争，突破布拉班旭所代表的封建家庭关系的障碍。

文艺复兴时代人文主义的进步思想肯定人世是美的、人性是善的，要求个性自由发展、人格充分发挥，热爱生活，追求知识和声色光热……反封建思想本质就是这一切倾向的实际动力。而这种思想本质又必然和妇女解放、种族平等这一类观念结合在一起，也必然和人民大众的共同想望声气相通。奥瑟罗和玳丝德摩娜的性格就表现了这种进步思想，而这种进步思想也就引得起凯西奥、爱米丽亚以及舞台上普通角色（以至不上舞台的大多数人——一般正直人）内心的共鸣。

可是文艺复兴时代人文主义思想在本质上还是当时新兴的资产阶级社会的产物。资产阶级在当时固然是反封建的革命阶级，可是它一起来就是一个新的剥削阶级，它也有反人民大众利益的一方面。因此文艺复兴时代人文主义思想从同一个社会根源发生以后，发展起来，也就有它阴暗的一面，有它丑恶的流派。这一面就是不择手段、不顾信义、追求金钱、追求权势、损人利己、贪得无厌的极端个人主义思想。这一路“新”思想，既不信神道，实际上也不信人道，只信兽道，把社会上一切正面的事物都当做假的、和自己敌对的，疾善如仇，结果反过来正好配合了妨碍社会进步的一切旧事物——封建束缚、种族歧视、妇女压迫……亚果的性格就表现了这一路思想。他也就可以利用追逐女性的旧社会花花公子、地主商人家庭的阔少爷洛德里科，甚至也可以利用封建头脑的布拉班旭。

奥瑟罗和玳丝德摩娜一突破第一关，甚至还没有突破这个第一关——布拉班旭所代表的社会统治势力，封建势力，就面对了第二关，隐蔽的大关——亚果所代表的和封建势力相结合的新的罪恶势力。

这两个方面本来是不相容的。只是胸襟博大的正人君子，往往由于他们自己过分天真，缺少经验，“以君子之心度小人之腹”，犯了主观主义的毛病，把貌似正人君子的小人也包含在自己一方面，加以信任，不加警惕，而小人正好用卑鄙手段钻大方空子，楔入正派人一方面，从内部破坏。奥瑟罗和亚果的关系就体现了两方面的这种矛盾和冲突；奥瑟罗身上也就概括了理想和现实激烈斗争的悲剧性的经验和教训。

封建制度和资产阶级以至广大人民的利益是矛盾的；可是既然同样是剥削阶级，没落的封建阶级和新兴的资产阶级也就有反人民大众的血缘关系。莎士比亚的作品显出他在十六七世纪的交替年代，在他以《哈姆雷特》剧本的写作而进入悲剧时期的年代，显然开始感到了单纯反对封建制度还是远不能根除社会的黑暗。

就莎士比亚涉及爱情问题的戏剧而论，他在这一段时期以前主要写结婚以前的爱情关系，在悲剧时期却主要写结婚以后的爱情关系。以前，青年男女突破封建束缚、争取自由结合，大多是顺利的；现在，男女争取了自由结合以后，并不从此就一帆风顺，又都遭遇了新的阻力，和封建束缚相一致或结合的另一种魔障——资本主义关系与生俱来的罪恶影响。“有情人终成眷属”本来也并不就等于“万事大吉”（“All's Well”），不合理社会的条件规定了下文（一般说来）还得是“好事多磨”。举例说，罗密欧和朱丽叶的理想结合，即使以喜剧收场了，在社会现实还没有根本改变的情况之下，要有下文，就难保是“称心如意”（“As You Like It”）。莎士比亚大致以《哈姆雷特》为开端的悲剧时期就仿佛作出了这样的下文。《奥瑟罗》的开头，第1幕，可以说总结了早期作品里“有情人终成眷属”的收场，它的主要部分，第2幕到第5幕，却正是作了“好事多磨”的下文。美好的人类理想，刚一抬头，就碰上了新的——和旧的相一致或结合的——丑恶的社会现实，遭受了摧残，同时却在惨痛的考验里发扬了光彩，也就肯定了人类美好的前途——哪怕是十分渺茫的前途。这个主题可以说规定了《哈姆雷特》的剧情，现在，在《奥瑟罗》的剧情里，单纯从爱情这个主题的角度上，得到了进一步的发挥。

三

《奥瑟罗》的故事并非完全是莎士比亚自己的创造。它的来源是意大利作家金乔1565年出版的《百日谈》当中的第3辑第7篇小说①。莎士比亚的这个剧本以前并没有发现另外还有过运用这个故事题材写的剧本，因此这篇小说大致是莎士比亚剧本故

① 弗奈思《奥瑟罗》集注本附有金乔（Cinthio）《百日谈》意大利原文和英译文。题材来源虽然如此，莎士比亚的《奥瑟罗》，如布拉德雷（A. C. Bradley）在他的名著《莎士比亚悲剧》（1904）一书中指出的，初出来的时候“差不多是一出当代生活的戏剧，因为土耳其攻击塞浦路斯的日期是1570年”。金乔小说里只提到塞浦路斯调换驻军将领，也不可能提到土耳其进攻。

事的直接来源。论思想深度和艺术成就，金乔的小说决不能和莎士比亚的剧本相提并论，可是我们拿两者一对看，从几点出入的例子上，就可以看到《奥瑟罗》剧本的主题是明确的，《奥瑟罗》剧本里的一些关键性问题在我们进一步深入探讨的时候的确应作为重点来注意。

第一，金乔的命意或者可以说是教训世间女子不要违反父母之命、自由择偶——尤其是和异族男子自由结合。蒂丝德摩娜（就是莎士比亚的玳丝德摩娜）因为手绢遗失，受丈夫质问，感觉他态度大变，对旗官老婆明白说出了后悔的意思，说自己恐怕会成为意大利女子的前车之鉴，莎士比亚的玳丝德摩娜却并不如此：她到死都甘心情愿，正如她开头就坚定不移。17 世纪英国批评家托麦斯·赖默谩骂《奥瑟罗》是“手绢的悲剧”，妄称悲剧的第一个教训就是警诫大家闺秀要听父母之命，不要跟摩尔黑鬼一路人讲恋爱，私奔①。赖默的批评早已被世人公认为荒谬的范例，只有当代在英美文学界有极大影响的批评家艾略特才妄想翻案，给他说了一句好话②。他从莎士比亚的悲剧里能看出这样的教训，正是他自己的封建头脑在作怪。他怪莎士比亚把金乔的故事改了一些地方，“不幸都是改坏了”③。的确，拿金乔的故事来参看，莎士比亚就显出了有意识摒弃这一种落后题旨：他要表现的正是和反封建斗争不可分割的一种斗争。

同时，金乔的摩尔将军杀妻以后，只感到自己完全失去了人生的乐趣，到死（不是自杀而死，而是被妻家族中人杀死）都

---

① 赖默（Rymer）评语，见于他的《悲剧短论》（*A Short View of Tragedy*，1693），哈里台（F. E. Halliday）《莎士比亚和莎士比亚评论家》（*Shakespeare and his Critics*，1953）一书中有选录。

② 参看艾略特（T. S. Eliot）《论文选集》（*Selected Essays*，1932）。

③ 转引自哈里台《莎士比亚和莎士比亚评论家》。

不曾认清楚黑白，并未恢复对于蒂丝德摩娜的爱情和信任。莎士比亚存心扭转这一点，使奥瑟罗结果恍然大悟，使理想重放光明，并非偶然，也不是仅仅因为照例要一个圆满的收场形式，而是出于他自己的题旨所不可缺少的要求。

第二，金乔虽然一开头提到蒂丝德摩娜和摩尔将军相爱，遭到父母的竭力反对，只是一笔表过，并不着重，而且使这对恩爱夫妻早就在威尼斯轻而易举地过起了太平日子。莎士比亚却用整个一幕戏（第 1 幕）来表现奥瑟罗和玳丝德摩娜在威尼斯争取婚姻自由的奋斗。照剧本安排，斗争并不是简单的，轻易的，它的旗开得胜，虽然主要靠奥瑟罗和玳丝德摩娜自己的勇敢和坚决，多少也有点因为恰好碰上了塞浦路斯敌情紧急、威尼斯城邦当局迫切需要奥瑟罗带兵去增援的时机。这毕竟还是初步的胜利：情奔在威尼斯，完姻还得大海那边的塞浦路斯。而且，突破布拉班旭所代表的公开阻挠力量尚未完成，遭遇亚果所代表的暗中破坏力量就已经开始。情奔之夜，阴谋就已经开始活动，完姻之夜，阴谋活动就获得了初步的成果。因此，一种斗争也就带来了另一种斗争。照斗争形势说，奥瑟罗和玳丝德摩娜在威尼斯先居于主动地位，到了塞浦路斯才陷入被动地位。可见莎士比亚有见于两种斗争的内在联系，存心把它们统一为一整个斗争，因此并非出于草率从事而把剧情地点分成了两处，造成了古典主义戏剧认为大忌的所谓“不一致”，而是有意要大海隔开和连接第 1 幕和以后 4 幕，分清两种斗争的性质和发展形势，而又统一它们为有主动有被动、大起大落的一整个斗争的不可分割的两面，加强了剧情动作的特殊的一致性。

第三，金乔显得要冲淡矛盾，使摩尔将军假手旗官来杀害蒂丝德摩娜，莎士比亚使奥瑟罗亲自下手掐死玳丝德摩娜，存心要矛盾突出，要绝望彻底、痛苦深刻，要充分发挥上天入地的不可调和的性格，要奥瑟罗身上好像有另外一个奥瑟罗。同时，金乔继续对他的摩尔将军抱庸俗看法，使他在谋杀以后，听从旗官的计策，拉下天花板，覆盖死尸，推诿死因，而且受审也不招认罪行；莎士比亚却使他的奥瑟罗当场挑起谋杀罪行的担子，有意照顾高贵性格内在的统一——奥瑟罗究竟还是奥瑟罗。

第四，金乔的旗官热爱蒂丝德摩娜，疑心自己失败的原因是蒂丝德摩娜爱上了队长（就是莎士比亚的副将凯西奥），因而阴谋破坏摩尔将军对蒂丝德摩娜的夫妻感情。这样，冲突的起因纯粹是恋爱纠纷。莎士比亚显然认为亚果这种人决没有什么真纯感情的，另外创造了洛德里科这个也不是有什么深情的阔少爷人物，让他追逐玳丝德摩娜不遂而充当亚果的工具。这样，亚果表面上没有什么明显的动机了：他可以不满奥瑟罗不擢升自己充当副将，他自己认为不公平的理由却是不足为凭的，他“以小人之心度君子之腹”，疑心奥瑟罗和他的老婆爱米丽亚有暧昧情事，更是毫无根据的。不管是出于自觉还是不自觉，莎士比亚是从社会本质上看问题：亚果的罪恶勾当底子里实在有深刻的动力——同奥瑟罗和玳丝德摩娜的利益和观念基本敌对的利益和观念，同地位和金钱的考虑也是密切联系起来的基本倾向。亚果既然被莎士比亚划到了正派人范围以外，界限分明，这个道地小人在社会上活动，在总是正派人的人民群众中间活动，所以要貌似君子，所以要心口不一，就得到了深刻的说明，实质上的统一，也就得到了有力的表现。

第五，在金乔的小说里，旗官老婆的作用就是在最后（在旗官自己都死了以后）说明内幕：此外她就是一个完全没有作用的陪衬。她在事件的进行过程里，一方面完全知悉丈夫的阴谋，一方面也没有拾手绢给丈夫。莎士比亚彻底改塑了爱米丽亚的形象，使她在剧本临末不顾亚果的威胁，当场揭穿他的诡计，遭受毒手，为正义牺牲，而在事件的进行过程里，一方面完全不知道亚果的阴谋，一方面却给他拾了手绢。这样，一方面正反面既然界限分明，一方面问题并不简单化，而人物形象就“站”了起来，有了生命。爱米丽亚这个非主要人物的处理手法也就说明了莎士比亚在这个剧本里（就同在他的别些剧本里一样的）刻画人物的匠心。

这些出入可以说是莎士比亚从戏剧要求而考虑的结果，然而以莎士比亚的艺术才能，要符合他的戏剧要求，大可以另想办法，而他结果所以这样做，还是不仅由于他的现实主义创作方法的决定，而且还由于他的人文主义进步世界观的决定。因此，这些出入不单是阐明了《奥瑟罗》作品的主题思想，而且明确了发挥和表现主题思想的一些具体问题的重点。

应当作为关键性问题的这些问题的重点是：一、奥瑟罗上下翻腾、玳丝德摩娜始终坚定的动力究竟在哪里？二、亚果这个反面人物作恶的动机究竟在哪里？三、正反面人物界限分明怎样和形象生动相辅相成？四、不符合古典主义的戏剧规律怎样倒反而显出特别完美的戏剧结构？

四

如果说哈姆雷特的形象表现了文艺复兴时代多方面的巨人，奥瑟罗的形象所表现的并不是多方面的，但是就一定方面而论，却更是巨人。这个人物形象在莎士比亚塑造的悲剧人物形象当中，豪迈、庄严、有声有色，可以算居于第一位。

文艺复兴时代，由于封建基础的瓦解，随了知识上和地理的新发现，产生了既不是中世纪制度（宗教的和世俗的）所能束缚、也不是市侩见识所能限制的大气磅礴的人物。这种人物是相信人类力量无限、价值无限、前途无限的人文主义理想的依据，同时又受了人文主义理想的推动。他们的性格必然同有声有色的环境和经历也分不开。奥瑟罗正是他们的一种分外突出的艺术典型形象。

奥瑟罗性格上的基本特点、他的崇高品质，并没有超出当时欧洲（英国或者意大利）社会条件所容许的可能性。只是他是“摩尔人”，他的性格上就多了一层浓重的色彩。他在非洲强烈的日光照耀着的出身地的特色，他在非洲和在“东方”经历过的种种奇遇的特色，给他的性格添了不少浪漫气息和诗意。莎士比亚在当时的英国显然和一般人一样，还不大分得清什么是摩尔人，什么是黑人。从作品内容看来，他也不大在乎要严格分清。后世学者和批评家为了奥瑟罗的肤色究竟是黑色的还是棕色的，争论不休，不但是多余的，而且正好表现了他们看不到莎士比亚胸襟的博大。莎士比亚塑造的奥瑟罗主要是文艺复兴时代人的一种典型形象，决不是摩尔人的一种典型形象。莎士比亚的前期作品《威尼斯商人》里边，夏洛克首先是资本主义原始积累时期的高利贷者，然后才是犹太人。主要作为社会人，夏洛克才是剧中主要反面人物；其次，作为种族人，剧本对他也就寄托了一定的同情，对基督徒也就表示了一定的批评①。同样，莎士比亚笔底下的奥瑟罗首先也还是社会人，其次才是种族人。换句话说，《奥瑟罗》剧本首先表现了人文主义的一般性的进步思想，其次才包含了种族平等的特殊性的开明观念。

随了莎士比亚的人文主义思想的成熟和深化，莎士比亚的剧

① 苏联斯米尔诺夫在他的《论莎士比亚及其遗产》一文中说：“夏洛克作为一个社会的典型固为莎士比亚所歧视，但作为一个人，作为一个犹太种族人，莎士比亚却拥护他的生活的权益。”（《莎士比亚新论》，克夫译文，1943）

本创作的历史里显出了他对种族问题的看法也有逐渐进步的痕迹。创作前期的《威尼斯商人》的主要反面人物是犹太人；悲剧时期的《奥瑟罗》的主要正面人物就是“威尼斯摩尔人”。这种变化也有发展的轨迹。如果我们承认《泰塔斯·安德路尼克斯》主要是莎士比亚的作品，他的习作时期的作品，那么我们可以看到他在那个和血腥王后泰摩拉私通的艾伦身上塑造了一个十分丑恶的摩尔黑人的形象。到《威尼斯商人》里边，我们就看到摩洛哥王子是堂堂正正的，可是，由于他的肤色，还断然不配得到威尼斯女子坡霞的爱情。奥瑟罗却见爱于也是威尼斯头一等高贵的女子玳丝德摩娜了：也难怪，奥瑟罗是莎士比亚所创造的高贵品质最为突出的人物。

可是莎士比亚也决不是在奥瑟罗人物形象的塑造上，走到了另一个极端，除非他在这个剧本里把种族问题的重要性放到了第一位。因为这样一来，我们就要说莎士比亚把摩尔人看做比任何白种人都高贵；这样，他也就存种族偏见了。事实上，他拿白色和有色人种一视同仁来塑造高贵形象，正好显出了莎士比亚的伟大。

奥瑟罗的人物形象反映的首先是一般的社会矛盾。社会上有互相矛盾的两种人、两种倾向，奥瑟罗也就好像有前后两个。

剧本开头和结尾的奥瑟罗是本质的奥瑟罗。可是他的本色正是在剧情的冲突里得到了发扬。

论身份，奥瑟罗是威尼斯城邦的军人。他为城邦立了不少煊赫的战功，得到城邦当局的相当倚重。他为人正直，连亚果也承认他“生性坦率宽厚”，显然受到一般人的尊敬。“英勇”两个字是他的名字前面不可缺少的形容词。虽然他的不平常的来历和不平凡的性格与僵化的封建社会风习基本是格格不入的，他还保留了当时社会上一般人都还不能摆脱的门第观念。虽然他相信他的“功绩，职位，完美的灵魂”足够使他配得上玳丝德摩娜，他想到布拉班旭的反对，也不由不提一下自己倒是王室后裔——也就是说：论家世和对方比起来只有过之而无不及。可是他所以要这样来一下，他自己明说是出于不得已——“知道了夸耀是一种光荣”，而这句不平之鸣也正好表示了他平时在威尼斯的统治社会里不见得不常感到压力，不但受到种族歧视，而且受到阶级歧视——他是一个来历不明的雇佣军人。

当时的历史条件也规定了：一般人心目中的英雄人物最有声有色的表现就是远涉重洋、出生入死的冒险和征战。冒险和征战就是在当时条件之下发扬生命力、发扬英雄气概的一种最醒目的道路。奥瑟罗就有非常丰富的冒险经历和征战经历。他可以没有穷尽地讲他的经历——

> 我就讲起最惨的千灾百难，
> 海上陆上惊心动魄的事故；
> 攻城破垒中险极的死里逃生；
> 怎样被气焰万丈的敌人俘虏了，
> 卖出去当奴隶，后来又怎样赎出来，
> 怎样在千山万水里对付一切；
> 大极的洞窟、全无人烟的沙漠、
> 嶙峋的峰峦、峰顶接天的高山，
> 我都有机会讲到……

（第1幕第3场）

他到绝望的时候会痛惜从此怕一去不复返的雄图：

> 永别了，威武的大军、化野心为雄心的
> 堂堂正正的战争！……

（第3幕第3场）

可是对于这种征战，他在乎的是它的威武气象——

长嘶的骏马、尖厉的号角、
惊魂动魄的铜鼓、刺耳的军笛、
迎风招展的大旗、耀武疆场的
一切威严、壮丽、辉煌的气派！

（第 3 幕第 3 场）

奥瑟罗并不是黩武主义者。他决不是好斗成性，嗜血如命。恰好相反，他气性平和，胸襟博大，他知道自爱也知道爱人，他有自信也能信人，若不是受到压力，迫不得已，他几乎与世无争。他求的是和谐，他最忌“不和谐”和“混沌”。他厌恶无谓的争吵，鄙弃乱动干戈的行径。他第一次登场（第 1 幕第 2 场），听到亚果假意讨好他，说他差一点拔剑刺杀了污蔑奥瑟罗的洛德里科，就说了他的第一句话：“还是这样好。”他并不怕正面冲突。他接着听到亚果吓唬他说布拉班旭要怎样用权势和法律来对付他，就泰然说了他的第二句话：“就让他来好了。”就在这时候，听到亚果说布拉班旭一干人追来了，劝他进去避一避风头，他就说：“我才不，我得顶出去。”等到他们真的赶来了，双方拔剑相向的时候，他却以惊人的镇静制止暴行，说出了这样的名句：

明晃晃刀剑都收起，着露水会生锈。

冒险经历也无非帮助了他对于生活的诗意的观察和体会。他可以想象到一个完全是“橄榄石”做的世界（相当于“碧琉璃世界”，第 5 幕第 2 场）。天空可以像“大理石”（第 3 幕第 3 场）。糟蹋美好的事物可以像“印度人”抛弃一颗价值连城的珍珠；流眼泪可以像“阿拉伯森林洒下来药性的胶汁”（第 5 幕第 2 场）……

我们从剧本里看到：唯其如此，不仅仅由于他有这种有声有色的经历，而且也由于他有这种诗意的性格和崇高的品质，玳丝德摩娜才从他的心里看见了他的面貌，才爱上了他。因此，他们相爱不仅仅是像奥瑟罗自己在这两行里明说出来的那样：

她为了我所经历的患难而爱我，
我为了她同情这些经历而爱她。

（第 1 幕第 3 场）

同时，这句话却也说明了他们的相爱包括了共同的向往和理想。

对于冒险和征战，奥瑟罗已经有丰富的经验，现在剧本就在他成熟的壮年给他的生涯来了一个新的起点——爱情的经验。英雄和美人结合，奥瑟罗有声有色的生活就达到了美满的高峰，达到了绝顶的和谐。奥瑟罗和玳丝德摩娜所遭遇的困难正好靠威尼斯城邦敌情紧急的时机得到迅速的解决，而他们的婚姻也在跨海到塞浦路斯以后才得完成：这样，奥瑟罗从冒险和征战到爱情，又从爱情到冒险和征战——他的性格正好得到了加倍集中的发扬和考验的活动场地。

冒险和征战的活动场地是海外或疆场。爱情关系却不能不同时是一种内部的社会关系，而在基本上还是封建制度的环境里，要得到爱情自由、婚姻自由，就得是一种家庭斗争，再加上阶级偏见、种族偏见的阻力，那更是艰巨的一种社会斗争。而且这种社会斗争里就包含了政治意义。奥瑟罗自己是没有很清楚的社会意识的，可是当权人物的布拉班旭却有明显的政治意识，因此从奥瑟罗和他的女儿的私奔事件上就看出了重大的社会和政治意义。他在第 1 幕第 2 场结尾，就这个事情发表了他的愤慨：

这样的行为都可以放过不管，
奴隶和异教徒就要来执政当权！

奥瑟罗过惯了海外生活和疆场生活，对于那一种斗争已经是老手了，逢到社会斗争就不是那么能驾轻就熟。更进一步，他对于公开的反封建斗争，倒还能应付裕如，可是他还想不到要对付隐蔽的和封建势力相结合的另一种新的黑暗势力。

文艺复兴时代人文主义的世界观推动了新人突破旧束缚，可是新人也是由社会条件和阶级条件所制约的，社会既然还是阶级社会，不合理社会，新人也就可以向这方面发展个性，也可以向那方面发展个性，彼此又可以两不相容。在这种分化面前，在社会现实面前，兼容并包的人文主义世界观就发生了危机。奥瑟罗只看到外部的敌人，看不到内部的敌人。他与人为善的美德就可能变成了他的致命的弱点。因此，他的新的生活的开始也就是他的新的危险的开始。

爱情结合、冒险和征战——从冒险和征战到爱情，从爱情到冒险和征战——这是发挥文艺复兴时代有声有色的理想人格的一种路线。可是这条路线就交叉了另一条路线——资本主义原始积累时期阴暗的社会现实的发展：旧的罗网未除，新的陷阱已成。这个交叉点就落到奥瑟罗的身上，给他钉上了一个十字架。

如果说性格在冲突里得到表现，那么情奔之夜在威尼斯的冲突点燃了奥瑟罗的性格，跨过了大海，通过了风暴，到了塞浦路斯才终于到来的新婚之夜就开始的冲突，进一步就简直把他的性格爆成了一场焰火。

“绝对”或者“极端”是奥瑟罗自己用到的关键性字眼（“这样绝对的幸福”，第2幕第1场；“烦乱到极点”，第5幕第2场），最足以说明他性格的基调。和这种性格完全相称，他在渡过了惊涛骇浪，好容易到了塞浦路斯和玳丝德摩娜团圆的时候，就说大风暴以后既然有这般宁静，他就巴不得风更大一点：

让颠颠簸簸的大船爬上浪头山，
奥林匹斯一样高，再像从天上到地底

一落千丈吧！

（第 2 幕第 1 场）

性格就是这样地规定了他不上天便入地。

想法上，他和哈姆雷特相同：他也是要肯定就全部肯定，要否定就全部否定。只是哈姆雷特能够由小及大，能够从个人到社会，推广出去进一步下思考功夫，寻根究底，因此，做法上，他和哈姆雷特不同：他是说做就做，决不留三思的余地。也就因此，他在行动上，可以由一个奥瑟罗一百八十度地转到另一个奥瑟罗。

同时，《哈姆雷特》剧本主要表现了理想破灭以后的哈姆雷特，《奥瑟罗》剧本表现的却是理想破灭过程当中的奥瑟罗。哈姆雷特一登台就已经穿了黑衣服，奥瑟罗却在他的悲剧里直升到理想的绝顶才又直落到幻灭的深渊。我们目击了他克服了布拉班旭的阻挠，凌驾了海上的大风暴而面对了他的"美人战士"（"女英雄"，第 2 幕第 1 场）：他落入了亚果的陷阱而把他的理想对象看成了"厚脸皮婊子"（第 4 幕第 2 场）！他爱玳丝德摩娜，他爱凯西奥，他爱人世。玳丝德摩娜竟至和凯西奥私通，理想被出卖了，信赖被出卖了！这是什么样的人世，什么样的社会！——只是奥瑟罗不是哈姆雷特，嘴上不会说得出类似这样的话。

奥瑟罗只知道非爱即憎：

爱情啊，把王冠和在我心里的宝座
都让给残暴的憎恨吧！

（第 3 幕第 3 场）

他的反应是最急剧不过的，十足是闪电式。

哈姆雷特在他的悲剧的第 1 幕终于叫出了："时代整个儿脱节了！"奥瑟罗没有那样自觉的社会意识，那样远大的概括能力；他只有集中而强烈的直接感受，切身感受。他在他的悲剧的

第3幕当中，快到全剧的转折点地方，也就担心说：

可爱的冤家！我该受天诛地灭，
要是我不爱你！我不再爱你的一天，
世界又该是混沌了。

（第3幕第3场）

急转直下了，奥瑟罗就只有这样的回答：

你看，亚果：
我这样把全部痴情都吹上天去。
都完了。
漆黑的报复，从地底直升起来吧！

（第3幕第3场）

然而他对玳丝德摩娜的深情却不是一下子完得了的，还会纠住他突然起来的深仇大恨。可是这只有加深他的痛苦。他把一切都看颠倒以后，玳丝德摩娜愈对他保持不变的温柔，只有愈刺痛他的心。

理想之高造成了幻灭之深——这对于奥瑟罗和哈姆雷特，情形正好相同。只是奥瑟罗的痛苦更集中、更强烈，因此他在痛苦中虽然没有趁势装疯，却更近于发疯，虽然只昏倒过一次，却十足迷失了本性，把本性里特别高贵的气质都翻转来改成特别粗犷的气势。中了亚果的毒素，他的富于诗意的嘴里也就出现了“骚羊”“猴狲”“鳄鱼”“毒蛇”，等等。他把玳丝德摩娜当做“专供癞蛤蟆在里边纠缠繁殖的一个臭水洼”（第4幕第2场）。他简直变成了他自己所说的“野兽”和“怪物”[①]。他在威尼斯

① 苏联莫洛佐夫在英国《莎士比亚年刊第二册》（*Shakespeare Survey* 2，1949）发表的《莎士比亚人物通过语言意象的个性化》，对奥瑟罗用语和亚果用语的关系有精辟的分析。

特使面前当众拳打了玳丝德摩娜（第4幕第1场）。

奥瑟罗翻得高，摔得重。他开头飞出去是鹏程万里，他如今撞下来是雷霆万钧。

以亚果为代表的是非颠倒的社会黑暗势力，既然拿奥瑟罗自爱爱人、自信信人的长处当弱点来利用了，把他绊倒了，扭转了，就欢迎他朝颠倒方向发施他摇撼山岳的人格力量。批评家如果不了解奥瑟罗精神上陷入的非人的处境，当然要诬指他身上有摩尔人的蛮性在作祟了①。

在这种情形之下，奥瑟罗由爱转恨以至爱恨交攻的感情表现以及它的后果，表面就成了一般的所谓"嫉妒"，实际上又远远超出了它的范畴②。嫉妒固然是出于爱，也由于当事人胸襟太窄，心眼太多，甚至就是因为自私到成了神经病的程度。奥瑟罗是热爱玳丝德摩娜的，生性却恰好没有这种短处，却有恰好相反的长处。他生性完全是亚果的反面。他不是里昂替斯（《冬天的故事》）或者里奥纳塔斯（《锡姆比林》）。嫉妒是无缘无故疑心所爱者别有所欢，对所爱者处处作神经性的警戒提防，甚至横加疯狂性的迫害。奥瑟罗却出了类似的毛病，甚至超过了里昂替斯或者里奥纳塔斯。可是他出了问题，却不是无缘无故。当然，一般人嫉妒总有些外来的缘故，一些细故。可是引起奥瑟罗出毛病的缘故实际上却并不在一块手绢。他的缘故可大了：那是亚果——这样一个人，这样一种人，这样一种社会力量。而奥瑟罗

① 这样了解的不止希勒格尔一人。

② 苏联批评家（例如莫洛佐夫在他的《莎士比亚悲剧集》俄译本序文里）照例援引普希金的一句精辟话"奥瑟罗生性不是嫉妒的，相反，他是轻易相信人的"，用来驳斥认为《奥瑟罗》是"嫉妒的悲剧"的说法。西方批评家也早已不大作这种简单的错误说法了。英国19世纪权威批评家柯尔立奇在他的《讲稿集》里就解释过"奥瑟罗杀死玳丝德摩娜并非出于嫉妒"，因此说到"奥瑟罗把玳丝德摩娜当做自己唯一的生命"和"玳丝德摩娜是他的副本"，等等。

生性是那样，出毛病是这样，其中的缘故一半也就在这里了。如果说嫉妒只是一种感情受损害的痛苦表现，那么奥瑟罗的这种痛苦就太大了。他爱得太深，因此怎样也不能算恨得太深。他简直是这种痛苦的化身了，也就不妨说是这种嫉妒的化身吧，可是，唯其这么突出，这么特殊，他就远远超过了里昂替斯或者里奥纳塔斯的水平，远远超出了嫉妒的范畴。他深深感觉到的不只是爱情受了伤害，而且，更重要的，是理想受了摧毁性的打击。他的报复冲动，因此也就可以进一步，不是为了私恨，而是为了理想，为了正义，变成了惩罚的要求。

奥瑟罗的性格本来有惊人的爆炸力。他在凯西奥醉酒闯祸以后，出来制止争吵的时候，曾经说：

只要我动一动，
举一举这一条胳膊，管你们谁最强，
谁也会在我的一怒里送了命。

（第 2 幕第 3 场）

这决不是他自己吹嘘。只是他平素也就有惊人的控制力。罗陀里科说出了威尼斯一般人的看法，说奥瑟罗本来是生性这样的一个人——

意气都摇撼不了，硬朗，坚实，
随便挨“意外”的炮弹，“偶然”的标枪，
都不会擦得破，刺得穿。

（第 4 幕第 1 场）

他就是这样子不怒则已，一怒冲天。现在，急转直下以后，随他在战场上跑过的亚果也就说了：

他会发怒吗？我曾经看见过大炮
把他的队伍直轰到满天飞扬，
像魔鬼一样的就从他的臂弯里

轰开了他的亲兄弟——他会发怒吗？
那就不简单。

（第3幕第4场）

他做得出大义灭亲的事情。他对闯了小祸、破坏了军纪的爱将凯西奥能够说：

凯西奥，我爱你；
可是你再也不能当我的部将。

（第2幕第3场）

他对他所认为全盘葬送了人类理想的爱妻就只能忍痛“把光明熄灭”。这样，他自己闯下了弥天大祸，把自己送进了黑暗地狱。他杀害了玳丝德摩娜，“把光明熄灭”了以后就说：

我想太阳和月亮现在该已经
一同暗晦了，地球看风云变色
也该直吓得张了嘴。

（第5幕第2场）

他是摩尔人，有色人种。他在亚果的离间里就已经深感到种族歧视的压力。他对威尼斯城邦忠心耿耿，却不能获得嫉贤忌能的统治当局的完全信任[①]。敌情紧急，统治当局要他出来，支持了他的斗争，现在敌情一消灭，他就接到召回威尼斯的命令。壮志雄心正好跟爱情一同落空。如果种族关系在这里的确也发生了问题，那么正是种族歧视辜负了他的忠心，决不是摩尔人的所谓“蛮性”辜负了城邦的信任。尽管是次要的，这也助长了他幻灭的痛苦。换成了哈姆雷特，他差不多会这样说了：这是什么样的

① 对莎士比亚时代人有极大影响的意大利玛基雅维利（Machiavelli，1469—1527）在他的名著《原君》（英译名 *The Prince*）一书中阐明统治当局应提防将领，特别是雇佣军将领，因战功而跋扈，同时，作为例子，称道威尼斯当局处死出征有功而召回不便的统帅之举。

社会，什么样的人世！他却只是朦胧感觉到他忍痛对付玳丝德摩娜并不是为了自己，也并不只是对付一个女子而已。

奥瑟罗虽然没有哈姆雷特一样的概括能力、社会观察和体会能力，却也并不是为了他个人才感到这样深的痛苦。同时，他对破坏思想、破坏纯洁的罪行所抱的痛恨终于并不能压制得住他对玳丝德摩娜的柔情。他走进卧室去扼死玳丝德摩娜以前所说的一段独白最能说明他的这种心情——和这种广泛的意义：

记住原因，记住原因，我的心。
纯洁的星星，对你们不说出罪名吧！
记住原因。可是我不愿溅她血，
也不愿毁伤她肌肤，比雪还白的，
雪花石膏碑还没有这样光润呢。
可是她必须死，要不然会出卖更多人。
把光亮熄灭，然后就——把光明熄灭吧①。
要是我把你熄灭了，光明使者②，
我后悔了就可以把你重新点亮的；
可是你，精美绝伦的造化的极品啊，
我一旦把你生命的光辉熄灭了，
不知道哪儿找普罗密修士神火③
重新点亮你。我把玫瑰花摘下了，
我就再不能使它恢复生机；
它只能枯萎。我就在树上闻闻吧。[吻]
噢，温馨的气息，它几乎说服了

① 奥瑟罗说了“把光亮（烛火）熄灭”，本想说“然后就杀她”，结果，改了口接下来说了“把光明（生命）熄灭”。

② “光明使者”，照当时的通常说法，意思就是灯火。

③ 照希腊神话，普罗密修士从天盗火，点活手造的泥人。

正义把怒剑折断了！再一下，再一下！［吻］
愿你死后都这样吧，我就杀死你
再爱你。再一下，这是最后一下了！［吻］
这样妙却又是这样绝。我不能不哭，
可是掉的是无情泪。这就叫“天伤心”[①]：
偏找心爱的地方来下手。

（第5幕第2场）

正因为奥瑟罗想到的不只是自己的问题，也不只是玳丝德摩娜的问题，也正因为到最后关头爱情也翻过身来了，诗意也随之回来了，他才就在“把光明熄灭”的时候，终于为自己为人类恢复了光明。

社会上有正反面两种人，可是即使在不合理的社会制度之下，正派人究竟是多数（因为人民大众总是多数），亚果这种反派人只能欺混一时，终不能以一手掩尽天下人耳目——群众的雪亮的眼睛。亚果的至亲爱米丽亚也就会挺身出来，真相终于大白。信任固然被出卖了，理想固然被出卖了，可是出卖信任，出卖理想的不是玳丝德摩娜，不是凯西奥，不是爱米丽亚，却就是“诚实”的亚果。亚果是存在的，社会的黑暗是事实；可是只有认识了黑暗，才可以使光明不受蒙蔽。“混沌”过去了，更大的光明烛照了奥瑟罗的下场，烛照了人类的前途。

通过了极大的灾难，付出了惨痛的代价，证明了玳丝德摩娜的确是了不起，人类的确是了不起，奥瑟罗扼杀了玳丝德摩娜个人的生命等于结束了他自己个人的生命，照他极端的方式，现在只有赔上一死，才好匹配。这样一死，正是幸福，而行尸走肉当然不会了解这一点，也不会了解偷生就是活受罪。因此，当他拔

① 流行的基督教说法，神爱罪人，但罚罪行。

剑刺亚果的时候，听到亚果说“我只是出了血，先生，可没有刺死”，奥瑟罗就说：

我也不觉得可惜，宁愿你活下去：
在我看来，死倒是一种幸福。

（第5幕第2场）

崇高的诗意随了爱情，随了理想和信心，回到了奥瑟罗身上，他最后就说了：

慢点！再听我说了两句话才走。
我为国家立过功，当局是知道的——
这不用再提了。你们写公文报告
这些不幸事件的时候，请你们
照我的实情说实话。不要开脱，
也不要恶意诬蔑。你们应当说：
这个人用情欠明智，却是太热诚；
这个人不轻易嫉妒，一受人摆布
可就烦乱到极点；这个人就像
一个愚昧的印度人，抛掉颗珍珠
不知道它比全部落还值钱，这个人
虽然不惯于受感情融解，一崩溃，
可就会把热泪洒得像阿拉伯森林
洒下来药性的胶汁。把这些记下来；
另外再添上一句说：阿勒颇地方
有过一个恶毒的裹头巾土耳其人
殴打一个威尼斯人，糟蹋城邦，
我抓住了这个受割礼狗子的脖子
一下子把他刺杀了——这样子！

他用短刀猛刺了自己，倒在了玳丝德摩娜身上：

我杀你先吻你。现在也只能这样——

杀死我自己，就在一吻里收场。

说奥瑟罗在这里"聊以自慰"，说他逃避现实，说他不再想玳丝德摩娜只想自己，说他犯了"博法利主义"（Bovarysme）的批评家①，实际上，正是走亚果路线，因为亚果老早就说过奥瑟罗博得玳丝德摩娜的欢心，就是由于他"乱吹牛，对她讲许多荒诞不经的谎话"（第2幕第1场）。20世纪一些西方批评家，就爱做翻案文章，往往把文艺复兴时代人文主义的进步思想当做天大的错误，竟至于大有人②认为奥瑟罗的悲剧，和哈姆雷特的悲剧一样，正是人类骄傲的悲剧，教训一般人应该知道在上帝面前（实际上是在统治阶级面前）表现谦卑，应该俯首贴耳接受中世纪蒙昧主义给他们戴上的枷锁。

我们却在奥瑟罗的结局里看到了奥瑟罗又是奥瑟罗了，只是加上了一重智慧的光彩。

五

玳丝德摩娜的形象，恰好和奥瑟罗的形象相匹配，也是文艺复兴时代人文主义的进步思想的产物，同时也就在实质上充满了人文主义的理想。

旧脑筋的布拉班旭，作为消遣，也可以喜欢听奥瑟罗的生平故事；用对待下等人甚至于对待奇禽异兽的态度，也可以结纳奥

① 英国艾略特（T. S. Eliot）如此说，参看他的《论文选集》（*Selected Essays*, 1932）。

② 美国艾略特（G. R. Elliott）在他的《工具和使者》（*Scourge and Minister: A Study of Hamlet*, 1951）和《光明使者》（*Flaming Minister: A Study of Othello*, 1953）就作此种说法。

瑟罗，让他出入他的家门。至于像玳丝德摩娜这样把奥瑟罗平等看待，爱他，要跟他结为夫妇，这对于布拉班旭是不可想象的，除非说玳丝德摩娜着了邪，受了蛊惑。这是当时社会上的一种人。

亚果不是这样的老顽固：他也算是“新人”了。对于玳丝德摩娜居然爱奥瑟罗，以至跟他私奔，他开头也承认原先没有“料想到这样的事情”。可是他对于这种事实的发生，另有解释：那是因为奥瑟罗会“吹牛”，那是出于一时的“肉欲”，出于“逢场作戏”，正如她餍足了，可以随便找“第二个对象”（以上引语见第1幕第3场和第2幕第1场）。亚果，归根结底，还是和布拉班旭是一种人。

玳丝德摩娜，和奥瑟罗一样，才真是另一种人，“新人”。对于她，奥瑟罗的身世和人品，那么有声有色，那么堂皇，就发挥了极大的吸引力，决不是任何“魔术”可比。她爱奥瑟罗，

全不管品性、
年龄、种族、名声，和一切问题。

（第1幕第3场）

布拉班旭所说的这些“隔阂”对于她就完全不存在。她爱奥瑟罗，“就是要同他生活”（第1幕第3场），决不是什么“逢场作戏”，因此也决不会像亚果所说的会餍足，而为了“再点燃欲火，另开胃口”，改求“长相漂亮、年龄相仿、仪态相当的”（第2幕第1场）。把她和奥瑟罗结合在一起的是一种共通的对于浪漫情调和诗意生活所怀抱的同情和向往。

这样，她也就是一个敢于摒除一切偏见、摆脱一切束缚、要求自由发展个性、全面发扬人格、追求宽阔壮丽的生活目标的文艺复兴时代人。

这是玳丝德摩娜这个形象的首要特色。

因为是女性，她的问题也就包含了妇女解放的问题。

可是，如果说莎士比亚在塑造她的形象来表现的社会意义当中，把实质上是妇女解放的问题放在了主位，给了它第一位的重要性，那么玳丝德摩娜最初抗拒父亲的反对是那么坚决，最后忍受丈夫给她的委屈却是那么柔顺，这也就不可解了。如果我们不从更大处，而只从妇女解放要求来看全面的问题，那么我们就难于解答这样的问题：她既不后悔，我们固然不能说她证明了女子要求婚姻自由到底是要不得的，可是她这样逆来顺受，我们能否认这还是表现她终于保持了“嫁鸡随鸡，嫁狗随狗”的封建道德吗？“在家”不“从父”，“出家”却“从夫”，这不是只想到解放一半吗？实际上，仅就妇女解放而论，玳丝德摩娜和当时女子也不会想得这样彻底。实际上，更重要的是，从更大处看来，前一半确乎是“在家不从父”，后一半却不是“出家却从夫”的问题。玳丝德摩娜到后来也曾一度伤心说“我没有丈夫”（第4幕第2场）。那么她还有什么呢？她还有爱情，还有理想。

玳丝德摩娜的形象所表现的意义实际上大于仅仅是妇女解放的问题。推动她坚决反对父亲的阻挠，也推动她顺受奥瑟罗的疯狂的，还是文艺复兴时代人文主义的一般性的理想。她忠于理想，她忠于爱情，以至说：

> 无情可以有大影响，
> 他的无情可以毁我的生命——
> 抹不杀我的爱情！
>
> （第4幕第2场）

她柔顺到底正是她坚决到底。她初受委屈，还从大处着想，怕奥瑟罗在公事上有什么不愉快，一时迁怒于她，只怪自己是“不讲公平的战士”（第3幕第4场），错怪了奥瑟罗；后来局势闹得不可收拾了，以至自己遭受杀害，她还是不怨恨奥瑟罗。只是她和她死后的奥瑟罗一样，虽然没有明言，却在最后表现得那么明确的动作里，显出来终于（哪怕是朦胧的）认识了社会上另外还有看不见的黑暗现实——驱使奥瑟罗迫害他最心爱的亲人、驱使他走不近人情的道路的正是这一种倒行逆施的社会黑暗势力。

玳丝德摩娜的性格所以和奥瑟罗的性格互为补充，完成了文艺复兴时代人文主义理想人格的表现，也正因为她是女性，因为她是那样的女子。

作为一个善良的温柔的女子，她和莪菲丽亚颇有相似的地方，她的父亲说她本来是一个

胆小的姑娘，
素来是幽娴的，只要动一动感情
就会脸红的。

（第 1 幕第 3 场）

她在死前唱的《杨柳曲》也令人想得起莪菲丽亚发疯唱的民歌，更令人想得起莪菲丽亚攀柳落水的诗意化结局——水畔垂柳的背景最足以匹配她们的温柔性格。她们的遭遇也有相同的地方：一样被爱，一样被错待，被所爱者误认为是失德的女子。

无论就性格的类似处而论，就遭遇的类似处而论，莪菲丽亚只是开了一个头，还太柔嫩，还太纤弱。玳丝德摩娜，虽然也是太早就受了摧折，却比较成熟，有了很大的发展。

环境不同，性格也不同，玳丝德摩娜，活泼、大方、热情，在许多地方，更近于另一个意大利女子朱丽叶。她甚至还超过了朱丽叶，她爱了就不顾父兄和习俗的阻力，就跟所爱的对象出奔，就当众宣布

我爱他本来就为了要同他生活。——
我就用激烈的攻下了命运的行动

向世界宣告吧！我的心接触了
他的事业就爱了他的事业。
我见了奥瑟罗的心见了他的面。
我已经把我的灵魂和我的命运
献给了他的光荣和他的功绩。

（第 1 幕第 3 场）

争取婚姻自由的成功也使她在另一方面比朱丽叶也更成熟，有了发展。她结婚以后，为凯西奥求情，就会对奥瑟罗说：

就像平常我请你戴上手套，
吃什么滋养的菜肴，把衣服穿暖和，
或者求你做一件对你自己
有益的事情。

（第 3 幕第 3 场）

她为凯西奥求情，的确不仅是出于仁善心肠，要支持好人，报答好人，而且是为了关心丈夫的事业。她可以像凯西奥所说的做“统帅的统帅”（第 2 幕第 1 场）。

奥瑟罗到后来简直像疯了。玳丝德摩娜忍受不堪的冤屈，以至横死，自己却并不丧失理性，到死保持了清醒，并不绝望，因此，虽然处了最悲惨的境地，却并不使自己像莪菲丽亚一样的成为“世界上最伤心悲惨的女子”。另一方面，她和奥瑟罗死在一处的结局，虽然也令人想得起朱丽叶和罗密欧死在一处的结局，悲剧性也深了一层。

这样，玳丝德摩娜不但比莪菲丽亚和朱丽叶都更成熟而有了发展，而且玳丝德摩娜究竟是玳丝德摩娜，她另有自己的性格力量。古人说：“静如处子，动如脱兔。”玳丝德摩娜既有“处子”的本色，性格上也有“脱兔”似的动起来出人意料的一面。她有坚强的魄力。她爱奥瑟罗，见诸行动，不但全然出乎布拉班旭的意料之外，而且使亚果也一再说来得“猛烈”。她有丈夫气，她自己愿意“天把她造成了这样的男子”（第1幕第3场）——奥瑟罗这样的男子，而她以行动的表现而博得了奥瑟罗给她的一个恰当的称号——“美人战士”（“女英雄”）。她在结婚以后的短短几天里，表现了她并不是只有儿女的情怀，她也有大处着想的关心。最初见奥瑟罗生她气，她就这样解释：

一定是什么国家大事，
从威尼斯来的，或者是什么阴谋，
还没有成熟，在这儿塞浦路斯发觉了，
搅乱了他的清明的神志；一个人
在这种情形里，往往为小事生大气，
虽然针对的是大处。也就是这样；
一个手指头一痛，它就引起了
一个人身体上另一些好好的部分
同样难受。不能把男人当天神，
也不要盼他们天天像新婚之夜
那样的殷勤周到。

（第3幕第4场）

后来，奥瑟罗在扮演妓院场面来折磨她也折磨自己的时候，玳丝德摩娜说：

你干吗哭呀？
可是我引起的你这些眼泪，丈夫？
要是你疑心我的父亲捣了鬼，
人家才这样一下子把你召回的，
你也别怪我。你已经丢了他，
我也早把他丢了呀。

（第4幕第2场）

从这里也可以看出她着眼的首先总是丈夫的事业上可能发生的问题。

玳丝德摩娜并不像坡霞（《威尼斯商人》），像环奥拉（《第十二夜》），化装过男子，也不像考黛丽亚（《里亚王》）带过兵，却也是足以媲美的“女中豪杰”。

如果说坡霞、环奥拉一类的女子要比玳丝德摩娜有办法，我们也该注意那些莎士比亚前期创作里的女子就没有碰到过玳丝德摩娜这样的遭遇，没有碰到过这样的社会现实，使考黛丽亚也还是失败的社会现实。

既然莎士比亚前期作品里的男女英雄都不可能估计到这种意想不到的罗网或者陷阱，既然哈姆雷特在这种罗网或者陷阱面前都感到天翻地覆，既然奥瑟罗掉在这种罗网或者陷阱里更只有变成了疯子或者野兽，那么我们也就不能怪玳丝德摩娜在这种罗网或者陷阱里没有多少办法了。奥瑟罗发现自己做了“傻子”固然已经太晚了（在他杀死了玳丝德摩娜以后），玳丝德摩娜发现阴谋更已经到了死亡的门口，自然也不能挽回局势，救出奥瑟罗，救出自己。

然而，亚果这类人尽管会害死她，可是决不能扼杀她的理想，她的信心。玳丝德摩娜还可以出人意料地来一着。她临死，听着爱米丽亚追问是谁杀害她的，就回答说：

谁也没有干——是我自己。再见。
替我向亲夫致意。啊，再见吧！

（第5幕第2场）

她的柔顺就是她的坚强。

这里表现的不是所谓“顺命”，不是所谓在上帝面前的“谦卑”①。这正是文艺复兴时代人文主义理想人格的表现，英烈气

① 例如美国G. R. 艾略特（《光明使者：〈奥瑟罗〉研究》）。

概的表现，尽管一般人也有充分理由说奥瑟罗可以说是“最有丈夫气的”，玳丝德摩娜“最是女性的”[①]。

美人而有这种气概，那才终于证明了玳丝德摩娜无愧于凯西奥最初所作的诗意的夸赞：

哪怕奔腾的大浪、咆哮的大风，
哪怕嶙峋的礁石、凝聚的沙堆，
当奸细埋伏了陷害无辜的船舶的，
也好像认识美丽，一时都收敛了
它们凶恶的本性，安然放过了
神圣的玳丝德摩娜。

（第 2 幕第 1 场）

六

奥瑟罗和玳丝德摩娜之间并没有矛盾，互相排斥的矛盾。两个人男女性格相异的特色正是使他们互相吸引的因素；社会身份不同，包括阶级不同和种族不同，正是他们共同要克服的隔阂。他们实质上抱了同样的理想；他们实际上面对了同样的现实。理想和现实之间的矛盾并不存在于他们两个人之间，他们两个人所代表的倾向之内。

现代西方批评家可以令人理解的容易倾向于亚果的看法，想在亚果所说的“一个流浪的野蛮人和一个心眼太多的威尼斯女子之间”（第 1 幕第 3 场）找出冲突性的矛盾。善于揭发现代资产阶级社会的大作家肖伯纳也还脱不出这种倾向：他认为这个剧本如果写这两种人结为夫妇以后怎样过日子，写这个“非常有

---

① 例如丹麦布兰兑斯，参看他的《莎士比亚》（1898）。

趣的问题”，那么就会比原来好得多①。他也恰好不了解莎士比亚在这个剧本里表现了更为重要、更为深刻的社会意义。

从反封建出发的文艺复兴时代人文主义思想，在社会发展里发生了危机，依照新兴的资产阶级的两面性而分化成积极和消极的流派——更接近人民大众和彻底反人民大众的流派。理想和现实的确发生了矛盾，可是矛盾并不在奥瑟罗这种人和玳丝德摩娜这种人之间，误认为矛盾在他们之间，危机就来了，悲剧就产生了；认识了矛盾在他们和亚果这种人以及他们的联盟之间，危机就度过了，悲剧性的胜利就达到了。换句话说，分化过程并不发生在奥瑟罗和玳丝德摩娜之间，而发生在他们和亚果之间。

他们和亚果就是文艺复兴时代社会发展当中产生的两种人。

亚果所表现的尽管不是玛基雅维利本人的全面思想，却基本上就是莎士比亚时代一般英国人所了解的“玛基雅维利主义”。这种“玛基雅维利主义”，带了资产阶级思想的特色，却和没落的反人民反人道的封建主义正好同流合污，狼狈为奸。如果说它是从人文主义思想里发展出来的，它就投合了社会罪恶现实，出卖了人文主义进步思想的崇高理想。

亚果所表现的世界观和奥瑟罗—玳丝德摩娜所表现的世界观根本矛盾。对于他们两种人，一切价值都是相反的，因此爱憎也是相反的。

因为剧本的直接主题是爱情，亚果和奥瑟罗—玳丝德摩娜对于爱情的想法和做法首先就有本质的矛盾。

亚果把奥瑟罗和玳丝德摩娜的结合看做纯粹是发泄兽欲。他唤起布拉班旭来追赶这一对私奔的情人的时候，对他大声嚷着说

---

①　参看肖伯纳《易卜生主义的精华》（*The Quintessence of Ibsenism*，1913），《文学研究集刊》第3册（人民文学出版社，1956）有潘家洵译文。

“一头老黑羊”正在和他的“小白羊”交尾，又说，“你的女儿正在和摩尔人一块儿叠背做畜生的勾当”。贯穿全剧，一提到他们的爱情，亚果都作这一类不堪的想法和说法。

他把爱情看做只是“一阵淫欲的冲动”，再加上“一番意志的放纵”。

兽欲又和利欲互为因缘。他不说奥瑟罗得到了玳丝德摩娜的爱情，而是说：

他今夜登上了一艘陆地的运宝船。

抢来的变成了合法的，他可就发迹了。

（第1幕第2场）

他提醒布拉班旭留心“你的女儿”的时候，马上加上了“你的钱袋”。

他对洛德里科担保说：“玳丝德摩娜不可能长远爱摩尔人——把钱袋装满吧——摩尔人也不会长远爱她。”（第1幕第3场）他在这一场对这个“冤大头”阔少爷说了十几次“把钱袋装满”和“去张罗钱吧”，而在这里一口气说那一对情人不会长远相爱的二三十行话里就夹进这两句话八次之多。他要洛德里科经过他的手在玳丝德摩娜身上倾家荡产地花钱，纯粹是为了他自己骗钱的目的，可是他在这里也显出了他自己也确乎相信金钱可以收买爱情。照他看来，“爱情”是不会长远的；玳丝德摩娜会在餍足以后转而和凯西奥偷情。他自己也就疑心自己的老婆和奥瑟罗有暧昧关系。他自己也就未尝不想占玳丝德摩娜的便宜（他自己在第2幕第1场独白里表示了这一点），就如同他口头保证洛德里科会“享受她”。

剧情证明奥瑟罗和玳丝德摩娜不但能相爱相信，而且能自爱爱人，自信信人。这在亚果看来就是愚蠢。他只爱自己，只信自己。他对洛德里科说：“自从我能够辨别利害以来，我还从不曾见过什么人知道怎样爱自己”（第1幕第3场）。他说他“跟随”奥瑟罗，“只是跟随自己”。接下去就是：

天有眼看得清，我不是出于忠爱，
只假装如此，为了我自己的利益①。

（第1幕第1场）

亚果的极端个人主义表现在他对爱情问题的看法上是如此。这种极端个人主义也和种种恶劣观点结合在一起。他不仅在爱情问题上，在其他各种问题上也就处处表现了和奥瑟罗—玳丝德摩娜恰好相反的看法。

先就妇女问题说。这首先和爱情问题有直接联系。亚果既然在人身上只见到兽性，对妇女就充分表示了极端蔑视的态度。他当着玳丝德摩娜，诋毁自己的老婆爱米丽亚以后，就针对一般妇女说：

你们出门像图画
坐在客厅里像银铃，进厨房像野猫，
伤害起人家来装圣徒，冒犯了做魔鬼，
管家务最儿戏，上了床最一本正经。

（第2幕第1场）

听到玳丝德摩娜抗议说：“哎呀，呸，你这个毁谤专家！”他就进一步干脆做一个总结说：

你们是起来游戏，上床工作。

一个贤淑女子所能达到的最高成就，据他说来（在同一场里随后说的），就是

配得上喂喂小傻瓜，管管伙食账。

---

① 玛基雅维利在他的《原君》第18章里说一位成功的君主不一定要有好品质，却一定“要装得有”。书里还可找出许多和亚果的相似的看法，虽然我们得承认全书的精神并不和亚果的完全一样。

这些虽然都是当笑话说的，大家也都是当笑话听的，可是他的全部言行证明了这些话也就说出了他一贯的想法。他后来对奥瑟罗讲到威尼斯妇女的时候，就说：

威尼斯女人对着天演得出丑把戏，
就不敢让她们丈夫看得见罢了。
她们不在乎事不为，只在乎人不知。

（第 3 幕第 3 场）

这固然是为了欺骗和刺激奥瑟罗而说的诽谤话，可是根据他前后一贯的言行，他却也真相信妇女失德是天经地义。所以他在剧本一开头就认真说凯西奥是“会娶个娇妻活该倒霉的家伙”——一个人老婆漂亮，活该受罪！

再就种族歧视以及其他类似的歧视说。这是和奥瑟罗—玳丝德摩娜的爱情问题有密切关系的。亚果的种族歧视比什么人都更露骨、更突出。布拉班旭不过把奥瑟罗叫做“走江湖骗子”。洛德里科还不过把他叫做“厚嘴唇家伙”，把他叫做“东飘西荡到处为家的外邦人”。亚果就把他叫做“流浪的野蛮人”，他开头在楼窗底下向布拉班旭吆喝说：“你宁要你的女儿给一匹巴巴里（北非洲一带）黑马骑了；宁要马外孙对你嘶叫；宁要马亲戚跟你攀亲。”他这种刺激布拉班旭的下流话污辱摩尔人到了这么恶劣的程度，决不是偶然的。亚果不但不能容忍有色人种，而且对任何外地来威尼斯的意大利人也另眼看待。他憎厌凯西奥的一个理由就是：凯西奥是一个“弗罗伦斯人”。歧视较低的阶级在亚果也认为当然：他认为玳丝德摩娜不近人情，因为她居然爱奥瑟罗而拒绝了

许多位跟她自己
同城邦、同肤色、同阶级人士的求婚……

（第 3 幕第 3 场）

任何忠信，亚果是不讲的。他既谈不上什么忠于爱情，更谈

不上什么忠于理想；他当然也不会像奥瑟罗那样至死还表现对于威尼斯城邦的忠诚。他只在乎忠于自己的个人意志。他说：“我们变这样那样，全在我们自己。我们的身体是我们的园子，我们的意志就是园丁……”（第1幕第3场）。一切都得听从自己的意志。无怪乎他在剧本一开头就说：

我们并不能谁都当主人，主人
也不能谁都有忠仆。你可以看到：
有许多尽心力、卑躬屈膝的家伙，
死不肯放松自己的当奴才职司，
活像主人的驴子，为一口草料
消磨一辈子；人一老，就给撵出去。
叫这种老实货吃一顿鞭子才对！
另外也有人，表面上忠心耿耿，
心里头只顾自己，为自己效力，
靠玩弄卖气力花招巴结主人，
一帆风顺，一等到飞黄腾达，
就只认自己。这种人倒有些头脑；
我自命就是这样一个人。

（第1幕第1场）

这里讲的虽然只是主仆关系以至首长部属关系，照他在剧本里的实际表现看来，显然也可以推广出去，包含了他对于一切忠诚的否定态度。

浪漫情调和诗意生活对于亚果说来，都是不真实的。文化知识，对于他说来，也是值得鄙视的。一方面，奥瑟罗讲他的丰富多彩的经历，那么样吸引了玳丝德摩娜，在亚果看来纯粹是骗人。另一方面，凯西奥显然并不是一介武夫，而是熟悉军事学识，因此受到奥瑟罗的看重，把他越级提升为副将，在亚果看来就只是“一个算学家”，只知道“书本理论”，“只会空谈，不懂实际”。两方面长处，他自己都有了，看法可能会有点改变。现在他自己既没有这方面的长处，也没有那方面的长处，他就既蔑视他所谓的“野蛮人”，也嫉恨知识分子一路人。

为了满足自己的个人意志、自己的私欲，骗取金钱和争夺权位，是亚果所看重的，也是莎士比亚在剧本里一开头就点穿给大家看的。

玳丝德摩娜，在塞浦路斯登陆的那个场合，对于亚果的玩笑说过一句话：“你倒把最差的夸赞得最好。”这在无意中正好总结了两种观点的完全相反。

既然在一切观点上都和奥瑟罗—玳丝德摩娜恰好相反，爱憎和奥瑟罗—玳丝德摩娜的恰好相反，亚果和奥瑟罗—玳丝德摩娜也就分成了水火不相容的两种人。奥瑟罗和玳丝德摩娜要通过悲剧性的冲突以后才会明白这一点，亚果却一开头就看得清清楚楚。他对洛德里科说：

> 就像你是洛德里科，不是别人，
> 我要是摩尔人，我就不会是亚果。
>
> （第 1 幕第 1 场）

彼此矛盾，却并不是各不相关。亚果关于凯西奥所说的一句话，最后要暗杀凯西奥的理由，

> 他在生活里有一种日常的美德
> 害得我天天出丑，
>
> （第 5 幕第 1 场）

也可以借来说明他为什么不能容忍奥瑟罗和玳丝德摩娜的道理[①]。

① 威尔孙·纳以特（G. Wilson Knight，1897—1985）在他的《奥瑟罗音乐》（《火轮》1930）中也提到了这一点。

一方面“居住了丰饶富庶的国土”，一方面就“用苍蝇”来“滋扰”（第1幕第1场）；一方面达到和谐的顶点，一方面就“捏松栓子”破坏音乐（第2幕第1场）——冲突的动作里表现了一贯的势不两立的矛盾，也就显出了就是出于这种矛盾的基本动机。亚果在第1幕终了，结束说：

有了！主意来了！地狱和黑夜

定要送这一胎毒计见光明世界！①

这里也就表现了他总是意识到“黑夜”和“光明”正反相克的基本矛盾；这里也就显出了他要作恶的基本动机。

亚果憎恶以致蓄意破坏的基本动机既然就在这里了，他的其他种种的主观想法也就可以随时都有充分理由成为他的具体动机②。

奥瑟罗得到玳丝德摩娜的钟情而且受到威尼斯城邦的重用，奥瑟罗和玳丝德摩娜结婚而且出任增援塞浦路斯的统帅，正好达到顺境的高峰；亚果的忌恨当然也就相应的达到了爆发点。奥瑟罗恰好拒绝擢升他当副将，打击了他的权位要求，而另一方面洛德里科恰好甘愿做他取用不竭的腰包，可以满足他的金钱要求：他的阴谋主意也就自然而然、应运而生了。

---

① 原文中“光明”一词本来只有普通习语中随便带过的分量（在中文里译出来是多余的），但是这里和“黑夜”一词押了韵，意义就突出了，着重了，这也不一定出于偶然。

② 亚果独白里说的话不可不信，也不可尽信。柯尔立奇专注意言外之音，结果说出了有名的亚果“没有动机的恶毒”和自己在“搜寻动机”一类的神秘话；现代有一派学者，例如吉特立奇（Kittredge，见于他的《奥瑟罗》注解），又太拘于字面，结果认为亚果是有动机的，他的动机就是他口里说出来的那一些窄狭肤浅的动机。实际上，亚果的基本动机是在字里行间——就是在冲突布局所表现的基本矛盾里——表现出来的；他的具体动机就是在字面上说出来的：二者互相结合，并不矛盾。

本来，莎士比亚时代的社会上也就有这样两种人，只是一般都没有这样突出，这样鲜明。同奥瑟罗和玳丝德摩娜倾向一致的、亚果认为该打屁股的正直人究竟占大多数。亚果这种人要达到个人目的，满足个人“意志”，与大多数人为敌，也只像没落中的阶级社会里的统治阶级一样，尽管基本上倒行逆施，总得装起伪善的面目：内在的亚果以外还得有一个外表的亚果。由于亚果特有的鬼聪明，他就做到叫谁都称他为“诚实人”。

做到这一点，亚果不但用一般的两面手法而且另有他的特殊花样。除了“挂出个仁爱的旗帜和花招”来掩盖自己的真面目以外，他不在对洛德里科说话的特殊场合，有时就自己把假面具揭开一点，让人家看看他的狞恶相，反而使人家误以为这才是故意假装，倒像哈姆雷特装疯说疯话的样子。他常常用半真半假的语调，说出玩世不恭的言论，赤裸裸点穿人情世态——是非颠倒的不合理社会的丑恶现实——使一般人不能当真，不能相信他就是拥护这种丑恶现实的，而只能觉得他倒是表现了对于这种丑恶现实的憎恶心，表现了叛逆性，表现了正义感，只能觉得他说话大胆，好像快人快语，有时候确乎一针见血，道出了一部分真实。他关于仆人效忠主人不得好报的说法就是一个例子（见前），另外作为一个例子，我们可以举他对凯西奥说的一句话：“名誉是一种无聊的最靠不住的随意赏赐；往往得来全不凭功德，失去又不是咎由自取。”（第 2 幕第 3 场）他这种话大快人心，真像哈姆雷特的“疯话”，就是立场和哈姆雷特的恰好相反。他这种话说明不合理社会的现实本质，却正好和克罗迪斯关于金钱本质一类的认识同样深刻，只是克罗迪斯，虽然立场和他的一样，却只能暗中对自己说说，亚果大胆说出来就显得像深知人情世故，因此也就反而被认为“诚实人”了。

正如奥瑟罗—玳丝德摩娜的观点和亚果的观点基本对立，使亚果最不能容忍他们的关系和他们的发展，奥瑟罗—玳丝德摩娜的性格和亚果的性格恰好相反，使亚果对付他们的时候，得到了最理想的活动场地来施展他做好做歹的伎俩。他们的美德对于亚果就是可以利用的缺点，正好让他以怨报德。奥瑟罗既然是"生性坦率宽厚"，既然容易"把不过貌似诚实的都当做诚实人"，亚果就自然而然想到他"可以让人家随意牵着鼻子走，就像驴子"（第1幕第3场）。他同时说：

他对我很好；
我就更好使出计谋来对付他。

至于玳丝德摩娜，

为人热心，只要你光明正大、
有求必应。她生来慷慨大度，
就好比四大原行。

（第2幕第3场）

亚果就想好了：

我就把她的洁白糟蹋成漆黑，
就利用她的好心肠结成了罗网
把他们一网打尽。

（第2幕第3场）

经过了他做好做歹的一番恶毒到家的摆布，奥瑟罗在第3幕第3场落入了他的罗网，特别强调地肯定了他是一个诚实人——

这个家伙可真是非常诚实，
他极有头脑，熟悉人性，精通了
人情世故

他就得心应手，为所欲为了。

他已经在奥瑟罗身上注入了毒液。他庆幸他的毒药在奥瑟罗身上引起了变化。他认识——

危险的想法性质上就是毒药，
初上口还不大尝得出什么怪味，
可是只要在血液里稍稍一活动
烧起来就像硫磺矿。

（第 3 幕第 3 场）

奥瑟罗的语言里都沾染了亚果所特有的那一套丑恶意象。亚果开头说要“用苍蝇滋扰他”，他现在在折磨玳丝德摩娜的谈话里也就出现了“屠场里夏天的苍蝇”。

而最后给予奥瑟罗摧毁性一击的还是亚果对于堕落社会的丑恶现实所揭出而加以夸大的这一类狰狞形象：

想想看，凡是套上了家累的须眉汉
都跟你并驾齐驱。千百万男子
夜夜躺在并非专有的床上
还自命享受着专利。

（第 4 幕第 1 场）

俨然有点像哈姆雷特一样感觉到“众醉独醒”的亚果，因为基本观点完全和哈姆雷特相反，最后证明却又是最糊涂不过的：他没有估计到另一种现实——他认为没有“头脑”的社会上极大多数人才真有灵魂。奥瑟罗和玳丝德摩娜所代表的崇高的积极的精神力量就在最平凡的人群里也会有所表现。就在亚果所最料想不到的角落里跳出来了他所鄙视的自己的老婆。她居然也是凯西奥一样的“诚实的傻瓜”，可是“诚实的傻瓜”的诚实做法，虽然可以一时上冒充诚实人的亚果的当，还可以戳穿亚果的诡计。亚果尽管顽强，在阴谋被拆穿以后，尽管可以怎样也不再开口，事实上总还是失败了，毁了自己。

亚果到剧本临了，显出了他的极端个人主义怎样登峰造极的见之于行动。他陷害了奥瑟罗和玳丝德摩娜，不但陷害而且直接刺伤了凯西奥，为了卸责而陷诬与他太不相干的妓女，为了灭口而刺死他的工具洛德里科，最后刺死了自己的老婆。亚果这种人发展下去必然是与天下人为敌，可是人民大众的力量终于决定了他们的命运。而且，尽管他能够用罗网捉住了奥瑟罗和玳丝德摩娜的“身体”，而终于捉不住他们的“灵魂”，尽管可以造成奇祸，使天地变色，终不能使光明消灭。

另一方面，尽管如此，亚果还是完成了他的破坏计划。亚果这种人，尽管是极少数，还是能造成悲剧性的灾难。这里又好像另有命运的决定了。“谁控制得了自己的命运呢?”奥瑟罗问了。莎士比亚，在他写这些伟大的悲剧作品的时候，显然也这样问了，而苦于得不到解答。时代限制和阶级限制规定了他还不可能得到解答。我们现在却知道解答还是在历史条件里得出。

总起来说，剧情证明，亚果作恶，并不是没有动机的。莎士比亚的现实主义艺术表现出来了他的基本动机就包含在他同奥瑟罗和玳丝德摩娜基本倾向的矛盾里：他根本不能容忍他们和他们的发展。这种基本矛盾所带来的具体利害关系就引发了他自己口里明说出来的具体动机。这里并没有什么为作恶而作恶的精神，因此也就不能拉扯到宗教观念的神秘解释。莎士比亚的高度的现实主义艺术，使亚果又并不成为只是一个概念的象征或者化身，亚果具体，亚果有血有肉[①]。他具体，他有血有肉的主要因素就是他是在一定社会条件和历史条件里活动的

① 泰纳在他的名著《英国文学史》里曾联系了《浮士德》里的梅非斯托非列斯谈到莎士比亚怎样把亚果塑造成“一个真实的形象”（弗奈斯《奥瑟罗》集注本附有这段话的法文原文）。

人物。

七

亚果的老婆爱米丽亚在非主要人物当中，最为突出，最有意思。

她是出身于较下层社会的普通妇女，具有普通人的优点和弱点。

如果说奥瑟罗和玳丝德摩娜的结合，外表上显得有种种不相称的地方，实际上是调和的，亚果和爱米丽亚实际上是冲突的，外表上倒好像恰好匹配。

表面上，爱米丽亚不失为亚果的老婆。和亚果一样，她在平时所作的一些粗鄙俚俗的谈吐当中，往往也能揭穿腐败社会的一些丑恶现实。例如，她对玳丝德摩娜评论男人说：

> 一两年工夫还难认男子的本色。
> 他们无非是胃口，我们只是肉；
> 他们把我们狼吞虎咽了，饱了。
> 就吐了。
>
> （第3幕第4场）

这在一定社会条件之下，也是快人快语——而且才真是快人快语。而在意象上，"呕出我们"也容易令人想起亚果用过的"伸脖子作恶"一类的字眼（第2幕第1场），虽然亚果用这一路字眼是表明玳丝德摩娜会"厌弃"奥瑟罗——女人会厌弃男人。

然而，并不是因为男女立场不同，而是因为基本立场不同，世界观人生观基本不同，在封建社会到资本主义社会的转变过程的条件之下，被亚果称为"愚妇"和"傻婆娘"的爱米丽亚在上边所引的一段话里就有了为妇女抱不平的意思。而她在玳丝德摩娜唱《杨柳曲》的一场里更明白道出了男女平等的观念：

可是我以为总还是丈夫先不好，
老婆才堕落。他们要疏忽责任，
把我们珍爱的东西乱抛给人家；
或者要无端吃醋，蛮不讲理，
把我们乱管束一气；或者要打我们，
发狠心削减我们原有的零用钱——
好，我们也会恨；尽管善良，
我们也会报复的，让他们知道
老婆也同样有感觉：看得见，闻得见，
尝得出什么是甜，什么是酸，
跟丈夫全一样。他们甩我们换别人，
是为的什么呢？是为的逢场作戏吗？
我看是的。是出于多情多感吗？
我看也是的。是喜新厌旧的结果吗？
这也是的。那么我们就不会想
调调情，玩玩，变变，像男人一样吗？
让他们好好待我们，要不然让他们知道：
我们干什么样坏事，全多亏他们的指导！

（第4幕第3场）

我们对于爱米丽亚的这种话不该看得太死，以为她当真要像玳丝德摩娜所说的“从恶学恶”，以恶报恶。我们却可以在这种嬉笑怒骂当中看得出她对于男女平等的认真想法。

而行动也证明她具有一般正派女子的善良性格。她作为妻子，平时还是忠于作为丈夫的亚果。亚果还没有彻底暴露他的邪恶品行，爱米丽亚也就没有和丈夫发生决裂。而且丈夫有什么奇怪的要求，在她认为无伤大雅的场合，也总迁就他，使他满足

（“to please his fantasy”，第 3 幕第 3 场）。这也就决定了她拣起玳丝德摩娜的手绢就随便给了亚果。她显然认为这是小节，可以不拘。不到紧要关头，遇事随和，不处处较量原则，也是普通人常有的一种缺点。

作为一个普通妇女，没有玳丝德摩娜那种海阔天空的胸襟（内心生活），爱米丽亚是很讲实际的。她只会打实际的算盘。她在玳丝德摩娜受委屈的时候，就愤愤不平说：

难道她撇开了多少贵人的求婚，
抛下了父亲、家乡、所有的朋友，
就为了让他叫“娼妇”吗？谁想到不伤心？

（第 4 幕第 2 场）

玳丝德摩娜自己从来不提到贵人求婚这一点。爱米丽亚以外，亚果却也计较这一点（见前）。这也可以证明亚果和爱米丽亚在某些小地方的看法接近，或者是亚果给她的一些影响。

作为一个普通妇女，爱米丽亚也就更有常识，更富于现实感，对于丑恶的社会现实较多认识。见到奥瑟罗对玳丝德摩娜态度突变，她首先疑心到他可能出于嫉妒。她不能像玳丝德摩娜那样富于幻想和诗意地说：

我想他在出生的地方
让阳光把这种气质都吸去了。

（第 3 幕第 4 场）

也不能像她那样疑心到什么国家大事使丈夫不快，从大处着想来原谅他的一时粗暴。

由于她和亚果长久相处的经验，爱米丽亚不但疑心到奥瑟罗变得嫉妒了，而且疑心到有人在摆布。她当着玳丝德摩娜的面，对亚果说：

也就是这样个家伙

上一次搅昏了你的头脑，害得你
瞎疑心我同摩尔人关系不正常。

（第4幕第2场）

所以她同时猜想说：

摩尔人上了当，听信了哪一个大坏蛋，
卑鄙的流氓，万恶不赦的恶棍。

可是正如玳丝德摩娜想得太高，只以为奥瑟罗在什么大事上失意，才在小事上——手绢问题上——生气，爱米丽亚想得太低，太实际，想不到区区手绢会引起轩然大波。玳丝德摩娜想不到什么相称的“原因”；爱米丽亚就想到“嫉妒的人”：

并非总是有缘由而嫉妒，
只是为嫉妒而嫉妒。这是个怪物，
凭空会自己生出来，自己长出来。

（第3幕第4场）

她和玳丝德摩娜一样，也就忽视了手绢的作用。她和玳丝德摩娜一样，只为了奥瑟罗忽然大变的事情担心着急，她就不能把这个事实和自己拣手绢的事实联系起来一想，而恍然大悟，及早说明真相，扭转局势。她，作为一个普通妇女，避免了想象力高飞远举、不着边际的毛病，却也陷入了想象力不能从一个枝头飞到另一个枝头的毛病。恰好亚果又是出类拔萃的狡猾，对自己的“傻婆娘”也保持了警惕，仗了他有口皆碑的“诚实人”的名声，也就可以逍遥自在、为所欲为，骗过了所有的正派人——不但骗过了不平凡的玳丝德摩娜，而且也骗过了太平凡的爱米丽亚。

另一方面，爱米丽亚也有普通人的单纯而直接的反抗性。她难于采取玳丝德摩娜所说的“不要从恶学恶”的态度，她就善于“以眼还眼，以牙还牙”。她一想到可能有人阴谋离间奥瑟罗和玳丝德摩娜的关系，一听到玳丝德摩娜说：

　　如果有这样一个人，上天宽宥他！

就破口痛骂说：

　　绞刑套宽宥他！地狱嚼他的骨头！

而且说：

　　天啊，愿你揭发出这种家伙来，
　　让每个正直人手里都拿根鞭子，
　　把这些浑蛋剥光了衣服抽一顿，
　　从东方直抽到西方！

（第 4 幕第 2 场）

她在这里无意中当面骂了亚果。她在奥瑟罗杀害了玳丝德摩娜以后也就痛快地当面骂了奥瑟罗——“傻瓜啊！木头啊！粪土样愚昧！”她不顾威胁——“你最好别声张”，而说了：

　　我不怕你的剑；我定要叫人人知道。
　　哪怕我丢掉 20 条命！

她不单是说得出，她也做得出。她喊开了。更进一步，明白了真相，她毫不在乎和丈夫决裂，以牺牲生命的代价，当众揭穿了亚果的毒计。

到了紧要关头，为了爱，为了正义，这个太平凡的女人也就显出了不平凡的精神潜力。普通人总是在紧要关头才充分显出了自己的立场，爱米丽亚在这种关头做了大快人心的事情，发挥了正义感、战斗性、自我牺牲精神，也就明白分清了她是在奥瑟罗和玳丝德摩娜这类人一边，在人民大众这一边。

爱米丽亚和亚果基本立场不同，基本观点不同，在平时的谈话中反映现实的程度也不同。尽管亚果也能揭穿罪恶社会的一部分真实，他怎样也不能和玳丝德摩娜或者任何别人作这样的对话：

玳　啊，这些男人！

爱米丽亚，告诉我，你凭良心说你以为世界上竟会有女人欺骗丈夫，荒唐到这样吗？

爱　有的，没有问题。

玳　全世界都给你，你肯干这种事情吗？

爱　啊，你呢？

玳　天光在上，我决不！

爱　天光在上，我也决不会干的。黑暗当中，我可是不敢担保。

玳　全世界都给你，你肯干这种事情吗？

爱　世界是一件大东西。赏格既然这样高，过失也就不足道。

玳　天理良心，我看你不会干的。

爱　凭我的良心，我看我会干的；我干了这个勾当，我还会撤销它的。啊，我当然决不肯干这样的事情，要是就为了换一只合欢戒指，换几尺麻纱，换几件袍子，几件裙子，几顶帽子，换随便什么细小的礼物；可是，换它一整个世界——天晓得！谁不愿意叫自己的丈夫变一个乌龟来使他当一位君王呢？为了这一点，净火炼狱的折磨我都甘愿去受一受。

玳　咒我吧，如果我肯犯这样的大错换它一整个世界。

爱　啊，错只是错在世界里；你既然得到了世界作你的酬劳，错就错在你自己的世界里，你可以马上就把错改成了对啊。

（第 4 幕第 3 场）

要是我们把爱米丽亚的这段话看得太死了（像希勒格尔一

样），以为她就是这样对于男女关系一直是随随便便的，那么我们就成了迂夫子，就太缺少“幽默”感了，也太缺少现实感。爱米丽亚主要是为了排解玳丝德摩娜的忧伤而装蒜说笑，而她所以能这样说笑，也就是由于她对于罪恶社会现实有深刻的了解。为了窃取国家大权可以出卖贞操，当了权可以颠倒是非——还有什么比这种揭发更能道破罪恶社会的本质呢？爱米丽亚当然只是凭直觉看穿了这一点，只是不自觉地说出了真理。她只是无意中说出了莎士比亚自己有意要说的话。可是莎士比亚的现实主义艺术决不能使亚果或者任何别人代替他说出这样的妙语，只能使爱米丽亚说得出：这样说出来多么合乎爱米丽亚的性格！

八

如果说我们从《奥瑟罗》悲剧里可以得出教训，了解到人类是了不起的，人类社会里却基本上分得出不可混同的两种人，社会在不断发展当中不断分化出不可调和的两种倾向，因此我们应该分清正与反、爱与憎、信任与警惕，那么这个剧本的一个艺术特色恰好是：既不简单化，更不概念化，而使互相交叉的两种人两种倾向非常明确地彼此分开。

倾向上基本矛盾的主要人物奥瑟罗—玳丝德摩娜和亚果就在混淆里展开了冲突，分出了两方面，达到了惊心动魄的效果。

主要人物分出了强烈的黑白却还得靠周围人物，非主要人物，从各种色度里同样明晰地分出了黑白，加以衬托。也就是凭这种成就，莎士比亚使主要人物具有了广泛的现实意义，点明了一个社会里两种人两种倾向的分野。

从爱米丽亚的例子，可以推想到其余。周围人物都是在紧要关头上，在主要人物的基本冲突问题上，分成了两边。爱米丽亚以外，凯西奥当然也是在正面一边。洛德里科就分到了反面一边，布拉班旭也只能在那一边。

他们却并非单纯地就是好人或者坏人。

布拉班旭并不就是坏人，只是他反对女儿和奥瑟罗的正当结合，出来阻挠好事，客观上站到了反面一边。

洛德里科也并不就是坏人，只是他反对自己追求不到的玳丝德摩娜和奥瑟罗的正当结合，甘心受利用，出来破坏好事，主观上站到了反面一边。

这都是和他们各自的阶级地位所规定的世界观不可分的。他们，和其他人物一样，一点也不是什么不可理解的怪人。人，必然是那样的人，在特定的处境里做的事，必然是那样的事——不管愿意不愿意，支持了亚果。

同时，在主要问题上站到正面一边的也并非简单地就是好人。

和布拉班旭同样是统治阶级顶层的威尼斯大公和那些元老，甚至和布拉班旭是亲族的罗陀里科和格拉兼诺，由于自己的利害关系，也可以和布拉班旭相反，站在奥瑟罗和玳丝德摩娜一边，支持他们或者惩治亚果。

这些人站在正面一边的安排，并不表示莎士比亚把他们一律都分为正面人物，只是显出莎士比亚拿他们在剧中主要问题上站在正面一边的事实反映了世界上正面一边总是大多数，因为人民大众总是大多数，因为进步的文艺复兴时代人文主义者（可能只是不自觉的）由此而肯定人类基本上总是有正面价值的。少数的统治阶级，只要于己有利，也可以做好人，不一定处处要像亚果一样的只是装好人。

如果说人民大众表现出来的正气，足以使统治阶级人物有时也感染到影响的正气，是统一的，因为他们有统一的善良愿望、美好理想或者幻想，那么表现出邪气来的统治阶级人物或者只是和统治阶级同流合污的人物，由于纯粹的个人野心或者个人意志，彼此总是矛盾的，总会你争我夺，以至互不相容，彼此火并。布拉班旭固然只是不自觉地暂时和亚果站在一边，从没有把亚果放在眼里；洛德里科站在亚果一边，不止上当，结果还得遭受毒手。

至于旧社会统治阶级支持正义，虽然在一时间并非不可能，终还是靠不住的。莎士比亚显然也并不存幻想。威尼斯当局只是在敌情紧急的时候支持了奥瑟罗，到敌情缓和了就召回奥瑟罗，用白种人凯西奥替代了他在塞浦路斯的重任。这不仅是出于种族歧视的原因。

另一方面，莎士比亚的现实主义处理手法使我们看到下层社会被侮辱被损害的碧安卡，正如亚果所说的，是“靠出卖肉体，给自己买进衣食的”，灵魂上至少一点不差如外表堂皇的“开明”君主威尼斯大公。她在职业上是卖淫，她在感情上也会有专爱，也会由爱而生妒，又正像亚果所说的：“痴恋凯西奥——也算是娼妇的灾星，玩弄许多人再受一个人玩弄。”她在剧本里没有机会表现自己也是个正面人物，可是已经显出了她并不比那些王公贵人少了什么善良品质。

当然，莎士比亚不仅在紧要关头上才像在三棱镜底下分析出人物的黑白两方面，他使人物在平时的一举一动里都发出内心的正反面气息。可是，正如两种人是互相关联的，莎士比亚不在紧要关头上，在生活小节上，也会使一种人身上不只有一方面倾向，而也受另一方面倾向的渗透。凯西奥是正派人，可是照当时社会风习，也会狎妓而且会取笑碧安卡对他的痴心。爱米丽亚拣手绢给丈夫也说明了同样的问题。

周围人物是如此，主要人物自然也不能完全没有问题。批评家说奥瑟罗身上本来就有亚果，当然正是混淆黑白的说法。可是我们不能否认奥瑟罗尽管自己纯洁，对于社会的丑恶现象总也有所认识。他既然可以中亚果的毒计，也就可以从亚果感染到一大堆丑恶的想法和语言中一大堆丑恶的意象。他在痛苦中把爱米丽亚当鸨婆、把玳丝德摩娜当妓女、把家里当妓院里看待，扮演了令人感到非常痛苦的一场——这说明了他也不是对于当时社会的阴暗角落一无所知。他不是3岁小孩子，也不是白痴。他不是德行化身，他是人。他不是封在真空里，是活在特定社会里。要不然悲剧也不可能发生。要紧的是：他并不把丑恶的事情当做美好的事情，相反，他正是特别痛心美好的事情变成丑恶的事情。

同样，玳丝德摩娜在海滨等候的那一场，为了宽解焦虑，可以容忍亚果说那些关于女子的下流笑话，在《杨柳曲》那一场，为了排遣忧伤，可以听得下爱米丽亚关于女子不贞所说的笑话。这完全无害于她的纯洁，正如爱米丽亚说反话无害于她还是个规矩女人。玳丝德摩娜是在威尼斯复杂社会里长大起来的敏感而大方的女子。她是一个活泼的女子，她不是一个木偶。她可以要要小花样，骗骗父亲，她可以佯嗔假怒，在为了奥瑟罗奔走的凯西奥面前故意说不满意奥瑟罗的话。如果她是木偶，悲剧也不会发生：她首先根本不会被奥瑟罗认为是理想化的女性，然后更不会受到奥瑟罗的怀疑。

正因为这样，这些人物都不是死板的，都可以做出突兀的出人意料的事情而又完全自然，非常真切。伟大的现实主义作家都是这样的塑造人物形象，使他们有弹性，有生命，因而使作品的倾向性得到真切的表现。莎士比亚的做法是一个明显的例子，而他在《奥瑟罗》剧本里的做法更是明显的例子。他在这个剧本里，像他在他的其他剧本里一样，决没有犯了马克思所说的“席勒主义”，“把个人当作时代精神的单纯号筒”[①]。

席勒自己是喜爱《奥瑟罗》的。他一直想把它搬上德国舞台。因为他自己忙于创作，翻译的任务终于由他的朋友约翰·海因立希·服斯[②]担当了。据服斯说，他在1805年席勒逝世前不久把译文交给席勒看的时候，因为剧本太长和新旧舞台要求不同，席勒和他商量把原作作了一些删改。席勒“觉得可惜，不得不删去第2幕开头，因此短少了亚果发表他后来付诸实行的憎恶女性的那一番言论的场面”。他在别处就修改得比较放手。经过他修改以后，“就寝一场，高贵的玳丝德摩娜，当爱米丽亚说粗话的时候，站在那里不听她，神思恍惚，惴惴不安，随即唱出了杨柳曲的最后一节”。这或者可以说都是些细微末节，无关大体。可是，从第一点，从他的惋惜里，我们可以看出席勒和莎士比亚有相同的观点；而从第二点，从他的修改里，我们又可以看出席勒和莎士比亚在创作方法上表现了不同的倾向。

席勒自己的悲剧《阴谋和爱情》显然是受了莎士比亚的《奥瑟罗》的影响。这个悲剧的“主要价值”，恩格斯说，“就在于它是第一部德国的政治的倾向戏剧”[③]。而这个剧本在席勒的剧作里还是以人物性格的复杂性为特色的[④]。我们不妨拿它来和《奥瑟罗》剧本比较看一看。

---

① 《给拉萨尔的信——论革命悲剧》（《马克思、恩格斯、列宁、斯大林论文艺》，人民文学出版社）。

② 服斯（Johann Heinrich Voss）的叙述见弗奈思《奥瑟罗》集注本附录，这里就根据集注本附录转述大意和转引本文。

③ 《给明娜·考茨基的信——论倾向文学》（《马克思、恩格斯、列宁、斯大林论文艺》）。

④ 苏联尼·维尔蒙特：《席勒选集序》（《席勒论》，《译文》1955年5月号）。

《阴谋和爱情》的政治意义十分明确。莎士比亚在《奥瑟罗》剧本里没有直接抨击威尼斯当局，席勒在他的剧本里却尽情暴露了宫廷社会的黑暗和他们压榨人民的凶残。我们决不能说《阴谋和爱情》就是概念化的作品。席勒在那里创造了一些相当令人难忘的人物，特别是次要人物伍尔牧。义正词严的长篇道白，到处就是，也能激动人心。可是这些道白往往和剧中人物连不起来——好像不是人物在说话，而是作者自己在抒情。问题就在这里。

剧中女主人公露伊斯（剧本另一个名字就叫《露伊斯·米勒》）是一个民间乐师的女儿。她和男主人公宫廷贵族青年斐迪南相爱。他们的关系受到斐迪南的父亲及追求露伊斯不遂的伍尔牧用权势和阴谋的离间和破坏。露伊斯顾虑父亲受迫害，不答应和斐迪南逃出公国，又在威胁之下屈从了离间的阴谋。可是她在以后，在企图夺去她情人的大公情妇面前，拒绝找她当贴身女侍的殷勤，就说了这样一番话①。

> 对不起，慈惠的夫人，我还是不知轻重，居然怀疑这一点。某些贵妇人的大厦常常是那些最荒唐的娱乐的乐土。谁信得过一个穷苦的小提琴师的女儿有这种英雄气概呢——投到瘟疫的中间，同时却能够避免病毒的侵害？……

以下她还这样子一口气继续说了十几行。被对方打断了一下，她又滔滔不绝地说下去，其中有这样一段精彩话：

> 我只想问一问，什么事情使夫人把我当做这样的蠢材，一提到她的出身就会脸红？什么事情能够使你有权利自居为我幸福的创造者，甚至于还不知道，我愿不愿意从你手上接受我的幸福呢？——我已经勾销了对人世的快乐的永久的要

① 以下所有《阴谋和爱情》的引文都用人民文学出版社版廖辅叔译本。

求——我已经宽恕了幸福的鲁莽——为什么你又重新提醒我呢？——如果连上帝都要对他所创造的万物收藏起他的光辉，唯恐他最高的光明天使因为自己的晦暗而退缩的时候——为什么人类要那么残酷的慈悲呢？——怎么想起来的，夫人，你那值得赞美的幸福偏要那么喜欢向苦难乞求羡慕和惊叹呢？——你的快乐真是那么需要绝望来做陪衬吗？——哦，那你还不如让我糊涂下去，只有糊涂还能够使我一个人和我那野蛮的命运得到和解！——昆虫在一滴水里是觉得幸福的，好像一滴水就是天国；那么高兴，那么幸福，直到人家给它讲述海洋的故事，说海洋里面有大船，还有鲸鱼在游玩，它才算完事！

话还没有完。话是生动的，可是说话的却是有点像莪菲丽亚一样可怜而不像玳丝德摩娜一样富于反抗性的小市民女子。

斯当达说："席勒抄袭了莎士比亚和他的词藻。"[①] 莎士比亚的词藻却是变化多端而总是恰如其分地适应了人物的性格。

斐迪南疑心露伊斯另有所欢而准备了毒药毒死她的时候，对她说了"走开！走开！你的柔顺的、凄凉的眼睛，滚开！"以后，又说了这样的话：

天上艺术家的杰作。——谁能相信？谁敢相信？——我不想来质问你，造物主！——可是为什么你的毒药要盛在这么漂亮的皮囊里？——罪恶能够在这样祥和的地方生长吗？——唉，真是奇怪。

他不理露伊斯插进来的一句话，只顾说下去：

还有那甜蜜的、悠扬的声音。——破碎的琴弦怎么能够发出那么优美的音响啊？——一切都是那么美——那么调

① 参看《拉辛和莎士比亚》。

和——那么天神似的完善！处处都表现出这是一个天神似的精心结构的杰作！上帝为证，广大世界所以要产生，好像只是为了引起造物主对于这一件杰作的创作兴趣！——偏偏上帝就在灵魂方面出了岔子吗？这样一个可恶的怪物在自然界不受到斥责是可能的吗？——或者他看见在他锤凿底下出现的是一个天使，于是急忙塞上一颗更坏的心来纠正他的错误吗？

这是像哈姆雷特说的话，可是斐迪南扮演的是奥瑟罗的角色。奥瑟罗在同样处境里，在说了“啊，玳丝德，走开，走开，走开！”以后，回答玳丝德摩娜所说的她不知道犯了什么罪过的一句话，却是这样说的：

这张皎洁的白纸，这本漂亮书，
可是写“娼妇”字样的？犯了什么？
犯了？啊，你这个公开的娼妓！
我只要一说起你干的这种好事，
我的两颊就会变一对熔炉，
把羞耻烧成了灰烬。犯了什么？
天都会掩鼻子，月亮都会闭眼睛，
淫荡的风，见什么就要亲什么的，
也都会静悄悄躲藏到洞窟的深处，
不愿意听见人家说。犯了什么？
厚脸皮婊子！

（第 4 幕第 2 场）

而奥瑟罗这番话又是从原先（第 4 幕第 1 场）和亚果的一段对话里发展出来的：

奥 ……一个雅致的女人！一个美丽的女人！一个可爱的女人！

亚　不，你得忘掉这一面。

奥　唔。让她腐烂，让她毁灭，让她今夜就下地狱；不让她活下去。对，我的心变成了石头。我捶打它反而打痛了我的手。噢，世界上再没有一个比她更可爱的东西了！她尽可以躺在一位皇帝身边，指挥他干任何苦差使！

亚　不，你不该这样想。

奥　去她的！我只是看她是怎样就说她是怎样。她做起针线活儿来那么灵巧！她是那么了不起的一位音乐家！噢，她唱起歌来会把一只野熊的野性都唱掉哩！她的聪明才智是这么高妙，这么层出不穷！

亚　她这样就更坏了。

奥　噢，更坏一千一万倍！而且，性情又这样温柔！

亚　唔，太温柔了！

奥　对，千真万确。可是多可惜，亚果！噢，亚果，真可惜，亚果！

这才合乎奥瑟罗的处境，合乎奥瑟罗的性格。这才真切，也就更富于动人的力量。

《奥瑟罗》剧本里人物的变化既是突兀又很自然。不但中心人物奥瑟罗是如此，就是玳丝德摩娜，就是爱米丽亚，都会做出令人意想不到的举动而仍然合情合理。相形之下，《阴谋和爱情》里的主要和次要人物固然也不是单面的，可是变化起来就像一块平面翻转到另一块平面，只是突兀，并不自然。

席勒，正因为过于严肃了，不愿意玳丝德摩娜要像玳丝德摩娜那样，自己把露伊斯的形象塑得太板了，以致她原先在冲突面前像莪菲丽亚一样的毫无办法，而变得后来在米尔佛德夫人面前慷慨陈词，就有点生硬。不但如此，照席勒把她所塑造成的老实性格，在离间的阴谋还没有搞出来以前，她因为不愿抛下父亲而不同意逃奔，竟然会引起斐迪南一下子猜疑起来，误认她另有所欢，就破口痛骂说："毒蛇，你说谎!"——这也太不近情理，除非说斐迪南发了疯。

斐迪南自己的变化也就不大令人信服的，因为他既然是像哈姆雷特一样的受过开明的大学教育的知识分子，却走了奥瑟罗的道路。

《奥瑟罗》剧本，在主题思想上，可以说发展了《哈姆雷特》剧本的一个方面，可是在莎士比亚现实主义的笔底下，奥瑟罗尽可以由这个奥瑟罗一百八十度地变成那个奥瑟罗，变来变去，却还是奥瑟罗，不会变成哈姆雷特或者别的什么人物。

这里显出了席勒在人物形象的塑造上多少表现了一点概念化的倾向。相形之下，莎士比亚把主题思想完全化入人物形象的血肉里的艺术成就也就特别显著了。

九

两种人两种倾向在《奥瑟罗》剧本里互相交叉、互相分开的表现所以能获得突出的艺术效果最后还得归功于剧情的同样突出的艺术结构。

莎士比亚写戏，大体上都遵守当时流行的五幕剧的体例。他大致都把剧情的转折点放在正中间，最高点放在结尾。《奥瑟罗》剧本也不是例外。可是，正如莎士比亚在十四行诗的体例和常规里可以随心所欲地抒发他的诗情诗意，他在五幕剧的体例和常规里也可以自由调度、安排他的剧情。奥瑟罗既然不可能是哈姆雷特或者别的什么人物，《奥瑟罗》剧本的结构也只能是《奥瑟罗》剧本这样的结构。只是特殊的内容决定特殊的形式，因此收到特殊的效果——这在《奥瑟罗》剧本的例子上，得到了特别明显的说明。

首先，《奥瑟罗》剧本把第1幕的地点放在威尼斯，把其余4幕的地点放在塞浦路斯。虽然莎士比亚时代的英国一般剧作家都不讲什么“时间一致”和“地点一致”的规律，这样不规则的地点安排在莎士比亚的剧本里却也是少见的。然而这恰好符合了剧本内容的要求，因此效果上不是一个表面上的微小缺点，而是一个实际上的极大优点。

英国18世纪的古典主义批评家约翰孙也曾有力地驳斥过古典主义戏剧信条“三一律”当中的“时间一致”和“地点一致”的原则，可是他还是惋惜说：“如果场面开始在塞浦路斯，而以前的事件只是得便补叙一下，那么一出正规到再讲究不过的戏剧就毫无缺憾了。”①

这种惋惜，从19世纪浪漫运动以来，再没有什么回声了，因为极少人以为这是一种缺点。可是，直到今日还很少人指出这倒是一种优点。

因为剧本内容既然不像《哈姆雷特》剧本主要表现幻灭以后的哈姆雷特，而是表现幻灭过程当中的奥瑟罗，形式就得兼顾到充满希望的开头。这样，开头发生在威尼斯的场面就正好用来对照以后发生在塞浦路斯的场面。中间隔一个大海才正好加强了两极端的对照。仅仅在剧中人物的对话当中回顾一下以前的事件决不能达到强烈的对照效果。

剧本中心人物是奥瑟罗，不是亚果。奥瑟罗需要从主动地位出发，在大海那边的威尼斯，不顾亚果的暗中破坏，得到了玳丝

---

① 参看拉雷（Walter Raleigh）编《约翰孙论莎士比亚》（*Johnson on Shakespeare*，1908，1925）。

德摩娜和一切，然后才落入被动地位，在大海这边的塞浦路斯，终因亚果的阴谋成功，断送了玳丝德摩娜和一切。只有塞浦路斯的场面，一切始终由亚果操纵，这出戏就主要是亚果的戏，不是奥瑟罗的戏，宾主就颠倒了①。

照剧本内容，奥瑟罗（和玳丝德摩娜）面对的既是旧束缚又是新圈套。两种障碍是一致的，又究竟是两种，得分个先后。反面力量在威尼斯以布拉班旭所代表的公开力量为主，在塞浦路斯以亚果所代表的隐蔽力量为主。奥瑟罗（和玳丝德摩娜）所遭遇的敌对力量主要是亚果所代表的黑暗势力，随资本主义关系萌发而一同起来的罪恶势力，因此剧本的主要场面正好放在塞浦路斯。可是这种新的黑暗势力还得靠托布拉班旭所代表的旧的顽固势力，封建势力，因此剧本在威尼斯开场正好开宗明义，点穿新的反面力量和旧的反面力量实质上的联系。第1幕第1场正是同床异梦的亚果、洛德里科、布拉班旭三个人统一到一个总的立场上的一幅生动的图画。

结果，插在情奔和完姻之间的大海分开了两种冲突的性质而又把两种冲突统一为一整个冲突。

其次，《奥瑟罗》剧本布局好像先松后紧②。这里，不像在莎士比亚别的悲剧里一样，主要冲突（和亚果的冲突）不是一开头就表面化的，而是到中间才一涌而出，从此就一泻千里，一直到底，正如奥瑟罗就他自己的激情所说的：

就像澎湃海

① 威尔孙·纳以特在他的《奥瑟罗音乐》一篇里，从他的（和我们不同的）角度，对这个优点，有所发挥。同时，他也强调剧中的“对照和分立”的结构特色，只是他结果就落入了神魔对立的基督教说法。

② 布拉德雷在他的《莎士比亚悲剧》里指出了这一点，解决却是和这里的不同。

冰冷的激流，滚滚而来的怒潮，
决不回落，就只顾一往直前，
直涌进普罗澎砥海，希勒斯澎峡……①
（第 3 幕第 3 场）

可是效果上实际是差不多从一开始就是如此，决不是开头先停滞不动，舒展不开。因为初开头，主要冲突并非在静止状态中酝酿起来的，而是酝酿在次要冲突（和布拉班旭的冲突）急剧的发展当中。两种冲突，一波未平，一波又起，实际上化为一体，实际上是二而一。同时，先经过一种冲突的紧张，再接另一种冲突的紧张，一波未平，一波又起，效果上并不造成强弩之末的衰竭趋势，而还保持了直线上升的推动力量，关键所在，却仅是：两种冲突，性质不一样，结果也不一样，一则引起愉快的感觉，一则引起痛苦的感觉，后浪推前浪，就阶段说来，又是一而二。描写发生在舞台以外而看不见的大风暴的谈话正好就用做前一种冲突的尾声，同时又用做后一种冲突的前奏曲。

再次，由于内容的规定，《奥瑟罗》剧本在莎士比亚的悲剧当中，结构上最像是一出所谓“情节悲剧”，实际上还是一出所谓“性格悲剧”。所谓“情节悲剧”，因为充满了偶然性，当然不能是上乘的悲剧作品。只要“性格”是“典型环境里的典型性格”，那么所谓“性格悲剧”确乎是可贵的悲剧类型。而《奥瑟罗》剧本正是这样的悲剧，尽管在情节上安排了特别多的巧合环节。

① 这里用的都是古典地名：澎砥海即黑海，普罗澎砥海即马尔马拉海，希勒斯澎峡即博斯普鲁斯峡。

如果说“性格悲剧”的要求是：悲剧前半部能够预示出收尾的灾难，后半部能够显出灾难是必然的后果①，那么《奥瑟罗》剧本自然并不完全符合这样的要求。可是奥瑟罗是典型环境里的奥瑟罗。他的性格是极端的性格：他不是直上，就是直下。社会发展条件决定他要从理想的高处跌落到绝望的深渊，规定他从一个奥瑟罗急转到另一个奥瑟罗。剧本一开头就显出他既然会碰上玳丝德摩娜，也就必然会碰上布拉班旭——他所认识而易于克服的公开的障碍——和亚果——他所不认识而难于超越的隐蔽的障碍。在这种命运似的必然性的展示之下，剧本第1幕就使我们发生紧张的预感：一方面庆幸奥瑟罗碰上玳丝德摩娜当然会扶摇直上，一方面担心奥瑟罗碰上和布拉班旭基本上一致的亚果必然会急转直下。在环境发展的必然性之下，性格发展的可能性，奥瑟罗翻得高摔得重的可能性，也就成了必然性。而剧本正是要表现奥瑟罗在典型环境里的上下翻腾，为了达到应有的强烈效果，就自然而然用了所谓“情节悲剧”的惊险表现手法。同时，惊险表现在这里所以显得是合情合理，那还是靠作者大力表现了人物性格，因此使浑成的总的效果掩盖了个别的偶然性的痕迹——以及不少的细节上的破绽②。

最后，也是和结构问题有关的，由于内容的规定，《奥瑟罗》剧本用了“误会法”和“信谗法”的戏剧老套而还是完全恰当，帮助剧情表达了它的特定的意义。听信谗言而发生误会，本来是金乔的故事里就袭用的传统老套，而且是故事的基本骨架，莎士比亚既然采用金乔的故事作为剧本的题材，也就不能避

① 布拉德雷在他的《莎士比亚悲剧》里这样说。

② 格兰维尔·巴克（Harley Granville-Barker）在他的《莎士比亚导言》第4集（*Prefaces of Shakespeare*，*4th Series*，1945）对这些破绽都有很好的分析。

而不用[1]。妙处是莎士比亚用这种老套正好帮助他恰切表现了当时社会的本质。剧本要表现的社会是剥削力量和欺骗力量占统治地位的社会。社会上是非颠倒的影响压倒一切，认恶为善，认真为假的趋势也就会到处发生作用。《奥瑟罗》剧本结构上套用“信谗”和“误会”的框子，正好帮助特定的内容发生了特定的效果。

就以上四点总起来说，《奥瑟罗》剧本有了那样的内容才有这样的结构形式。成功的形式随内容变化而变化，没有什么成规可以墨守，恰当配合了内容，形式上通常所谓的缺点和滥调也可以成为实际上的优点和独到处，腐朽也可以化为神奇。反过来，为了进一步明确：没有辉煌的内容，不管形式孤立起来看怎样完整，还是并不能使作品发出光辉——我们不妨最后拿《奥瑟罗》的情形比较一下服尔泰的模仿作品《查伊尔》的情形。

法国18世纪启蒙思想家服尔泰的戏剧见解是古典主义的，他的剧作是走拉辛路线的。他虽然承认莎士比亚是天才，他说过《哈姆雷特》是“一出庸俗和野蛮的戏剧”，是“一个喝醉了酒的野蛮人的作品”[2]，他也说过不满意《奥瑟罗》的话[3]。可是他自己最成功的悲剧作品《查伊尔》，尽管在剧本前面的《呈献书》里一字不提《奥瑟罗》，却是模仿了莎士比亚的这个悲剧。他可能自以为青出于蓝。19世纪20年代（1827）法国古典主义

---

① 现代西方莎士比亚学者和批评家中的所谓“历史派”，专强调文学传说的因袭关系，固然可以随时提醒我们不要犯主观主义错误，可是他们只讲文学历史，不管文学所产生和反映的社会历史，他们只讲文学影响，抹杀各时代作家（特别像莎士比亚这样大作家）推陈出新的能力和用心。这里可以参考斯托尔（E. E. Stoll）的《奥瑟罗》（*Othello*：*An Historical and Comparative Study*，1915）和《莎士比亚的艺术和机巧》（*Art and Artifice in Shakespeare*，1934）。

② 转引自弗奈思《哈姆雷特》集注本附录。

③ 参看哈里台《莎士比亚和莎士比亚批评家》。

批评家也比较过《查伊尔》和《奥瑟罗》，从中指出了“野蛮人”莎士比亚的“悲剧的插科打诨”和“服尔泰的悲剧里俯拾即是的满目琳琅”①。

《查伊尔》的主题是爱情和宗教的冲突及宗教的胜利。时代背景是中世纪（12世纪）。情节基本上是从《奥瑟罗》剧本的模子里出来的。查伊尔是在耶路撒冷土耳其苏丹奥罗斯曼宫中长大起来的法兰西女俘虏，和奥罗斯曼相爱，准备结婚。不幸，就在这时候，她发现自己是法兰西男俘虏奈雷斯当的妹妹，关在黑牢里多年的前耶路撒冷法兰西国王太子吕锡南的女儿。父亲临死，告诫她信奉基督教，哥哥暗中张罗她举行洗礼。宗教不同，查伊尔和奥罗斯曼结婚就成问题。她在举行婚礼以前，痛苦万状，终于跑开，引起不明内情的奥罗斯曼的怀疑，误以为她另有所欢。实际上她还热爱奥罗斯曼，因而更加痛苦。恰巧奥罗斯曼截获了奈雷斯当写给查伊尔、约期会晤的一封信，因此误认奈雷斯当是查伊尔的情人。他听从侍臣柯拉斯曼的计策，让信还是送到查伊尔手里，注意她的动静。到时候奥罗斯曼果然看见她出来践约，嫉恨中刺杀了她。她的哥哥被捉来了，说明了真相以后，奥罗斯曼就下令放走了全部俘虏，自己就自杀而死。

不仅是情节的轮廓，就是这里显出来的人物的影子也令人想得起《奥瑟罗》悲剧。而且剧本里的一些具体场面也是如此。

可是主题和主题思想既然不一样，人物当中奥罗斯曼既然不是奥瑟罗那样洋溢着理想和热情的天真男子，查伊尔既然不是足以和奥瑟罗匹配的玳丝德摩娜那样坚决要求自由的活泼女子，柯拉斯曼又不是亚果那样极端阴险狠毒的反面人物，只是忠于主子，不容忍基督教徒的土耳其人，而且只是在奥罗斯曼旁边帮一

① 根据布莱《浪漫主义编年史话》。

手的决非重要的角色，那么剧本借了《奥瑟罗》的外衣，当然不会产生同样翻天覆地的艺术效果。

固然，服尔泰在这里严格地遵守了“三一律”。他把外表收拾得干干净净。他使第1幕表现爱情，第2幕表现宗教，第3幕安排危机，第4幕让危机发展，第5幕解结。而且，他弥补了《奥瑟罗》结构上的一些舞台上显不大出来的破绽，换去了作为物证比较幼稚的手绢，改用了比较有力的信件（后来席勒也照办了）。尽管如此，在我们没有古典主义戏剧偏见的看来，《查伊尔》结构上决不比《奥瑟罗》更为完美。

相反，《查伊尔》袭用了“误会法”而不和“信谗法”相结合，就显出了误会完全出于偶然，毫无必要。当然，《查伊尔》的主题思想根本用不着奥瑟罗周围那样的社会环境，也就根本用不着亚果那样起重要作用的反面人物。因此，《查伊尔》剧本内容自己也就否定了它所袭取的《奥瑟罗》悲剧的基本格局的意义和价值。形式既然和内容并不相称，形式本身也就谈不上完美。

《查伊尔》悲剧的写作当然也承受了拉辛悲剧的影响。莎士比亚诚然是伟大的艺术家，拉辛也是优秀的艺术家，两人在各自的作品里各有千秋。只是服尔泰让拉辛和莎士比亚在自己的《查伊尔》悲剧里打了架，《查伊尔》就太吃亏了。

难怪斯当达在他的《拉辛和莎士比亚》一书里说：“……《查伊尔》只是威尼斯摩尔人的一个贫乏、黯淡无光、非常荒诞的抄袭。”

而在斯当达以前，莱辛在他有名的《汉堡剧评》里说得更是锋利：“西伯①说服尔泰利用一根火把，点燃了莎士比亚的悲

① 西伯（Colley Cibber，1671—1757），英国戏剧演员和作家，常任意窜改或窃用莎士比亚戏剧，引起当时作家斐尔丁等人的不满。

剧柴堆。我倒要说：他从这个辉煌的火堆里偷来了一根火棒，而且是一根单只冒烟而既不放光也不发热的焦木条。”

《奥瑟罗》剧本，特别在《查伊尔》对比之下，显得结构所以完美，归根结底，还是因为它完全随特殊的内容要求而取了特殊的表现形式，艺术效果所以辉煌，还是因为高超的思想得到了恰好的表现①。

1956年9月19日

① 服尔泰主要不是拿戏剧形式来表达他的思想感情的，写戏不是他的主要工作，他的戏剧也不能代表他的艺术成绩，所以这里的比较不牵涉到服尔泰整个思想和艺术的评价问题。

《里亚王》的社会意义和莎士比亚的人文主义

一

莎士比亚悲剧《里亚王》，一提起来，总令人首先想起剧情里的暴风雨。一位大作家的一部成功作品给予具有一定文化修养的普通人最初和最深的印象，往往就是对它所做的任何探讨的最后和最好的检验。《里亚王》的情形就是如此。

暴风雨或暴风雨场面，以及和这些场面交织的场面，是《里亚王》剧情的中心①。暴风雨在这里不是背景。暴风雨，在莎士比亚时代没有什么布景和道具的舞台上，就是靠演员用语言加表情和手势，来描写给观众听，而《里亚王》里的暴风雨更为特殊，要靠扮演里亚的演员，不仅以首当其冲、身历其境的样子而且以就是暴风雨本身的样子，现身说法来表现给观

---

① 这是大家公认的，例如格兰维尔·巴克（Granville-Barker）在他的《莎士比亚引言》第1集（*Prefaces to Shakespeare*，I，Sidgwick & Jackson，London，1953）第141页，杜瑟（G. I. Duthie）在晚近出版的新剑桥版《里亚王》（*King Lear*，*The New Shakespeare*，Cambridge，1960）序言里也就这样说（见XXXVI页）。

众看，因此即使在今日的舞台上也应该如此[①]。剧本阅读里可以自由想象这种暴风雨，但是一切都还是通过剧中人物的语言。《里亚王》里的暴风雨就是里亚的这种呼风唤雨式的爆发性台词：

吹啊，大风，吹裂你的脸颊！
发作啊！吹啊！激流和狂飙，喷出来
泡透教堂的尖顶，淹没风信鸡！
快得像一转念那样的硫磺性烈火，
劈开橡树的万钧雷霆的报信使，
烧我的白头吧！震撼一切的天雷，
把这个圆鼓鼓的世界一下子打扁吧！[②]

（第3幕第2场）

大家有理由忘不掉这一类诗句。而大家[③]有理由更忘不掉里亚就在这种暴风雨里说的好像是老生常谈的这一段话：

赤裸裸的可怜人，不论你们在哪儿
遭受到这种无情的暴风雨敲打，
凭你们光光的脑袋、空空的肚皮，
凭你们穿洞、开窗的褴褛，将怎样
抵御这样的天气啊？啊，我过去
对这点太不关心了！治一治，豪华；

---

① 格兰维尔·巴克的《莎士比亚引言》第1集（第141—143页）在这方面颇有阐明。

② 新亚屯版《里亚王》（*King Lear*, *The Arden Shakespeare*, Methuen, London, 1952）。

③ 例如19世纪欧洲文学史家勃兰兑斯（Brandes）对于《里亚王》里的暴风雨强烈反应中也首先要提到以下这段话（见《莎士比亚》——*William Shakespeare*, Macmillan, New York, 1927，第454页），可以代表普通人的反应。现代西方评论家论及《里亚王》也总少不掉要提以下这段话。

祖胸去体验穷苦人怎样感受吧，
好叫你给他们抖下多余的东西，
表明天道还有点公平。

（第3幕第4场）

在风雨交加中，如果那种对于笼统的“人类”所发的激愤就是雷，那么这段对于“穷苦人”所表示的同情就是电——这道闪光在这里特殊的黑暗当中比什么时候都光亮。

这里突出了《里亚王》全剧对一方面强烈批判、对另一方面无限同情，由此而对公正社会有所企盼的基调。一方面作威作福，一方面受苦受难，一方面颠倒是非（和横暴、负心、欺骗、出卖不可分），一方面要端正是非（坚持真理、要求正义），两者之间暴风雨式的冲突就是《里亚王》全剧的核心。正如艺术效果所证明的，这正是《里亚王》悲剧的思想意义的主要力量所在、主要价值所在。

谁也忘不掉这种冲突当中发生了突变。突变主要是发生在悲剧主人公里亚身上。普通人都会感觉到里亚开头以他的愤怒而令人愤怒，后来以他的愤怒而令人为了他愤怒①。里亚通过切身体验到的苦难（不仅是精神上而且是肉体上的折磨）而变成了另外一个人②。用孩子们的说法，这几乎就是从“坏人”变成了“好人”。里亚是悲剧的中心人物，因为一切都通过他（由格罗

---

① 杜勃罗留波夫这个有名的提法（参看他的《哲学论文选集》——N. A. Dobrolyubov：*Selected Philosophical Essays*，Moscow，1918，第271页），代表正常人的共同感受。

② 多少用黑格尔主义发挥19世纪西方莎士比亚评论“正宗”的布莱德雷（A. C. Bradley）在20世纪初年提出《里亚王》可以叫作《里亚王的救赎》（参看《莎士比亚悲剧》——*Shakespearean Tragedy*，Macmilan，London，1952，第285页）以来，现代西方评论家也都沿用基督教说法，说里亚通过“炼狱”获得了“净化”或“再生”、“新生”，等等。

斯特陪衬了）而令人感受到整个悲剧世界的冲突和变化，他也是所谓“中心意识”[①]，因此这个人物形象既有典型性，也有象征性[②]。

这种突变，谁都看得出，是在暴风雨当中发生。外在的暴风雨显然是呼应着内心的暴风雨。里亚在暴风雨里自己就提到过“我这内心的暴风雨”[③]。与此相应，《里亚王》悲剧所处理的理想和现实的矛盾也反映出了《里亚王》悲剧思想中理想本身的矛盾。

这些都是具体的，因此显然有历史、社会的发展内容和时代思潮的表现形式。这就规定了需要看看《里亚王》悲剧所包含的社会意义和悲剧所表现的莎士比亚式人文主义。

二

悲剧中心人物里亚无疑有一个一百八十度的大转变。他也是悲剧中心意识，不仅因为，在艺术安排上，观众或读者主要通过他而看到、感受到一切事故，而且因为，在思想意义上，他代表了整个悲剧世界、整个社会命运的全面形势。他，由格罗斯特陪

---

① 这里是借用现代西方小说理论术语，目的却不是像奈茨（L. C. Knights）在他的《若干莎士比亚主题》（*Some Shakespearean Themes*, Chatto & Windus, 1959）一书中用到的时候（第107、118页）那样的要发挥从“里亚的意识是人类意识的一部分”（第92页）而来的“人性论”。

② 晚近哈罗尔德·威尔孙（Harold Wilson）在他乱用黑格尔唯心主义辩证法写出的《论莎士比亚悲剧的构图》（*On the Design of Shakespearean Tragedy*, Toronto, 1958）一书中论及《里亚王》的地方（主要是第182—209页）处处作象征说法，就泛滥成灾。

③ 美国《莎士比亚季刊》（*Shakespeare Quarterly*）1962年春季号发表了约瑟芬·本奈特（Josephine W. Bennett）一篇文章，论里亚的“内在风暴”（参看第137—155页），但是就只是探讨里亚的疯狂问题，意义不大。

衬了，经历最多、负担最重。从这个角度上，全剧结尾艾德加所说的似乎难解的两行话：

最老的负担了最多，我们年轻人
不会见识到这样多、活得这么长

（第5幕第3场）

才显得并不是抹杀年轻人、盲目敬老的落后话。里亚的经历里不仅是既有正面经验、还有反面经验，而且是既有正面人物经验、又有反面人物经验。这对于实际生活经验要求，是不足为训的；这对于莎士比亚在《里亚王》悲剧里特别显出的对于历史、社会的全面性艺术概括、曲折性艺术反映，倒另有可贵的地方。哈姆雷特和奥瑟罗都可以有正面经验、有反面经验，都可以有缺点、犯错误，但是始终不失为正面人物。莎士比亚在他的戏剧里总不是要不分善恶、混淆是非，而这些莎士比亚的最杰出作品正是要尽全力澄清是非、端正是非。里亚，由格罗斯特陪衬了，却在这些悲剧主人公当中，十分特别；他开头不能简单地说是反面人物，却明明站在反面。《哈姆雷特》和《奥瑟罗》都有转折点，《里亚王》以正中间的暴风雨场面为转折点，却有不同，正是标志了悲剧主人公，由格罗斯特陪衬了，从反面转到了正面。里亚王开头把国家分为三份，想通过“考试”，根据三个女儿对他孝敬的差别，有差别地把国家分给她们，结果由于虚荣心受损、威权感受伤，一怒而斥逐了真实的小女儿考黛丽亚，把三份平分给了两个大女儿，虚伪的戈奈丽尔和芮良，结果自己受到了两个大女儿的无情的怠慢，一怒而跑到了暴风雨里的荒野，与乔装疯丐的艾德加一流人为伍，开始否定了自己的过去，面向了以考黛丽亚为旗帜的（而意义还大于这个形象的）正面。这是主要情节的发展方向。这里还有一个副情节[①]。它的发展趋势恰好相仿：里亚王的大臣格罗斯特伯爵听信私生子艾德孟的谗言，有感于自己的财产和生命受到威胁，有鉴于里亚王的两个大女儿忘恩负义，特别痛心实际上无辜的大儿子艾德加大逆不道，因为他被吓逃了，就要求新当道批准通缉他，结果因为同情被迫跑到暴风雨里的里亚，又和正要前来兴师伐罪的考黛丽亚方面有了联系，被艾德孟向戈奈丽尔和芮良方面告密，受到双目被刺瞎的惨刑、扫地出门的待遇，也否定了自己的过去，接受乔装疯丐的艾德加的引导，面对了考黛丽亚大军前来的方面——也就是正面。主副情节在暴风雨场面扭成了焦点，又平行而交织发展到底。主情节最原始的题材来源是古老的民间传说，副情节是脱胎于较早的同时代作家的幻想故事[②]，合起来使《里亚王》悲剧在莎士比亚戏剧当中最富有民间故事的气息，因此也有最多不近情理、不能深究的关节[③]。两重情节合起来特别显出正面和反面的推移，脉络特别清晰，各趋极端，善恶特别分明，近于中世纪宗教道德剧的寓言色调[④]，主副情节

---

① 19世纪德国浪漫派批评家希勒格尔（A. W. Schlegel）最先称道《里亚王》由双重情节而扩大和加深了意义（参看弗奈思集注本《里亚王》——Furness，*King Lear*，The Variorum Shakespeare，Lippincott，13版，第450页）。托尔斯泰攻击莎士比亚以《里亚王》为主要例子，就也抨击了这里的双重情节（《论莎士比亚及其戏剧》，《古典文艺理论译丛》第2册，人民文学出版社，1961，第160页）。

② 主情节来源是民间传说经何林歇德（Holinshed）等人记述而为《里亚王》的一个现成戏剧蓝本（*KingLeir*）所采用的；副情节是莎士比亚自己套用了锡德尼（Sidney）的《亚卡迪亚》的一段情节。

③ 哈罗尔德·威尔孙在他的《论莎士比亚悲剧的构图》里关于这一点说得还醒豁（第182—183页）。

④ 这一点现代英美批评家常常指出，例如布莱德雷（《莎士比亚悲剧》第264—265页），丹比（J. F. Danby）（《莎士比亚的天性论》——*Shakespeare' s Doctrine of Nature*，*A Study of King Lear*，Faber，London，1949，第121—124页），詹姆士（D. G. James）（《学识之梦》——*The Dream of Learning*，Oxford，1951，第85—88页），奈茨（《若干莎士比亚主题》第92页）。

一个是高一层，一个是低一层[1]，前者更为理想化，后者更多现实性。因此也很自然，除了悲剧主人公里亚自己和他的“影子”格罗斯特以外，形象最突出的，在正面人物当中是考黛丽亚，在反面人物当中是艾德孟。《里亚王》悲剧以理想和现实的冲突为主题，非常明显，但是不同于《哈姆雷特》和《奥瑟罗》，理想和现实的冲突并不表现为悲剧主人公和他的对手之间的冲突。哈姆雷特是文武全才、品貌兼美的理想人物，他口里都说得出理想；奥瑟罗是一介武夫，口里说不出什么理想，只是以独具特色的崇高形象而体现了理想。里亚王不同，他尽管有极大的气魄，尽管能在灵感一动或疯狂到顶的时候集中表白出了最高的社会正义感和最深的社会批判，自己却不是什么理想人物。这个形象既是典型性的，特别是在剧情的前半，能代表社会里的一定力量；又是象征性的，特别在剧情的后半，更只像代表社会本身的强烈反应。作为悲剧中心人物、现实性人物、典型性人物，他会卷入理想和现实的冲突；作为悲剧中心意识、理想化人物、象征性人物，他是充做了理想和现实风雨交加、雷电交攻的战场。理想和现实的矛盾是明确地表现在以考黛丽亚的形象为旗帜的一方面和以艾德孟的活动为灵魂的一方面之间。这种矛盾斗争的发展里进一步也会显出悲剧思想基础所包含的理想本身的内在矛盾。而从考黛丽亚为首的一方面和艾德孟为首的一方面之间的冲突里可能最容易开始使我们站在今天的高度看出其中有莎士比亚自己当然还无从说出的具体社会内容。

三

根据《里亚王》悲剧主题所显出的理想和现实的矛盾、根

① 参看哈罗尔德·威尔孙《论莎士比亚悲剧的构图》第199—200页。

据主副情节所表现的情况，里亚自己和他的“影子”格罗斯特以外，主要人物就截然分成了正反两个方面，正反两类人物。其他人物，上上下下，老老少少，分别扮演了肯定或否定的角色，也就决定于这两类正、反面人物的分野。

在主要情节里，以考黛丽亚为一方、以戈奈丽尔和芮艮为一方，当然是对立的两面。

在副情节里，对立的两面当然是艾德加和艾德孟。

符合主要情节的高一层性质、较近理想化的情况，考黛丽亚在双方的对立里是首先采取主动的，形象也最突出，虽然只在开头和结尾露了几次面。

符合副情节的低一层性质、较多现实性的情况，艾德孟在双方的对立里是首先采取主动的，形象也格外突出，他始终大显了身手。

正、副情节合起来，全部剧情里，主要正面人物当中也就数考黛丽亚形象最突出，主要反面人物当中，也还数艾德孟形象最突出。

而正、副情节是交织起来的，考黛丽亚和艾德加，虽然从没有同时登台——除了到最后一场，而那时候考黛丽亚上场就已经是死尸——二者却是始终声气相通，实际上结合在一起①，无形

---

①　符合17世纪英国资产阶级革命以后英国资产阶级趣味的泰特（Nahum Tate）出版于1781年，一直到1838年都是英国舞台上通行的上演本的《里亚王》改编本里，艾德加和考黛丽亚有爱情关系（法兰西干脆被删去了），这种关系贯串了全剧，喜剧结果是还活着而决定让位给考黛丽亚的里亚和也还活着的格罗斯特祝福考黛丽亚和艾德加成亲（改编本详细摘要见弗奈思集注本《里亚王》第467—477页）。这个篡改本为18世纪古典派批评家约翰孙（Johnson）所容忍而为19世纪初浪漫派批评家赖姆（Charles Lamb）和海兹立特（Hazlitt）所竭力反对，但是在考黛丽亚和艾德加的爱情虚构上却正确反映了一般人都看出莎士比亚原剧里这两个人物志同道合的常识性判断，合乎原剧里不言自喻的这两个人物基本上属于一类的事实。晚近英国批评家中也还例如有詹姆士（D. G. James），在他谬误地说“……对于哈姆雷特的问题，里亚在一定程度上，考黛丽亚和艾德加完完全全，提供了解答”的时候，或者讲到“一位艾德加和一位考黛丽亚的超然的德行”的时候，或者讲到二人是“精神完美的典型”的时候，也还是事实上承认了考黛丽亚和艾德加思想倾向的基本一致（见所著《学识之梦》，第98、111、114页）。

中成为一个集团；艾德孟同戈奈丽尔和芮良从开头不久以后起，一直是明里暗里，狼狈为奸，勾结在一起，有形地成为一个集团。

他们都是封建统治人物，是甚至高到君主地位的贵族人物。但是根据他们在剧情里的表现，他们代表实际社会力量、实际阶级倾向，就不一定像他们的外形那样的简单，不一定就单纯代表封建统治力量、贵族阶级倾向。而同他们都是年轻人这一点事实的意味也多少有点关系，他们的思想倾向里有“新”的成分，甚至以当时新兴而尚未定型的资产阶级倾向占优势，因此，特别在开头他们甚至在较大程度上代表了这一种资产阶级或资产阶级先行者的社会力量。

这，从当时英国社会封建关系瓦解、资本主义关系萌发的过渡时期性质来看，是不足为奇的：历史舞台上总还是贵族人物出头露面。这，从莎士比亚全部戏剧创作以至同代戏剧家的极大部分的创作最常带有的曲折反映来看，也是不足为奇的：艺术舞台上还得请有声有色的王公贵妇当主角，英雄、美人或恶汉、“妖精”。而马克思谈到过去资产阶级革命曾经乞灵于“罗马服装”的时候就说过：“在罗马共和国的古典式严峻的传统中，资产阶级社会的斗士们找到了为不让自己看见自己斗争的资产阶级狭隘内容，为了要把自己的热情保持在伟大历史悲剧的高度上所必需的理想、艺术形式和幻想。”① 马克思在这里虽然主要指欧洲文艺复兴以后的资产阶级革命，却也同时推上去提到欧洲文艺复兴时期宗教改革家路德也有类似的情况②，因此这番话，在一定意

① 《路易·波拿巴的雾月十八日》，《马克思恩格斯全集》第8卷（人民出版社，1961）第122页。“古典式严峻”原译文是“高度严格”。

② 同上书，第121页。

义上，显然也适用于解释莎士比亚在这里的艺术反映办法。

这里，在青年贵族男女古香古色的外形下，实际上表现了，当时社会上，尚未定型的资产阶级，随了它的抬头和发展，由于它本身的两面性，分裂成两派。一派开始与上层贵族结合，形成臭气相投的反动力量，一派继续与下层平民接近，形成声气相通的进步力量。由于本身共有的两面性，前者和上层贵族总还有对立、冲突；后者和下层平民总还有距离、矛盾。前者就是艾德孟为首的一种有形集团所代表的社会力量，后者就是考黛丽亚为首的一种无形集团所代表的社会力量。

四

艾德孟是他那一方面人物的发言人[①]。现代西方批评家大都同意称他为“新人”[②]。本来，以个人主义为思想主导的剥削阶级的唯利是图、不择手段，是“古已有之”，只是在英国资本主义原始积累时期的历史条件下，而多少显得是新兴资产阶级的反面特色。“马基雅维利主义者”先于马基雅维利本人，是历史事实[③]。莎士比亚在他的《亨利六世》第3部里就让理查三世自己提到了“马基雅维利主义者”在剧情里可以说是犯了时代错误，实际上在名词问题以外倒是符合历史真实。因此，艾德孟这个“马基雅维利主义者”的出发点可以说包含了

---

① 艾德温·缪尔（Edwin Muir）1946年在格拉斯哥大学讲学（讲《里亚王》的政治——“Politics of King Lear”）中说他是“新一代的喉舌”（转引自新剑桥版《里亚王》XIV页）。

② 丹比《莎士比亚的天性论》，第48页，全书对这个论点有很多发挥。

③ 参看恰姆伯斯《托麦斯·莫尔》（R. W. Chambers: *Thomas More*, Harcourt Brace, New York）第117页。

反封建的意味。戈奈丽尔和芮良也许更不像没落封建阶级的不肖子孙，却在开头的作为里也不能说没有一点反封建的新因素。只是她们说不出什么所以然。她们只一再强调里亚“老糊涂”、老朽（“你的天数已经临到了尽头”），说他的排场不必要，把他的扈从描绘成近于福尔斯塔夫式的腐败样子①。艾德孟却是振振有词。他在他所伪造的艾德加的信件里实际上说出了他自己的想法：

> 现时的敬老政策，白糟蹋我们的大好年华，把世界搞得枯燥乏味，把我们的财富搁置在一边，直等到我们自己也老了，无法消受。我开始感觉到老年人的专横实在是一种荒唐的束缚，而他们之所以能施威肆虐，并不是因为他们有力量，而是因为我们一味容忍……
>
> （第1幕第2场）

格罗斯特看了这封信，作了“世风不古”一类的感慨而迷信宿命，结果把一切“反常”现象都归之于日蚀月蚀一类的天象影响。而，在他走出后，艾德孟就发表了这样的蔑视：

> 世道真是愚蠢得了不起，每逢我们运气不好，我们想不到这往往是自作自受，却把我们的灾殃归罪于日月星辰；仿佛我们当恶汉是命里注定，当傻瓜是出于天意，当无赖、盗贼、叛徒是由于星宿主宰，酗酒、撒谎、通奸是迫于气数，无论我们造什么孽都是受神道驱使。我的父亲

---

① 托麦斯·莫尔在他的《乌托邦》里把大批贵族比做公蜂以后说“他们养着一大批毫无一技之长专事吃闲饭的侍卫”，说“只要主人一死，或是自己生病，这些侍卫立刻被赶出大门之外”，说他们从此流落在外，不是挨饿，就是盗窃，不会干活，只会“自吹自夸”等等（参看戴镏龄译本，三联书店，1956，第34—35页）；这段话既符合恩格斯所说的“福尔斯塔夫式背景”的一部分情况，也正好像预示了戈奈丽尔所批评的里亚王要保持的这一帮武士的前途。

同我的母亲在巨龙星的尾巴底下私合，我又在大熊星底下出世，因此我就该是粗暴又淫荡。呸！即使当时天上最贞洁的一颗星照着他们干那个搞出我这个私生子的勾当，我还是我现在这个样。

（第1幕第2场）

玩世不恭的这一段话的含义显然不只是反对封建迷信而已。封建道统以及它假仁假义的荒唐也是目标。不靠天，靠人，靠自己的提法，在这里也包含了，到这一场结尾他所作两行结论里就完全明确了起来：

靠不了出身，我就靠才智得田地；
只要我办得到，在我是什么都可以。

（第1幕第2场）

这不但有反封建的意味，而且有了被资产阶级据以为自己的特色的提法。这不能说完全不代表戈奈丽尔和芮良的想法。

以艾德孟为喉舌的反面力量，如果有新兴资产阶级倾向，那么也是当时资产阶级倾向的两面性当中的反面倾向，本身代表了资产阶级和上层贵族投合的一派力量。如果他们开头好像有点“新”，有点反封建的表现，那么这也是从自己最恶劣的阶级根性出发。他们一开头就弄虚作假，他们反对旧势力的专横、旧势力的束缚，就诉诸巧取豪夺，他们以旧势力加于他们的违反“天性”、违反“人性”一类的责备回敬旧势力，以倒行逆施还倒行逆施，结果只有青出于蓝，变本加厉。实际上，是非颠倒本来就是阶级剥削的本质表现。从这点上看，封建统治阶级和资产阶级本来是一路货色，只是新旧不同。正如剧情所表现的，艾德孟、戈奈丽尔、芮良一帮人到后来完全原形毕露，新旧合污，新旧也就完全难分，完全是似新实旧。封建统治阶级末代子孙和资产阶级祖宗，沆瀣一气，难解难分，结果像剧情所表现的分外突出表现了丧尽天良的道德品质、贪得无厌的个人野心、卑鄙恶毒的血腥手段。莎士比亚在这里倒真是用了“血与火的文字”[①]，虽然不是写马克思深刻分析了的英国资本主义原始积累的残酷过程[②]，还是可以说使那种残酷精神得到了一定的反映。艾德孟的本色，实际上也就是资本主义原始积累时期冒险家的本色。这种冒险家为资本主义开路，多少代表资产阶级倾向，自己却还只是过渡性人物，封建贵族的“私生子”是他恰好的身份，后来就成为两种剥削阶层的“混血儿”，由新人物转成旧人物，成为后起的正牌的资产阶级的对立面。艾德孟、戈奈丽尔、芮良一流人也就在内外交攻中落入了必然灭亡的历史命运。

这是一贯而有发展的丑恶的现实。

五

考黛丽亚是她这一方面人物的旗帜。她和艾德加这两个年轻人表面上极少资产阶级倾向的色彩。虽然如此，艾德孟在他用艾德加的名义捏造的信件里表明反对“老年人的专横”，是以自己的真实想象诬蔑艾德加，却也能反过来说明考黛丽亚在全剧开场里的行径，行径的实质。不管怎样说，一贯爱父亲的考黛丽亚总是公然反抗父王，蔑视他的威权。当着满朝文武，在隆重仪式上，她听了父王责备说“这么样年轻，可就这么样不温顺”，就针锋相对说“这么样年轻，王上，这么样真诚”。难道她自己还不知道，按照封建观念

① 《资本论》第1卷，人民出版社，1953，第904页。

② 同上书，第901页起，第24章大部。

看，这就是“大逆不道”[①]？按照封建观念，父女之间私人恩爱也可以因为原则问题撇在一边，“大义”可以“灭亲”，这里的面对面冲突不一定就有反封建的意味。反对专暴，在封建社会也不乏其人，也不一定就有反封建的意味。但是，在莎士比亚时代这个过渡性历史时期，这种反抗就不见得不带一点反封建的色彩。而且，在不管真理不真理、威权（王权、父权）就是一切的压力下，考黛丽亚表明了态度，也表明了观点：

你生我，养我，爱我：我恰如其分、
完全相应来报答这种恩情，
听从你，爱你，超乎寻常地尊敬你。
为什么我两位姐姐要有丈夫呢，
如果她们说把全部爱心都给你？
倘若我结婚了，和我结缡的丈夫
就会拿走我一半的爱心和关心：
当然我结婚不会像姐姐们一样
为了一心爱我的父亲。

（第1幕第1场）

这里就包含她坚持的“真理”，别人常挂在口头上而她没有说出

---

① 19世纪柯尔立奇（S. T. Coleridge）以来许多批评家从考黛丽亚开头的对答中指出她在态度上显出白璧有瑕。海兹里特说她在这个场合“有一点她父亲的固执”（《莎士比亚戏剧中的人物》——Characters of Shakespeare's Plays, *The Complete Works of W. Hazlitt*, Dent, London, 1930, 第258页）。分析了里亚开头的父爱有问题的乌尔利西（Ulrici）却又说，“她在当时的激动中，以不温顺的蔑视迎对她父亲，以不可置疑的粗暴回答他慈爱的问话，而没有体贴而凑和他的弱点”，还说，“她和戈奈丽尔一样，明知道她父亲生性暴烈、冲动、霸道，而不顾他一再请她注意自己在说什么，还是用她显然是顶撞和挑衅的态度来回答，终于作了一个只能更使他恼怒的说明，因为它包含了直接对他自己和对他的要求的一个责备”，等等（转引自弗奈思集注本《里亚王》第456页）。他们归咎于考黛丽亚的实际上正是她的光彩，但是所说的情况是符合剧情的，而这恰好使批评家更难于减轻、冲淡考黛丽亚和里亚双方之间正面冲突的深刻性，这也恰好证明这种冲突的意味是明显的——双方之间都心中有数、各执一是的原则性矛盾。

的"自然"、"天性"或"人性"。结合她稍后一点进一步自夸因"缺少""献媚求恩的眼睛和舌头"（风格上像莎士比亚自己的十四行诗）而"更富有"的一番话来看，她坚持的"真理"也就有个人尊严、个人自由的内容。这种要求可能也可以说"古已有之"，但是在欧洲文艺复兴时期社会思潮的环境中看，这不正是标明了反封建的资产阶级倾向的解放思想吗？

这种解放思想是符合当时人民大众的总的要求的。如果可以说考黛丽亚开头也有反封建表现，那么她正是从当时新兴资产阶级倾向的两面性当中的正面倾向出发。她反对是非颠倒，就并不也用倒行逆施，而只是坚持真理，尽管她表白的"真理"，虽然锋利，显得干巴巴、斤斤较量、没有什么冠冕堂皇的光彩。而且她在表白里的矛头所指，进一步就着重在作了虚伪表态的戈奈丽尔、芮良那方面。按照莎士比亚全部戏剧作品的思想表现，基于具有两面性的当时未定型的资产阶级倾向而表现出来的进步倾向就最反对冷酷、残忍、贪得、虚伪的资产阶级恶劣倾向。考黛丽亚开头从反封建出发，倒也不能说不像是"新人"，给大家以很大的期望，进一步着重反资产阶级倾向或资产阶级和贵族同流合污的倾向了，显得眼光更远大，然而好像正因为如此，最后重新登台却以善良、温柔、又忠又孝的形象而更像合乎封建统治阶级要求于被统治人民、被压迫妇女的标准了。这种近似欧洲文艺复兴时期空想家形象的过渡性人物结果也就似新实旧，在历史上也只能昙花一现①。

① 丹比也说考黛丽亚形象里所隐含的理想社会是不能实现的，是"一个乌托邦"（《莎士比亚的天性论》第125、138页），但是他在全书里讲社会倾向，从不作阶级分析，因此似是而非，说不出理想为什么是空想的真正原因，而把论证都导向反动的结论——艺术都有空想的根源（第53页），"好人"总和"坏社会"相克相生（第125页），艺术家总是空想家，换句话说，理想社会在任何时代都永远不会实现（第209—224页）。

考黛丽亚的性格发展里显出有矛盾。她在全剧开头是刚强的，在全剧第二度登场就像另外一个人。这不是《奥瑟罗》里的玳丝德摩娜又刚又柔、刚柔统一的问题。她开头是虎虎有生气的，末尾虽然御驾亲征，率领了问罪的大军，却完全是一幅圣母像。即使圣母像也还露出了破绽。考黛丽亚自己最后更完全没有表达过什么理想，没有表达过什么社会感，兴师动众，一心只想为了“受压迫的国王”（虽然他已经不是“压迫人的国王”，为了他而斗争也可以有不同于反对他而斗争的意义）：形象高似神了，目光小如豆了。她甘愿自我牺牲，却正显出了她的个人主义。她失败被俘了，对一同被俘的父亲说的几句话是唯一重新显出有声有色的，而这几句话无非表现她本来只想独善其身，因为其中最有名的就是这一行：

我自己本来会蔑视厄运的怒目。

（第5幕第3场）

这句话在这里是伤心话；这句话里表现的刚强，意义也就很小了：还不是个人主义冒了头？形象的矛盾，原因还不在于：开头更多典型性，末尾更多象征性；多少在于：开头有充分的现实性，末尾就单纯理想化了。主要是还在于：不受资产阶级狭隘性局限的创作倾向，在贵族和平民相结合的幻想中，在从贵族人物找表达理想的形象中，还是受了不自觉的实际是最基本的当时资产阶级倾向的两面性局限，还是沾染了封建思想的残余。

艾德加呢，他是比较讲实际的人物。他开头是最驯服的，但是他一遭到父亲的横加迫害，并不是逆来顺受而是赶快逃之夭夭（逃跑得太快，正是他中计的条件）。他后来发了许多好像是听天由命的言论，但是从他自己待机而动的行径来解释，正也是从不同角度表明了艾德孟早已私自表白在先的事在人为的观点。作为艺术形象，他的发展是有通过苦难的锻炼而坚强起来的寓言性价值。但是他，相反，从没有什么理想而更讲实际，愈来愈像封建统治阶级的肖子而又像和他那一套“哲理”议论不相称的资产阶级的另一种先辈。他脱下了用以乔装的乞丐衣服，穿起了金碧辉煌的骑士铠甲，在个人决斗中杀死了艾德孟，却越发显得灰溜溜。由他和另外一边分离出来的也不太理想的阿尔巴尼收拾残局，看来倒正好合适。正是当时社会条件注定了，愈讲实际，愈不合理想。

这是发展里显出本身有矛盾的“美好”的“理想”。

六

这样，《里亚王》悲剧里的理想和现实的冲突，就已经显出了它的基本形势。这里就差了一个灵魂，差了一个包罗这一切的统一体。作为全剧的中心意识，里亚就带点象征性地充当了这个角色。莎士比亚常爱沿用欧洲中世纪的传统说法，把人当做小天地。里亚王就不仅是小天地。有了他，这一切冲突就发展成一场暴风雨。他以特大的气魄，由格罗斯特陪衬了，不仅包罗了这一切，而且给了这一切以广度和深度。由于他上天入地的切身体受，理想的憧憬和现实的批判都显出了超乎情节以外的社会意义。他以“内心的暴风雨”把这一切集中和加强到淋漓尽致，提高和扩大到海阔天空。

作为中心人物、典型性人物，里亚，由格罗斯特陪衬了，也卷入了冲突。他虽然在全剧里仿佛代表了整个社会本身，开头却也更多具有现实性的代表了反面的一定社会阶级力量，突变以后，提炼以后，却也有点理想化的隐约代表了正面广大社会力量，真正历史主人公的基本力量。

开头里亚，由格罗斯特陪衬了，尽管主观上并非要如此，却好像出于命定，就是由客观的身份、地位决定，偏偏就倒行逆施。老朽、昏庸，实际上主要不能怪他自己和他的“影子”；老朽、昏庸，实际上就是他们的社会、他们的阶级。

里亚早就外强中干。他最初想“摆脱一切世务的操心”，让他“一身轻以终天年”，也符合一般老年人风烛残年的想法。但是社会上有各种各样的老年人，想法内容就大有不同。里亚实际上像莎士比亚安排在后边的那样，是想放弃义务，尽情享受，同一帮武士成天吃喝玩乐。他本来没有放弃名义。威权在他还是不容触犯的，一触犯了以至大大受到限制了，他就暴跳如雷。实际上他本来还是要表现自我，那就一贯靠虚张声势、靠底下对他恣意奉承。实际上，对于他，责任可以不负，威权[1]（哪怕是空洞的）必须维护，免得人欲[2]横流、天下大乱，自己可以自由自在，别人必须处处看他的眼色。他是威权的化身，也是傲慢的化身。正因为自己傲慢，他要别人谦卑，他就怪考黛丽亚（以及接着敢于支持她而进行直谏的肯德）傲慢：“让傲慢，她所谓直率，跟她结婚吧。”真理，他是不要的。他一听到考黛丽亚为自己的真实辩护，就说：“让你的真理当你的嫁妆吧。”他才不管底下人、年轻人自己的尊严。难怪他一有重大行动，就倒行逆施。

陪衬他的格罗斯特提供了实际的一面，也点出了社会意义的一面。对于他，地位、财产决不能放弃，而世道人心必须控制，伦常纲纪必须维护。他由于自己受到的威胁、里亚由于倒行逆施

---

① “威权”（Authority）和“贪欲”（Appetite）的概念散见《里亚王》全剧各处，戈奈丽尔直接用过“威权”这个名词（“要是我们的父亲顺着他这种脾气滥施威权……”）；肯德直接用过“威权”这个名词；里亚自己也直接用过“威权”这个名词（“威权的伟大形象”），也直接用过“贪欲”这个名词（“满足贪欲”；“放肆的贪欲”）。

② 同上。

而受到的倒行逆施的亏待，而想起了当时社会的情势：

恩爱冷却，友谊破裂，兄弟失和，城里有暴动，乡下有骚乱，宫廷有叛变；父不父，子不子，纲纪全毁……

（第 1 幕第 2 场）

这就是最使他痛心疾首的地方，但是要挽狂澜于既倒，逆着时势，盲目行动就决定他受骗，即使在自己的小范围里，也就倒行逆施。

双方互相辉映了，他们合起来演出的所谓老年人悲剧的开头，就显出了具体的社会内容。在封建社会和资本主义社会的过渡时期，在资产阶级革命前夕，放在这种局势里来看，里亚和格罗斯特开头所表现的思想倾向，恐怕只能说是腐朽的封建统治阶级意识。

在英国当时突出的贵族资产阶级化、资产阶级贵族化的相当普遍的趋势下，封建统治阶级在开头同样有反封建倾向的新兴资产阶级正、反两方面当中，如果可以有所选择，当然会倾向于“新”的反面一边。这看来也无意中反映到里亚和格罗斯特开头对于他们的正、反两面的子女的关系里，也就是说他们的三重关系里①：“威权”结合“贪欲”，旧的是非颠倒接纳了或让位给了新的是非颠倒，他们站到艾德孟、戈奈丽尔、芮良一边，而斥逐了或迫害于是非颠倒的较为认真的对立面——考黛丽亚和艾德加。

① 丹比在他的《莎士比亚的天性论》一书中说“通常关于这出戏的两重说……必须以三重说代替”，但是他的三重说只是把考黛丽亚分离出来，使她独当一面，“与剧中所有人物都相反”，与艾德加也没有基本上相同的倾向，而照旧含糊地把艾德加归入里亚一类，正如他按大家公认的那样把艾德孟和考黛丽亚的两个姊姊划成一类（以上俱见第 138 页），因为在全书中他把里亚所代表的一类人附会为性善论者，把艾德孟所代表的一类人附会为性恶论者，而把考黛丽亚硬说成“体现了自然［天性或人性］本身”（特别见第 125—140 页）。

但是历史命运还是不可挽救，在这种结合里一旦老朽终又成为新贵的“百尺竿头更上一层”的绊脚石或垫脚石的时候，在一个不会太长的历史阶段里，还是里亚和格罗斯特自己先轮到扫地出门的命运。

里亚和格罗斯特由倒行逆施而自食其果。里亚疯了，倒清醒了；格罗斯特瞎了，倒开了眼睛（他后来说“我有眼睛的时候倒栽了筋斗”）：他们转过来面向了考黛丽亚、艾德加一边。而也正因为他们表现了倾向于考黛丽亚为首的无形的社会力量以至有形的正要前来的兴师伐罪，他们才更受到狠辣、残酷的迫害：里亚险遭毒手，格罗斯特被刺瞎眼睛。

他们本来是生杀予夺者、作威作福者，现在倒转过来了，变成了一无所有者、受苦受难者。在一定意义上，他们倒是获得了稀有的对比经验。老年人从老朽变成了阅历最深、受忧患最多的经验宝库。莎士比亚在他的戏剧里一贯推崇丰富和曲折的经历，越到后来越明显，越是和接触下层社会、劳苦生活分不开，从哈尔太子和福尔斯塔夫一流人的鬼混，通过哈姆雷特和跑码头戏子和掘坟人的亲切交谈，直到最后几部“传奇剧”里的几个落难青少年的际遇，大概都算是一种教育。这里，里亚王特别经受了大起大落，从国王沦为乞丐。他由来自民间的“弄人”作伴（也可以说是带路），在暴风雨的荒野里，和艾德加装扮的疯丐为伍。在莎士比亚时代简陋而往往带象征性的舞台上，几个人也可以算一大群人，因此观众也可以容易想象到里亚如今正是和流民群众在一起。他实际上已经面对了，而且认出了，托麦斯·莫尔在《乌托邦》里描述的[①]（马克思在

① 《乌托邦》，第36—37页；《资本论》第1卷，第930页。

《资本论》里加以引证的[1]）英国当时圈地运动为害的真实图景——大批流离失所、颠沛道路的人群[2]。这些人群实际上在艾德加所装成的疯丐形象里上了台，他们也就在里亚在暴风雨里所作的那段著名台词里以“赤裸裸的可怜人”的样子亮了相。

格罗斯特，在类似的情况下，接着由艾德加装成的疯丐引着路，也就重申了里亚的社会正义感：

来，把钱包拿去，你这个可怜虫
受尽了灾殃的折磨。我如今落了难，
正是你走了运。愿天道永远如此。
快让穷奢极欲的富裕人感觉到
天网恢恢，别让他玩忽神规，
麻木不仁，竟至于视而不见；
从此分配上消除了过分的享用，
人人有足够的一份。

（第4幕第1场）

性格不同，格罗斯特本来有较大的限度，到此已经达到了峰巅。里亚还有发展，就会在后边进一步更深入现实的社会批判：

什么！疯了吗？一个人没有眼睛就看得见这个世界的面目。用耳朵看吧：看那个法官怎样痛骂那个微贱的小偷。听，侧过耳朵来：混一混，现在你猜，哪一个是法官，哪一个是小偷？你看见过一条农家的狗对一个叫化子吠叫吗？……还看见过那个家伙逃避那条狗吗？从那里你可以看到威权的伟大形象：狗当了家，人只有听命。你这个万恶的

① 《乌托邦》，第36—37页；《资本论》第1卷，第930页。

② 参看莫洛佐夫《莎士比亚悲剧选集》俄译本序（《莎士比亚论》，《译文》1954年5月号）。

公差，停住你的毒手！你为什么鞭打那个妓女？敞开你自己的背来挨一顿；你自己热辣辣地只想跟她干那个勾当，你可偏为了那种勾当而鞭打她。放高利贷的绞杀骗小钱的。衣衫褴褛，破绽里小恶毕露；锦袍裘服，掩盖了一切。罪孽披上了金铠甲，公道的长枪怎样锋利也只有自己戳断；裹上了破布条，一根侏儒的草管就可以穿透它……①

（第 4 幕第 6 场）

这种揭露的深刻性提供了理想的可能性。理想的憧憬，现实的揭露，就这样相生相长，水涨船高，在莎士比亚的笔下，进入了一个新境界。

七

里亚不是理想人物。他，由格罗斯特陪衬了，却正好在暴风雨里，在受苦受难里，从反面突变到正面（应该说明，剧情里显出突变以前也已经露过苗头，突变以后也时常旧病复发），物质上倒转来，精神上翻转来，上下颠倒过来，是非端正过来，明确表达了具有社会内容的理想的方向，深刻揭示了具有社会内容的现实的真相，达到了决非考黛丽亚终于单纯用披了面纱的形象来表现抽象理想和艾德孟一贯用赤裸裸的言行来表现具体现实所能达到的程度。他在这方面超过了莎士比亚所创造的所有的悲剧

---

① 这一段最后几行和莫尔在《乌托邦》里（第 102 页）所说这段话，精神上也相通，“……由此可得出两种结论：所谓公平正义，尽是卑不足道的，人君位势显赫，不屑于此，这是一种结论；另一种便是，公平正义原有两类，一类适于普通老百姓，这种正义是步行的，爬在地上的，四面绳索重重的，使它丝毫不能越轨，另一类是国王的德行，这比老百姓的公平正义更伟大，更自由，因此凡对国王是方便乐意的，也就是合理合法的”。

主人公，其中甚至于包括哈姆雷特。

也许哈姆雷特活到他那样的高寿，也就能道出他那样的看法。里亚是枯木逢春。他经受风霜最多，而且高耸入云正因为根柢植到了人民苦难的深处。

这当然只是比喻说法，带点象征性。事实上，由里亚以及格罗斯特说出那种台词，也是因为他以及格罗斯特都重新更是象征性人物而不大是典型性人物了。里亚作为悲剧的中心意识，就有点像代表了历史、社会本身，而不再代表具体的一定社会阶级，决不是代表被打倒的封建统治阶级。

如要说他代表什么阶级，倒有点像代表了广大的下层平民。这又反映了当时实际存在的贵族和平民相结合的幻想。这是可以设想的。恩格斯说过欧洲文艺复兴时期特有的“巨人”，“为近代资产阶级统治打下基础”，自己却“就没有资产阶级的局限”①。当时超出资产阶级的局限，一方面和平民、一方面和贵族，都可能有千丝万缕的联系，有积极方面的联系，也有消极方面的联系。即在当时最先进人物的社会思想里也总多少有封建残余思想，带有类似贵族和平民相结合的幻想。当时艺术创造常有的曲折性反映方法也可以说明这种幻想。而《里亚王》的民间故事色彩更多少影响了莎士比亚塑造里亚人物形象的时候自己所抱的思想倾向。但是这毕竟是幻想，进一步就只有落空。

不仅如此，实际上是资产阶级和下层平民相一致的进步倾向，在当时历史条件下，面临了封建关系——旧的剥削关系将由新的剥削关系——资本主义关系取而代之的历史命运，要彻底反

---

① 《自然辩证法》导言，此处译文与1963年人民出版社大字本《自然辩证法》导言第5页上的译文略有出入。

对普遍的是非颠倒的社会现象，就只有要求超越资本主义的社会发展阶段，这只能是不能兑现的善良愿望。相反，因为它也还是以具有两面性的资产阶级倾向为最基本的思想基础，本身也会带有封建残余思想影响，也还会起消极作用。《里亚王》悲剧，像莎士比亚的《哈姆雷特》和《奥瑟罗》这样的悲剧一样，最后也表现精神胜利、理想光辉，联系了它的具体内容，可以鼓励同样有善良愿望的人心。但是在这些悲剧里恰好是适可而止，积极作用是主要的，而到莎士比亚最后的一些悲剧里，与内容不相称，虚夸而表现了类似“人性的伟大”、“人类爱”的观点，即使在当时恐怕也起不了什么积极作用。《里亚王》悲剧到末尾也还明显夹带了“谦卑”、“忍让”、“安命”一类的消极因素。里亚王对一同被俘的考黛丽亚说出了这一段话：

来吧，我们进监狱去。
我们俩要像笼中鸟一般的唱歌；
你要我祝福的时候，我会跪下去
求你宽恕。我们就这样过日子，
祈祷，唱歌，讲讲古老的故事，
笑蝴蝶披金，听那些可怜虫闲话
宫廷的新闻；我们也要同他们
漫谈谁得胜，谁失败，谁当权，谁垮台；
由我们随意解释事态的秘密，
俨然是神明的密探。四壁高筑，
我们就冷看这一帮、那一派大人物
随月圆月缺而一升一沉。

（第5幕第3场）

这也是一段有名的台词。这里尽管也还有嘲弄“大人物”的意味，毕竟盖不住显然占上风的遁世思想的消极调子。

莎士比亚毕竟还是高明：他还是不照现成的旧剧蓝本和以前任何题材来源的共同样式，结局使里亚和考黛丽亚恢复江山，或者续调“笼中鸟”的调子，来个另一种圆满的收场。实际上，按他的悲剧的艺术处理，已经放出去，收下来就会勉强了。他的悲剧的创作思想也是如此。他早就使里亚远远超出了他开头还提到的类似报私怨、复辟的想法。退路早就断了。没有出路，也决不走回头路[①]。现实就是如此：考黛丽亚得被绞死。结局还是响起了斗争的调子。但是，很自然而提起来好像又很奇怪：里亚王从开头斥逐考黛丽亚以后，在全剧里只是强烈感受、强烈反应，作为全剧的中心意识，没有作过任何行动，直到最后又作出了行动，那却是怎样的行动？气魄大到好像一手可以擎天的里亚动起手来只是杀死小小的凶手：“割鸡焉用牛刀？”而“牛刀”又只能“割鸡”。里亚好像大到可以包罗世界的，行动起来却好像天下就只剩他一个人。结果，社会并没有根本改变。里亚终于对死了的考黛丽亚作出了这一个悲痛的疑问：

为什么狗呀、马呀、老鼠呀，都有命，
偏是你没有气？

（第5幕第3场）

《里亚王》悲剧反映了理想和现实的矛盾，实际上也反映了理想本身的矛盾——也可以说理想和幻想的矛盾。

八

莎士比亚，不仅在《里亚王》悲剧的结尾，而且从开头

① 詹姆士在他的《学识之梦》里（第120页）表示不相信在里亚会见考黛丽亚的时候有“浪子回家”的意味，而杜瑟在新剑桥版《里亚王》序文里（xxi—xxii页）仍说有这种意味。

（因此也贯穿了全剧），所面临和力图解决的问题，也就是他在《哈姆雷特》悲剧里开始全面正视而在《奥瑟罗》悲剧里已经从一个角度集中挖掘过的问题。这从当时主要社会思潮的形势来讲，就是欧洲文艺复兴时期人文主义的危机。

晚近西方批评界大都同意说《里亚王》是“一出关于异教世界的基督教戏剧”[1]。虽然也有人还重提“莎士比亚恰好不是一位宗教戏剧家”[2] 这种已成常识的看法，说《里亚王》老剧本的调子显然是“基督教虔诚”的调子，而相形之下，莎士比亚在他的《里亚王》悲剧里更显出存心回避基督教背景或色彩，“基督教信仰的框架”[3]，用的是“世俗的想象”[4]，但是实际上这无非更进一步，说明莎士比亚在这里摆脱成见的挖掘里尚且还是发扬了基督教精神[5]。事实看来是恰好相反。莎士比亚生活在基督教习俗里，不可能不沿用基督教老套。但是他的《里亚王》悲剧这一类作品，从爱憎分明的社会反映里体现出来的不断向前突进的时代精神、探索精神，首先就不符合维护道统的基督教精神、蒙昧精神。在是非颠倒的社会，在“文艺［或：文化］被箝制到结舌难言”[6] 的年头，我们可以设想，要揭露现实，让它穿上古代衣冠，是一种方便，要提出理想，使它戴上正统面具，也不失为一个良策，马克思在谈到过去的资产阶级革命借古罗马衣冠的时候，也把这种看法运用到欧洲文艺复兴时期思想运动的

---

① 麦克思威尔（J. C. Maxwell）说的，转引自新亚屯版《里亚王》ivi 页。

② 詹姆士：《学识之梦》，第 90 页。

③ 同上书，第 120 页。

④ 同上书，第 89 页。

⑤ 同上书，第 120—121 页。

⑥ 莎士比亚十四行诗 66 首。陶顿（Dowden）关于此行有注说：“此行可能指演出审查？”（《十四行诗集》——*Sonnets*，ed，Pooler，Methuen，London，1943，第 68 页。）

另一个方面——宗教改革方面，而提出了“路得换上了使徒保罗的服装”[①]。这种分析，显然也适用于欧洲文艺复兴时期思想运动的主要是世俗的方面——莎士比亚以作品表明他是浸濡在其中的人文主义思潮方面，适用于解释欧洲文艺复兴时期人文主义思潮双重利用（搬出古希腊、罗马文化，沿袭基督教老套）的实际——旧瓶装新酒的实际。尽管现代西方批评家有人还沿用19世纪“自由派”历史家、文化史家研究欧洲文艺复兴时期精神而得出的看法，至少就当时的戏剧说，肯定有“世俗人道主义精神”[②]，却大有人明目张胆，把欧洲文艺复兴时期的流行思潮都称为“基督教人道主义”[③]。但是，这种目的显然反动的说法，参考了那种19世纪以来通行的说法，并不能蒙蔽我们对于历史事实的正确认识，而相反，在马克思主义经典性分析的启发下，也有助于我们的正确认识。我们不能无视欧洲文艺复兴时期人文主义和中世纪基督教精神的区别，那是本质的，也不能忽略两者之间主要是（但也不仅仅是）表面的联系。

莎士比亚在他的戏剧里反映社会生活动向，从中作出评价、探索出路的思想表现当然也就反映了当时的社会思潮。宣扬中世纪蒙昧主义的现代英美“权威”批评家，既然指出塞内加的斯多噶主义（傲世主义，或者忍让主义，或者命运主义）、蒙田的怀疑主义、马基雅维利的犬儒主义，三种“态度”，“在伊丽莎白时代的个人主义里达到了一种融合”[④]，又说莎士比亚只是

---

① 《马克思恩格斯全集》第8卷，第121页。

② 詹姆士：《学识之梦》，第90页。

③ 道格拉斯·布希（Douglas Bush）在他的《文艺复兴和英国人文主义》（*The Renaissance & English Humanism*，1941，初版于1939年）全书里，就是阐扬这种说法。

④ 艾略特（T. S. Eliot）：《论文选集》（*Selected Essays*，Faber，1958）第132页。

“为了戏剧目的，而利用了这一切：你也许在《哈姆雷特》里找到较多的蒙田，在《奥瑟罗》里找到较多的马基雅维利，在《里亚王》里找到较多的塞内加”[①]，实际上是自相矛盾的，不能自圆其说。艺术而没有思想，还成什么艺术呢？艺术和思想不能截然分开。如果莎士比亚为了艺术目的而“利用”了这些思想，那么他不可能对这些思想没有看法——处理它们的态度也就是对它们的评价。法国的蒙田和意大利的马基雅维利是欧洲文艺复兴时期的思想家。通过翻译而在莎士比亚时代的英国流行的蒙田式怀疑主义可以有它和原来不完全相同的怀疑内容、怀疑对象。通过传闻在当时英国流行的所谓“马基雅维利主义”，和马基雅维利本人的思想，大家承认，是有相当的距离的，在社会各阶层各种人对它的反应也可以有肯定和否定的不同。至于塞内加的斯多噶主义是罗马奴隶制衰落时期为统治阶级服务的奴才思想，“适于当奴隶的哲学”[②]，因此后来被维护封建统治利益的基督教义所吸取[③]，再到封建制没落时期的莎士比亚时代的英国，通过戏剧创作而再受“古为今用”的时候，也可以有不同的用法。英国文艺复兴时期本国人托麦斯·莫尔，也写过戏剧的莫尔，在他的《乌托邦》里倒也有一处捎带批评过“忍耐的心理”，说它“使受压迫者丧失高尚的起义的精神”[④]。这里就显出有塞内加忍让精神的对立物。现代西方批评家，离开当时社会生活、社会发展的本质，不谈“源”而谈“流”，在莎士比亚的戏剧创作里找出多少思想影响的时候，很少有人提到莫尔的乌托邦主义的影

① 艾略特（T. S. Eliot）：《论文选集》（*Selected Essays*, Faber, 1958），第134页。重点原有。

② 同上书，第131页。

③ 布希：《文艺复兴和英国人文主义》，第42、48、50页。

④ 《乌托邦》，第50页。

响。事实上，《里亚王》悲剧里不是有“较多的塞内加”，也还有不相上下的蒙田，而突出的也许正是马基雅维利和莫尔的对立[①]。这些发生作用或者受到“利用”的思潮合起来实质上就是错综复杂的欧洲文艺复兴时期人文主义，本质上突破了中世纪基督教纯粹为封建统治服务的反动精神而又不免都带了基督教传统精神的色彩，或者，在穿了古典文化的内衣的同时，披了哪怕是薄薄一层的基督教传统精神的内衣。

九

莎士比亚在他的戏剧里在字面上都直接表达过欧洲文艺复兴时期人文主义思想的地方，只是哈姆雷特的这一段有名的台词：

> 人是多么了不起的一件作品！理性是多么高贵！力量是多么无穷！仪表和举止是多么端整，多么出色！论行动，多么像天使！论了解，多么像天神！宇宙之华！万物之灵！可是，对于我，这点泥土里提炼出来的玩意儿算得了什么呢？[②]
>
> （《哈姆雷特》第2幕第2场）

---

① 丹比提出另一个对立面——十五六世纪间的德国农民战争领袖托马斯·闵采尔（Munzer）思想，说这一派思想，和“马基雅维利主义”一样，也引起强烈反应，受到官方攻击，可作参考（《莎士比亚的天性论》第52—53页）。

② 紧接着的前几行（280—286）是：“我近来——也不知为什么缘故——变成了兴致全无，再也不想操练戏乐；我心情如此沉重，直觉得大地这一副大好的框架是伸到茫茫大海里的一座荒凉的山岬，天空这一顶极好的帐幕，你们看，这一片罩在头顶上的豪华的苍穹，这一层镶嵌了金黄色火点子的房顶，啊，我觉得也无非是一大堆结聚在一起的乌烟瘴气。”这几句和文中已引的下文似可与莫尔《乌托邦》里（第90—91、93—94页）这两段话对读：“乌托邦人所爱好和重视的是美观、有力、敏捷，这是从大自然来的特殊的也是可喜的礼物。除了人类，没有其他的动物能赞叹宇宙的庄严灿烂，能欣赏芬芳的气味（兽类只能辨别吃的东西的味道），能听出音调是和谐的或是聒耳的。”“……造物者就更爱那些对他的创造物能热心认真观察和崇拜的人，而不爱丧失了理性如野兽般的人，这种人在如此庄严的景象前面竟是麻木糊涂，毫无感觉。”

这种提法的确符合莫尔推崇过的文艺复兴时期意大利人文主义者毕科·特拉·弥兰陀拉的这种假托创造主对人所说的想法：

> 你会有权力沦为卑下或野蛮的动物。你会有权力，根据你智能的决定，再生而变为高超或神圣。
>
> 天父就这样在人诞生的时刻给了他生命的一切品类的种子、各样形式的芽胚[①]。

这种想法本身实际上已经超出表现神权思想的宗教想法。它着重的不是规定人在兽上而在神下，而是肯定人可以像神，也可以像兽，以人为中心。这种想法，通过莎士比亚在他的《哈姆雷特》悲剧里具体化了，显出已经被根据社会现实的认识，加以进一步改造，变成了莎士比亚自己另有意义的想法，而在《里亚王》悲剧里更有了发展。

莎士比亚在《里亚王》悲剧里，不能由批评家穿凿附会，只是因为他让里亚说了“谁能对我说我究竟是谁呀？”“难道人只是这样吗？”“自然有什么缘由要造出这些硬心肠？”这些实际上都是针对具体情况而说的愤激话，就说是追问“人是什么”[②]。他决不是在人性问题上以艺术形象做玄学文章。他显然也没有“为了戏剧目的”而“利用”抽象的什么性善说、什么性恶说的

---

① 转引自布希《文艺复兴和英国人文主义》第96页。布希把这段引文和莎士比亚的那一段引文并列的时候（第97页），说“我们也许会记得现实主义曾经被界说为四脚落地的浪漫主义。但是在文艺复兴伟大文学中，人既是神也是兽，而当时最伟大的作家（莎士比亚）正和基督教和古典传统十分接近，总是用两只眼睛来看的”。实际上莎士比亚的想法（引文加上紧前面几行一起表现出来的）和毕科的想法也已有不同，他不是着重在肯定人身上的两种可能性，而是着重在询问为什么从那种理想的情况变成了这种现实的情况。

② 奈茨：《若干莎士比亚主题》，第84、117页。

争论[1]。在他的戏剧处理下，“自然”（或天性或人性）只是一个，相反的人物，根据相反的性格（立场），作出相反的解释，各认为合乎自然（或合乎天性或合乎人性），作出相克的行为。在这里真理只有一个，是非完全分明，善恶毫不含糊，尽管人物在其间颠来倒去，翻出多少花样，还是有标准可量。在这里真理又是具体的，在不同人物的不同处境里有不同表现，在一种场合（对一种立场）“是”即非、“善”即恶，在另一种场合（对另一种立场）“非”即是、“恶”即善。哈姆雷特听到他那两个虚伪的朋友说“世界愈来愈变得诚实了”，就装疯说世界“是一所监狱”。这就不是相信世界（自然、天性、人性）是善的和相信世界（自然、天性、人性）是恶的两者之间的争论，而是对当时社会现实（“丹麦”、“世界”）两相对立的评价。而根据莎士比亚剧情整体的安排，哪一边真、哪一边假，哪一边是、哪一边非，并不是相对的而是绝对的，本来就一目了然。“本来么，世界上也没有什么是好什么是坏，只是想法不同才分出了好坏。”哈姆雷特就在这个场合说的是带了嘲弄调子的痛心话，但是这一句也就说明了立场不同，因此看法不同的道理。情况正与此相同，在《里亚王》悲剧里，奥斯瓦尔德报告戈奈丽尔说阿尔巴尼“变”了：

竟说我把正反颠倒了过来。
他把该是可恶的看做是可喜的；
喜闻的当作是厌听的。

（第 4 幕第 2 场）

而阿尔巴尼自己对戈奈丽尔生气说：

---

① 丹比竭力把《里亚王》的一方面主要人物说成是性善论者，另一方面主要人物说成是性恶论者（《莎士比亚的天性论》全书，特别是第 15—53 页）。

智慧和善良叫恶人看来是恶的，
粪土只欣赏粪土。

（第4幕第2场）

莎士比亚在全剧里也就是这样处理。他还让戈奈丽尔无意中给他作出了明白的按语：

啊，人和人竟是多么不同。

（第4幕第2场）

可见他在这里关心的决不是抽象的、静止的、没有社会内容的所谓“人的本质”，而显然是具体的、能动的、有历史意义的所谓“人的处境”①。

一〇

按照所谓“神、人、兽关系”的提法，正确一点说是“人的神性和兽性关系”的提法，莎士比亚在《里亚王》悲剧里，不一定都通过作为所谓中心意识的里亚自己，而是通过许多人物的动作（言行）和许多台词里的意象（明喻、暗喻），从开头起用极大部分篇幅提出的问题，可以概括为“为什么兽性猖狂”而到结尾，主要通过里亚自己和考黛丽亚的人物形象提出的问题，实质上可以概括为“为什么神性不张”这两个问题是彼此不可分的，只是各有所着重而已。

而这是符合《里亚王》悲剧的正反两个方面、新旧三重关系的图景的。这尤其符合中心人物里亚的处境。作为人，里亚起

---

① 奈茨在《若干莎士比亚主题》里说《里亚王》就是试图解答“什么是本质的人性”（第83页），他接下去以整章（第84—119页）论《里亚王》，就发挥这个论点。他提到“人的处境”，但是他是在“揭示人的处境的某些永恒的面目”（第92页）这句话里提到的，因此这仍然属于抽象的“人的本质”问题。

初是与“兽”为伍。大家知道《里亚王》悲剧的语言里充斥了禽兽虫豸的意象①（超过了《奥瑟罗》，不下于《雅典人泰门》），而这些意象，有目共睹、最适用于描绘或者渲染戈奈丽尔、芮艮之流的人物形象，贴到他们的发言人艾德孟这个道地“马基雅维利主义者”的身上，更能使这个人物形象闪闪发光。正如排斥了艾德加的格罗斯特倚仗艾德孟一样，排斥了考黛丽亚的里亚就倚仗戈奈丽尔和芮艮。非议格罗斯特的艾德孟曾经提到“骚羊的本性”。里亚也曾经自比“怒龙”。他们实际上是臭气相投。而“衣冠禽兽”飞扬跋扈，就是靠制造“赤条条”的禽兽，辗转沟壑、在霉草堆里过活的禽兽。一个禽兽世界换来另一个禽兽世界，还是与兽为伍。一个光着头投到暴风雨里，遇着了令他想起人只是“一个可怜的赤条条的两脚动物”的艾德加，一个被刺瞎了眼，被喝令推出大门像狗一样“用鼻子去认路”，接着也会到了令他想起“一个人只是一条虫”的艾德加。艾德加在这里不止是自己一个人，而且是一个代表。在考黛丽亚本人不在的场合，正像弄人在一定意义上可以说代表了考黛丽亚②，艾德加在一定意义上也有接替来代表考黛丽亚的戏剧作用、补缺作用。如果弄人以他本来的卑微身份，此外还代表什么，不太清楚，那么艾德加以他伪装的形象，此外还代表什么，是太清楚了。他自己说“乡间”给了他疯叫化子的“榜样和先例”。他是

---

① 据说19世纪70年代就有人指出，参见布拉德雷《莎士比亚悲剧》第266页。现代注意及此的，例如有威尔孙·奈特（Wilson Knight）（《火轮》——*The Wheel of Fire*, Methuen, London, 1956, 第185—186页）；斯褒琴（Caroline Spurgeon）（《莎士比亚的意象》——*Shakespeare's Imagery*, Cambridge, 1939, 第342页）；克里门（W. H. Clemen）（《莎士比亚意象的发展》——*The Development of Shakespeare's Imagery*, Methuen, London, 1953, 第133—153页），等等。

② 第1幕第4场里，武士告诉里亚说自从小公主走了以后，弄人一直抑郁不乐。

“模仿自然”，是“写实”：他想到

贫困糟蹋人，把人形作践成兽貌，
我就装出那一副最贱的可怜相。

（第2幕第3场）

但是，“人之异于禽兽者几希”，就在他们慨叹不止的时候，就在他们这么样与“兽”为伍的时候，里亚和格罗斯特，在暴风雨里，在荒野上，在“泥涂”中，作为人，可以说相继通“神”了——与“神”合一。在兽行面前，作为地位低微的“动物”，弄人宁愿追随受凌辱的里亚投奔狂风暴雨，康瓦尔的“第一侍仆”为了受践踏的格罗斯特不顾死活，拔剑反抗主子，倒显得颇有“神性”，早已现身说法，不可能不会给里亚和格罗斯特开了眼睛，开了眼界。里亚和格罗斯特各自作出了诛伐自己、同情穷苦人、精神上和乌托邦主义显然是一脉相通的祈祷。艾德加不久就会对格罗斯特透露自己的真实身份，准备去穿上金碧辉煌的铠甲。里亚不久就更会更上一层楼，亲眼看到、正确认出“天人般眼睛”里会洒“圣水”的、简直是神像式的考黛丽亚。虽然品行标准上的禽兽不仅会制造出生活水平上的禽兽作为他们的对立物，也会制造出既是生活水平上的又是品行标准上的禽兽作为他们的帮凶（例如也是地位低微而人穷志短的绞杀考黛丽亚的“队长”），他们自己还注定要互相吞食，并没有长远的前途。而另一方面，精神上的神仙要在物质上也成为神仙，显然还是太遥远的事情。还在来势汹汹、方兴未艾的禽兽世界里，神仙世界，还是太虚幻景，显得过于脆弱。好景还是只有不常，悲剧势所不免。艾德加的胜利只能显得灰溜溜。至于考黛丽亚，那显得更是“此曲只应天上有”了。这样，兽性不会有长远的前途，神性只能发扬在遥远的天外，莎士比亚，瞻前顾后，从一个问题开始，就有可能结束以另一个问题。

也就这样，“神”“兽”交战的结果，一方面是“百足之虫，死而不僵”，还显得要流毒下去，一方面是只捞得个“精神胜利”，只是会遗音不绝，无补于当前的大局，改不了切身现实的基本面貌。残局留给了终还是富有可塑性的“人”来收拾——留给了从两大阵营里离析出来的阿尔巴尼和艾德加（他们决不像兽，也并不太像神）。因此就当前说来，这总算不错，就是不够理想。

也就这样，另外用一种简单化的（因此同样不可能精确的）形象化说法来讲，职业性的打手马基雅维利和拳道的外行莫尔，占据了舞台中心，进行了你死我活的搏斗，结果一方面是扑空倒地，一方面是弱不禁风，被吹到九霄云外。终于是一直在冷眼旁观的蒙田挺身而出，挥舞着一个大问号，打走了帮两边插过几手的塞内加。

这就是理想和现实的冲突。悲剧开场，还是引到悲剧收场。这在莎士比亚的笔下，正是顺理成章，也只能如此。

二

这就是欧洲文艺复兴时期人文主义的危机。本来，随了社会、经济的发展，地理上的发现，天文上的发现，知识、文化上的发现，也来了“人的发现”，动摇了教会控制，突破了封建束缚。这种人文主义思想，以“人”为中心，相信人可以像“神”，承认人也可以像“兽”——事在人为。从这种新的观点看来，旧的势力都是兽性的表现，新的倾向就是神性的表现。新旧一翻转，上下一翻转，是非就端整——这是理想。但是新的现实激剧发展了，根据以“人”为中心的标准，正如大家可以认为旧的势力是以神貌发扬兽性，不合乎人道，有人也可以相信，新的方向，合乎人道，不妨以兽行发扬神性。人文主义就分化了。思想家如此，影响所及，上层头面人物是如此，下层无名氏群众也是如此。以“人”的名义，康瓦尔的“第一侍仆”，挺身反抗，对主人挑战说，“得了，来吧，顶顶义愤的风险”，就动了手。芮艮在一边骂他：“你这狗子!”愤愤说，“一个农民敢这样撒野!”随手夺了一把剑，阴险地从背后把他刺死。因此，在几个侍从愤愤的议论当中，“第三侍仆”说：

如果她活得长，
还能太平无事地活到老死，
女人都要变怪物了。

（第3幕第7场）

他们是“贱货”，是“狗子”，他们却反对兽行。同样，以“人”的名义，艾德孟指使的“队长”决定去绞杀考黛丽亚，却说出了：

我不会拉大车，也不会生吞干麦，
只要是人干的活儿，我就干。

（第5幕第3场）

他也不甘于微贱，不愿过畜生生活。结果天下滔滔，“人”是了不得的理想，面对了“人”却不得了的现实。旧的社会上层，貌似神实是兽，新的社会上层也是貌似神实是兽，新旧合流，是非颠倒，变本加厉，而社会下层，尽管精神上可以似神，还是压在底下，生活上只能似兽，也可以因此而精神上也成兽。面对这样的现实，同样从人文主义思想出发，有人可以心安理得，有人却只能忧心忡忡。莎士比亚，主要以《哈姆雷特》为转折点，就这样忧心忡忡，先在《哈姆雷特》悲剧里开了头，接着在《奥瑟罗》悲剧里接下去，又在《里亚王》悲剧里进一步，反映了欧洲文艺复兴时期人文主义的这种危机，探索了转机。而转机在《里亚王》悲剧里显得更有迹可寻了，但是转机只表现在进一步提出了问题。

按当时的实际，莎士比亚思想的实际，能提出这样的问题是已经了不起了，要解答这样的问题本来就没有可能性。

一二

欧洲文艺复兴时期人文主义本来就有内在的矛盾。它形成对立倾向、对立流派，实际上当时的资产阶级——或者不如说资产阶级先行者——两面性的思想表现。当时的资产阶级或者资产阶级先行者，因为要求发展生产力，有反对封建主义的一面，因为要保持以至加强剥削，也有结合封建主义的一面，因此既有和广大劳动群众一致的一面，又有和广大劳动群众矛盾的一面。在这种过渡性质的特定时期，它在否定封建主义的同时，也有可能上承封建社会原有的两相对立的传统。这可以说是正反两个方面。两方面的矛盾表现为欧洲文艺复兴时期人文主义的初步危机。矛盾深刻化的结果，一方面尽许会死心塌地，为贵族化资产阶级、资产阶级化贵族，狼狈为奸、同流合污的统治势力去服务；一方面就可能发生新的危机。这一方面本来和广大劳动群众较多一致性，多少可以代表下层人民的想望，现在在垂死的封建主义和新生的资本主义共同暴露残酷面目的具体历史条件下，感到两难，不甘心在两恶中择一，又不感到理想的第三条道路是现实的、行得通的。这不仅是因为历史条件还不具备，而且是因为即使这一方面也还是属于资产阶级倾向的范畴，也还有它的两面性，也还有资本主义倾向的本色和封建思想的残余。莎士比亚在他的《里亚王》悲剧里通过其中考黛丽亚和艾德加的形象和语言，也表现出多少保留了消极的、旧的基督教残余思想（利用陈套还是多少被陈套缠住了)[①]，当然更跳不出个人主义（从个人角度看问题）的世界观。莫尔本人的实践证明他自己不畏强暴，敢于反抗以至从容就义，却并不赞同暴动——人民起义的集体行动。正如格罗斯特支持正义远不如康瓦尔的“第一侍仆”直截了当，空想社会主义者，撼动封建统治基础，决不如起义农民直接起作用。哈姆雷特的悲剧也正在于此。本来，所谓“神、人、兽关系”的新提法中的“人”，作为中心的“人”，挖到核心，就是“个人”，就是资产阶级或者资产阶级先行者个人。从乌托邦式的资产阶级的立场反对资产阶级的基本倾向，从个人主义的观点反对马基雅维利式的极端个人主义的主导倾向，不想到根除剥削而想要根除是非颠倒，不可能彻底，因此归根结蒂不可能成功。这种结局，要是引起困惑，在思想上造成危机，成为大问题，那么当时的历史发展阶段和本人的基本阶级倾向规定了莎士比亚不可能解答。

这样，显然还没有明确的阶级概念，当然更不会作科学的阶级分析的有心人、当时的明眼人，基本上代表资产阶级倾向而既反对封建关系（那是现实的）又反对资本主义关系（那是空想的），在莎士比亚时代，并不是不可能的情况。要求“与时俱进”[②]，莎士比亚进一步就有可能提出了在历史限制和阶级限制下无法解答的问题——问题的实质也就是：理想的出路何在？

这样，莎士比亚这种有心人、当时的明眼人，既不得不受制于当时的社会条件、自己的社会地位，也可能受惠于当时的社会条件、自己的社会地位。时代连新旧，阶层通上下，莎士比亚要

---

① 考黛丽亚受俘后所说的这行“名句”——“我自己本来会蔑视厄运的怒目”是塞内加式的（缪尔注明脱胎于塞内加戏剧译本），艾德加表现塞内加精神的话就不胜枚举了。

② 莎士比亚《十四行诗集》32 首第 10 行。

"与时俱进"，不利的是会亲身沾染到旧的残余，有利的是也还可以亲眼看到旧的本色。资本主义社会还只是远景，莎士比亚不可能在资本主义的出路以外，从资本主义社会内部具体看出另有什么现实而合乎理想的出路；另一方面，却不致陷于当局者迷，还可以从资本主义穷凶极恶的决非牧歌式的出发点，依稀看到它注定的结局的形势①。莎士比亚在《里亚王》悲剧里使阿尔巴尼担心人类会像"深海的怪物"吞吃了自己，不是偶然。他早在插入《托麦斯·莫尔爵士》剧本的百多行台词里，借托莫尔说过"人会像贪婪的鱼类互相吞食"②，又在《特洛伊勒斯和克瑞西达》剧本里借托优利塞斯说过"贪欲"由"意志"和"权力"支持了会把世界吞食，终于吃掉了自己③。这类"大鱼吃小鱼"的说法，在西方据说从希腊、罗马以来古已有之，只是过去往往把大鱼比富人、小鱼比穷人，有时甚至怕小鱼反过来吃大鱼，以至同归于尽④。莎士比亚在一定社会条件下，另以自己的看法给了这种说法以新的意义，着重在一种特定社会势力的自相吞食的倾向。这种意义，孤立起来讲，当然，或者不无反对封建割据的混乱局面的价值，对于封建制度的基本原则却只能起维护的作用。但是，放在《里亚王》悲剧的整个剧情里，这种意义却可以说不自觉地又在另一方面真实描绘了资本主义先天性不治之症，由此更无意中给资本主义的自由竞争原则预言了必然的悲惨下场。由此一例也可以看出，莎士比亚不仅提得出似乎在当时

---

① 考德威尔（Christopher Caudwell）"封建透视"说，似可成立（见《幻觉和现实》——*Illusion and Reality*，Lawrence & Wishart，London，1950，第77页）。

② 新无比版《莎士比亚全集》3卷（*The Booke of Sir Thomas More*，*The New Nonesuch Shakespeare*，Ⅲ，London，1953），第1406页；2卷，第1114页。

③ 同上。

④ 缪尔关于这点有详注。

不可能提出的问题，而且在问题的意义上有时还超得出欧洲文艺复兴时期人文主义思想的界限。

一三

更重要的是，莎士比亚关于问题的提法本身就包含解答的希望。作为艺术家，莎士比亚在戏剧创作里当然会采用一般形象思维的方式，只是他好像自有特色。对于他，抽象问题总是从具体的社会生活里提出，又放到具体的社会生活里去探索。哈姆雷特似乎陷入了玄想的绝境而还可以得到转机，原因就在于此。问题的提出好像是海阔天空，实际上也是不可能得到具体的彻底解答；解答的线索却还是寄于能脚踏实地而阐明平平常常的（但是也需要不断阐明和发挥的）一些基本道理。回到《里亚王》悲剧正反两个方面、新旧三重关系里显出的所谓"神、人、兽"关系的人文主义问题讲，莎士比亚和许多进步的欧洲文艺复兴时期人文主义者一样，不知道自己基本上代表新兴资产阶级的思想倾向，不可能彻底撇开假象而认出"人"归根结蒂是资产阶级个人。但是他的想法还是远远高出于后世资产阶级人道主义者自欺欺人的想法。他首先不着重表明每个人都有"神性"和"兽性"的两面，而着重表明哪种人在哪种场合显出了"神性"，哪种人在哪种场合显出了"兽性"。他在这一点上不仅高出于资产阶级人道主义的末代子孙而且也当然高出于他的思想上的一般前辈。他像当时的思想家一样，没有明确的阶级概念，却在新旧方向之分里，还有鲜明的上下人等之分，正反价值之分。他在《里亚王》悲剧里，不管夹杂了多少糊涂的地方，总是在目迷五色里以全力澄清了、突出了一个看起来平常的大道理：在上下颠倒、正反颠倒的社会里，冠冕堂皇、貌似神的，凶险龌龊，实似兽，而衣不蔽体、貌似兽的，正直高尚，实似神；换句话说，作威作福的，貌似神，实似兽，受苦受难的，貌似兽，实似神。所以国王沦为乞丐，可以是“神”变“兽”的结果，也可以是“兽”变“神”的转机①。莎士比亚在这里是要求变、要求倒转过来，不是为在上者维护现状，使在下者安于现状，为在上者欺人，使在下者自欺，宣扬阿Q精神。哈姆雷特在他有名的“活下去还是不活”那一段中心独白里一开头提出的问题：

要做到高贵，究竟该忍气吞声
来容受狂暴的命运矢石交攻呢，
还是该挺身反抗无边的苦恼，
扫它个干净？

（第3幕第1场）

仅就这个问题本身说，在《哈姆雷特》悲剧里本来就已经解答了，在《里亚王》悲剧里进一步发挥了这个解答——不能“容受”，只能“反抗”②。本来自认为可以独善其身的考黛丽亚会兴师伐罪。本来被称为最富于“宗教虔诚”、显然是最带斯多噶主义或者基督教忍让精神的艾德加，待机而动了，刺杀奥斯瓦尔德毫不留情，而且拆看他准备送交的秘密信的时候说：

要探明敌人的居心，我们对他们
剖心肝、拆信件，才更是合法。

（第4幕第6场）

---

① 哈姆雷特一再在“疯话”里把国王和乞丐扯到一起，《里亚王》就给了这一点以实物表演。

② 詹姆士不同，他认为（《学识之梦》第124页）在“莎士比亚的两个最伟大的悲剧”当中，《哈姆雷特》提出了这个问题（照全书精神说全剧是提出了这个问题），《里亚王》解答了这个问题（照全书精神说全剧就是解答了这个问题，“新的怀疑”通过“诗的实验”，作出了这样的“诗的发现”），而且恰好相反，认为解答是“明白无误的”，是肯定忍让（同上书，第98页）。

说得“残酷无情”不下于哈姆雷特有时候达到的程度。至于里亚在他和考黛丽亚一同被俘以后也曾想心安理得，像“笼中鸟一般的唱歌”，冷眼阅世，“笑蝴蝶披金……”好梦只是一现，终还是亲手杀死了凶手。莎士比亚显然认为这才合乎人道，在他的笔下，这明明是神圣的，这明明不是兽行。尽管悲剧里许多人物，这也说合乎“自然”，合乎人性，那也说合乎自然，合乎人性，还是要看什么人在什么场合说的，自有原则为标准，显出其中有是有非，是非不可调和，是非更不能随便颠来倒去。是非颠倒或者貌是实非或者口是心非（弄人说：“一个人疯了才会相信狼的驯良”），正是在这里受到大张挞伐的对象。这里表现的要求“变”，不是无原则的颠来倒去，那正是合乎是非颠倒的社会原则；而是有正确原则的变，针对是非颠倒的社会。这些肯定的思想表现正是《里亚王》悲剧所提出的莎士比亚自己还不可能解答的问题有希望得到解答的基本方向所在。

这正是《里亚王》悲剧的基本意义。

一四

《里亚王》悲剧，在莎士比亚的大悲剧当中，在今日西方批评界，似乎特别引起了强烈反应①。道理显然是：一方面，在莎士比亚大悲剧当中，《里亚王》表现的人文主义思想，除了一般的不可能脱出资产阶级思想范畴而外，还特别带了一些封建思想残余，因此要竭力加以宣扬；一方面，在莎士比亚大悲剧当中，《里亚王》表现的人文主义思想，除了一般的能揭发封建主义势

① 例如奈茨说《里亚王》是莎士比亚承前启后的“伟大的中心杰作”等等（《若干莎士比亚主题》第158页，这种看法决定全书的设计）。

力和资本主义倾向同流合污的面目、能体现当时广大人民的共同想望以外，还特别鲜明地显出社会正义感里对穷苦人的同情和为他们的义愤[①]，因此要竭力加以歪曲[②]。这种强烈反应，从反面，正好说明了，《里亚王》悲剧的基本意义，撇开了夹杂的消极因素，对于我们今日世界范围内新的主要要求，也可以有积极作用：它会令我们首先想起悲剧中心的暴风雨，这场暴风雨当中的问题。

1964 年

① 许景（L. L. Schüking）的谬论“我们知道社会［正义］感在他［莎士比亚］身上很不发达。如果在这种对赤条条的可怜虫的悲悯表现是可以看到更高道德的出头露面，那么我们实在该觉得奇怪，为什么这在他的著作里十足是孤例”（《莎士比亚戏剧中的人物问题》——*Character Problems in Shakespeare's Plays*，1922，第 186 页），实际上倒是说明了《里亚王》在这一点上特别显著。

② 今日西方的时髦演出里甚至把《里亚王》悲剧演成“荒诞派”（反戏剧派）的玩意儿，利用其中的双重情节演出贝克特（Samuel Beckett）《等候戈多》里莫名其妙的重复把戏，参看法国《欧罗巴》（*Europe*）1964 年 1—2 月号圣丹尼（Michel Saint—Denis）的《莎士比亚与今日英国》（*Shakespeare et l'Angleterre d'aujourd'hui*）一文第 51—52 页。

《高加索灰阑记》的诗情画意

布莱希特从 1938 年写《伽利略传》开始，到 1948 年左右写了包括《大胆妈妈和她的孩子们》和《潘第拉先生和他的男仆马狄》在内的一系列大戏。其中，《高加索灰阑记》，写在 1944 年到 1945 年，题材和风格和《伽利略传》很不一样，但是和《伽利略传》一样，也是布莱希特的一个戏剧代表作。它在内容和形式上吸取了最多方面的外来成分，独放异彩，同时却又最显出了布莱希特的典型的戏剧特色。

我们不能用欧洲传统的“悲剧”或者“喜剧”一类的名词来称呼布莱希特的任何一出戏。布莱希特自己解释《伽利略传》不是一出悲剧。但是既然悲剧本来也可以是乐观的，那么我们还是不妨把《伽利略传》看做是一出悲剧。这样，《高加索灰阑记》也不妨说是一出意味深长的喜剧。布莱希特在这里又转到了他那种有说有唱的寓言剧的创作，只是在这里更达到了炉火纯青的境地。如果我们可以说《伽利略传》的现实主义成分较重，那么《高加索灰阑记》就更富于浪漫主义成分（当然了解成为逃避现实、自我陶醉、感情用事、自我膨胀的浪漫主义是和布莱希特所有的作品都不相容的，而热情奔放、气象万千的浪漫主义也不是布莱希特作品的特色，这里说浪漫主义主要是一种高瞻远瞩的理想精神，行云流水的飘逸风貌）。从这样的角度来看，我们可能更容易了解这个戏剧非常特别的意义和匠心。

《高加索灰阑记》，从剧名上就可以看出它套用了中国元代李行道杂剧《包待制智赚灰阑记》的审案故事。1925年德国诗人克拉本德（Klabund）的《灰阑记》改编本曾由大导演莱因哈特（Reinhardt）在柏林主持演出；布莱希特也写过一篇故事，叫《奥格斯堡灰阑记》。按内容说，《高加索灰阑记》，却不像并无蓝本的《伽利略传》拿历史上的真实人物的生平事迹作为中心题材，而更是直接的虚构。因此剧情发生的时间地点也就有不同的性质。《伽利略传》的时间地点是欧洲文艺复兴时期的意大利，比较具体，而《高加索灰阑记》的时间地点就是笼统的封建时代遥远的格鲁吉亚。虽然如此，《伽利略传》只写出了恩格斯在《自然辩证法·导言》里所说的围绕着“自然研究”的“普遍革命气氛”，而《高加索灰阑记》却在封建内部斗争的背景里已经写到了地毯工人起义，多少符合了恩格斯在同一篇《导言》里就德国农民战争所说的一点：“当市民和贵族还继续互相格斗的时候”出现了“未来的阶级斗争”的预示——“起义的农民”背后还出现了“现代无产阶级先驱者”。与此相应，两个戏剧同样写或近或远的过去社会，都有长远和普遍的教育意义。

《高加索灰阑记》全剧五部分（为了便利起见，勉强叫做五“场”吧，比较恰切一点应照中国称呼，叫做五“折”）以前有一个楔子。布莱希特在这里以生动的形象和气氛直接点出了他的创作意图，也就是戏剧的题旨。这里和戏剧本身不同，写的是现代，是改变颜色以前的苏联。苏联卫国战争胜利的期间，高加索两个集体农庄为了一个山谷的归属发生了争执。这个山谷本来归一个畜牧农庄使用，由于纳粹德国军队入侵，农庄撤退，一度委弃。邻近的果园农庄的庄员，在敌后进行过游击战争，现在已经为这块谷地周密设计好水利灌溉工程。两个农庄的庄员聚在一起，进行了一番友好愉快的协商，结果山谷决定归果园农庄使用，因为他们更可以发挥地力。果园农庄为了招待来宾，请来了著名的民间歌手和他的乐队演唱古老的传说，由庄员配搭演戏，——这就是所谓和当前问题的解决“有关的”　“脱胎于中国戏”的新《灰阑记》。

我们当然不能用狭隘的现实主义的目光来看待这样的虚构。这里表现的苏联生活不是完全没有一点表面的“形似”，比诸布莱希特别的一些戏剧里所写到的旧中国社会还是要逼真得多。我们既不能说布莱希特在那些寓言剧里歪曲了中国，也就更谈不上他在这里对苏联有什么不真实的反映。苏联集体农庄之间发生争执难道真会不通过法律手续而这样解决的吗？要问这样的问题就未免太天真了。固然，即使到将来，这样的争执也许也还不至于轻松到只消演唱一出戏就可以解决。但是，从今日瞻望明日，我们愈来愈看清楚了社会主义社会以至共产主义社会的人民内部矛盾、新旧矛盾，正确处理的大致方向了。布莱希特在这里表现的理想决不是没有现实根据的空想。当然，首先布莱希特自己还不可能已经有人民内部矛盾的概念。但是，尽管是不自觉的，他在这里已经接触到这个问题了，因此，我们今日有理由这样来分析这里的矛盾。到楔子临近结尾，民间歌手说：“我们希望你们会发现古代诗人的声音在苏维埃拖拉机遮阴的地方唱出来也还是好听。酒不同，羼起来可能不对头，新旧智慧却很调和。”问题倒是在这里：“古人”处理过去社会的敌我矛盾所得出的智慧怎样能适用于处理我们可能面对的人民内部矛盾呢？布莱希特不是古人，他的《高加索灰阑记》是创作。他套用故事，必须有所翻新。我们从戏剧本身可以看到他的确翻新了。他的戏剧处理所表现的“智慧”，对于我们处理人民内部矛盾所以有用，就是因为他把性质本来是敌我矛盾的问题明确作为敌我矛盾来进行了戏剧处理（当然，我们了解在实际生活里，有些敌我矛盾，在一定条件下，也可以或者需要当做人民内部矛盾而进行政治处理，但是这种灵活运用原则的前提还是首先能区别这两类矛盾性质不同的正确认识）。这种处理就贯串了整部戏剧的正文。

《高加索灰阑记》正文内容，以封建统治阶级内部矛盾为背景，主体是封建统治阶级和人民的敌我矛盾亦即穷富阶级矛盾。以革命事件——地毯工人起义——为衬托，主体是厨房女仆格鲁雪和乡村小文书阿兹达克两个人的际遇。全剧正文五场当中，第一、二、三场是格鲁雪的故事，第四场是阿兹达克的故事，第一场，主要是第二、三场的开篇，附带也是第四场的开篇，第五场是格鲁雪和阿兹达克相遇的故事，也就是审案的故事。结尾最后一句话，一行诗，“山谷归灌溉人，好叫它开花结果”，遥遥呼应了楔子的场面和意义。剧情好像松松散散，结构却是井井有条，脉络分明，意义也同样明确。

山谷应归善于开发利用的。孩子呢？从楔子看来，显然应归善于爱护教养的。原来属于畜牧农庄的山谷派给了果园农庄；孩子派给谁，不以亲生关系为标准也就显然。不等到看下文，我们也就可以预期布莱希特在这一点上是李行道《灰阑记》结局的翻案，也是《圣经》所罗门断子故事的翻案。

题旨如此，布莱希特戏剧（正文）第一场题目叫“贵子”就提出了小孩子问题。这个吃奶小孩子是极其富有的总督的独生子。当时格鲁吉亚是公国性质，国君是一位大公。贵族叛乱，反对大公，首先把大公的总督杀死，地毯工人乘机起义，把法官绞死。混乱中，总督夫人要顾自己的衣饰，后来只顾自己的性命，仓猝逃跑，竟把孩子忘记带走，而杀了总督的贵族当然要斩草除根，就来搜寻孩子。家奴各自逃散，只剩厨房女仆格鲁雪在场。她刚同总督府卫队士兵西蒙订婚，刚和奉令去护送总督夫人逃跑的未婚夫分手，相约彼此忠诚不渝，等战乱平息后聚会。现在她眼看孩子危险，不得已把他掩护了，然后带走了。到这里孩子还没有成为剧情的枢纽问题。格鲁雪和孩子还没有什么关系，只是出于一时的恻隐心而搭救他一命。问题是：通过第二、三场，格鲁雪和孩子变成了难解难分。

格鲁雪为了救孩子历尽了千辛万苦，作出了惨痛的牺牲。第二场题目叫“逃奔北山”，使我们看见她过了好几个“关口”。她以重价给孩子向农民买羊奶；她想搭乘便车，冒充贵妇人，混到太太小姐队伍里，被识破了，受了侮辱，几乎出了乱子；她终于把孩子带到离城很远的乡下，认为危险已过，想到未婚夫不久可能会回来，打算回去，把孩子送给了一户农家，但是追兵赶到，而且发现了孩子，趁伍长一个人在场，她情急智生，出其不备，拿木头把伍长打昏过去，抱了孩子就跑，从此决心当孩子的母亲。她向丛山里她哥哥的田庄跑去，走了二十二天，到了一道冰川的桥头，索桥一边的绳缆已经断折，桥身半垂在万丈深谷上，谁也不敢过去，而追兵又到，就不顾一切，“冒两条性命的危险”，一股劲向前冲，居然过了破桥，终于脱出了追兵的手掌。惊险过后，辛酸开始，她在题目叫“在北山中”的第三场，精疲力竭，投靠哥哥，想不到富农根性的嫂嫂，吝啬迷信，特别因为她没有结婚而带来了一个来历不明的孩子，不能容她。怕老婆的哥哥让她挨过了冬天，就偷偷出钱，叫她在名义上嫁给一个害病垂死的农民，让她和孩子得到一个住处，让孩子得到一个合法地位。但是这个农民却是为了逃避兵役而装病的，结婚和准备举丧的同一天，来客说起仗已经打完，格鲁雪想起未婚夫就可能回来，一听到急坏了，而装病的农民一听到就霍然起床，赶走参加丧礼的来客，认真把格鲁雪当做了老婆。过了一些时候，西蒙找来了，发现格鲁雪已经结了婚，而且有一个孩子，格鲁雪还来不及辩白，为总督夫人找孩子的兵士就来把孩子带走了！

这第一、二、三场的情节，就“搜孤、救孤”一点而论，倒是和18世纪在欧洲流行的元人纪君祥杂剧《赵氏孤儿》有一点近似。古剧与今剧之间思想表现上大不相同。关键在于作者能不能有意识进行了阶级分析。从对比说起，我们可以深入了解这部分戏剧里的两点思想表现。

首先，如果这里有人道主义，那是怎样的人道主义？程婴“甘将自己亲生子，偷换他家赵氏孤”，公孙杵臼以自己的性命奉陪，虽然都表现了正义感，主要都出于私人关系，一则报长期门下受宠之恩，一则尽当年同朝共事之谊；但是格鲁雪和孩子的父母并无半点恩情。“这个女人和我毫无关系”，西蒙作为士兵，奉命护卫总督夫人逃亡，就已经声明在先；格鲁雪救孩子本来只出于普通的恻隐心。总督府仆人四散，充分表现了这里本来只有主奴之间的关系，现在只有主奴之间的距离。剧中在一旁主唱剧情的民间歌手就此作了按语：“分不到权贵的一点福气的，往往会分到他们的一分灾殃”，他们只有各奔前程。布莱希特，不同于古人，在这里有意识使用了阶级分析。逃难开始，格鲁雪混入有钱女人的行列，只是由于有劳动习惯，手心有劳动印痕，便被识破，受到把事情闹出去的威胁，而客店仆役，不同于店主人，对她却悄悄表示了同情。他劝告格鲁雪说：“看准了才跳，我对你说。下次记住要先看清楚了人家的面孔才跟他们厮混。”格鲁雪说：“我本来以为她们对待同等人会好一点。”“他们才不呢！”客店仆役回答说。可见这里不仅只有“上等人”和“下等人”之分，而且“上等人”之间也就缺少真实的同情心（格鲁雪被识破以前，有钱女人就已经因为她带孩子而要敲诈她分担双份房钱）。总督被杀，家奴当中有一个胖女人还为老爷掉了几滴眼泪，因此引起另一个女人的评论："尼娜还比女主人在乎一点。像那种人就连哭哭都要别人来代替做。"这句话可以说"一针见血"。同时，这种阶级分析也并不简单。举例说，格鲁雪为了孩子只得高价买羊奶，农民也可以这样居奇，这样无情，但是也不能怪他，在那样的社会里，他在兵荒马乱里也得考虑自己的生存利益。英国罗纳尔德·格雷（Ronald Gray）在他那本就叫《布莱希特》的小书（1961 年伦敦初版）第二章里提到说，根据柏林剧团的演出，农民看见婴孩穿的漂亮衣裳而在原来的疑虑上加了一层对于有钱人的戒惧，但是看婴孩吃了羊奶，就松了一口气，"一种平常的人情跨越了社会阶级的差别，而仅仅这样的一个表情就指明了布莱希特实际的政治立场"。他接着再指出格鲁雪临走抱着孩子，不能把沉重的包裹拿起来，农民就帮她拿起来放在她的肩头，也是人情的进一步表现。这里说农民看见婴孩的漂亮衣裳而在感情上增加了距离，这是对的，但是婴孩本身本来就并没有阶级性问题，而农民后来感情上和格鲁雪接近了，那正是因为他看出了格鲁雪不是有钱人（格鲁雪已经在当场喂孩子的时候说破了："喝吧，米歇尔，这花了我半个星期的工钱。人家以为我们是坐在那里用屁股挣的钱"）。正因为布莱希特的政治立场和格雷的不同，布莱希特在这里实际上对于"人情""人道"做了不同于资产阶级花招的真实处理。再举例说，士兵和伍长就不相同，但是同样只是为了生存而执行上级的命令。因此格鲁雪和其他一些"下等人"表现的母性、人性，实际上都打了阶级性的烙印。如果说布莱希特在这里表现了人道主义，那么这不是什么抽象的人道主义，超阶级的人道主义。

其次，如果这里有英雄主义，那是怎样的英雄主义？程婴和公孙杵臼表现了自我牺牲的英雄主义，虽然和他们的正义感相联系而值得钦佩，却是和封建道德分不开的，而由于有意识的阶级分析，布莱希特笔下的格鲁雪所表现的自我牺牲的英雄主义却有关劳动人民的善良品质。像格鲁雪这样的劳动人民是没有意识到要做英雄而做了英雄，做了英雄也不会以英雄自居的。格鲁雪不仅在历险当中，而且在含垢忍辱当中表现了她的英雄主义，坚忍不拔的精神，同时又不背以英雄自命的包袱，因此总是轻松愉快，越是艰苦，越是刚强，越能自得其乐。她打倒了伍长，初步脱出了险境，就以她特有的幽默，一边给孩子捧上冰川的冷水，一边唱：

因为谁也不要你，
还得我把你收留。
年头儿不好，日子苦，
你没有别的办法，
将就着跟我过活。
我把你背得大久了，
走得我脚都痛了，
羊奶又卖得太贵，
这样我反而疼了你。
我不愿再同你分开。
再不要细软衣裳，
我要用破布片包你，
我要用冰川的凉水
把你洗，给你施洗礼。
（你得忍受住才行。）

这也就自然而然。而从这里也可以看出尽管格鲁雪不太自觉，她的英雄主义和阶级对立也分不开：她断然用一块破布换去了孩子本来穿的细软内衣。这从后来她唱的“你的爹是强盗，你的娘是娼妓”可以得到进一步证明。劳动人民教养下一代总要把他们锻炼成钢铁一样的劳动人民，使他们将来即使在顺利环境里也不至忘本。坚强而有韧性，也是他们要求于下一代的品质。因此，格鲁雪后来住在山中的时候，还用她那种天真的风趣、冷嘲而不自觉其为冷嘲的调子，教育孩子说：“米歇尔，我们得学点乖。要是我们显得当真小一点，小得跟蟑螂差不多，嫂子就会忘记我们住在她家里了。我们就可以在这里住到化雪的日子。不要因为冷就哭哭啼啼，又穷又显得一副受冻相，叫人家看起来不顺眼。”这不是消极的忍让，因为劳动人民自有为之而斗争的原则。布莱希特在另外场合，写过一首诗，题目叫《海伦·魏格尔的道具》（海伦·魏格尔是布莱希特夫人，名演员，德国艺术科学院院士，演《母亲》里的母亲、卡拉尔大娘、大胆妈妈，在《高加索灰阑记》里演总督夫人，现任柏林剧团团长），表示他特别赏识使用过而留下了使用印痕的家具、工具。这可以引申来帮助说明格鲁雪进行斗争的一方面意义。格鲁雪不仅因为证明了自己对孩子更有用而为他斗争，而且到后来还另有她的道理：她既然用血汗栽培了孩子，仿佛孩子身上都裹了她自己的血痕汗迹，仿佛孩子就是她自己的劳动果实，就怎样也要为他而斗争。这实际上也是她在不自觉中为真理而斗争，为原则而斗争，而在这种斗争中也就自然而然显出了英勇精神、刚毅精神。再进一步看，如果说社会的客观条件决定了一般人的行径，那么格鲁雪就显出她并不感到在这种客观条件面前就无能为力——“事在人为”！格鲁雪开始带孩子逃难的时候就已经唱过这支歌：

四个大将军，
出征到伊朗。
第一个不动手，
第二个打不响，

第三个怨天气，
第四个怪兵士。
四个大将军，
一个也不顶事。
索索·罗巴吉采
出征到伊朗，
硬仗不怕打，
打了个大胜仗，
天气并不坏，
兵士也英勇。
索索·罗巴吉采，
我们的英雄。

我们且不管这里是否多少表现了罗巴吉采和那四个将军不是一类人，不属于出身体面人物的阶级。我们只看这一点明显的含义：客观条件相同，看主观努力如何，结果可以不同。格鲁雪自己呢，她是愈经受危险和磨难，愈变得坚强和勇敢。乐队唱出了“血腥的乱世仍然有好人”，道理就在于此。这样的英雄主义，虽然不是集体英雄主义，最有可能求之于格鲁雪这样朴实的劳动人民。而这种英雄主义也就是一种主观能动性的体现，改变世界的希望所在。

格鲁雪这样的故事只能发生在乱世。她这种斗争的胜利也只能在乱世才有实现的可能。不平常的案件只有不平常的法官才会判得合理，而只有乱世，也就是旧社会“脱节”的条件，才有可能出这样的法官。因此，戏剧（正文）第四场就是“法官的故事”。

阿兹达克本来是一个乡村小文书。他是一个酒鬼，也是一个“好心肠人”。他自己不承认有所谓“好心肠”，自称是一个“有知识人”。贵族叛乱、推翻大公的那天，他把一个叫化子带到家里给他吃东西，虽然从他的手心识破了他是上等人化装的，因为一贯同情被迫害者，没有把这个逃亡者交给警察。让他逃走后，从他失落的文件里，阿兹达克发觉这个人就是大公。当时，大公统治被推翻，地毯工人也起义，阿兹达克以为“新时代到了”，痛心自己竟把大公（“大强盗”，“大凶手”，“大骗子”）放走了，自动跑到城里投案，要求惩处。当时，起义的地毯工人已经把法官绞死，但是兵士又奉叛乱贵族命令把起义工人镇压下去，他们碰上一路叫叫嚷嚷而跑来的同情平民、夸赞多年前波斯农民起义的阿兹达克，正要处死他，因为他滑稽可笑，才饶了他。叛乱贵族的首领，带了他的外甥来，想让他做法官，因为大公在逃，局势还不稳，为了笼络人心，假借民主，叫兵士选派他。兵士听了阿兹达克出的滑稽主意，先要考考这个候补法官，让他审审大公。阿兹达克当场权充被告，为自己辩护，反而理直气壮，揭发了叛乱贵族。候补法官应付不了。兵士把他撵下台来，把阿兹达克拉上台去，说：“法官向来都是无赖。现在就让无赖当法官。”阿兹达克就这样当上了法官。这可真是一位不平常的法官。他审起案来总是像胡闹，他玩世不恭（但是他并无恶德败行），他酗酒（但是他头脑最清醒），他受贿（但是他不敛财，而且并不让行贿者胜诉），他把法典坐在屁股底下，不照法律判案，但是在内战两年的法官任上，清名大著，简直成了人民大众的“青天”。这里的诀窍就是一贯让穷人、下等人打赢官司。他的审案场面当中最突出的是最后一个场面。三个富农控告一个在战争里死了儿子的老太婆偷了一家的牛，偷了另一家的火腿，因为要她付地租而杀害了第三家的牛。这都是一个劫富济贫的大强盗帮助老太婆而干出的事情。阿兹达克反而罚了三个富农一大笔钱，自己把法官座让给老太婆坐了，和居然拿了一柄板斧自己跑上庭来的大强盗一块儿喝了酒。但是好景不长，内战结束，大公复辟归来，旧秩序眼看恢复，阿兹达克再不能“乱”判官司了，等待他的就是受审以至用自己的性命来抵“罪”的命运。“新时代”还没有到来，阿兹达克担心自己的个人安全了。而总督夫人已经前来起诉，要追回她的儿子，阿兹达克一变而卑躬屈膝，满口答应：“听令，夫人，一切照办。”这就显得十分做作，令人难以置信，也只有引起了总督夫人的反感——她说：“我不喜欢这个人。”

这部分故事很容易令人想起塞万提斯小说名著《堂吉诃德》里山哥·班扎当“总督”判案的故事（还有《水浒传》里李逵“东昌府娇坐衙”的故事，但是这在欧洲是不大听说的）。布莱希特显然从那里得到了启发。时代不同，阶级立场不同，自觉或者不自觉的阶级意识不同，决定了布莱希特做了我们不能求之于塞万提斯的处理，那就是科学的阶级分析。而唯有掌握了这种阶级分析原则，布莱希特在这里才又从另一方面深入阐明了人道精神和英雄品质的问题。

“贱民”做官，在过去，特别在封建社会，是一个有趣的幻想。塞万提斯在这种幻想里表现了他的欧洲文艺复兴时代人文主义思想。“下等人”也是人，也是上帝的“创造”，也可以“治人”，当“总督”。山哥“上任”去以前，堂吉诃德临别赠言，告诉他不要以出身微贱为耻，要知道“贵而失德”不如“贫而有德”。“贱民”也有仁慈，也有才智，也可以做官；堂吉诃德相信这样，山哥结果以行动证明了这样。塞万提斯在这种人文主义思想里表现的民主精神、平等观念的萌芽，显出了他的反封建的资产阶级意识，虽然即使多少是反封建的，那也是非常温和的，和封建社会的等级制并不基本矛盾。作为今日无产阶级代言人的马克思主义作家，布莱希特，在处理过去的题材，在并不篡改历史条件的要求下，就表现了毫不含糊的彻底性。从整体看，从实质看，阶级社会里，“人下人”亦即被剥削被压迫的劳动人民，才能说有德有才。属于贵族地主的兔子在田野里吃庄稼，种地的阿兹达克吃兔子。乡村警察跑来警告他，他就教训警察说：“我抓兔子，你抓人。人是照上帝的样子造出来的，兔子可不是，你是知道的。我是吃兔子的，你是吃人的，肖瓦。”从大处讲，从一般讲，阶级社会的统治阶级不可能有德，也不可能有才。阿兹达克跑到城里来投案，对兵士唱一支歌，说明战争时期固然是小百姓遭殃，和平时期也正是大人物作威作福，因为：

连裤子都不会脱的草包，执政当朝；

数数目数不到四的蠢材，吃饭吃八道菜……

准备来当法官的贵族首领的外甥，也就证明是蠢材。要说真像人，或者说像“上帝”，劳动人民才真像人。在阶级社会里“治于人”者才真配“治人”。不同于塞万提斯这位古人的多少是作为资产阶级思想的一种表现的人道主义，布莱希特在这里表现的（如果表现了）人道主义，就是这样从不同的阶级立场、从阶级关系的科学认识出发而表现的革命精神所包含的一种因素。

“贱民”做“清官”，在过去社会，是人民的一种幻想，有道理的幻想。道理有两面：有比较消极的一面，有比较积极的一面。塞万提斯的欧洲文艺复兴时代人文主义使堂吉诃德劝告正要上任当“总督”的山哥同情穷人，但是这种主导思想的阶级局限性也就使“正义”（或公道）和“仁慈”分开，只能使堂吉诃德劝告山哥宁可不做“严正的法官”，而要做“仁慈的法官”。虽然山哥有他的阶级意识，认为游手好闲者是雄蜂，坐吃工蜂酿的蜜，但是他说：“我要照顾干活的，要保护士绅的特权，要报答有德行人，特别要尊敬宗教，尊重教士。”这个显出了有德行、有智慧的“新所罗门”实际上做的是反对敲诈、赖债、赌博等等社会弊端，甚至卫护良家妇女不要出门的封建道德，总之都为了保卫现存秩序，要天下太平。堂吉诃德和山哥的“正义”和“仁慈”的标准都不出乎阶级社会里的统治阶级的标准。这都是“清官”幻想的比较消极的一面。布莱希特当然不同了，他抓住了“清官”幻想的积极的一面。阿兹达克所以能做“清官”，就是因为他走了阶级路线。他判案就是翻案，而翻案对于他就是翻身。他把现存法典坐在屁股底下，“正义”的概念也翻了过来，因此“正义”就是“仁慈”。他唱的《混沌歌》就是《翻身歌》。他拥护的社会秩序是现存社会秩序的反面。他在地毯工人起义后跑到城里来，在绞死法官的地方，对兵士做了这样的谈话：

阿兹达克	……弟兄们，我早就盼望你们来这一手。
第二个铁甲兵	且慢！你盼过什么，你这个鸟东西？
阿兹达克	从前在波斯发生过的事情，弟兄们，在波斯发生过的事情。
第二个铁甲兵	在波斯发生过什么事情？
阿兹达克	已经有四十年了。那时候谁都给绞死了。大臣呀，税务官呀，谁都逃不了。我的祖父，一个不平常的人，亲眼看见过。整整三天，到处都如此。
第二个铁甲兵	大臣绞死了，谁来当政呢？
阿兹达克	一个农民。
第二个铁甲兵	谁统率军队呢？
阿兹达克	一个兵士，老总。
第二个铁甲兵	谁发薪俸呢？
阿兹达克	一个染布工人。一个染布工人发薪俸。
第二个铁甲兵	也许是一个织地毯工人吧？

第一个铁甲兵　为什么发生这些事情呢，波斯佬？

阿兹达克　“为什么发生这些事情？”需要特殊原因吗？你为什么要搔头呢，老兄？战争？老打仗！也没有正义！……

虽然这样的“新时代”还没有来，阿兹达克当上了法官（也可以说“混”到了法官的位置），却也就照这个新秩序的办法来行事。执行了阶级路线，他这个法官就作出了过去的任何“清官”所做不到的事情。即使拿受贿一点而论，有钱出钱，结果是无钱免罪，也使得阿兹达克合情合理。而他的判案说明了社会“正义”也就是“仁慈”。这里的人道主义，不同于山哥判案的人道主义，就是执行阶级路线所体现出来的和大是大非不可分的革命立场的一种表现。

劳动人民充丑角，这是中外旧戏里常用的老套。欧洲文艺复兴时期人文主义者塞万提斯在他的小说里也就叫山哥当了丑角，虽然把智慧给了他一分，却把英雄品质完全留给了荒唐的堂吉诃德，他的“骑士”老爷。堂吉诃德可笑，他还有英雄本色；山哥聪明，却只有被高贵的公爵和公爵夫人当猴子耍的命运。不管塞万提斯自己的态度如何，他笔下的山哥自有他的真实性。布莱希特的阿兹达克呢，他却有这一路过去的劳动人民的另一面真实性。他虽然也是聪明的丑角，虽然不是英雄，却有几分像欧洲中世纪民间传说里对待猛兽场合的列那狐，在调皮捣乱上有几分像我们的孙悟空。他至多能为时代条件所玩弄，他能掌握时机，作为反抗而玩忽法纪，玩弄统治阶级人物。他借审判演习，把贵族首领玩弄得哭笑不得，最后急得直跳起来说：“太不成话了！这个人讲起话来就像织地毯工人！”“真的吗？我只是说真话！”阿兹达克大胆顶回去。他是用做戏方式掩盖了他的甘冒大不韪的英勇气概。而他开头到城里来投案，一路大骂大公，就不只是装腔作势的做戏行为。接受时势的推动，“小人物”也可以超越自己的限度而不同凡响，哪怕只是一时。他后来在法庭上罚了三个富农，撵走了他们，和手持板斧闯进来的强盗对酌，和强盗的做法一样，也是快人快事，有胆有识。这都需要一般可喜的丑角以外的魄力，具有中国旧戏里有一路可敬的“净角”的本色。作为过去社会的劳动人民的一种典型人物，他也可以是好汉。最后，眼看混乱过去，秩序恢复的时候，他声言偏“不让谁得到亲眼看见人性伟大的快乐”，不当好汉，实际上却已经给了我们这样的快乐。他现在要向王公贵人卑躬屈膝，叩头求饶，反而显得只是嬉皮搭脸，矫揉造作。社会存在和阶级意识铸就了他的性格，要改变也改变不了，时势把他推上了台，他要下台也下台不了。他只能顺应一种潮流，不能顺应另一种潮流，做不了我们今日所说的“机会主义者”。他在一定的客观条件下可以是好汉，在一定的客观条件下可以是懦夫，但是他在逆境里虽然不能做砥柱中流，却也不能倒行逆施。布莱希特在这个人物身上突出表现了劳动人民的智慧。在阿兹达克的场合，英雄品质的存在只是对于客观规律性的认识和掌握。掌握了客观规律性，丑角也可以是英雄。人道精神，在阿兹达克的场合，也是这样产生。他自夸是“有知识人”，不在乎人家说他是“好心肠人”，道理就在这里：有了阶级觉醒，有了对于客观规律性的一定认识，你不在乎做“好心肠人”也就自然会做了“好心肠人”——阿兹达克这样的人道主义者。

格鲁雪这样的案件由阿兹达克这样的法官来审判，千载一时，当然会有理想的结果。但是剧情发展到判案这一步，却恰巧完全陷于不可能的境地。本来，只有在那样的乱世，格鲁雪才碰上了带孩子的责任。只有在那样的“新时代”，阿兹达克才碰上了当法官的职司。现在动荡的乱世或者“新时代”结束了，格鲁雪保不了孩子，而阿兹达克也做不了法官。这样，怎么能来一个灰阑判案呢？而没有灰阑判案这一场，这出戏当然完全落空，格鲁雪和阿兹达克这两个卓越的人物创造不仅落空而且也不能最后完成。布莱希特怎样解决剧情发展上的这个微妙的矛盾？

布莱希特引出戏剧的这第五场，也就是最后一场，却做了令人意想不到的处理。他在艺术上非常省力地用一种肤浅手法一点触就把好像陷于不可收拾的剧情扭转过来了，而这样在思想上却正是非常有力地表达出了一个深刻意义。

官司打到法庭。格鲁雪来了。阿兹达克也出场了，但是无非因为他没有能逃掉，正要上绞刑架。他当然讨好不了一闻到老百姓的“气味”就要“头痛”的总督夫人，现在临死前受了兵士的凌辱和折磨，也只有仍然当好汉，痛骂一番“狗子”、“狗世界”。总督夫人一帮人且慢点开心，格鲁雪和她的“下等人”伙伴且慢点担心！骑马使者来了，宣读了大公的圣旨，原来他要报恩，正式委派阿兹达克当法官！这样一来，一切就迎刃而解了。

这个噱头是陈腐的老套。布莱希特在他的《三分钱歌剧》里也用过它。这里用它并无讽刺意味，虽然在这里同样要表明这一切是演戏，是寓言，不是再现现实。只是用意在这里还要深一层。在过去的不合理社会，正义如果能得到伸张，完全靠偶然。只要社会的根本制度不改变，人民不翻身，格鲁雪必然打不赢这样的官司；也就是说，首先，阿兹达克必然做不成这样的“清官”。不仅如此，阿兹达克这样的人物必然根本做不成官。因此灰阑判案的佳话只是表现了人民的智慧，只是人民的一种幻想。反过来，如果社会制度是可以改变的，人民是可以翻身的，这一类正义的伸张也就是有现实根据的理想，可以求之于未来——也就是我们的社会主义以至共产主义社会。但是，我们的新社会当然就不会发生格鲁雪和总督夫人争孩子的案件。因此，这个噱头在这里一搬用，不仅使戏文做得下来了，而且，更主要的是，索性给我们明白点穿了：故事虽妙，根本不是现实的，而只有靠我们首先认识它不是现实的，不陷于错觉，才有助于在感性上深入认识过去的阶级社会的现实；故事的意义是深长的，即在今日，只要善于吸取，还可以启发和坚定我们的理想和信心。

下一步也就应运而生地来了新东西。改造过去的幻想成为将来的理想，以古喻今，以小喻大，“青出于蓝而胜于蓝”，布莱希特在他的创作里不仅要暗示只有靠阶级社会首先翻一个身，而且要接受灰阑判案的现成故事所表现的智慧和妙想的启发而推陈出新，把判案结果做适当的翻案。因此，剧情接下去表现了总督夫人争孩子首先是为的有了他就可以继承孩子父亲的遗产。这是沿用了李行道《灰阑记》原有的做法。这一点重要的接受有助于下一步重要的创新，意义的扩大。李行道《灰阑记》故事和所罗门断子故事都是结果把孩子判归了亲生的母亲。布莱希特使阿兹达克也套用了旧《灰阑记》的办法，用石灰画圈子，圈起了孩子，让两个争子的妇女同时对拉，看谁把孩子拉得出圈子去，谁就得到孩子。但是就在这里翻了案，真正疼孩子、怕伤害孩子而不肯使劲拉的不是亲生母亲（总督夫人），而是格鲁雪，结果孩子判归了格鲁雪——这正是我们从楔子开始就预期的结果。这也就是全剧题旨所在，崭新的扩大了的社会意义所在。而这就来得十分自然，合情合理，因为总督夫人爱财重于爱儿子，首先就不近人情，这个判决反过来就是公正的，也合乎人情。

这个结果如果也表现了人道主义，那就是革命人道主义。它对待阶级社会的问题首先从阶级观点着眼。事实上，阿兹达克能作为法官受理格鲁雪的案件，穷人审穷人，结局已经根本决定了(顺便提一句，布莱希特在戏剧创作里常用审案场面；他在1938年写的广播剧《审判吕古勒斯》则是写受侮辱与受损害的小人物在阴曹审判大人物）。而在审案过程里，不等到画出石灰圈，到一个地方，胸中有数的阿兹达克已经只需要形式上的证明或者程序上的完成了。这也可以算是一个关节处。“我看出你倒有点是非心，”阿兹达克对格鲁雪说，“我不相信孩子是你的，可是，如果他是你的，女人，你不愿意他富有吗？只要你说一句他不是你的，他马上就会有一所府第，一大群马在他的槽头，一大群叫化子在他的门阶上，一大群兵丁在他的左右，一大群请愿人在他的院子里。你说怎样？你不愿意他富有吗？”格鲁雪一言不发。歌手就替这个“愤怒的女子”唱出了她的想法：

穿上金缕鞋，
长出鬼心眼，
踩人找软处，
还笑我哭丧脸。

心肠变石头，
负担可太重。
当老爷忒辛苦，
日夜刮歪风。

但愿他怕饥饿，
不怕挨饿人！
但愿他怕黑夜，
不怕太阳升！

格鲁雪在前边本来已经说过，“我教孩子对大家和爱，从头就教他尽可能干活……”她在整个审案过程里，只说孩子是“她的”，从不硬说是“她生的”，一点不卖弄词藻，而一贯挺得起腰杆，理直气壮。阿兹达克到这里就说：“我想我是了解你的，女人。”真理在哪一边，正义在哪一面，就已经完全分晓。

这场官司本来就是一场道义斗争。它也就是一个阶级斗争的缩影。总督夫人出场，有律师一帮人在她的一边。格鲁雪出场，也有厨娘和她的未婚夫西蒙这个兵士（现在当了军需）在她的一边做她的见证（从表面看是假见证，正如格鲁雪从表面看是假母亲）。两阵对列，形势俨然就是战场。一边是各有自己的算盘，压倒一切的是财迷心重。一边在格鲁雪以外，厨娘除了出于阶级同情，主持正义，不为什么私利，西蒙虽然已经了解了孩子不是格鲁雪生的，甘愿认他是他和格鲁雪生的，也没有什么私利可图，因为格鲁雪已经和别人结了婚。“上等人”“下等人”不同的阶级品德也就一目了然。等到格鲁雪和总督夫人从石灰圈里对拉起孩子来，两边的精神面貌也就活龙活现。结实、强壮的格鲁雪心软手软，向阿兹达克求情说：“只要我能留住他，把他养到会好好说话就好了。现在他才会几句。”而总督夫人呢，好像弱不禁风，一闻到“下等人”气味就叫嚷要晕倒的，律师也抗议说她不像格鲁雪习于体力劳动，不可能和她同样有气力，但是阿兹达克说得妙：“我看她倒是吃得很好的。拉！”她一把就狠命把孩子拉过去了，一点不顾孩子的死活。这就是“上等人”的本色，“上等人”的人性！她这种人到头来落得一场空就有它的必然性。事件发展注定要大快人心。

一切表面的偶然性到这里都成了必然性，布莱希特到这里得心应手，水到渠成，一举完成了十全十美的理想结局，来一个皆大欢喜。阿兹达克，快人快事，给他最后的杰作，补上了最后一笔。审案过程里上来了一对结婚四十年的老夫妻，请求离婚，提不出别的理由，只说是因为一开始就彼此不喜欢。阿兹达克审问了几句以后，把判决暂时搁下了。等到断子以后，他就装糊涂，来一个“乱点鸳鸯谱”。他判他们离婚，但是文书上错写了判格鲁雪和她的丈夫离婚，这样就成全了她和西蒙的好事。至于孩子呢？格鲁雪问西蒙喜欢不喜欢他，西蒙把他背在身上，作了肯定的回答。格鲁雪就补上来一句贴己话，“现在我可以告诉你了：我要了他，原来是因为我在那天复活节正好跟你订了婚。……”他们正要连夜离开京城。阿兹达克劝告他们这样做。他把总督的遗产判充了城市的公产，从房地产里拨出一部分开一个儿童游乐园，叫做“阿兹达克园”。他自己也就要一走了事。他邀大家到外边跳一场舞，把那对要离婚的老夫妻也邀请参加了，他们也就一团和气，跳起舞来了，皆大欢喜。

阿兹达克自认不是英雄。他在邀请大家跳舞以前就自己坦白说了。他识时务，他说：“现在我要脱去这件法官服了——穿得我太热了。”他不存幻想。他会打退堂鼓。但是，关于写错了的离婚证，他却说：“我抱歉，可是就让他这样，我从不收回成命，要不然什么都乱了。”他是有所执著的。他有一贯的立场，阶级立场；一贯的路线，阶级路线。这样，他虽然不是天生的英雄，在一定的客观条件下也等于做了英雄。如果格鲁雪是厚重的人物，他是轻飘飘的人物，虽然同样有泥土气，更富于烟火气，在故事的幻想空气里没有英雄气，却颇有我们民间幻想里的“醉八仙”的仙气。因此他在大家跳舞的人影里时隐时现，终于完全消失，不知去向——这是最恰当的下场。

照题材规定，这一切都只能昙花一现。这里的诗情画意却不是向后而是向前伸展的，民间歌手就这样唱出了尾声的最后几行：

> 但是《灰阑记》故事的听众，
> 请记住古人的教训：
> 一切归善于对待的，比如说
> 孩子归慈爱的母亲，为了成材成器，

车子归好车夫，开起来一路顺利，

山谷归灌溉人，好叫它开花结果。

到这里全剧完了，以最后一行拍合了楔子的内容和意义，一切都交代得清清楚楚。结尾却也就是新的开始，给了我们以新的远景，可以说余音不绝，余味无穷。

《高加索灰阑记》的中心思想就是一句话——“一切归善于对待的”。这是最明确不过了，最简单不过了。但是从这个中心思想出发，或者说为这个中心思想服务，意义就层峦叠出。这里不妨试试谈几层。一层层意义对于观众或读者可以有若干差别，也可以超过作者自己的意图。我个人从这里得到的启发可以概括成四点。第一，要求“一切归善于对待的”，就是要求社会正义，要求社会正义就是要求一个新社会，一个新时代。第二，自有阶级社会以来，围绕着这种社会正义的要求，有形无形，有意识无意识，从格鲁雪的私生活到阿兹达克的公堂，到处都有阶级斗争，因此不言而喻，只有通过阶级斗争，从无形的阶级斗争到有形的阶级斗争，从无意识的阶级斗争到有意识的阶级斗争，戏剧正文里的格鲁雪才可以成为楔子里的格鲁雪，戏剧正文里的幻想才可以成为楔子里的理想。第三，“血腥的乱世”也可以是人民翻身的“新时代”，在这样的乱世仍然有格鲁雪这样的“好人”，在这样的“新时代”才会有阿兹达克这样的“青天”，格鲁雪可以抛掉孩子而不抛掉他，不想失去未婚夫而不得不失去他，阿兹达克要敷衍总督夫人而敷衍不了她，可以讨好还知道报恩的大公而不去讨好他，客观规律性必须认识，主观能动性必须发挥，社会才可以改造，人类才可以有进步。第四，发挥劳动人民的阶级品质，坚持劳动人民的阶级原则，格鲁雪不知道什么叫人道主义而自有人道精神，不知道什么叫英雄主义而自有英雄气概（她一棍子打倒伍长是最人道的，而伍长对待孺子、妇人像饿虎扑羊，却是最不英勇的）；站在劳动人民的阶级立场，走了劳动人民的阶级路线，阿兹达克不在乎做“好心肠人”而推行了最大的仁慈，不想做“英雄”而干出了极少人敢做的事情。我看观众或读者尽可以像这样各自联系实际而进行体会。当然，真理同时也是小气的，一切意味只能朝一个方向去体会才层出不穷：布莱希特在这里的主导思想或者给我们的思想指导原则就只是一个——辩证唯物主义和历史唯物主义。

作为戏剧，作为艺术品，这里中心思想的明确和含义的深长，当然是靠人物创造、情节安排、言语运用的鲜明而多彩、单纯而生动、缜密而潇洒、严肃而饶有风趣——布莱希特最成熟时期戏剧创作所特有的艺术匠心和艺术风格。不仅如此，《高加索灰阑记》，整个说来，还有它的特殊风格。它另有一种民间风味，一种东方色彩，特别是中国戏曲的神韵（它不像布莱希特在1934年写小戏《霍拉地人和居拉地人》那样模仿中国传统舞台剧的一些表面而结果表面也不像）。凡此种种，也就在前边围绕着这个戏剧的主题思想和广泛含义所作的全面介绍、分析、评论里已经见出了一个大致的风貌。其中艺术方法上突出的一点，在这里也许还值得一提，那就是辩证法的运用。关于格鲁雪和阿兹达克这两个主要人物形象的创造，这一点用不着再提了。我想这里只需要在已经多少谈到的情节方面和已经有所引证的语言方面，指出一下其中的辩证发展和辩证统一。

《高加索灰阑记》的情节或者场面妙趣横生，关键就在于种种矛盾的正确处理。这种处理的一个主要表现形式就是善于运用“弄假成真”这一个常套。假冒的母亲真成母亲，混充的法官真成法官，或者说陌路母亲证明是真慈爱，糊涂法官证明是真公正，这是许多矛盾当中的两个中心矛盾或者说主要矛盾的转化。围绕着这两个磁极的调动，多少小矛盾都在那里变换位置。格鲁雪想权充农民的妻子，真成了他的妻子；西蒙想认孩子是他和格鲁雪生的，真成了孩子的父亲。阿兹达克进城自首，却成了镇压地毯工人起义的贵族武装的罪犯；在“考试”新法官的时候，想充大公当被告，却在揭发叛乱贵族的时候，实际上成了原告；他开头被兵士半开玩笑拉上了绞刑架又被半开玩笑推上了法官座，后来认真被拉来绞决又马上被正式封为法官。叛乱贵族首领对兵士玩弄民主结果只得（暂时）屈从民主。格鲁雪救孩子却成了偷孩子，她在法庭上先看见被她打伤的伍长而担心，后来想到他被打伤就会证明他是要追杀孩子的，因此而庆幸。阿兹达克痛骂大公却不见容于推翻大公的贵族权力，他误放走大公却成为推翻大公的贵族权力赦他罪的理由。一切都好像阴错阳差。正如“上等”妇女翻看格鲁雪的手掌而识破她是劳动人民，阿兹达克翻看大公的手掌而识破他不是劳动人民（顺便注意，识破后，前者正因为逃难而更加受到凌辱，后者正因为落难而才受到宽容），一切实际上都针锋相对。一切看起来眼花缭乱，却顺理成章。主要矛盾，贫富阶级矛盾，矛盾主次要方面的转化和统一，总是在那里，所以一切都有迹可寻，丝丝入扣。布莱希特在这里运用的不仅是辩证法，而且正是唯物辩证法。

《高加索灰阑记》的语言，特色所在，就是风格上融洽了多种的外来因素，其中最突出的，正像在戏剧整体的风格上一样，是民间风味和东方色彩。这种融会一炉，在一定意义上，也就是一种对立统一。戏剧里穿插了很多诗行（包含在民间歌手和乐队的“帮腔”和剧中人物的一些唱词里），这种语言风格上的融会一炉也就特别显著，因此也最便于举例说明。实际上，这些诗歌本身，在体裁上，在韵律上，也就是多样的融会。这里主要有叙事长诗和抒情短歌两种体裁互相搭配，而其中又是叙事、抒情、写景、说理等等多种方式互相穿插、互相渗透。山歌和时调两种格局也难解难分。这里有诗行长短不一的自由体，也有诗行整齐对称的格律体；二者之间，互相呼应，十分默契。这一切也都和诗句的语言风格上的融合有关。但是这里更重要的是应举例说明它们的语言风格本身的融会，而且也许只需要看看其中的民间风味和东方色彩如何化入了布莱希特自己的独创风格。

“民间歌手”和乐队的“帮腔”诗句当然是富于民间风味的。同时它们也就富于东方色彩，其中显然有《圣经》体和通过英国阿瑟·魏莱（Arthur Waley）翻译的中国古歌行体的情调（布莱希特生平很赏识白居易所主张的诗句要写得“老妪都解”的说法）。我们先看看这一节：

格鲁吉亚再没有另一位总督
槽头有这么多好马，
门阶上有这么多叫化子，
左右有这么多兵丁，
院子里有这么多请愿人。

再看看这一节：

于是乎总督转身回府，
于是乎城堡正是陷阱，
于是乎鹅毛拔了，鹅肉烤了，
鹅肉可休想吃成，
于是乎晌午不再是宴会的时刻，
于是乎晌午是送命的时辰。

这两节都是开头一场里的。不妨再从较后几场里看一节，例如：

亲妹妹病恹恹，
怕老婆哥哥也只得收留她几天。
秋天去，冬天来。
冬天长，

冬天短。

但愿人家不知道，

但愿老鼠不来咬，

但愿春天来不了。

从这些节诗的语言，虽然经过翻译，也显然可以看出二者不可分的民间风味和东方色彩。但是它们还是使我们看得出与众不同——这还是现代欧洲诗人布莱希特自己的语言风格。这一点到底下举的这一节的例子里就更明显了：

他放手把法律破坏，

像面包给大家掰开，

他用“公正”的破木船救人民上岸。

穷光蛋和下贱货

偏偏享受到袒护，

阿兹达克是公然受空囊贿赂的法官。

这在语言风格上几乎完全是欧洲诗歌的一种典型，布莱希特诗歌的一种典型。布莱希特诗歌的独特风格，在言语上一如在情趣上，总是平易而奇特，严肃而轻松，热烈而冷隽，泼辣而雅致，朴实而精巧，明白而含蓄……这也是一种矛盾统一。而民间风味、东方色彩和欧洲气派、布莱希特个人风格，二者之间的融会更可以说是一种对立统一。其中后一方面本来也就应该是矛盾的主要方面，否则这些都不成其为布莱希特的创作了。

作为矛盾统一，“帮腔”（布莱希特在这方面受到影响的不是我们的“高腔”的“帮腔”，而据说是日本戏的“帮腔”）本来能起双重作用：置身剧情之中，参与表现剧情和剧中人物的气氛和心情；超然剧情之外，从旁叙述和评论剧情及剧中人物的动作和行为。布莱希特在这方面作了充分的利用。因此“民间歌手”和乐队的诗句也就自然很容易显出布莱希特自己的诗歌语言上矛盾统一的风格。在剧中人物的口中又是怎样呢？还是显出了这种特色。

格鲁雪是不善于说话、不多说话的一路人。她却善于唱歌，在剧中人物当中唱歌最多。在剧中人物的诗歌语言风格方面，我们只需要拿她唱的两只短歌做例子来说明就够了。第一场里的一支歌是这样的：

西蒙·哈哈瓦，我会等候你。
放放心心去打仗吧，兵士，
去打血腥的仗，去打残酷的仗，
尽管不止一个人从此回不了家。
你回来的时候，我会在这里。
我要在青青的榆树底下等候你，
我要在光光的榆树底下等候你，
我要直等到末一个兵士都回了家，
甚至于等得还长久。
你去打了仗回来的时候，
门口不会有别人摆皮靴两只，
我的枕头边只会是空枕头一个，
我的嘴唇不会给别人亲吻过一次。
你回来的时候，你回来的时候，
你会说：一切依旧。

这里的语调完全符合格鲁雪的性格，性格的一个方面。温柔，也有点辛辣；浑厚，也有点俏皮；严肃，也颇有风趣；天真，也大有心眼。就诗论诗，这里也就有民间风味和东方色彩。同时，这也是作为现代欧洲诗人的布莱希特的一首道地的创作。再看后边的格鲁雪在桥头对小孩子唱的这支歌：

山沟是深的，孩子，

破烂桥随时会断。
要走哪条路，孩子，
可不由我们来挑选。
你得走这条路，
我给你只找到这一条。
你要吃东西，
只有我带来的面包。
一个面包四分开，
你可以吃三块。
若要问一块有多大，
我可说不来。

这在语言风格上和前边那一支歌一样，同样不愧是格鲁雪的一支歌，同时又不愧是布莱希特的一首诗，更典型的一首诗：也多少具有前边那支歌的那些特色，同时更具有布莱希特自己的特色。这里也就表现了另一层意义上的辩证关系。

布莱希特诗歌语言的风格上非常突出的地方就在于意象及其意义的特殊排比——也就是矛盾转化、矛盾统一。主要也就是这一点使民间风味和东方色彩融化进了他自己的风格。分析上面所举的六个例子就可以看出这一点。这里不谈诗歌形式上运用的长短句而有时松散、有时紧凑的不规则押韵（像中国民歌和古歌行）或者完全不押韵（像《圣经》诗等，这里译成中文大致都押了韵）构成了一部分的民间风味、东方色彩。重叠句的运用也是如此，这里也不谈。但是重叠句语言所包含的重叠意象却正是这里要分析的一个关键地方。

“民间歌手和乐队”的四个例子当中第一、二、四个例子里的许多意象本身和它们所构成的气氛本来是《圣经》式的，第三个例子里的“秋天”、“冬天”、“春天”的运用可以说是中国的。这还不是关键所在。关键所在是这些重叠意象的排比、对照、呼应。好马满厩、乞丐满阶这一类排比本来是矛盾对立，在过去的封建社会是司空见惯的现实图景，和资本主义社会的本质也是相通的——统治阶级的豪华建立在被剥削人民的悲惨上，一方面的豪华和另一方面的悲惨是不可分的。这在一方面看起来是当然，是矛盾统一；在另一方面看起来，也是平常，是矛盾统一。只是一方面认为要得，一方面认为要不得，却还是矛盾对立，而这个对立又统一于作者站在认为要不得而需要改变的一方面，真理的一方面的态度。因此这两路意象一排比，一对照，矛盾统一的结果，语言上就显得又亲切又奇特。回到"城堡"和落入"陷阱"，这是矛盾对立；回到"城堡"便落入"陷阱"，由安全而危险，这是矛盾转化。同一个"中午"既是"宴会的时刻"又是"送命的时辰"，这是矛盾对立；"宴会的时刻"变"送命的时辰"，这是矛盾转化。总督当然是不要这种变化的，也就是坏事；被统治人民是欢迎这种变化的（不管变化由什么造成），也就是好事。作者是站在人民一方面，是非清楚，爱憎分明，因此随科学态度、革命态度而来，语言不仅显得亲切而奇特，而且随之而来，也就显得热烈而冷隽，严肃而轻松，泼辣而优雅，朴实而巧妙，明白而含蕴。这是关于"民间歌手和乐队"歌唱总督处境的那两段诗句的（前两个例子）。关于他们歌唱格鲁雪遭遇的那一段（第三个例子）也是如此。格鲁雪"病恹恹"对于她是坏事，被哥哥"收留"，对于她是好事：二者是矛盾。这里对于一个人（不像前面那样的一件事对于不同的两方面），也就发生了矛盾转化，坏事成了好事。格鲁雪的哥哥跟她讲好，化雪了，老鼠咬东西了，她的嫂嫂就不能再容许她偷偷留住下去了，因此"冬天"冷，嫌冬天过得慢；"冬天"可以不走，又怕冬天过得快；也就因此，在"但愿人家不知道"和"但愿老鼠不来咬”这两行平平常常的诗句后边，最后突突兀兀地来一句“但愿春天来不了”也就合情合理，自然而然。也就主要掌握了这种矛盾统一，矛盾转化，作者显出了他的语言风格上的特色。以此为例，进一步，我们也可以看出作者如何把外来因素融入个人风格的过程，推陈出新的过程，辩证统一的过程。“冬天长，冬天短”本来是中国旧民歌、东方民歌，甚至于西方民歌里惯用的句法，但是经过布莱希特有意识地突出了其中的矛盾对立、矛盾统一，用这种句法的诗句也就成了布莱希特独具风格的诗句了。歌唱阿兹达克的一节诗（第四个例子）所以特别成为布莱希特的一种典型诗句，道理也就在此。这里的面包、救渡人民这一类意象也是《圣经》式的、东方式的、民间的，但是布莱希特在这里也充分运用了矛盾对立、矛盾转化法则：破坏法律成了分送面包，翻转“公正”用以救渡苍生——这已经够异想天开了，到最后一行里的“受空囊［直译是“空手”］贿赂”这一个短句就越发突兀惊人。这节诗在语言风格上也就特别成了道地的现代欧洲革命诗人布莱希特的一节诗（诗的格式和格律也是较严格的欧洲诗，那还是另外一回事，虽然与此也相关）。

作为例子的格鲁雪的两支歌在语言风格上也都是道地的布莱希特诗歌。只是第一支短歌里，东方色彩、民间风味比较重；第二支短歌里布莱希特的个人风格比较突出。这就和“民间歌手和乐队”歌唱的前三段和后一段的关系差不多。同样，这里表现了矛盾对立、矛盾转化法则的充分和微妙的运用，只是不像“民间歌手和乐队”的那几个例子那样着痕迹而已。第一支短歌里，意象的排比有些地方也是触目的，例如“我要在青青的榆树底下等候你”以后紧接着就是“我要在光光的榆树底下等候你”，意思是一年四季都在等候，本来平常，但是一突出了其中的矛盾对立、矛盾统一，唱出来就不同凡响，耐人寻味。门口没有搁大皮靴（男人穿的，这一点令人想起中国旧戏里的王宝钏），女子枕边的枕头是空的……空闺独守，这本来不是什么好事，但是对于忠诚的男子和忠诚的女子说来，在男子不得已离别女子、出外打仗的条件下也就成了好事。这里有爱，这里有怨。这种爱与怨的交织在中国旧诗里是常见的，只是布莱希特分外突出了这里所包含的矛盾及其对立和统一。把这支歌和戏剧情节的下文对照看，这里的抒情就无意中成了讽刺：这里最后一句说“一切依旧”，而下文的情节表明了可惜一切都不由格鲁雪自己而并不照旧。按剧情发展，可喜结果还是团圆，那么这支歌还是纯洁的抒情诗，只是回顾起来便另有一番滋味。这里语言风格也就恰好配合了整个情节和格鲁雪整个人物的辩证发展，貌似简单，而另有心眼，简直是波诡云谲。至于这里所举的格鲁雪的第二支短歌，那里的语言风格所以同样形成了平易和奇特、严肃和轻松、热烈和冷隽、泼辣和优雅、朴实和巧妙、明白和含蕴的结合，主要不在有迹可寻的表面意象的特殊排比、对照、呼应，而在更内在的矛盾揭露和解决上，那就更直接形之于语气。格鲁雪只有一条路可走，那就走下去，风也罢，雨也罢，走到底，坚定而自由自在。这里也就表现了客观规律性和主观能动性的矛盾统一，小人物的阶级性、阶级立场和人道精神、英雄气概的矛盾统一。这也附带证明了语言风格上、整个戏剧风格上以至艺术效果上所以如此，正因为整个戏剧所要表现的思想感情是如此。

到这里也正可以提醒一笔，这种场面和语言能恰好产生应有的戏剧效果、艺术效果，也是靠布莱希特那一种独特的戏剧结构、戏剧写作风格。布莱希特故乡德国巴伐利亚地方戏、中国戏、日本戏等等的一些章法和气派融入了他所主张的所谓“史诗剧”。这种“史诗剧”也就特别适于他那种辩证法的得心应手的运用。

布莱希特自己爱讲“戏剧的辩证”，但是到底没有公然把他的戏剧称为“辩证剧”。道理明显：艺术规律的辩证关系本来就无往不在。我们分析任何艺术作品都可以或多或少看出其中艺术匠心的辩证关系。尽管如此，布莱希特在《高加索灰阑记》里，正如在他接受马克思主义以后所写的其他戏剧里一样，一贯有意识运用唯物辩证法，是突出的事实，这不仅见之于艺术细节、见之于基本的艺术创作方法，而且，更重要的，也见之于思想内容及其含义上充分表现的现实和理想的辩证关系。

《高加索灰阑记》是布莱希特全部戏剧当中直接写到了社会主义社会的（在楔子里），但是所有在布莱希特接受马克思主义以后的戏剧创作都是切合和发扬了建立社会主义社会的根本要求和根本原则。另一方面，《高加索灰阑记》写到了阶级斗争而不像布莱希特另外一些戏剧直接写到了革命（他根据高尔基小说改编的《母亲》还直接写到了十月革命），但是内涵上却还是充分显出了革命精神。这也就说明了布莱希特在这个戏剧里，正像在他的许多重要戏剧里一样，成功体现了政治和艺术的有机统一。

政治和艺术的统一也造成了一种突出的戏剧效果：教育与娱乐的高度统一。布莱希特理论上主张戏剧寓教于娱。在他成功的创作实践当中，《高加索灰阑记》可能是一个最明显的例子。

《高加索灰阑记》以独特的艺术形式为革命服务、为社会主义和共产主义革命政治服务，得心应手，水到渠成，达到了作者的主观意图和作品的客观效果的充分一致。它在艺术的多彩里显出了思想的明确，毫不含糊。布莱希特的戏剧创作，最成熟的时候，可以达到这样的境地。

作于1961年，选自《布莱希特戏剧印象记》

（中国戏剧出版社，1980年）

安德雷·纪德的《新的食粮》（译者序）

一　一个结晶——一部分的乐园

安德雷·纪德在思想上和艺术上的演变大可以拿来说明他的任一本重要作品的组成，反过来他这种演变也可以用他的任一本重要作品来说明，至少到某一阶段为止的演变，可以在某一阶段的作品里找到它的映影或缩影①。道理寻常：一沙一世界，一即一切，沧海勺水，勺水见沧海，或用纪德自己的话来说："艺术品是一个结晶——一部分的乐园。"② 自然这应用到任何作家，差不多全属可通，而再放大来看，艺术也无非"以特殊表现一般而已"③。不过，纪德却是一个极端的例子。在他，正如以一篇《纪德研究》而成为此方面的权威，启发了所有纪德研究者

① 除了他的自传《倘若麦子并不死》和《日记 1889—1939》那不在话下，因为这两本书本身就是一种解释，把他生命史上的全部演变阐明无遗，这里说的作品只限于他的创作。

② 见《纳蕤思解说》，《浪子回家集》的第一篇。

③ 纪德在《赝币制造者》里也借爱德华而强调了这一点。

的耶克·里维埃（Jacques Rivière）所说，“每一个感情都牵连全颗心”；在他，“爱一件东西就是，而且尤其是，爱其他一切”①。而里维埃更恰当地在他的《研究集》中纪德篇的头上，用了纪德在《尘世的食粮》里说的一句话作为题语，“我把我的全部财产都带在身上，就像颜色苍白的东方女人，在她们的身上带了她们的全部家私”。里维埃的《研究集》里的纪德篇写在1911年，而纪德自己在1925年出版的《赝币制造者》里也就借主人公爱德华而说了“我想把一切都放进这部小说”。所以在他往往一本书里就包含了他的精神生活的全部的来踪去迹，哪怕表面上看来纪德的著作往往前一本和后一本完全不相同。当然各书能解释纪德到若何程度亦有不同，而《新的食粮》正就是最足以解释纪德的若干部之一，而且因为出版较晚，又是把纪德的演变解释得最全的最小的一本书。那么，不是更方便吗，如果这本小书里还有些片断足以用来解释这本书的发展，也就解释了纪德的演变？里维埃说过纪德的“一个句子就包含了全部书的安排”。同时还说过他的声调（ton de la voix）就泄漏了他的灵魂，里维埃自己研究纪德就从文体上下手，结果十分成功。我们现在就索性推到极端（pousser jusq'au bout——为了解释的方便，有些地方原都不妨推到极端），就在《新的食粮》的开头部分找出这一段作为我们的公式：

> 在枝头雀跃的斑鸠，——在风中摇曳的枝条，——吹侧小白帆的海风，——在掩映于枝叶间的海上，——顶上泛白的波浪，——以及这一切的欢笑、蔚蓝、光明，——我的妹妹，是我的心在对自己讲述，——在对你的心讲它的幸福。

---

① 见里维埃的《研究集》（*Etudes*）。以后引到里维埃的话都见于该书的纪德篇。

虽然意义上也有可说的，这一段引来作为公式的价值，主要是在于这里——尤其是前五句——所包含的节奏和运动，或如里维埃所说的风格和章法（composition ou manière de composer）。

通常讲纪德的文体的都把他的发展过程分作早晚两期，早期终于《尘世的食粮》，而即以该书为代表；晚期始于《不道德人》，而以该书与《窄门》为代表。晚期也可以直推到《赝币制造者》，而以该书为顶点，但该书似又可算是开了另一个时期，不是纯粹的第二期产物了。第一期书，如里维埃所说，“不管是诗的或思想的（idéologique）都是照内在的运动（mouvements intérieurs）而具形”。把纪德的精神活动的姿态表现得最明显的也就是这一期的风格。而这一种“风格的美处”，里维埃说得好，“不在某一点，也不在某一个字，也不在某一个意象，而只在句法（syntaxe）”。他的用字，他的意象，往往是平淡无奇，可是经过流动，就像小石子在溪水里非常生色，非常生动。也就从里维埃把纪德这一期中的“字句的运动”比做水流“充满了方向”以来，大家提到这一种风格总同意用“运动”来说，同意说它们“流动”（fluides）。而最能道出这一种姿态的还是里维埃自己的这一段话：

> 像早晨的空气，被太阳的影响一步一步地接触到了，渐渐地充满了一千种看不见的细流，一忽儿放纵，一忽儿缓缓地回转，这个灵魂在事物面前就如此注满了不固定。它感觉到它们的温煦，它一举一动都招来一番心乱。沉默的来去，歧异的趋势，抓住了它；它一任愉快的萦回所摆布；每一道从外来的光线都在它身上唤醒种种轻微的回荡、冲动、抛弃、欲念，象征风在空中骤来骤去的踪迹；献身与引退；突进的爱情，随又被悔恨袭占；等待的踌躇；精微而随即放弃的倾向。这一切动弹，就是它们操纵了风格。……

"清露晨流，新桐初引"，也就是这一种境界，只是这里更充满着受感动的一颗心的悸动，或者甚至于流贯着颤抖，氤氲着不安定、期待、放任、矜持、生怯、低徊、逡巡、反复、摇曳、一步一回头……

风格如此，章法也相仿。题为"恋爱试验"的那篇所谓"解说"①，每一段都重新开始，纪德在《赝币制造者》里也说要把小说写得每章都不借上一章的余势，而这部小说也就差不多写得有点像这样，而极端的例子还是非小说的《尘世的食粮》，那本书里甚至"每一句都与另一句平行"，如里维埃所说，"每分钟书都在重新开始"。"一堆观念和感情"，也对的，可是就"无始无终"吗？我们也有理由和里维埃稍持异议，而认为其中还是有进行（progrès），只是一种波浪式差池的进行，或者螺旋式的进行而已。

当然用这一种描写全部风格与章法的话，来描写我们作为公式的这一小段文字有点称不起，可是对于这些地方，这个公式也具体而微了。分析起来看，这一段里前五句在安排上可不是一呼一吸，放出去，马上收回来，随又放出去，不断的重新开始吗？这些平淡的意象也就靠字句的流动而放光。它们的步伐也就是摇曳生姿。它们的进行说是断吧，实在还是续的，并不是乱堆在一起的，上一句里潜伏了下一句里的东西，像浮在水流里的木片，被一浪打下去，过了一程又出现了，也就像编织的缠花边（arabesque），意象相依相违，终又相成，得出统一的效果。有些字眼与意象显得是重复的，可是第二次出现的时候跟先一次并不一样，另带了新的关系，新的意义。

这样的写法，虽然纪德并不存心跟象征派一样，照音乐的办

① 见《浪子回家集》。

法写文章，徒然的想用文字模仿声音的语言，因他自己在早年就说过：字句的波动而前进，“照有旋律的思想的曲线，借一种微妙的相互关系”①，但结果还是一种音乐的效果，正如《赝币制造者》全部小说也就是如哈蒙·斐南台士（Ramon Fernandez）所说的，“一套小说批评的管弦乐妙构”（une magistrale orchestration critique du roman）②。而《尘世的食粮》就安排上说，也正如里维埃所说的有点像该书第四卷里翡乌索里（Fiosole）小山脚下，月光里那些情人的语声所作成的，松散而飘忽的，这种微妙的交响乐：

> 月亮从橡树枝间出现了，单调的，可是跟平时一样美。一组组，现在他们谈话了，我只听到一些零散的字句，我觉得每人都对其余一切人讲爱情，而不在乎是否旁的什么人有没有听。

《新的食粮》也多少有点像这样的安排。

这样的安排（虽然纪德并不是写诗），也就是诗的，抒情诗的，因为抒情诗的行进决不是沿一条直线，而一个意象一个意象的，一个境界一个境界的，像云一样一卷一卷地舒展。

而说来奇怪，这样的安排也可以说是科学的，自然科学的。斐南台士在他的《纪德论》里把纪德的这一个特点，科学精神与科学方法，说得非常透彻，纪德读了以后也甚以其说为是，特别以此说为喜③。的确，依照科学精神与科学方法，判断是不该遽下，而应先通过观察、怀疑、不偏执、不肯定自己没有证实的道理，让同情由一种批评精神来校正，于是乎踌躇，于是乎不断

---

① 见《安德雷·瓦尔特笔记》。

② 见斐南台士：《纪德论》。以后引到的斐南台士的话都见于此书，此书出版在 1931 年，与早二十年写的里维埃的那篇《纪德》同样是纪德研究的名著。

③ 见《日记》第 1046 页。

的重新开始。所以，例如《尘世的食粮》，照斐南台士说来，那“就是一种真正的种种感觉的分类，纪德在那里从事于给这些感觉剥去它们的偶然的牵涉，为了尝试它们的纯粹的反响。甚至于这部作品的组成，在它的诗装之下也令人想起科学家和心理学家的精密的观察”。而《赝币制造者》里爱德华写小说的方法，也就是一种科学方法。除此以外，我们可以说，这也是一种实验室里的办法，不断地全部地披露过程，不光是揭出结论，而且不遗弃命题。纪德最擅长写日记，爱用日记体作小说、游记，其原因，除了爱真挚，也还是这种科学态度。

正如诗的精神与批评的精神贯穿了纪德的作品，他的风格“是一种批评的风格”，斐南台士说：“批评自己的风格，批评创作者内在的步调（démarches），批评我们对于事物的觉识，因为字句就分析自己。而有时这又是诗的风格，总回复到最初的印象，字句的运动，不是向感觉转就是避开感觉的暗示。”

这样不断的重新开始，自然也就不免时常重复，可是[①]第二度的出现跟第一度的出现不但总有些不同，且大多由无足轻重的地位，进到主要的地位，即使由主要的地位退居到次要的地位，也还是新陈代谢式地方便了或者帮助了新东西的向前突进，因此层层叠叠地推涌前去，愈涌愈远，正如纪德自述他最初被他的表妹（就是他后来的夫人）拒绝了他的求婚，并没有挫折他，反而把希望带得更远。许多观念，许多感情，都一度潜伏，再度以更严重的意义而重见。这种例子俯拾即是。即以手法而论，在纪德的第一本书《安德雷·瓦尔特笔记》（*Les Cahiers d'André*

---

① 斐南台士说“可是”（mais）是一篇纪德研究文中最自然的句读（ponctuation），就是纪德的书名上也见出他对近于重复的喜爱：《借口集》、《新借口集》；《乍得回来》，《苏联回来》；《日记钞》，《日记新钞》；《尘世的食粮》，《新的食粮》……

Walter）里就写了瓦尔特准备写一部小说而写日记，记下过程，在稍晚一些的讽刺小说《沼泽》（*Paludes*）里就书中有书，而且书名也就叫《沼泽》。这只是一个芽了，若再提取几十年后写的《赝币制造者》里爱德华的为了写小说而作日记，也就把小说名叫作《赝币制造者》——那成了《赝币制造者》全书的中心，而《赝币制造者》又是二十万字以上的一部长篇小说了。又如“超越前去”（passer outre）的说法，远在1893年写的《恋爱试验》里就出现了，可是那时候仅露端倪，到几年以后写的《尘世的食粮》里就成了重要的观念，到更后就成了纪德的中心观念之一，最后简直成了《新的食粮》的一个骨干。而在《新的食粮》里，纪德自己也就把“进步”，喜悦的“进步”，这一个观念溯源到《窄门》。自然到《新的食粮》里这个观念也就成了全书的骨干，因为“超越前去”也正就是“进步”。这也就是纪德的进步，螺旋式的进步。

老超越前去，这样的进步，表面上又自然会常常显得前后互相抵触。不断修正，不断扬弃（例如《尘世的食粮》里不放过任何欲念的主张到《新的食粮》里遭了废弃，而他在那里另外提出了“选择的德行”），本就是新陈代谢的条件，可是尽管纪德不看重一贯，他在一切演变里比任何人都一贯。忽略了这一点，就易生误会。这里随便举一个例子：一位名叫弥尔敦·史丹斯布里（Milton H. Stansbury）的英国（或美国?）先生在他的《今日法国小说家》（*French Novelists of Today*）一书[①]的纪德篇里就说了这样的一句话：

> 可是在他委诸本能中，在这种灵魂与肉体不断的再生

① 史丹斯布里的《今日法国小说家》出版于美国本色尔凡尼亚大学出版部（1935）。

> 中，在他不解的渴中，这位《尘世的食粮》之热心的巡礼者回过来悲叹一切的空幻，而扔掉了他的书。

如果我们没有了解错，这句话不是等于说纪德以为《尘世的食粮》尽是废话，说了半天，结果是一笔勾销吗？而原书上怎样说呢？在前言里：

> 当你读了我以后，抛掉这本书——而出去吧。我愿意给了你出去的欲望……别把我的书带在身边……

在尾声里：

> 扔掉我的书；摆脱它，扔掉我的书，对你自己说这里无非是生活面前千种可能的姿态的一种而已。找你自己的姿势……

因为他愿意

> 我的书教你关心你甚于它自己，——然后关心其他一切甚于你自己。

原来纪德在书里讲的道理也就是摆脱一切的道理，而“得鱼”就应该“忘筌”，本没有什么自己打自己嘴巴的地方。

由此不能不令人想起，简直也可以说就由于这样的误会，纪德在他五十岁以后的短短十年里，引起了社会上的两次不小的风波，思想上，尤其是政治思想上两度的所谓“转向”。

首先，1925 年的 7 月 8 日写完了他的大作《赝币制造者》，仿佛也就一下子摆脱了它似的，连等它在巴黎出版都不等，纪德就在 8 月 18 日出发往刚果去旅行，去采集奇异的蝴蝶去了。在《尘世的食粮》的时代，他还只旅行到了北非洲，现在是往赤道非洲去，更远了一步。这一次他带回来的收获却是一本《刚果纪行》（*Voyage au Congo*）和其后的一本《乍得回来》（*Le Retour du Tchad*）。他在这两本旅行记里揭发了殖民地人民被压迫的黑幕，帝国主义者当局的罪状。要讲点世故，纪德最好不发表它们，可是他好像觉得骨鲠在喉不得不吐。发表了以来，他就颇受了一部分人的攻击，而获得了大多数有心人的热烈拥护。随着他在以后几年里大读社会问题书，马克思、恩格斯等等，而发表了《日记钞》，《日记新钞》，随了他参加当时的左倾青年的集会，大家就众口一辞说他“转向”了。

他自己则不承认“转向”，在一个集会上公开地说了：

> 请不要在这里说什么“转向”吧。我从来没有改变过我的方向，我一直向前走着。极大的差异是：在长时期内，我只瞧见我的面前有着空间和自己的热心的照射。现在我却向着什么东西走去，我知道我的不确定的希望在某处组织起来，我的梦想正在变成事实……①

于是他于1936年夏天到他的“梦想正在变成事实”的地方——苏联——去作了一次巡礼。虽然在完全与充满了原始森林的大自然的舞台非洲中部居反对方向的那块地方的人丛里，也有许多事情叫他感动得流泪，纪德在那里也得到了不小的失望，也许是因为事先的期待太殷了。他回来了，带来了一本《苏联回来》——又是一本《回来》！世故的朋友们劝他不要发表，可是他也同样抱了基督教忏悔式的什么都无隐的精神，还是发表了。这一次引起的骚动更大，因为被激起惊讶的不再是顽固分子，而都是敏感的有头脑的热心人。而针对了同阵营里骚然的抨击、挞伐，他索性发表了《苏联回来补》（*Retouches à mon Retour de l'U. R. S. S.*）。好，这又不是“转向”了吗？

纪德当然更不会承认了。实在顺着一条螺旋式的道路走去，在一条曲线上，我们能说到哪一点算是“转向”呢？也许他只

① 用黎烈文译文（见于他的《邂逅草》），原被引于爱伦堡的《纪德的路》（该文见《一个俄国人眼中的几位法国作家》）。

是走快了一点而已。这也许只是诡辩或文字游戏，可是这正是纪德的思想与艺术的发展史上的一个特色。(他自己原是在《尘世的食粮》里说过有福的是这样一个人："他在地面上一点也不执著，而携带一种永久的热诚穿过多种经常的变动。") 我们甚至可以说合乎辩证法——问题是，讲起辩证法来，这里好像是渎用了它，也许正因为不"唯"什么，成了不断的翻筋斗。自然我们的地球上本来也无所谓上下，我们全是在某一点或面上相对的立下了标准，而也只有从此出发我们才有可为。纪德在《新的食粮》里讲得果然很好。

断了奶的孩子却不是忘恩的，如果他推开他的母亲的乳房。

可是孩子也不能太早的断了奶啊。"超越前去"固然势所必需，可是也不能尽是用接吻式或蜻蜓点水式；"超越前去"必先自己站住了脚跟。这里就牵连了某一特定阶段里的历史任务 (mission historique)①，这里也牵涉了某一特定阶段里的现实问题。纪德在后期中口口声声要现实，他实际上却还是理想家。他太驯良了。尽管他在一生中对别的影响上起了不小摧陷廓清的作用，他醉心的还是建设，如他在《新的食粮》里所说的"我的精神，归根结蒂，还是为了组织而工作，为了建设"。他被苏联吸引去的时候也就在苏联开始建设以后的阶段，也就在他认为他的梦想被部分实现了的阶段。一个理想家总不容易放过任何看不过去的事物。如果我们局外人平心静气地来读，纪德在《苏联回来》和《苏联回来补》里并没有什么恶意，他不过还是取了宗教的忏悔精神、科学的"一切公开" (tout

① 斐南台士在《纪德论》中也说到，虽然他的书出版于1931年，远在《新的食粮》出版以前，更远在这里所讲的纪德所引起的风波以前了。

ouvert）的态度。可是原认纪德为“转向”，原庆幸他“转向”的许多人——自然也都是好心人——大惊小怪了，苏联当局也严厉谴责了，于是群起而攻之，因为他们原也跟纪德一样的充满了不容忍的感情。实在也不能怪他们，敌对的阵营里不是正利用了纪德的话来加强了反击吗？这也非纪德的初衷，他并没有因此就一笔抹杀了寻求光明的这一方面而反身投入另一方面而肆其破坏原阵营的工作。这可又怎么解释呢，除了说他是一个理想家，一个艺术家？不错，我们要说一个艺术家。艺术当然需要植根在现实里，可是艺术品究竟不是现实（这也是纪德爱说的），艺术世界里的尺度不能应用于现实世界，正如现实世界里的尺寸不能应用于艺术世界。参加行动对于艺术创作是有益的，可是在行动里就必须顾到行动的实际，参加行动就得沉下心来专心一意地追随或领导政治、政策、战术、战略。还是根据了一颗天真的童心或者相反的一种超然的艺术态度，在现实里若不是全然无用就是出乱子。譬如，艺术作品里，甚至于哲学思想上，尽可以如纪德早先那样的推崇“真挚的行动”的绝对价值，可是在实际应用上，就要看它的相对作用如何了。更如，在艺术作品里一个人尽可以发抒他把解放当做自由本身的精神，尽可以发挥“开始的哲学”（这两点都是斐南台士从纪德身上指出的），因为在那里端倪就可以独立，在做一件事情上就不同了，因为欲有所成，开始了必须守成，因为起事不等于成事，一步未了又跨出一步，等于废事。这里也牵涉了宣传与艺术的分歧。为眼前的实用起见，作家尽可以写标语、传单，可是，千万别以为这样就是在创造艺术（顶多可以说是正在从事将无意中丰富艺术的实际生活），要不然，明天忽然逼于现实的需要而必须抹去今天的标语、传单，必须写起完全相反的标语、传单来，心上就难免尴尬了。唯有表现时代的艺术品才有永久性，不错，可是也就在它表现到时代的深处，不在表现了瞬息万变、朝三暮四的浮面，而在表现现象，以意识到本质的精神。艺术如有什么实用，也许有很大的实用，多分看不见的，极少马上可以见效的，我个人在别处说过："一管笔是一枝枪（从事宣传工作者的口头禅），对的，可是究竟是比喻的说法，事实上不是一枝枪，面对面当然抵不过一枝枪。"参加过政治工作的艺术家当然会更深刻地感到这一点。所以说来奇怪，见解上忽略了历史任务的纪德，在生活上又无意中获得了一种历史意义（signifiance historique）。这在纪德的情形下又不足为奇。"他是歌德一类的作家"，斐南台士说得好："每一部作品在内部的价值以外，还代表一种文化的演变中的一个阶段，造成一种文化的那种发现与证实的过程中的一个经验。"纪德的《尘世的食粮》，一本讲摆脱一切因袭的束缚，放纵官能的趋向，歌颂与自然的直接的来往的小书，虽然在出版以后的最初十年里一共只销了五百本，却正是一种时代的呼声，从巴黎的沙龙与俱乐部的窒息的空气中[①]喊出来的呼声，或者向那里喊进去的呼声，也许是粗野的呼声，叫闻者都悚然而又雀跃，叫罗杰·马丁·杜·伽尔（Roger Martin du Gard）小说里的年轻人听了就相约而逃出巴黎，奔赴马赛码头[②]，叫后一辈的小说家把生活或眼光放到纸醉金迷的巴黎以外去，甚至法国以外去，去 décivilié（摆脱文明），去吸吮生命的源泉，去接触原行，总之去生活而创作，例如马尔洛（Malraux），例如圣·狄瑞披里（Saint—Exupéry），例如桑宋

① 纪德自己在《倘若麦子并不死》中也讲到这一点。

② 见马丁·杜·伽尔（1937年诺贝尔文学奖得主）长篇小说《谛波尔一家人》（*Les Thibault*）第一卷《灰面笔记本》（*Les Cahiers gris*）。

(Chamson)[①]，也许不是我主观的杜撰，如果说他们也都是得了这一种呼声的启发。是的，纪德，若不是单独也当是与少数一些人同时的，不仅是代表了而且是启发了一个时代。而现在，他如果不是启发也就是代表了一个时代——当他第一度所谓“转向”以后，也正是许多年轻作家采取同一方向的高潮的开始，而当他第二度所谓“转向”的时候，大家还对他大张挞伐，可是到西班牙人民政府失败了以后，到第二次世界大战爆发以后，大家又怎样呢？也许最明显的例子倒见于英国，20世纪30年代前期轰轰烈烈地主宰了一时代的左倾作家，都好像“回来”了，而总是“他们发现了”，约翰·雷曼（John Lehmann）所说的“政治活动和政治主张对他们究竟不会是很容易解决的问题”[②]，“一个共同的灰色笼罩了一切”[③]。这又岂止在一个英国而已。这自然更不是纪德的影响，而是在这个时代里许多人所共同走上的道路，只是纪德恰好又走在许多人的前头。关于这些人，雷曼也就说，“他们的行动可以说并不是圆圈式而是螺旋式，他们有了一个很确切的进展”，他们增加了社会意识等等。这也正好是说明了纪德，他自己在后来的《日记》里还是说几年的研读马克思不是白费，他进去了又出来了。然而，“转向”也罢，“进步”也罢，他还是一贯。虽然他自己不在乎一贯（例见《新的食粮》），虽然他再三说他自己身上的矛盾。纪德老爱讲他自己身上的互相抵触的根源，例如他在《倘若麦子并不死》里，提起

① 里维埃也说，他离开了象征主义，回复到人性，“给我们指了路”。圣·狄瑞披里的中篇小说《夜航》及桑宋的短篇小说集《出·水·阳光》（或照原名直译为《地·水·火·风》），已有陈占元中译本。

② 见雷曼的《欧洲的新文学》（*New Writing in Europe*），《塘鹅丛书》本（1940）。

③ 转引自德路（Elizabeth Drew）的《现代诗的诸方向》（*Directions in Modern Poetry*），美国诺敦书店（Norton and Co.）出版（1940）。

他一出自北部诺曼第，一出自南部于塞司（Vzes）的母家和父家的时候：

要讲不同，无过于这两家了；要讲不同，在法国也无过于这两省了。它们在我身上集起了它们的矛盾的影响。

他常爱确立这南北两省的影响于精神的特点：南部明净，令人易感到官能的快乐；北部沉重，令人倾向于撇弃浮面而探索深度；后者适于基督教精神，而前者宜于异教精神。虽然在这里严格地讲起来，诚如斐南台士所说，在逻辑上只能算是相反而不是矛盾。没有关系，纪德总还是在那里一再提调协或统一，直到1937年的日记里还提到说：

一种总想调协的要求折磨我，这是我的精神上的一个乖僻，这也许是我的一种心性。我愿意照布莱克（Blake）所说的叫天堂与地狱通婚："个人主义与共产主义……你怎能调协这两个对敌者呢，就算在你自己身上。"我的朋友马丁·杜·伽尔笑对我说，"这是水与火啊"。从它们的通婚就产生了蒸气。①

他甚至说：

大家坚执一见。唯物论者不知道他只有用了精神才否认得了精神，唯心论者又不承认他就是需要物质来思考。

不错，如上边说过的，纪德也不是由否定价值的认识上走向他所谓的"共产主义"的，也难怪到1937年，就在讲了上述那些对

① 本来这种天堂与地狱一类的对立（不同于中国由道家出发的阴与阳的对立，那是不牵涉善恶问题的），都是在基督教的影响之下看出来的，也就影响了西洋整个的精神活动，我们现在照日文转用来的"转向"原为 conversion，也还是宗教的说法（改宗）。而纪德当初倾向于共产主义，也还是出发于基督教的人道主义的精神。他在1933年的日记里也就说了："不错，这不只是文字游戏：在 Communisme 里也正有 Communion"（圣餐礼或神会或共享）。

立以后，他又说了：

> 这些冲突，我在外边遇到它们以前就已经感觉到它们在我身上活动了。我认识它们，而也就凭我个人的经验，我才知道一个人在斗争里如何消磨了自己，如何白费气力。我长久在我的本性里相反的成分之间，维持了这种斗争，直到有一天我问了自己说：有什么好处呢？从此我就不再追寻斗争和一部分的胜利，而追寻了协调；为了我终于明白协调里的各成分愈相违，谐和愈丰富。同样，在一个国家，那是一个阴晦的乌托邦——如梦想一党压倒另一党；梦想一个极权国家，在那里被压服的少数不再能发表意见；在那里，更坏的是，每个人，全体人都千篇一律的思想。合唱队用一个声气歌唱的时候，就不能再有什么和谐的问题了①。

这果然说得动听，可是也只有说说而已。天下这样的善意人自然不少，可是相反方面的野心家也就总不缺少，既然不能不有不相同。而现在呢，譬如，纪德从法国在1940年对德国停止抵抗以后，听说就居住到非沦陷区，可是《法兰西新评论》要在巴黎复刊，因为要发表他的文章，就发生了问题而搁浅了——这是现实。而现在德国军队开入了非占领区，我们也就不由不为这位老先生抱了深切的担心。现实逼使人非此即彼，而我们相信纪德的痛恨纳粹主义还是而且是比痛恨什么主义都强烈。纪德向往的马上就得到的协调怕只有在艺术里可以开花。是的，还是让我们回到纪德早年所说的话去吧：

> 我常常自认我之所以从事艺术工作，就因为我只能靠它而实现那些太相异的成分的协和②。

---

① 见《日记》第1294页。

② 见《倘若麦子并不死》。

也就让我们还是回到艺术作品上来吧。艺术作品协调相反的倾向中，最明显的例子无过于纪德的《浪子回家》了。浪子回来而他的弟弟出去。两个主题，诚如斐南台士所说：“造成诗的两重的厚度，每一个对于另一个尽了启迪的功用，而两者互相融化于一种音乐的沉默，那里继续着觉察不出的颤动”（或照我们的现成话来说“余音袅袅”），或简直就是一种音乐的和谐，画家在帆布上的调和色调，在那里“不但相反的超乎时间与空间，而在一种一致里调协了，而且和谐的力量在一个永久的主题上结晶了”。把这番话应用到后来的演变上，我们也尽可以说纪德在现实生活上的两个不相同的“回来”——从刚果和乍得“回来”和从“苏联回来”——也唯有在《浪子回家》一样的“回来”里才可能得到调协。浪子回来而他的弟弟出去——这里包含了永久性，可是这不是尼采所谓的“永久的回复”。浪子的弟弟是年轻一代人，他如果再回来总是跟浪子不一样的回来，而他自然也有更年轻的弟弟。不错，明年的春天会再来的，可总是另一年的春天了，园子里的花木会一样的开花，可是多少总是改变了一点，增加了枝叶或者相反的衰老了一点，而衰老了一点也是让下辈多舒展了一点，总之，不能不算是进了一步。纪德的晚期内两个“回来”的戏剧，总是他思想史上的两大急剧而确切的激变，而我们也恰好在我们开头所引的那一段话里，那一个公式里，相应地发觉了首五句闪烁的字句以后，比较上是急转直下的最后三句的紧张与明确的节奏。

二　从《尘世的食粮》到《新的食粮》

而这个公式不但说明了纪德的文体，说明了文体里透露出来的思想的演变，而且也说明了文体的演变——演变的两个阶段。

当初纪德第一度所谓“转向”的时候，曾经如上边所引的说过“在长时期内我只瞧见我的面前有着空间和我自己的热心的照射。现在我却向着什么东西走去”，这也可以说从空洞、不确定的境界转到了切实、明确的境界。与之相应，我们这个公式里，经过了前五句摇曳，闪烁的节奏里现身的斑鸠、风、枝条、海浪，经过了急剧的好像要把什么都放进去的拦腰一束，就急转直下，明白地说出了意义，——“是我的心在对自己讲述——在对你的心讲它的幸福”。可是这更清楚地说明了纪德从《尘世的食粮》一类早期的文体到后期的小说的文体的演变。他的文体到小说时期变成了明确、简练、干净利落、爽脆有力，每个字都有了它自己的个性，其意义不再系于字句的流动，而流动也不再见于字句的表面，而到了深处，变成了看不见的潜流，代替了字句的颤动，看得见的只是书在流泻。这种可以说后期的文体如《赝币制造者》的文体，卸却了一切铅华，简直成了透明，达到某一种意义上的古典主义的造诣。可是至少早年的那种晨风式的流动还是会回来的，纵然多少有点不同，于是就有组织上与《尘世的食粮》大同小异的《新的食粮》。这本小书简直是融合了两种文体，因为一方面其中大部分，尤其是前一部分，文体极似《尘世的食粮》，而另一方面“邂逅录”和最后一部分却又正是小说时代的文体。

比较起来，《尘世的食粮》里抒情的成分（lyricism）多于冥想的成分（meditation），换句话说，诗多于哲学[①]。而从《尘世的食粮》到《新的食粮》，正如文体所表现的，也正如我们的公

① 苏台（Paul Souday）在他的《纪德论》一书中讲到《浪子回家集》一书是纪德的最美的一本书，说它是诗与哲学的结合，其实纪德的每一本书都是诗与哲学的结合。

式里所表现的——从风花雪月到人——长长的岁月里修养上也有了极大的变化。因为纪德在这一段时期内已经从自传到了小说，从个人的享受到了对于别人的关怀。创作上既然召起了人物，纪德的“唯一的操心”，如里维埃所说：“从此就在于忠实地表现他为他们所发现的一切思想，他认出该由他负责的一切行动，一言以蔽之，讲他们的故事。”纪德早就只爱了“一个讲得好的故事”（un récit bienfait），因为，如斐南台士替他说的：“再没有一种文体比小说（roman）更变化多端、层出不穷，在那里诗应该协助，应该阐明，而不歪曲最日常、最平凡的现实。”这不但决定了纪德的艺术的途径，也决定了他向人生里的投身。他觉得“光是打开了人生，尝尝那里的多样性是不够的，还得经验这种多样性，像别些人一样的经验它”。因为纪德的理想小说，如他在《赝币制造者》里所阐明的，也如斐南台士给他摘要说出的“不是画的‘我’，也不是画的‘别一个’，当作唯一的人物的‘别一个’，由于赋给他的重要性和对他的熟悉而不同于别些人的，而是画的‘全体’，还不是反映于一个‘我’中的‘全体’，而是‘每一个’所表现的，所经验的‘全体’”。或者，换一种看法，照纪德早先在《倘若麦子并不死》里说的，小说家教他“关怀别人，跳出自己”。也就是这一种趋势协合了天下为怀的宗教心，使他倾向于社会主义，因为社会主义者与小说家简直没有多大分别了，如果小说家是这样一个人：

> 我的心只为了同情而跳；我只藉了别人而生活；藉了代理，或者可以说，藉了通婚；我觉得我生活得最强烈的时候，也无过于当我避开了自己而变成随便怎样一个人的时候。①

而这种思想发展下去也就成了或者同时成了《新的食粮》

① 《赝币制造者》里爱德华说的话。

里的一个中心思想。不错，《新的食粮》还跟《尘世的食粮》一样地讴歌喜悦，教人放纵欲望，享受官能世界，接触自然[①]，可是已经不如《尘世的食粮》里那样地不负责任，例如幸福就有了个是否剥削别人的幸福的限制，而自然也往往只用来说明人了，例如说自然史是最好的人类的历史[②]。《尘世的食粮》的作者对于人生的经验其实还是很少，还不知道或者忽略了现实，例如只有到后来在《梵蒂冈的地窟》（*Les Caves du Vatican*）里才提到了《尘世的食粮》的旅途上也该少不了的跳蚤、臭虫、蚊子，而《新的食粮》里的"轮番曲"，"出于抒情的表现"，在这里就让"邂逅录"，"出于事实的表现"来代替了[③]。《尘世的食粮》和《新的食粮》写的同样可以说是初醒的境界，可是在同样的年轻的精神里也显出了年龄的并非徒增的痕迹。同样对于生活中的一切都惊讶、赞叹，《新的食粮》的作者已经不如在《尘世的食粮》里那么天真烂漫，不再那么的纯凭主观，而且不由纪德自己，充满了成熟而炉火纯青的睿智。《尘世的食粮》还是一个孤独者的作品，到《新的食粮》里，虚拟的对象娜塔纳哀，那个纪德现在觉得悲凉的名字，换成了洪亮的"同志"。在《尘世的食粮》里否定的精神重于肯定的精神，破坏的精神重于建设的精神，到《新的食粮》里也反过了比例。

从这些演变上看来，浮士德那样的追求无尽，在活人的纪德身上也找到了最适于舒展的一块突出的沃土。纪德的价值也就在他的演变上，在他的出名的不安定（inquiétude）上，大家也就

① 见《日记》第1080页。

② 在这种地方纪德跟歌德的见解很相似，自然可以说受了歌德的影响，同时与两不相干的英国D. H. 劳伦思也不谋而合，尤其是写《花与人》一诗的劳伦思。

③ 见玛尔洛的论《新的食粮》（该文有黎烈文的译文，见《邂逅录》并经《创作月刊》编者转载于该刊第三期。）

说他就在不安定里得到他的宁静（sérénité）。这句话我们也可以或者应该改过来说，他的每一本创作也就是宁静的一度结晶，一度开花，古典主义的理想之一度实现①。自然开了花，他又超越前去了。“扔掉我的书”，他说，可是尽管实际生活上得了“鱼”就不妨或应该忘了“筌”，艺术上却不能抹杀工具的价值，过程的价值，“筌”的价值。尽管时过境迁，这一种结晶是超出时间的，因为它“开花在时光以外”②。一种冲势，一种 élan，在纪德是素所心爱，在精神价值上当谁也珍惜。这里又见出了艺术的永久性。而《新的食粮》又正是在曲线的向比较上算正面的那一个方面转去的时期的一个结晶，因此里边也特别充满了明朗、阳光；上引的我们的公式，撇开了节奏，我们在内容上也就面对了“在枝头雀跃的斑鸠，——在风中摇曳的枝条，——吹侧小白帆的海风，——在掩映于枝叶间的海上，——顶上泛白的波浪，——以及这一切的欢笑、蔚蓝、光明……”

三　一个遗嘱或一种福音

纪德起意写《新的食粮》也确乎就在海边，地中海边。那是远在 1922 年，在他五十三岁的时候。纪德写东西很少一起意就立刻写下来，如他写《浪子回家》。也许也就因此，因为长期的酝酿，他的作品才包含了许多时期的痕迹，尤其是《新的食粮》，这本小书从想写到 1935 年出版，算起来整整的孕育了十三年。在 1922 年的 7 月 12 日，他在《日记》里提起了他要写

① 纪德在《倘若麦子并不死》里曾经提到他老早就有古典主义的倾向，说他当初和一个同样年轻的朋友，在首次出发北非洲以前，互相激励去追寻“平衡、完整、健康的理想。这我相信就是今日我们所谓的‘古典主义’”。

② 见《纳蕤思解说》。

《新的食粮》。他是在叶尔（Hyeres）海滨，据他在那几天的日记里所描写的看来，正是他后来在1934年8月18日所说的："一切都浴在一种璀璨的蔚蓝里，就像我在写《食粮》（《尘世的食粮》）的时代。"从此到1928年写下了许多零篇。他就在那一年说了："我当时不知道为什么缘故，总以为不久于人世了，而常愿意把《新的食粮》当做一个遗嘱，那在我的计划里该是我的《尘世的食粮》的一个晚成的副本。"当初他生怕这一本书会只成一个草案，"并不是因为我的思想改变了方向，因为许多事件使我的思想取了确切（précise）的方向"。他不勉强写，因为他一开始就要写得像《尘世的食粮》一样的自然而真挚，用他自己的话说："我只有在不由我自主的时候才写得了它。要比什么都不加以计划。"书终于写出来了，宛然一本福音书。

不错，虽然纪德劝人家不要听信人家的说教，他这种抒情的冥想对别人也总是一种说教。"我的心在对你的心讲它的幸福"，对了，他正如我们那个公式里到最后所点明的，他是宣传"幸福"，或者如他自己在1929年8月14日所说的"扩大喜悦"。而这本小书的性质也更可以用书中的一句话来说明它是什么——"爱与思想的交流"。而从这个交流中飞溅出了多少本质（matter）与表现方法（manner）都到了化境的水花，每一颗都晶莹剔透，一如《纳蕤思解说》里所说的"结晶"，全都足以提高人的感情与思想。例子俯拾即是，要举简直就是抄全本书。纪德要把这本书写得自然而真挚，要举作样本，我们也不妨顺着原书的次序，信手拈去。这里就是充沛了一切的生之喜悦：

> 一切准备喜悦的组成，而喜悦马上在这里活了。蠢蠢的悸动在树叶中，分之于花中，即成其所谓芳香；于果中，即成其所谓美味；于鸟中，即成其所谓灵性与歌声。……你就称之为果，当喜悦成甜汁的时候；而，当它成歌声的时

候，鸟。

随了“新的亚当”，我们就到了一个目的与手段合一，宇宙与自我合一的简直是乐园里所独有的境界：

新的亚当，今天是我在命名。这条小河，是我的渴；这片林阴，是我的睡眠；这个裸露的孩子，是我的欲望。我的爱借鸟歌以为声。我的心嗡嗡地飞鸣在这个蜂房里。可移动的天际，就做我的界限，在斜射的阳光下，你退得更远了，你渺茫了，你发蓝了。

基督教的利他主义在这里也变成了可捉摸的喜悦的源泉：

仿佛一斧砍倒了自私观以后，我的心里立刻涌出了如许的喜悦，尽够我用来灌溉另外一切的心了。

由不重目的而重过程出发也可以感到“刹那即永恒”：

于一切过逝者都是常在的，神并不栖止于对象，而于爱；我现在知道在刹那里尝永恒了。

我们随了这一句也就感到了风吹弦动式的感激：

空气的最轻微的一抚摩也在我的心里唤起了一声感谢。

克己中完成肯定，在这里得到了服人的诠释：

凡是你不曾赠与的一切都占有你。没有牺牲就没有复活。一切都唯靠贡献而开花。

从基督教引到社会主义的思考变成了官能自己的推理：

在别人的悲惨上发迹的幸福，我不要。剥夺他人的富足，我不要。倘若我的衣服剥裸了他人，我宁愿裸行。啊，我主基督你广开食桌！天国的盛宴就在于人人都邀请。

“与人乐乐”的平民化主张不再是一种浮夸的肆言，而成了一种真切的告白：

我爱野店的饭菜甚于华宴的山珍海味，公园甚于高墙围绕的最美的名园，我不怕在散步中携带的书本甚于最稀罕的版本，如果我要独自欣赏一件艺术品，它愈加美，我的悲哀愈加压倒了我的喜悦。

从这种神与人的相依为命里，我们也了解了精神与物质的相互关系：

创造主需要创造物，因为如果他不创造什么，它就根本不再是创造主了。结果彼此相关，相依到如此密切，直可以说彼此不能相缺，创造主少不了创造物，人需要神，不会胜过神需要人，我们想象到一无所有，较易于想象到无此之彼，无彼之此。

“天行健”或新陈代谢的永生观念又在具体的形象里化了一次身：

明日的喜悦唯有待今日的喜悦让位了才可以获得，每一个波浪的曲线美全系于前一个波浪的引退，每一朵花该为果子而凋谢，果子若不落地，不死，就不能准备新花，是以春天也倚仗冬天的丧忌。

一切在人或“仁者人也”的道理在这里闪耀着像一颗星：

没有什么不是非人性的，除了人自己。

热心的感染在这里也简直诉之于目了：

我燃烧得如此强烈，似乎我可以把我的热心传给其他一切人，有如传烟卷的火，而且这样只有使我的热心愈加抽旺了。

理想对于现实，对于进步的重要也得了一次雄辩的推崇：

多少年轻的意气自以为充满了勇敢而由于加诸它们的信念的这一个名词“乌托邦”以及怕明达人认为想入非非的这一种恐惧，一下子就泄气了。倒像人类的大进步并不归功于实现了的乌托邦，倒像明日的现实并非造成自昨日和今日的乌托邦……

从自然使命中我们也认识了多样性的美处：

> 松鼠不嘉纳蛇的爬行。乌龟和刺猬蜷缩的时候，野兔飞奔而逃了。

又如，除了世界人也会变的说服，死之恐惧的祛除，造成痛苦责在人类的证明，用苞衣由保护而自后妨碍芽的历史发展来比的迷恋过去的驳斥，眼睛“不要抬起来对天空而对地平线”的劝喻，“只要人助进，一切可能都可以实现”的信念，由年轻人接去了希望等于“延长青春”的感觉……在这本书里都阐明到纤尘不染的空明。

自然所有这些思想，这些感情，都是交织起来的，在这本书里，还是像在纪德所有的书里，尤其像《尘世的食粮》里，一样的取了听其自然发展的方式。低徊，反复，似矛盾非矛盾，此起彼伏，仔细分析起来，还有线索可循，因为这是照纪德的灵魂的最真挚的发展，也就是我们所举的那个公式里的发展。而这本书本身里也就反映了从《尘世的食粮》到《新的食粮》的演进。例如，这本书的第一部分还多少更接近《尘世的食粮》：抒情的成分重于思索的成分，爱重于思想，诗重于哲学。第一卷里的确还有几首用诗体写的诗而到后来就完全绝迹了，或者纯由“邂逅录”来代替了。就是“邂逅录”，它们原先在文体上与诗截然不同，正如《尘世的食粮》与《不道德的人》、《窄门》等截然不同，可是到第二卷起，“邂逅录”也逐渐变成了不再纯讲故事而用对话体一类的格式，而融合了故事与哲学甚至于诗的格式——也像到了纪德文体上的演变的最后一个阶段。又如，这本小书开头的情调或声调，还有点摇曳、闪烁、悸动、朦胧，像瓦雷里的《年轻的芭尔该》和《黎明》里的破晓时分的样子，然后太阳出来了，也好像小孩子产生了，周遭的一切都光华灿烂，直到第一卷临了，由“幸福而能思”的一点转到了第二卷整个地对于人生问题或者玄学问题的深思，然后到第三卷里又由“获得了确信，而摆脱了确信”，把问题解决了或者交代了，他重新来摧陷廓清或发挥阐扬起许多较实际的问题，于是到第四卷末尾，给大家具体的解脱了死的恐惧，揭出了永生的切实想法，人类不但可以延续而且进步的信念。随了思想、感情，到后来，文体也比开头的那些流动的字句来得更明确、干脆了，例如跟上引的早先那些例子显然有了不同的这种字句：

诗，别再在梦里传写了，想法在现实里发现它。如果它不在那里呢，放它进去。

把所有结果子的树枝都拉下来凑你的手，凑你的嘴唇。推倒墙垣，打倒栅栏，不让小气的独占来在上边写：“禁止入内，此系私产。”

而，也还是在最后一部分里，纪德才把“在来的读者”称起了虽然是并不属于任何一党的断然的一声“同志”。

昆明　11月20日（1942）

附记　解释纪德，本来是极艰难而多半是出力不讨好的工作，困难恰就如大家所指出的在于他把一切都说出来，因此不可能给他下定义。他又变得那么快。他又是一个艺术家而不像一个哲学家一样地建立了一个思想的系统。要抓住这样一个微妙的灵魂的变幻，就难免穿凿，何况像这样断章取义地挑出了一段文字来解释。不过让我们得一个比较具体的印象，正因为纪德的变化太多端了，用这样一个公式来穿凿的解释起来倒是简单、明白。照纪德的思想推想起来，解释的文字也应该尽于当钥匙的作用，因为纪德自己引导人也往往只引到门口为止，留下的都是被引导者自己的事情。现在如果这里既是一把没有铸错的钥匙，读者也应该超越它，而去追踪纪德，甚或进一步而超越纪德。

分与合之间：关于西方现代文学和"现代主义"文学

一　现代文学与"现代主义"文学

我们用马克思主义的唯物论和辩证法而不用林彪、"四人帮"的唯心论和形而上学来看待作为客观存在的文学现象，就不能无视西方现代文学和"现代主义"文学潮流及其发展或演变。

西方现代文学不就等于"现代主义"文学。但是从广义的"现代主义"文学的角度看，就资产阶级文学而论，它们又基本上一致。现代文学理应是20世纪文学，但是我们现在，和西方一般评论界一样，习惯于从第一次世界大战前后或俄国十月革命前后算起，那就和"现代主义"潮流和影响有关。

列宁讲一个民族里有两种文化，但是他又指出占统治地位的文化就是统治阶级的文化。

从巴黎公社起，西方有了无产阶级文学，作为新生事物，将来发展为主流是可以期待的，但是这还是远景，因为资本主义发展到帝国主义阶段，若说是回光返照，现在看来，那也是相当长的历史时期。

另一方面，从巴黎公社起，接着发生的一连串政治历史大事件，特别是第一次世界大战和十月革命，以后是 1929 年世界经济危机，法西斯上台，第二次世界大战，中华人民共和国成立等等，像石头抛进平湖里，不论从正面反面，不论较大较小，有形无形，在世界范围内，总都有反应。

也正因为如此，从仍然占统治地位的资产阶级文学当中，用旧世纪末和新世纪初这条界线，把现代文学划分出来，是十分勉强的，因为特色并不明显。而第一次世界大战和十月革命以后，西方文学的主体，不论从各方面倾向来看，却显然不是原来的面貌了。

大约从这时期开始的西方“现代主义”文学及其同时或以后各时期的变种，尽管数量不大，但能量不小，往往处于尖端地位，例如在英美资产阶级诗歌界，也颇有人不无道理地夸称 20 世纪 20 年代为“艾略特时代”，30 年代为“奥顿时代”之类。

时过境迁，在西方资产阶级文学中，狭义的“现代主义”文学已成陈迹，广义的“现代主义”文学，就是以各种“先锋”派为名的潮流，却还是日新月异，还未到穷尽的日子。那么，作为历史也可作为现状，这个客观存在的文学现象，也就值得我们重视。

二　“现代主义”与传统

如果“现代主义”文学的产生不可能确切地指出一个日期，那么“现代主义”文学的含义，事实上，也不可能概括成一条定义。在一般场合，大多数是先有创作实践，有意或无意，自发或自觉，形成了一种倾向，才有理论批评工作者加以综合，定上一个倾向或流派的名号。有时批评家封给了作家以某种名号，作家自己还并不承认。个别流派自己先打出旗号，按此创作，结果实践上并无多大引人注意的建树，也不缺少例子。从广义说，“现代主义”这个名称，经过几十年，不管作为一个贬词或作为一个誉语，总算站住了脚跟。

“现代主义”最初是对19世纪资产阶级正统文学规范、习尚、风格的反响，甚至于公然叫“拆台”（debunking）。这不仅牵涉到不同的表达方式，也牵涉到不动的感觉性（sensibility），有所谓“现代感觉性”（modern sensibility）。在同一范畴内，下一代拆上一代的台，下一代造上一代的反，也就跳不出“现代主义”的手掌。

所以广义的“现代主义”也就可以包括以后各时期层出不穷，迄今还是在活动的由“先锋”变后卫的各种流派、各种倾向，各种有时候朝生暮死的新花样。它们五花八门、名目繁多，仅在各种体裁方面举个别例子，就有诗歌方面的“后期象征主义”、“未来主义”、“超现实主义”等等，小说方面的“意识流”派、“存在主义”、“新现实主义”、“新小说”，以至较近的“黑色幽默”等等，戏剧方面的“表现主义”、“荒诞派”等等，文学理论方面的“新批评”以至最近的“结构主义”等等，一般文学创作方面的“迷惘的一代”、“愤怒的青年”、“垮掉的一代”等等。

根据事实，当时的各种新花样，经过时间洗刷、淘汰，至今还多少站住脚跟，多少有一定影响，或沉没了又冒出头来的，却不是哪一个流派，而是各种流派里的个别作家，或经过几种流派变化过来的个别作家，或受过这种那种流派影响的个别作家或其中个别作家的个别作品。所以合起来，如一般分为20年代、三四十年代、50年代文学倾向、流派、作家、作品等等，又较易显出其间的异中之同、同中之异。

不管理论上怎样讲，作家、作品的“现代主义”倾向、特色，确有和19世纪正统文学可捉可摸的一定分野。英国在20世纪写出主要作品的小说家班乃特（Arnold Bennet）、高尔斯华绥等人和19世纪正统小说家并无显著区别，但是不仅和乔伊斯、浮吉尼亚·伍尔芙（Virginia Woolf）截然不同，而且和劳伦斯（D. H. Lawrence）、福斯特（E. M. Forster）也显然两样，也就是有别于“现代主义”。美国现代小说家辛克莱·路易士（Sinclair Lewis）主要作品显然和费兹杰拉尔德（Scott Fitzgerald）、斯坦倍克等人不同，更不用说大异于海明威、福克纳了。先后得诺贝尔文学奖的罗杰·玛丹·杜·迦尔（Roger Martin du Gard）和纪德是亲密朋友，而前者的《蒂波尔一家人》和后者的《伪币制造者》就文学倾向说，也就有接近19世纪正统和显然是“现代主义”的区别①。在一个人身上德国托曼斯·曼前期写的《布登勃洛克一家》和后来写的《魔山》两部小说之间也就存在这种区别，而爱尔兰诗人叶芝（W. B. Yeats）的晚年诗作也就进入“现代主义”了。

一切事物都是对立统一体，一切事物之间都互相区别又互相联系。文学潮流总是“后浪推前浪”，也总不能“抽刀断水”，就“现代主义”而论，也总逃不出这个规律。

事实上，可以概括在“现代主义”这个名目下的现代以至今日西方各种文学流派、倾向，从19、18以至17世纪，大多数

---

① 与此问题无关，但也不妨顺便提一下：最近见到一篇关于诺贝尔文学奖获得者的介绍文，讲到纪德，只提他的《地上的粮食》而不同时提他后来写的《新的粮食》，只提他后写的《从苏联回来》而不同时提他先写的《从乍得回来》（这些都是有关纪德思想转变的作品），未免片面，至于纳粹占领法国期间，他是逃亡到阿尔及利亚的，不知何所据而说他成了法西斯分子。

也都有近亲远宗可以追溯，所以“传统”也不是它们要违避的，而相反，甚至津津乐道的题目。

就在托·斯·艾略特充当“现代主义”诗歌和理论的急先锋的时候，就已经大讲“传统”了，至于所讲的是过去西方文学里的哪一种“传统”，自然又当别论（参看他写的著名论文《传统与个人才能》）。

就在浮吉尼亚·伍尔芙，主要在小说方面，划分19世纪文学尾声和20世纪文学前奏的时候，写出著名讲稿《班奈特先生和勃朗夫人》的时候，她就批评到同属“意识流”小说派的乔伊斯的（还不是他最后那部“天书”的）小说《尤利西斯》的“猥亵”，批评到偶尔也到她勃洛姆斯布里（Bloomsbury）文学小圈子做客的艾略特的“晦涩”（她只赏识“他写过现代诗歌最美的几个单行”），甚至总的说来，还提到“文法被破坏，句法烟消云散”以至作出“文学世界的根基与规范”被“摧毁”的警告。可能是出乎一般读者的意料之外，她的《论俄国小说》一文里还推崇了19世纪俄国小说传统。

西方“现代主义”文学也不是完全反文学传统的，一开头就和欧洲文学传统有千丝万缕的联系。

可见西方“现代主义”文学潮流，决不是平地风波，无根事物，孤立现象。事实证明其中颇有一部分作家、作品，具有一定的历史意义，正因为如此，对于今天，也具有一定的现实意义。

三　“现代主义”与现实主义

西方“现代主义”文学当中一部分多少经得起时间考验的作家、作品，如果总还不是割断历史，总还有继承了过去的文学传统的地方，那么多少继承了一点的就特别是19世纪的现实主义传统吗？

看来，事实也并非如此。

这就要看我们如何理解作为文学创作方法的现实主义。

大家知道马克思提过哲学家“解释世界”和“改变世界”的关系。

由于这点启迪，我们在文学方面相信“反映论”的，就大致不妨说：真正的或者真有一定价值的文学作家，总是在创作里反映现实的，而反映现实总不是无所谓的，不管作者自己意识到或者没有意识到，总是为了改变现实，只是有意无意而倾向于这样去改变或者那样去改变，有所不同而已，而所同的就总是有所向往，有所探求，有所幻想，有所理想。

所以在文学创作中，不能说只要是反映现实的就是现实主义。历来广义的浪漫主义成分占优势的有价值作品，甚至狭义的西欧19世纪浪漫主义流派的优秀作品，也总是反映现实的，基于现实的，高于现实的，只是在改变现实的倾向方面有所侧重而已。

我想或许可以说，在剥削社会，在封建社会，在资本主义社会，所谓“逃避主义”的真实作品本身也就是现实反映，具有一定的认识价值。至于粉饰现实，歪曲现实的文学作品就没有多少存在价值，才总是经不起历史潮流亦即时代潮流的荡涤。

而且文学创作，用形象思维，总是以点反映面，不能“求全”（与历史著作，包括文学史著作不一样，那是要求全面概括，虽然那里也有突出重点的问题）。

正如我国18世纪的《红楼梦》这部小说可以说是我国封建社会的百科全书或者形象史，而它没有用多少笔墨触及到统治大家族兴衰的对立面即农民生活、农民斗争一样，欧洲19世纪的托尔斯泰可以说是“俄国革命的镜子”，而在小说里没有直接写到多少革命场面。可见这样就不能说不反映现实，就算是“折光反映”也罢。

这个看法，我想也适用于西方现代文学以至“现代主义”文学的场合，只是在20世纪这个青黄不接的过渡时期，还没有能产生同样伟大的作品而已（至于能反映现实到什么程度，什么深度，就涉及到另外的条件，这里且不谈）。

举例说，我看美国“现代主义”小说家费兹杰拉尔德的《伟大的盖茨比》和不仅是“现代主义”而且开启了一代文风的小说家海明威的《永别武器》，就不能说是非现实主义的。反过来，也仅举例说，美国较近的实际上也没有跳出“现代主义”范畴而只是比较踏实一些的极少数一批小说家，像索尔·贝娄之类，也不见得就可以封为现实主义派吧。

“好就好在是现实主义的，坏就坏在非现实主义的”，我们如果这样说，看来并不恰当。

因此我们用排他性的，“只此一家”的“现实主义”这条狭隘标准来衡量古今中外的文学作家、作品，包括西方“现代主义”文学作家、作品，就并不实事求是。这是自我闭塞。这也就是要把文学创作引入单轨制的狭隘道路。

四 “现代主义”与形式主义

关于西方“现代主义”文学，我们既应看到它并不都是现实主义文学的对立物，也应看到它并不就是“形式主义”的同义语。

无可否认，以“现代主义”各种名目出现的形式主义文学作品，内容空洞无物，形式故弄玄虚，充斥了西方书刊，以至搬上舞台，映上银幕和荧光屏，五光十色，令人眼花缭乱，甚至令人作呕以为得计，以为达到了寓教于娱的目的。这种作为，走到极端，是对文化以至文明的彻底嘲弄和破坏，在文学上应算是虚无主义，已经谈不上形式主义。

这里的问题是在于颓废主义，而不在于形式主义。西方“现代主义”文学，主要也是以内容决定形式的，也不是不求内容与形式的统一。就“严肃”著作而论，“现代主义”文学元老中人，例如卡夫卡和乔伊斯的小说，在思想内容和艺术形式上也是根本统一的，虽然就艺术形式组成部分的语言风格而论，后者是统一的[①]，简直可以说以呓语来表达梦境，而前者是用平易朴实的叙述来表达光怪陆离的故事，有矛盾。所以这里也不是坏就坏在形式主义。

发展到帝国主义这个最高阶段亦即最后阶段的资本主义，看来寿命还是不短。但是科学技术革命引来社会革命，科学技术的发达也不能挽救社会制度的根本衰朽。在今日的西方，没有阶级性的科学技术本身的发达并不反映资本主义社会制度的衰落，而物质产品和精神境界[②]，在资产阶级社会，一般说来，并不平衡。作为上层建筑的文学，和科学技术不一样，如果货真价实，总不能不通过特定形式来反映当前本质上日趋衰朽的资产阶级社会现实。其间总是互相适应的，不成反比例。因此，我们在自己闭目塞听了多少年后，忽然得以张眼看看外边的花花世界，看到

---

① 乔伊斯生平一共四部主要创作，是四个阶梯。最早的《都伯林人》（短篇小说集）用的完全是正常的语言，第二部《一个青年艺术家的画像》（中篇小说）开始有可称为正常而新颖的风格。这里指乔伊斯的后两部代表作长篇小说，即第三部《尤利西斯》和最后一部连书名都无法用另一种语言翻译的“天书”。

② 这里不是指“精神产品”或“文化知识”，它们的丰富应是与“物质生产”的发展相一致的，而且不限于资本主义社会。

人家科学技术的突飞猛进，物质生活水平的迅速提高，可能由自高而自卑，晕头转向，以至望洋兴叹。可是读读西方资产阶级的“现代主义”文学作品，例如读一下在美国今日“现代主义”范畴内的小说《玻璃罩》，自杀的女诗人瑟尔维亚·布拉斯（Sylvia Plath）唯一的小说遗著，也就可以认识到世界上最富有的超级大国，即使撇开了下层工人社会、黑人社会不算，精神上也决不是天堂。所以这种“现代主义”文学作品，因为形式上与过去正统文学已经不同，别开了生面，也不能说就不反映现实了，就没有内容了，而形成了“形式主义”文学。

另一方面，文学也和科学技术有相同的地方。由一对矛盾、两个对立面构成的社会发展、世界潮流，滚滚向前，科学技术也就日新月异，文学创造，如果不自甘落后，在艺术形式上也不能不有所创新，以适应所谓“时代节奏”、“时代脉搏”、“时代精神”，这能说是追求“形式主义”吗？我国写小说，不再用“某生某地人也”开头，不也早就成了习惯了？今日西方资产阶级小说，特别是“现代主义”小说，再不用19世纪大小说家萨克雷那样一边作长篇议论一边铺叙故事情节的手法，总也不能说都是标新立异，都是装腔作势，换句话说，都是搞“形式主义”。

莎士比亚的同时代剧作家本·琼孙夸称莎士比亚作为剧作家是“时代的灵魂”，而又夸称说他“不属于一个时代而属于所有的世纪”，我们大家都理解这并不矛盾：正因为是“时代的灵魂”才“属于所有的世纪”。而莎士比亚自己就在戏剧创作上打破了古典戏剧的“三一律”，同时今天也没有人依样画葫芦来写莎士比亚式戏剧而可能有多大成就了。这也说明艺术形式上的创新，不就是搞形式主义；在西方文学上搞“现代主义”也不见得都是搞形式主义。

由此我们也可以理解马克思为什么举例说希腊史诗能继续供

给我们以“艺术享受”，显示永久的魅力，而同时又说这类艺术形式早已不可能复返了。

我们都学习过那句老是一样的《小放牛》也不行的名言，原来是讲普及与提高的关系的，但是我们也可以从中理解到为什么后来在20世纪50年代初期对于文学艺术提出了“百花齐放，推陈出新”的原因。

总之，我们如果不实事求是，而把西方“现代主义”文学，一律排斥为形式主义文学，那就不仅不利于我们“知己知彼”的需要，而且是画地自狱，缩小了我们文学借鉴的范围、批判吸收的范围，无助于“洋为中用”。

五 “现代主义”与现代化

我们在今天“放眼世界”，可以看到西方资产阶级文学的“现代主义”只是总要过去的潮流，也可以理解到一般文学的“现代化”却总是长远的课题。

20世纪已经只剩了20来年，在当代西方资产阶级文学界，“现代主义”也已经逐渐成为古老名词。

事实上，大约在两次世界大战之间，应运而生、崭露头角的“现代主义”作家极大多数，都已物故。而在他们变为陈死人以前，大多数都走了历来资产阶级文学家惯走的老路，以“出门”开始，以“回家”告终。他们有的成了学院院士，有的受封了爵位，有的成了“桂冠诗人”，有的得了诺贝尔文学奖。他们的作品有的被选入了通行的名著丛书或所谓“现代文学经典丛刊”；当然最大多数是被人遗忘到甚至一干二净。

当年西方“现代主义”文学发展或演变，从字面上看，似可分为三个阶段，也颇耐人寻味。

首先是20世纪20年代的"纯"字号阶段，在20年代的法国有所谓"纯诗"和"纯小说"的喧嚣。

其次是三四五十年代英美西欧的"新"字号阶段。其中较先是以"新"命名同人集刊或杂志，例如《新信号》(*New Signatures*)、《新土》(*New Country*)、《新路》(*New Road*)、《新写作》(*New Writing*)、《新方向》(*New Directions*)，较后是直接以"新"命名流派，例如"新批评"、"新现实主义"、"新戏剧"(亦即"荒诞派"戏剧)、"新小说"。这个阶段，时间最长，名目也最多。

最后主要又是法国五六十年代的"反"字号阶段。这就是"新戏剧"、"新小说"转而改称"反戏剧"、"反小说"了。

其实，"新"固然会转瞬即"旧"，"纯"更净化不了政治作用，"反"还是跳不出艺术范畴。

还是到最近的"具体诗"的例子，却终于具体说明了"现代主义"的濒临于自我消灭。应该承认，有了电影、电视等传播媒介以来的现代到今天，文学门类的开拓也互相影响，这是可以肯定的，但是越出了"现代主义"所可能达到的极限以至越出了文学的基本范畴，那就是另一回事了。"具体诗"企图把听觉艺术颠倒过来，变成视觉艺术，自然也就不成其为艺术。我国古已有之的回文织锦诗、宝塔诗，没有艺术价值，却还有点巧劲，西方盛行的"纵横字谜"，还不失为一种有意思的、益智的文字游戏。"具体诗"纯粹把文字堆砌或杂凑到任何意义都没有，那还成什么玩艺儿？如果说西方"现代主义"文学的其他一般流派都难免碰壁回头，那么"具体诗"就是在跳崖自尽。

一般说来，西方现代主义文学，以一番又一番的"先锋"潮流、"异端"招牌出现，逐一消失的方式，不论价值高低以至有无，大都是渗入或融入了资产阶级正统文学，多少改变了正统文学的面貌，自己也就成了正统文学的组成部分，合起来形成了西方资产阶级的现代文学。

同时，事实也证明，西方“现代主义”文学潮流，在内部既有否定之否定的方式，不断翻新，层出不穷的一面，自然也有层层相因的一面，既有消亡的一面，也有转化的一面。

从一方面讲，“迷惘的一代”和以后的“粉红色十年”明明是一脉相承，就思想倾向而论，总是前进了一步。

从另一方面讲，在戏剧方面，从美国到法国，从20世纪30年代到50年代，从奥德茨（Clifford Odets）的《等待老左》到贝克特（Samuel Becket）的《等待戈多》①，不论其思想倾向是如何转化，看剧名就可以想见其间的联结。

再进一步说，也就是再倒转过来说，事实上也有越过了更基本的鸿沟，阶级性质的对立界线的转化。在先的例子有：从和“未来主义”的瓜葛里产生了马雅可夫斯基的《列宁》等诗。较后的例子有：从受“表现主义”的影响里产生了布莱希特的《巴黎公社的日子》等戏剧。

我们记住了世界事物的互相区别又互相联系，对立统一的真理，就不难正确分析，正确对待西方“现代主义”文学现象。面对世界事物的千变万化、复杂化，我们的头脑也得复杂化一点。如果我们把基本上是对立的现代西方文学现象，特别是“现代主义”文学现象，用简单化办法，一律无视，一概排斥，那么副作用可能很大，甚至可能引起报复性的后果。苏联那里的事实就是一个教训。

当然“现代主义”这个文学口号是帝国主义时代西方资产

① 顺便说一句，听说布莱希特曾准备写一个剧本以回答此剧，可惜他不久病故，未见实现。

阶级的没落花招，本身就不可能持久。但是，我们都理解，即使到将来的共产主义社会也还会有新与旧的矛盾斗争。我们在文艺上“推陈出新”，也就规定我们的文学要“现代化”，而且不断的现代化；这是长远的任务。而实现我们的文学现代化，就必须在创作上贯彻“百花齐放”，在理论上贯彻“百家争鸣”。面对今日我国新时期的总任务，研究西方现代文学与“现代主义”文学的来龙去脉，何去何从，因此应何取何舍，跟上时代，也就是从一个方面有助于较快推进我国文学的现代化。

1978 年 11 月

（原载《外国文学集刊》第 1 辑，中国社会科学出版社，1979 年 9 月）

说“三”道“四”：读余光中《中西文学之比较》，从西诗、旧诗谈到新诗律探索

近年来我开始零星读到余光中先生的诗文，主要是新作，在艺术上学术上我感到赞赏多于歧见。他的《中西文学之比较》是旧作（写于1967年12月），我在内地最近才读到。这是一篇自有见解的论文。文中谈到中西诗律的部分，谈的虽然要算是常识，显得深有体会，因此读来颇感亲切而新鲜。我也就因此谈谈自己和余先生相同与不同看法；这也就带起了我国新诗律探索中我自己的几小点心得。

这里恕我首先抄录余文中我要论及的一段全文：

我们都知道，中国古典诗的节奏，有两个因素：一是平仄的交错，一是句法的对照。像杜甫的《咏怀古迹》：

支离东北风尘际
漂泊西南天地间
三峡楼台淹日月
五溪衣服共云山
羯胡事主终无赖
词客哀时且未还

庾信生平最萧瑟

暮年诗赋动江关

一句之中，平仄对照，两句之中，平仄对仗。第三句开始时，平仄的安排沿袭第二句，可是结尾时却变了调，和第四句对仗。到了第五句，又沿袭第四句而于结尾时加以变化，复与第六句对仗，依次类推。这种格式，一呼一应，异而复同，同而复异，因句生句，以至终篇，可说是天衣无缝，尽善尽美。另外一个因素，使节奏流动，而使八句产生共鸣的，是句法，或者句型。中国古典诗的句型，四言则上二下二，五言则上二下三，七言则上四下三，而上四之中又可分为二二；大致上说来，都是甚为规则的。前引七律句法，大致上就是这种上四下三的安排。变化不是没有，例如前两行，与其读成“支离|东北‖风尘际，//漂泊|西南‖天地间”，何如读成“支离‖东北|风尘际//，漂泊‖西南天地间”。不过这种小小的变调，实在并不显著，也不致破坏全诗的和谐感。

这里所说的第一个因素即“平仄的交错”，是事实。我也是从这种地方得到过启发：我们一些人试验白话新诗格律，以我们说话本身规律为依据，探索主要以两三个音节为一音组，一小顿，一拍，相当于例如英诗律的一“音步”而不取它的轻重音安排。与之比较，以平仄应轻重，我感到有一点正如余先生在下文所说“大异其趣”（参看拙著《雕虫纪历》自序）。按英诗格律，还只是举例说，一首诗，例如用抑扬格，可以行行都是

轻重|轻重|轻重|轻重|轻重

而中国旧诗，就所谓“近体诗”说，试举平起型七言律、绝：

平平|仄仄|平平仄

仄仄|平平|仄仄平

仄仄｜平平｜平仄仄
平平｜仄仄｜仄平平

（七律按此交错加倍）

既不能每行都用

平仄｜平仄｜平仄平

或每两行都交错用

平平｜仄仄｜平平仄

之类，正规平韵诗场合如此，拗体仄韵诗场合也如此。

这是中西语言特点不同所规定。文言旧诗里是如此，我看与之相应，不拘平仄的白话新体格律诗（我并不排除白话新诗用自由体）以二、三音节成组成拍而一顿一逗，一般说来，在正常情况下，每行似乎也最好不用二二、二二或三三、三三或二三、二三或三二、三二，诸如此类，以避免单调呆板，最好似乎也得相应而用参差均衡律。

我自己到目前为止，在作、译实践里只做到每行里必有二、三，也无非做到20世纪20年代后期闻一多在《死水》一诗里做到的差不多（他要每行二音节“音尺”当中必有一个三音节“音尺”），只是不固定，偶尔存心一行全用三音节，以求传达快速的感觉，例如

眼底下｜绿带子‖不断的｜抽过去，
电杆木｜量日子‖一段段｜溜过去。

（《还乡》。‖为行中大顿。加重点指脚韵。）

或相反，以求达到沉滞的效果，例如

像观察｜繁星的｜天文家‖离开了｜望远镜

（《归》）

以感谢｜你必用｜渗墨纸‖轻轻的｜掩一下

（《无题三》）

按理说，一行全用二音节组（顿，拍）可以达到凝重或悠扬之类的效果，实际上我极少用，在自己的诗作里，只偶有这种例子：

一筐 | 又是 | 一筐

（《动土问答》）

让我就从余光中先生自己的最新诗集《隔水观音》里找找看，不管他根本不写我们一些人所试探的这种格律体，不管他对新诗格律有怎样不同的观念。他在这本诗集后记里自己说"中年之后"，发展出一种连贯诗体的"基调"，源于"中国古典诗中的'古风'"和"西方古典诗中的'无韵体'（blank verse）"。他这些最近诗作里确乎有些是"潇洒容与"，有些是"蕴藉委婉"，有时候"奔放"，有时候"低回"，等等，我看倒反而有点像徐志摩早期诗（主要见《志摩的诗》一集）那种风味的现代化，不论是连贯诗体或"分段"诗体。但是我就找不到六字（音节）以上的全以二音组（顿，拍）建行的地方。只有这些例子：

李白 | 去后，‖ 炉冷 | 剑锈

（《湘逝》）

蜃楼 | 起处，‖ 舟人 | 一齐 | 回头

（《夜读东坡》）

文言气重，只像骈四骊六。而

猛一 | 回头，‖ 神荼，| 郁垒
一左一右

以后，不得不打破二二格局而来一行

正袍甲 | 森森 | 鄙睨着 | 我们

（《夜游龙山寺》）

这正像四六文、词曲之类，还是需要加字、衬字以松动呆板节

奏。看来我们的汉语特点规定了二字（二音节）组成一拍（一顿），每句（每行）都不能长过六字（六音节）即三个音组（顿，拍），再多一组（顿，拍），就又成为两组四字（四音节），两个四字句亦即四个二音节组，实可分为两句（行）了。固然，我们今日在常用语里理论上例如尽可以说“我们｜大家｜都来｜吃喝｜玩乐……”无限续添二音组，实际上口头既不能说下去，如实写成散文也不行，何况写成诗！所以旧体四言诗、六言诗，虽然较合我们新体白话诗的说话调子，在文言诗里也难发展，因此七言诗有四必有三，只是四三上下颠倒，效果也就相反：以三字（三音节）成组殿句尾（行尾），就自然倾向于吟哦的调子（或说不是三音节，而是二拍半，所以最后半拍读起来延长一点，也有道理）；以二字（二音节）成组殿句尾（行尾），就自然倾向于说话的调子。所以白话新格律诗应主要以两三个字亦即两三个音节成组作一顿或一拍适当调剂来建行，从这里也可以得到说明。而在这里，凡类此以二、三音节成组成拍一顿一逗，所占时间是一样的，所以还是齐整。

据我自己的经验，只有1954年翻译莎士比亚《哈姆雷特》第四幕第一场莪菲丽娅疯歌的时候，曾经尝试过作固定安排。原文是一种英国民歌体，共四节，每节四行，基本上是抑扬格，一、三行是四音步，二、四行是三音步，一、三行不协韵，第三行（除第一节例外）有内韵，译诗除未按原样每节换韵，第三行押内韵，而是四节一韵，不押内韵以外，以顿应步，保持原样，只是把原来的四三相间压缩为三二相间：

明朝是｜伐伦汀｜节日，
　大家要｜早起身，
看我啊｜到你的｜窗口，
　做你的｜意中人。

他起来丨披上了丨衣服，
　就马上丨开房门；
大姑娘丨进去了丨出来
　不再是丨女儿身。

我的天，丨我的地，丨哎呀，
　真不怕丨难为情！
小伙子丨总毛脚丨毛手，
　可不能丨怪别人。

“你把我丨弄到手丨以前
　答应过丨要结婚。”
“现在好，丨只怪你丨糊涂，
　自己来丨送上门！”

这里三三二与三三相间，固定平稳，念起来也自有一种特殊效果。

余文所说的第二个因素，“句法的对照”，只举旧诗的四言、五言、七言（没有举六言，例如唐朝盛行过的三台体，那倒更近今日白话新诗格律体，平仄安排变化较大，颇不整齐），四言则上二下二，五言则上二下三，七言则上四下三。我和别些人不一样，不大倾向于像他们那样把上二下三分成二二一，把上四下三分为二二二一，而赞同余说。

旧诗写出来，一句（一行）里一个单字（单音节）固然都有一个独立存在的地位，但是古人说起话来，决不会一个单音节一个单音节分开的（我看世界上最原始民族也不会这样说话的）。另一方面，诗律固然往往并不据语义分格（顿，拍），但是中国汉语有一个特点，现在吐词，是以二、三个音节一逗为主，辅以一、四个音节一逗，而四音节一组，最后必然是以一个“的”“了”“吗”之类的语助词收尾，否则就必然分成两个两音节组，这又往往以意组亦即词组为依据。诗体与散文体不同，主要更需以二、三个音节成组，突出与散文的区别。这样我们读旧诗，如余文上举例，最后三字与其分成二一读：“淹日｜月”“共云｜山”“终无｜赖”“且未｜还”“最萧｜瑟”“动江｜关”，与意组相背，我总怀疑是否自然，只有“风尘｜际”“天地｜间”可以这样分二一。我可以另举五绝一例，我认为若分二二一，“春眠｜不觉｜晓//处处｜闻啼｜鸟//夜来｜风雨｜声//花落｜知多｜少”，只有第一句和词义相合，第三句勉强，另两句都不符。当然，旧诗是随意吟或哼的（一般不是按谱唱的，也不是有音乐素养的“徒唱”，要说“唱”，音乐家可以用任何文字谱成曲来唱的，昆曲、京剧逢两字收尾也一样可以唱），但是出声念或朗诵（那是从西方引进而也已习惯的方式），总自然会受制约于词义（意组）。所以，这里我认为应照余先生和别些人的说法，分成二三，即“春眠｜不觉晓/处处｜闻啼鸟/夜来｜风雨声/花落｜知多少”。而如此以三（字，音节）音顿收尾在全诗（节）各句（行）当中占主导地位，如我在别处一再说过，在我们今日白话新诗里却是区分吟哦调子和说话（念白）调子的关键所在。我不妨举自己在抗日战争初期写的《空军战士》变体十四行短诗的最后两行（全首十四行都这样）来看看：“五分钟｜死生，/千万颗｜忧心。”上三下二，自然就适于用说话调子来念而决不像适于吟哦的（哼的）五言诗（宁像四六言诗）。要是改成“死生｜五分钟，/忧心｜千万颗”，也不管调平仄，甚至不管押韵，效果正好相反，正像五言旧诗，不是吗？

这虽然对于试探白话新诗律不无意义，未免扯远了，还是回到七言律、绝上四下三的安排来谈谈。我和余先生（以及其他人）一样，不敢二二二一说，宁取四（二二）三说。但进一步我就和余先生（以及其他人）有一点不同的理解。余说可以作“小小的变调”，“例如前两行，与其读成‘支离｜东北‖风尘际//漂泊｜西南‖，天地间’〔所用分析符号与原文略有不同，这里原只有行中大顿号即‖，现在加了顿号｜和行尾号/〕何如读成‘支离‖东北｜风尘际//漂泊‖西南｜天地间’”。我看只有上句（行）可以这样读，下句（行）就不行。这就牵涉到“近体诗”平仄安排的问题亦即余文所说平仄对照、平仄变位的问题。目前外边既有人阐释上四下三的七言律、绝吟起来一律把行中大顿放在第四字后，内地广播里，电视里，集会上年轻人读“近体”七言律绝更几乎普遍读成这个样子（我还无暇注意我们的老专家是否指导了大家这样读）。余先生感到与其读成“支离｜东北‖风尘际”何如读成“支离‖东北｜风尘际”，正是。但是我认为不能读成“漂泊‖西南｜天地间”而还应读成“漂泊｜西南‖天地间”，也就像法国亚历山大十二音节体，行中大顿不一定非在第六音节后不可，也可在第四音节等后。

据我从小在家里听老人家读七言律、绝，都是在句中的平声字后停逗得长一点，不一定都在第四字后（也可以在第二字后）。举大家熟悉的唐人李商隐七绝《夜雨寄北》为例。这只能读成：

君问｜归期‖未有期
巴山‖夜雨｜涨秋池
何当‖共剪｜西窗烛
却话｜巴山‖夜雨时

这是基本上用的七绝仄起型正常规范：

仄仄｜平平‖仄仄平
平平‖仄仄｜仄平平
平平‖仄仄｜平平仄

仄仄 | 平平 ‖ 仄仄平

（照例一三五不论，二四六分明。）

这就又符合中国旧诗（所谓“近体”律、绝诗）平仄安排上“一呼一应，异而复同，同而复异”的余说，亦即我在上文所说中国旧诗律，不像例如英诗律要求轻重音步行行一样，而需要一种平仄声组合有规则的参差律。而这也正适于白话新诗（在自由体以外）以二、三音节成组一顿、一逗或一拍为主，试探建立新格律的（实际上相当自由的）一种很好的参考。

至于余文说中国“古典诗”［即旧体诗（词）］没有“待续句”（即英诗 run—on line，法诗 enjambement，跨行法），也不能说绝。少有可以说，不是完全没有。我在别处举过这类例子：

可怜 ‖ 无定 | 河边骨，

犹是 | 春闺 ‖ 梦里人。

词里更多，我也举过“那人却在/灯火阑珊处”，“晚来还卷/一帘秋霁”等等。所以现在新体诗里常用，也不能说“全盘西化”，“照搬洋式”。

1983 年 5 月 14 日，6 月 14 日

（原载 1983 年 9 月 18 日香港《文汇报》“文艺”版）

翻译对于中国现代诗的功过

一个语种诗可能影响另一个语种诗，不一定通过翻译，在今日世界尤其如此。但是有了翻译，增加了复杂因素，如有影响，情况也就不同，更可能产生意想不到的效果。

中国“五四”新文学运动以前，拜伦的著名长诗插曲《希腊群岛》（中译题《哀希腊》，沿用至今）早就有过名家马君武和苏曼殊的两种全文翻译，引人注意，但是译的都是用文言旧诗体，影响有限，对于中国诗体的变革更无直接关系。胡适不愧为提倡白话文学的急先锋，显然受西诗写法的直接影响，试写白话新诗。经过若干年的“尝试”，自称所写的“实在不过是一些刷洗过的旧诗”，后来“都还脱不了词曲的气味与声调”①。在这以前，他也用文言旧诗体译过《哀希腊歌》②，比旧译有所改进，

① 胡适《尝试集》再版自序，人民文学出版社原文选印版《尝试集》，1984，第185页；《关不住了！》译文与原文见第44—45页，胡在当时就在白话诗行中试用了阴韵（“碎了”协“醉了”；“难了”协“关了”；“飞来”协“吹来”），也可说开一个纪元，后来，直至今日，只有陆志韦、闻一多等少数人了解过这个道理并也试用过。

② 附原文同上，《去国集》，第91—106页。

却并未产生更大的影响。而他后来偶用白话译现代美国女诗人莎拉·替斯代尔（Sara Teasdale）平平常常的一首抒情小诗《关不住了!》（*Over the Roofs*），却好像“得来全不费功夫”，居然用他自己的说法，开了“我的‘新诗’成立的纪元”①。说来也妙，胡适早决意要进行“诗体大解放”②，写白话诗要写得“自然”，打破整齐句法，自称曾从五七言旧诗、长短句词曲试验过“二三十种音节（格律）”③，却一直像“踏破铁鞋无觅处”，建不起“新诗”的格局，一朝用白话把一首原是普通的英语格调诗译得相当整齐，接近原诗的本色，就有理由使他自己得意，也易为大家接受。从此，稍经一些同道合力“尝试”的初步“成功”，白话新诗的门路打开了。接着，影响扩大，一般读者，由不得多少遗老遗少的反对，逐渐承认我们也可以用自己的现代白话，严肃写诗（不止写打油诗），除了采用各种现代民歌体的，都可以用说话方式来念或朗诵，不照传统方式来吟哦。这在中国诗史上确是一次革命性的变易。

另一方面，他的一些同道或追随者从此甚至超过胡适自己，更进一步，不论用韵还是不用韵，有些写出了实际是分行的语体散文④。一般译诗也就据此随意处理西方传统的格律诗和现代的

① 胡适《尝试集》再版自序，人民文学出版社原文选印版《尝试集》，1984，第185页；《关不住了!》译文与原文见第44—45页，胡在当时就在白话诗行中试用了阴韵（“碎了”协“醉了”；“难了”协“关了”；“飞来”协“吹来”），也可说开一个纪元，后来，直至今日，只有陆志韦、闻一多等少数人了解过这个道理并也试用过。

② 同上书，第149页。同处前后反复申述“自然”“反整齐句法”等意。

③ 同上书，第187页。

④ 胡适称赏周作人的《小河》即是一例。后来废名以至艾青推崇新诗散文化，是另一回事，他们以不同内容、不同风格所写的一些新诗是有散文节奏的，但并非“分行散文”，并不平板、絮聒，相反，另有突兀效果。

自由诗，不加区别，在中国诗界造成了广泛而久远的错觉，误以为西方从古到今写诗都不拘形式，以此借鉴而分行写所谓“诗”，结果并不有利于巩固和提高白话“新诗”真正成为中国现代诗主体的地位。

当初胡适一辈人常引用“工欲善其事，必先利其器”这句老话，自有道理。随后，新诗产生了，作为艺术，作为艺术工具，改变初期的幼稚面目，继续成长，主要在创作实践中，基本上就在完善自由体与格律体两方面，随了时代精神与时代意识的变化，不断或平行探索了成熟的道路。其中大致有三个互相交叉、互相转化的分支态势或转折过程。外国诗的翻译在其中都起了一定的正负作用。

一

胡适和他的同道初步“尝试成功”，特别是胡自己借一首译诗的顺利，为白话“新诗”开了路，但还是由郭沫若初期诗创作基本上完成了这个突破。郭的第一部新诗集《女神》的出版(1921年)，特别以其中直接受惠特曼影响而写的一些诗，终于和旧诗划清了界线：它们既摆脱了旧诗传统（特别是其中平直一路）构思的老套，又并不失诸平板、拖沓，语言节奏与语体散文有鲜明的不同，跨入了胡适等人还没有登堂入室的道地自由诗的新领域。但是郭随后一动手译诗，却来了一个反复或转折。因为他所译的歌德、雪莱、海涅等人的原作主要是西方传统的格律体，按照他日后所说“译诗得像诗”的主张[①]，也不得不注意

① 郭沫若《谈文学翻译工作》，原载1954年8月29日《人民日报》，转引自罗新璋编《翻译论集》，商务印书馆，1984，第499页。

一点音韵。这倒和胡适译《关不住了!》一起，无意中为白话新诗节奏的规律化探索走出了一步。结果却又和胡适那首译诗差不多，开创了一种半格律体，只是较为松散，反而从旧诗袭用了滥调，连同陈旧的词藻。

这种诗体后来就成了新诗最流行模式的一个极端，到今日与同它对立、处在另一个极端的自由诗以至超自由诗的新模式，仍然分担着主流地位。原来，郭自己日后所说的“译诗得像诗”，实际上是要中国传统诗化。我们自己写诗，自应讲民族气派、民族风格，只是以求“喜闻乐见”为名，放纵和迎合惰性，以腔调烂熟为流畅，无视“推陈出新”，据此译外国诗，自然容易走样、失真、误人借鉴，自不待言。而这种“像诗”的所谓的半格律体或自由体，一朝成为流行模式，就最便于作一般化、庸俗化的传导工具。

应该承认，就用这种模式译西方诗，郭沫若自己和别人也作出过贡献，对中国新诗创作自有功不可没的一面，主要在内容上。但是郭自己沿这个方向滑下去，随了思想进步以后与艺术的一同僵化，不仅诗创作再也显不出才华，到晚年竟至译出了这样的诗行——“春，甘美之春，一年之中的尧舜”①。(英国16世纪诗人纳什原已陈腐的《春》这首诗的第一行 Spring, sweet spring is the year's pleasant king.)虽然这是译在“文化大革命”期间，但是译诗求民族化以至达到了十足庸俗化的流风，跟生硬的欧化“翻译体”一样，由来已久，影响所及，形成了顽强的习气，在中国现代直至今日的诗创作界正与另一路(实际上即

---

① 楚至大《译诗须像原诗》一文中从郭沫若《英诗译稿》举例，上海外国语学院学报《外国语》1986年第1期，第14页。若说这样是存心以陈腐对应陈腐，倒允称妙译。

与它对立而存在、成为同一事物的另一面的）极端风气分占了垄断地位。

这一路诗创作到处可见，只因没有品评的客观标准，不好举例，这里随便举一个“唐诗今译”的小例，有原诗可比较，大致较能说明问题：“噢！教我怎么向你回答归家的日期？涨满秋水的池塘又添上声声夜雨：/什么时候呵，我们才能相倚在烛火融融的西窗下，/一起回味，巴山客舍夜雨声中的凄凉和忧郁……”①大家一听，当然多少想得起李商隐诗中最明白如话的《夜雨寄北》这首著名七绝：“君问归期未有期/巴山夜雨涨秋池/何当共剪西窗烛/却话巴山夜雨时。”原诗只有28字，而且还重复了四字，既精练又韵味深长，“译诗”即使只作为释诗，也全然传不出原诗一清如水又一唱三叹的情调，而拖泥带水，不仅稀释，还加油加醋，用出了一些陈滥的词藻，添上了一些“噢”“啊”之类的感叹词，以此感人，效果适得其反，十分明显。这里不是批评“译者”，倒是不免有点钦佩“译诗”恰好反映了今日新诗在一般有一定文化水平的读者和作家心目中，和旧诗一比，就是这样一副可怜的样子。普通抒情诗是如此，政治抒情诗也近于如此，无非换一些豪言壮语的老套，也就更无需举例了。

过去闹出过一个英汉译诗的出名笑话，倒不是因为它有典型性而正因为它的极端性——无意中把流行的概念化创作诗风反映到翻译里，分外突出，可作为实例。

奥顿和衣修午德1938年结伴同来访问抗战的中国，到过台儿庄战役后不久的徐州一带。他们回到武汉，在文艺界的一个招待会上，奥顿朗诵他新写的一首诗（原似曾题为《一个中国兵》，后去题收入他的十四行诗组 In Time of War，列为第十八

① 《唐诗今译集》，北京人民文学出版社，1987，第515页。

首，最初见他与衣修午德合著在1939年伦敦出版的 *Journey to a War* 一书)，由一位熟谙英语的剧作家即席翻译了。衣修午德调皮，随即向伴行的翻译探询这首诗译得怎样，结果他发现第二行“被他的将军和他的虱子抛弃”(Abandoned by his general and his lice)竟被译成“穷人与富人联合起来抗战”(The poor and the rich unite to fight)①，这不是误译，是不得已的窜改。这位中国作家自有他难处：在抗战初期的武汉文艺界集会上自然有各方面人士在座，而原诗所说的一个被遗弃的中国兵阵亡者，在当时徐州附近，属于哪一方部队，不言自喻，译者顾大局，不使一方面“失面子”，译者爱国，也不愿给中国整体“出丑”。其实整首诗是颂扬中国抗战的，特别是结尾这一行半是激昂而崇高的“……叫有山/有水有房子地方也可以有人”(……that, where are waters, /Mountains and houses, may be also men)，无奈这第二行非常不合我们宣传抗战的口径，尤其不合我们的当时的(以至今日的)流行诗风。

我们在一般场合译诗，不会有这种政治顾虑，只是很容易会不由自主，为当时流行诗风所左右。类似这样不紧扣原文，只顾迎合时尚来译诗，一旦成风，反过来又影响诗创作，彼此互为因果，就形成恶性循环。

二

白话新诗，要写得是诗，不仅“像诗”，进一步也早就引发了一种新认识：不能泛泛袭用文言旧诗最表面规律，如胡适和郭沫若各自“无心种柳”而由译诗开启的“半格律体”，为

① 中译文可能也曾见于当地报章的新闻报道中。

庸俗化、空泛化倾向开方便之门。相反，应该从说话的自然节奏里提炼出新的诗式诗调以便更能恰当、确切传达新的诗思诗情。这只能从传统的和外国的诗律基础的比较中，通过创作和翻译的实验探索新路。20世纪20年代中期，以闻一多为首的一些有识者，以徐志摩编的北京《晨报》副刊为中心园地，开始自觉进行了这样的探讨。闻一多当时就发表过参考英语诗律以音步建行的办法、凭“音尺”衡量每行长短的主张，据此写了一些诗，收入后来出版的《死水》一集，又据此翻译了伊丽莎白·白朗宁十四行体情诗一部分，后来发表在刊物上，基本上确立了这种主张。这一路主张，经过几十年的争论和一部分人翻译和创作实践的修订，扩大了影响。孙大雨早先也就基本符合这种主张而写过谨严的格律诗，只是到30年代才结合自己的翻译发表以“音组”建行的议论（也同更后的“顿”、“拍”说基本一致）。

另一方面，朱湘当时虽然也在译诗、写诗上为新格律探索作出过贡献，主要却仍然照文言旧诗让每个汉字（单音节）占独立地位的办法，以单音节为节奏单位建行，影响也大，却并不有利于创作。因为，凡是凭音组（顿、拍）均齐、匀称建行的格律诗，各行音节（汉文单字）数不一定却也往往一致，就有可能同被误嘲为“方块诗”① 受到排斥，而死按“方块”式写诗实际上也并不一定就能节奏整齐、匀称。

---

① 其实，文言五七言旧诗，特别是“近体诗”，分行排起来，也就是“方块诗”，没有人嘲骂。从此也可见现在仍照旧诗以单字（单音节）作诗句“诗行”长短衡量单位，一刀切齐，貌似整齐，往往节奏上实不整齐，确是搞诉诸视觉的形式主义，正如今日报刊发表新诗，时兴不用标点，好像一用标点，就不成诗了，这也是一种形式主义。分行而不许用标点，与正统派不许借鉴西诗办法、继承旧诗传统，不许跨行（跨句），实为同道。

闻、朱以及其他少数人译诗，努力保持原诗的脚韵安排的共同尝试，对于新诗创作，却总是有利。这不能算照搬西式，因为我们从古《诗经》到《花间集》以至今日部分民歌（例如甘肃的“花儿”调）也有并不取一韵到底的单调押韵法的，甚至也用阴韵，为什么不值得我们写新诗适当采用？

正有点类似“方块诗”产生的情况，我们相当流行的“楼梯诗”的起因是出于马雅柯夫斯基诗的大量欠考虑或无能的翻译。这位大诗人的许多诗常把一行分成上下几级排列，实际上原来都是以重音为节奏单位建行的格律诗，却在翻译中成了随便分阶梯写的自由诗了。影响所及，我们有个别自己不是写诗译诗的著名作家，偶尔在国外的诗人集会上临时发言，也就脱口失言说，和惠特曼的“散文诗”一样，马雅柯夫斯基的“自由诗”在中国有巨大的影响，引起听众的惊讶①。我们不必为此正名，但是各种诗体各有功能，写诗的自应知所区别，善于利用，总值得注意。

20世纪50年代直至1977年去世，查良铮（穆旦）译诗数量多，质量高，成绩卓著。他译的极大部分是外国古典诗，原都是格律体。他有意把原诗脚韵安排，照中国传统方式，加以简化、疏朗化，自有道理，终不是理想的方法；而他没有理会在译文里照原诗相应以音组（顿、拍）为节奏单位建行的道理，也多少影响到自己的诗创作，不免是一个关键性的缺憾。

近年来国内翻译外国格律诗方面有了长足的进展，出现了屠岸、杨德豫、钱春绮、丁鲁等等的不少真像原诗的译品。他

---

① 参看叶君健《萨拉热窝的国际诗歌节》，见《南斯拉夫散记》，四川人民出版社，1980，第180页。看来英译也确把马雅柯夫斯基诗常译成自由体，只是不作阶梯式，记得本文作者在北京大学求学期间也为千家驹、吴廷璆等编印的政治传单进步小刊物从英文转译过这样一首“自由体”的马雅柯夫斯基短诗。

们相应遵循原诗格律的音（metre）安排，不但无碍有利于他们译诗的成功。应该承认，诗往往根本不能译，尤其是原为格律体的，往往不能用相应的格律体来勉强译[①]。不管译得怎样，译后对原诗形式向读者交待明白，像余光中等有心人那样做，才算是对作者和读者尽了责。现在我们的译诗评论也有了更多的讲究。《外国文学研究》今年第1期上发表了常树枫《从〈叶甫盖尼·奥涅金〉的翻译看外诗格律的传达问题》一文[②]，作者在文中也称赏查良铮翻译普希金这部诗体小说（每节都是一首变体十四行诗）“使译文格律化，以期符合原诗的体制”。他就抱憾译者“并没有再现原诗的韵律形式（即脚韵安排）和其他格律特征……”以致节奏感和“原诗节并不相同”。作者说现在出现了冯春、王士燮、王智量三位新译者“从前辈留下的足印出发，努力踏出一条新路，并都获得了可喜的成功”。他们据说都在翻译中模拟原诗的“四音步顿挫特征”，而王智量更“忠实模拟了奥涅金诗节的韵律结构”，在全部四百余节中，“除个别地方稍有偏离以外”，都保持了原样，这里包括了

① 由于现代汉语的韧性（这方面远超过印欧语系里文法最简单因此也最灵活的英语）容易吸收和融合个别外来句法，远不难借助个别文言句法，我们相应用格律体译西方格律诗比用英语格律体译中国格律诗比较容易一点。而现代汉语格律体与现代英语格律体也有两点共同处：现代英语格律诗，每行超过五音步即嫌冗长，现代汉语格律诗，也是如此，甚至超过四顿（拍）也就滞重了；法语诗律中用韵阴阳交叉是传统规律，而英语诗中也可以用阴韵，只是太刺耳，用多了就有滑稽感，现代汉语诗中也是如此，也就因此胡适早期写新诗，用“了”这语助词收尾押韵多了，引起了人家戏作“了了歌”相嘲，没有道理，也有道理。现代汉语当然也有迄今还无法改变的缺陷，例如“他”“她”写起来可分男女，说（读）起来就无法区别。

② 徐迟主编《外国文学研究》季刊1987年第1期，武昌华中师范大学，第62—65页转61页。王智量所译一种，为《普希金选集》第五卷，北京人民文学出版社，1985，译诗韵式力合原样，仅未照原诗严格做到每行一律四音步，在今日译诗界，实属难得。

交韵、随韵、抱韵以至阳韵和阴韵。这样，王智量的“译文在表意和审美两方面都达到与原诗大致‘同能’的水平”，取得了“突破性的成功”。这当然难能可贵。我现在仅从常文中所引王译诗一节看，相信这位深晓俄语和俄语诗律的评论家的评价。只是我觉得这种要求过严，也不免烦琐。据他所引王译一节和他自己建议改进的同一节分析，其中有些行都未能做到他自己所说“四步顿挫”的规定，例如王译“都有/什么/意思？我情愿/马上”等行，又如他自己试译的同一行“又有/什么/意义？/我真想/现在”以及其他多行，依我看来，都明明可说是五顿（拍），那才较有我们汉语说话规律的客观根据。查良铮和几位也很讲究的新译者及其评论者（不限于常一人）似乎都还没有充分意识到或承认这个简单而富有灵活性的形成汉语新诗格律的关键因素——按音组（不一定和意组一致）建行的要求，因此对于巩固或加强新诗格律的正确建立，实还不足。

掌握或不掌握格律的基本道理，通过翻译，给中国新诗带来的损益和评论的合理或偏差，最容易见诸处理西方十四行诗体的得当与否。

西方多种比较复杂的格律诗体当中，到现代，就数十四行体还富有生命力，各国诗人还常用。不仅瓦雷里和里尔克后期还用它（和它的变体）写了名篇，叶芝和弗洛斯特也爱用它，用得谨严，连奥顿在 20 世纪三四十年代也还写了两套十四行诗组。这个严格而容许有规则变化的诗体妙在最能恰配思路的起承转合，有点像中国文言旧诗的“近体律绝”运用得当就可以恰切表达圆融而回环往复的情调。我看，同作为短什，中国五七言律绝体可以做到日本俳句所不能达到的境地，因为后者至多是一个音符的优美一击，尽管可以余音袅袅，终不成一个完整的乐章。十四行诗体在西方各国都流行，历久不衰，原因也可能就在于这点优越性。

20世纪20年代中期直到40年代，我们也不断有人（不止一人）按十四行体及其正规变体的谨严格律译过诗，标明或不标明、严格或加以适当变通而采用它写过诗，按成就说，早就把这个体式驯化了。只是由于成见的摆布，少有人了解或者想了解这种西方诗体的特征，妄以为就是十四行而已（译名通称“十四行体”自有这点易令人误会处，但音译作“商籁体”，在普通话里太不合原音）。

50年代我们有人出版了新译伊丽莎白·白朗宁名著《葡萄牙人十四行诗集》全部，出了几版，受读者欢迎。译者负责，在新版译后记中[①]说明44首中只有9首是照原诗的意大利式脚韵安排译出的，其他只大致做到每行以五音组对应原来的五音步，并约略介绍了十四行诗体的特色，这些却没有受到大家的注意（也许前几版里没有交代）。“文化大革命”后报刊上出现了不少各行长短无定、随便押韵或根本不押韵的十四行诗，其中不无佳作，也间或大致合十四行诗体的构思、布局的特点，终未能充分利用它的特殊功能以收更高的功效。前几年内地还出版了《莎士比亚十四行诗集》的一种新译本[②]，其中每首都一律用随韵（couplets），每行“大致不超过十四五（汉）字”。去年也就有一位名诗人在报上发表“商籁”五首[③]，每行“都是十（汉）字”。一刀切得整齐，也琅琅上口，只是也就通篇用随韵，终嫌不合十四行体特别适于表达的低徊情调。最近还常见有人采用十四行体写诗发表，像样一点的也有，却也还不免通篇出格而用了

① 方平译：《白朗宁夫人抒情十四行诗集》，四川人民出版社，1982，译后记见第187—189页。

② 杨熙龄译：《莎士比亚十四行诗集》，内蒙古人民出版社，1980。

③ 徐迟：《十年祭——商籁五首》，1986年1月10日《人民日报》第8版。

随韵。我们无需追究这种引进到汉语新诗里的西诗体是否道地，但是通过翻译以丰富我们的诗型，总该先充分掌握原型的特殊性能，以利于为我们所用。

另一方面，50年代以来，有人，例如屠岸，用音组（顿、拍）对应原来的音步，照原来的脚韵安排，翻译了莎士比亚《十四行诗集》，取得成功，随后也就用这个诗体写诗[①]，得心应手，不落斧凿痕迹。又如今年香港《八方》复刊号发表的江弱水《诗五首》[②] 中的三首十四行体诗，显然受译诗影响，而完全能舒展自如而表达自己的现代感性。这又一度证明这个诗体也适用于今日中国。

由此可见，尽可能相应照原样译过来的西方格律诗，以其特有的形式，就能在我们自己写诗中随心所欲，派合适的用场。

西方过去，像我们长久的过去一样，各种格律体诗一直占统治地位，现在好像是自由诗占优势了。其实仅就英美诗界而言，格律诗还占了有分量的比重，许多重要诗人既写自由诗也写格律诗，既写不太谨严的格律诗也写谨严的格律诗。今年被举为美国的桂冠诗人理查·魏尔伯（Charles Wilbur）就是写格律诗的多能手。西方诗史上形式的演变，有破有立，总有一个“入而出”的过程，我们继承中国传统而发展现代化新诗，借鉴西诗，即使写我们自己的自由诗或半自由诗，“入而出”，有过一点对于西方格律诗的体会，总比未“入”而“出”，远为有利，这就一半看我们不得已而从事的翻译做得怎样了。

---

① 《屠岸十四行诗》，花城出版社，1986。

② 江弱水：《诗五首》，香港文学艺术协会《八方》文艺丛刊第5辑，1987年4月，第86—88页。

三

也就在“五四”初期，和一些人学西式写新诗而苦于摆脱不了旧诗格调不一样，李金发以他离奇的诗创作加翻译无意中为新诗现代化另外跨出了一条路。他是跌跌撞撞跨出来的，因为他有诗才而缺少语感。他自称要“沟通”中西古今，无奈实践证明他不但对于法语，而且对于母语（白话和文言）都缺少修养①，结果事与愿违。不管怎样，他这样跌跌撞撞引起的小波澜，却多少碰动了一点英美19世纪浪漫派诗及其余绪影响当时中国新诗的垄断局面②；他为首引进19世纪后半期法国象征派诗风，它和中国旧诗中的一路传统③恰好契合的手法以及同手法俱来的风味（还不是它的风骨，那还有待稍后的梁宗岱在理论上和戴望舒在实践上加以介绍，才在国内诗界有了大致的认识）。我们当然不能抹杀他的功绩。但是中外一些盲目吹捧李金发的评论家至今还不免失却分寸。去年《外国文学研究》上发

① 李金发：《微雨》，北新书局，1925，第226页，所译波德莱尔《恶之花》几首诗，一首附《恶之花》法文原名，竟成La Fleur de mal，显然非手民误排，因Lord Byron也居然被缩写成L. Byron（见第208页）。

② 我国内地新文学史家、评论家、谈诗或诗史，照例推崇“现实主义”，其实连30年代初的左翼诗主要也是“浪漫主义”的，这也说明了为什么1938年奥顿新作诗《一个中国兵》，虽属“现代主义”诗风而却有现实主义内容的，竟无形中不受容许如实照译的道理。另一方面，法国19世纪后期象征派诗的兴起，实质上同时是浪漫派诗的反响和继承。

③ 晚唐诗、南宋词一路传统。胡适相反，只欣赏白居易一路（而且不包括《琵琶行》、《长恨歌》一路），对杜甫诗也只取“三吏”“三别”一类诗，自称“最讨厌《秋兴》一类的诗”（《尝试集》1984年北京改排新版附录自序第136页）。而《尝试集》第三编最后两三首诗，例如《平民学校校歌》、《四烈士没字碑歌》，（其中有“炸弹！炸弹！”“干！干！干！”等句）无人注意过实也开30年代标语口号式革命诗的先河。

表了葛雷论《马拉美与中国诗》一文[1]，讲到马拉美如何受中国古典诗和道家思想影响，反过来又影响中国现代诗，自有道理，但突出以李金发为例，则未免一知半解。据说李自称因为“受鲍特莱尔和魏尔伦的影响而作诗”，“我的名誉老师是魏尔伦”。葛偏说李“无论从气质上还是从情调上或遣词造句上都更接近马拉美”。我怀疑。三位名诗人都用格律体写诗，而波德莱尔是法国象征派先驱，也是西方现代派的一位老祖宗，马拉美是法国象征派中坚，最为艰深，魏尔伦诗句最平易、亲切而含蓄。马拉美决非魏尔伦的文理不通版。据说李也译过马拉美，可惜我没有见过，无从领教，只见葛文中提说和所引一则译后记（这篇译后记本身就写得莫名其妙）[2]。葛文中说马拉美的一大贡献是诗语言“创新”。我粗通法文，过去偶读马拉美诗，看不出其中语言怎样和李自己一样“反常”。恕我重提一下李金发第一本诗集《微雨》中他译的一首魏尔伦短诗的惊人谬误[3]。第一节和末节的一行短叠句竟是文白杂糅到不可能的地步——“妇人疾笑着”，一看原文是“Dame souris trotte”（“老鼠大娘小跑过去”），原是作者在狱中即景戏笔，短句也没有不合语法的地方！一般翻译，难免偶有失误，李这样却实在难以置信。令我诧异因而印象很深的是：30年代初我在一本刊物上读到李金发译的一首魏尔伦短诗，原题是 L'Amour par terre，好像被译成了“从天上下凡的爱神”的意思（大致如此，现在记不清了）。原诗是写说话者（诗人）在一夜大风雨过后，清早到公园散步，见一尊爱神被吹

---

① 《外国文学研究》季刊1986年第1期，第87—93页。

② 这则译后记见同上葛文。

③ 全文见李金发《微雨》（1925）第224—225页，译题为《幻想》，原文为 *Impression Fausse*（可译为《假象》），原诗为魏尔伦 *Parallèlement*（《平行集》）中的一首。李译到此，实非传达原作者的“幻想”，而是表现他自己的“错觉”。

倒在地，破碎了，因此感触万端。学过雕刻、住过巴黎、中文写作里处处夹杂了法文的李诗人竟连原诗的表层意思都不懂，也不理诗中的规范语法、普通格律，把它译得牛头不对马嘴，结果不知所云。从这种稀世罕见的译例中可以看出李金发自己写诗所以往往令人费解，就是因为他自己在一种心情中也不知有什么感触，要说点什么，信手抓一些意象来骇俗，近乎痴人说梦（如今天下滔滔，不限于在中国，有的是这种胡诌）。李这样翻译，也就这样创作（如果诗创作本身也可以说是一种由外到内、由内到外的翻译过程，那么这样的诗创作就是一种错位的过程）①。波德莱尔的著名十四行诗《应和》（*Correspondances*）以形象语言发挥“交感”或“通感”的意思，向被文学批评家认为是象征派诗宪章，仿此而言，李金发作诗、译诗恰成了一种“错乱”。影响所及，对于今日国内的所谓“朦胧诗”（这个名称实为反对者给予的贬词，本身实也不通，“朦胧”可以成“体”吗?）倒像作了先导。当然这种诗的“崛起”，看来主要不是直接继承李金发衣钵而出于对庸俗化“正宗”诗风的反响，并另有新外来影响——直接通过不求甚解而阅读西方时髦原诗或间接通过沉溺于字面上大致不差的译文。

成就不同，影响不同，李金发在写诗、译诗上，时间证明，他虽得风气之先，远不能和戴望舒相提并论。戴译现代西方诗远比他自己的创作诗多。据施蛰存回忆，“望舒译诗的过程，正是他创作诗的过程”②。就成果看，他在诗创作的正与内容相应的形式上的变化过程和他译诗的变化过程确是恰好一致。他用有韵

① 参看余光中《翻译和创作》一文，［原见香港中文大学校外进修部编《翻译十讲》，北京罗编《翻译论集》有“节录”（?）第742—753页。］这是一篇有卓见的经验之谈。

② 《戴望舒译诗集》，湖南人民出版社，1983，施序第3页。

半格律体写他的少作诗，截至《雨巷》为止，正是他用类似的体式译陶孙（Dowson）和魏尔伦的时期，他用圆熟的自由体表现更多的现代感性而写以《望舒草》一集为主的大部分诗，正是他译法国后期象征派果尔蒙（原作倒是格律体）、耶麦等人的时候；后来他用多半有韵的半自由体选择西班牙现代诗人、“抗战谣曲”、特别是洛尔迦的时候，他自己也就这样写了一些抗战诗（收在他最后一本诗集《灾难的岁月》里）。最后到40年代末尾，他选译波德莱尔《恶之花》，又转而像梁宗岱后来译莎士比亚十四行诗一样，采用了保持原诗脚韵安排而照法国亚历山大体以十二音节建行的办法。他自己写诗也偶尔从已经高出一层面的半格律体进而朝合理的谨严格律体方向作出了试探（苗头见《灾难的岁月》一集中最后的个别首诗）。可见他翻译外国诗，不只是为了开拓艺术欣赏和借鉴的领域，也是为了磨炼自己的诗传导利器，受惠的不止他自己。这种努力也是有代表性的，不限于他一人，从30年代初期起，继往开来，在中国新诗现代化方面也起了瑕不掩瑜的长远作用。

这里主要谈了西方诗部分通过翻译而对于现代中国诗的走向所起的作用，本来也不是要谈翻译西方诗对于中国社会、思想、文化的影响。仅就中国现代诗即新诗而论，也主要涉及了诗风、诗艺、语言表达等问题。一般说来，翻译本身也只是有两种语言如何恰好对应的问题，另外实际上也没有多少可讲的道理。而诗，特别是内容与形式、意义与声音的有机统一体，从一种语言译成另一种语言，正如大家公认的，往往根本不可能，译诗是不得已而为之。“神似”离不开“形似”。翻译对于引进一方语种诗创作的可取或不可取的影响，形式是否相应忠实（即所谓“信”），不下于内容是否忠实（也是“信”），至关重要。西方诗，通过模仿与翻译尝试，在“五四”时期促成了白话新诗的产生。在此以后，译诗，以其选题的倾向性和传导的成功率，在一定程度上，更多介入了新诗创作发展中的几重转折。从这些转折里都可以见出创新总不能割断历史，相反，倒往往从传统吸取有生力量和有利因素。这个曲折的过程，当然还会继续下去，但可以断言，总的倾向总会是前进的，不会倒退。

1987 年 6 月 21 日，7 月 4 日，9 月 4 日，
“当代翻译研讨会”（香港，1987 年 12 月）讲稿
（原载 1988 年 3 月香港《八方》文艺丛刊第 8 辑）

重探参差均衡律

——汉语古今新旧体诗的声律通途

引　言

诗是语言艺术。中国语言自有特色：汉文固然至今还都用单音节字写出，这和今日世界上流行语种都不同，汉语却决非单音节语言，说话不是一个音节一个音节分别吐字，这和世界上任何语种都还是一样。用汉语说起普通话来，如还有特色，则是比较明显的主要以二、三音节成组（音组与意组）作逗作顿。格律化诗行（诗句）也就自然以此作为节奏单位。

“固然，”我说过，“我们今天在日常用语里，理论上，尽可以（例如）说‘我们大家都来吃喝玩乐……’无限续添二音（节）组，实际上口头既不能说下去，如实写成散文也不行（不能读），何况写成诗！所以旧体四言诗、六言诗，虽然较合我们新体白话诗的说话调子，在文言诗里也难发展，因此七言诗有四必有三，只是，四三上下颠倒，效果也就相反：以三字（三音节）成组殿句尾（行尾），就自然倾向于吟哦的调子……以二字（二音节）成组殿句尾（行尾），就自然倾向于说话的调子。”

语见我在1983年写的《说“三”道“四”：读余光中〈中西文学之比较〉，从西诗、旧诗谈到新格律探索》一文。

该文原发表于1983年9月18日香港《文汇报》，当年11月17日余光中先生来信自谦说《比较》一文是他“16年前的‘少作’”，补谈了中国古典诗中的一些特色问题（例如“回行”问题），并赞同我指摘“一行全用二音节组”，认为“极少见，亦不可行，此论甚确。我认为中文诗节奏之起伏跌宕，端在奇偶相间，若一路皆偶，必失之于平，所以五言、七言大盛，而六言不兴，即五言上二下三，七言上四下三，皆奇偶相错，而六言只能二、二、二以行之故。”“不过，”他抱憾，“此理却又不能持以度量四言古诗，实为美中不足。”

这段话又说得极有道理，又推动了我试再谈谈自己随一些同好所构想与实验的同古、西诗律相应与相违的语体新诗格律化中还有待穷源探微以继往开来的地方，正如余文《比较》启发了我提出中国古典律诗模式和与之相应而不尽相同的新诗律中也理当重视的参差均衡律。同时，恕我在时日无多中，来不及补作基础学习，不得不就在此信口开河，据常情推测汉语四言古诗一度也盛行的玄机。

从汉语诗体变迁见声律的自然调节

诗、歌在中国，原先也应为一体，也许从有了文字开始吧，逐渐分家而始终保持了亲缘关系。歌唱和诵读不同，词句唱起来自必有各歌手各自加工的做法，例如外加装饰音之类，记录到书面，《诗经》、《楚辞》文本还多少留存了“兮”、“之”等等虚词、语助词之类音调上不可少的穿插遗痕。后来见诸书面的，除了“不读书”的刘、项《大风歌》、《垓下歌》传录下来以及后世弃谱存词也少不了保留“兮”字的风雅琴曲滥调写作以外，只剩四言、六言文字骨架。古人把这些词句随便吟哦起来（即使不是严格遵音乐准则而歌唱起来）一定还有各人主观的亦即外加的调节，只是后来已不着痕迹，因此失传，也因此四、六言自成一种流行诗体。汉魏六朝的发展，一方面并不致使四、六言诗体绝灭，一方面突破四、六言的主宰框架，另辟蹊径，扶持五言以至七言诗体，在文本内部自行调节，自给自足。不求助于外援——衬字之类，再以四声交错呼应的适当调节来强化节奏的自然变化，别领风骚，到盛唐达到了尽善尽美的高度，产生定型声调格律模式（即“近体”律、绝型）。经过多少才人据以自由挥洒，竞放异彩，这种模式也就成为社会上人际思想感情交流的美学通用筹码，也就具有了长远的生命力。同时，虽然多少可以并行不悖，历史、社会、语言的变化，促使完善规范一旦登峰造极了，也自然会从凝定中产生松动化的要求。民间和外来的影响也会推动正宗文学的变化，民间口头歌唱促使诗创作（实在也只是书面记录）发展出“长短句”——词、曲。这本来也就是重新自由化，相当于西方自由诗体的逐渐崭露头角。然而这种体式，多样化了，记录到书面，基本上撇开了歌唱中穿插的衬音、衬字以至衬句，形成繁多的长短句词牌、曲牌，创作起来，只能按牌照填。物极必反，自由泛滥，也就无法为用，需要疏导，给予适当的控制，在语言艺术场合，才会重又形成表情达意的新通行媒体。

相对中见绝对，绝对中寓相对，自然规律既如此，我们探索基于语言规律的诗律共具的特质，也都不能说绝。

二音节组与平仄粘对律

我说旧体文言诗句以二字（二音节）成组收尾，跟新体白话诗行一样，自然倾向于说话的调子，相反，以三字（三音节）组收尾，自然倾向于吟哦的调子，应补充指出其中“自然倾向于”这一个片语的着重意义，说明这在实际上也是就比较而言，不是绝对的；同时也应重申“吟哦”有别于歌手按曲道要求的外在加工，甚至也有别于“徒唱”。例如昆曲、京剧逢二音节组收尾词句，一样能唱，以至唱到出神入化，回肠荡气。

《牡丹亭》第十四出《写真》开头，“旦上”唱“齐破阵”调：

径曲/梦回/人杳

闺深/珮冷/魂销

似雾/濛花

如云/漏月

一点/幽情/动早

恕我外行，又孤陋寡闻，没有听过昆曲家之类歌唱这几句曲词，也不知道各家的唱腔、唱工还有多少微妙的讲究，仅就书面词句说，全部都是二音节组，即按字面作一般诵读，五句长短安排，六六四四六（平行三句 2+2+2 式当中间以两句 2+2 式），已见整齐当中间以有规则的参差，还在句内配了相应的平仄声调安排（韵式且不论，我不在行，不知道曲词律中脚韵通押、声调相间的规定，比诸“近体”律绝诗严宽如何），特别在四字句的二、四关键处，就平仄对称而言，也就分明易晓：“似雾/濛花/如云/漏月”，仄仄/平平/平平/仄仄，调剂有致，在我们今日按字面口头念起来也就自愿拖音与促音交错，使呼吸张弛有度，也就至少像俗话所说“顺口”而不“拗口”。至于例如《惊梦》折中今日还常听到在昆剧表演中唱的名句“如花美眷，似水流年”，平仄相接相对，也一样谨严，因此声韵上也显得流转自如。

难怪敏捷的余光中先生，在 1983 年赞同我说诗句里正如口头讲话里一样，无法把二音节组重重连接下去之余，马上就和我又不谋而合，想到应把有名的李清照二二连续叠字的奇句引来做例外的补充。我在承他在 1988 年 12 月 8 日寄赠的近作散文集《凭一张地图》（1988 年洪范出版社初版）所收《奇怪的诗论》一文中又喜见他分析“诗中有乐”的第四个层次，“也是最重要的层次”说，“依诗意的需要来安排文字，使之不但动听，而且能以音调的感性来强调意义，李清照的‘寻寻觅觅’14 个叠字，便有这样的功效”。

我想不妨进一步，仅就词句本身音调分析。“寻寻—觅觅—冷冷—清清—凄凄—惨惨—戚戚”，功效不同于一般二音节组连用多次那样，不但顺口而且悦耳，原因也就在于我们至今还不难大体掌握的平仄声在这里的有规则安排，平平—仄仄—仄仄—平平—平平—仄仄—仄仄，相呼相应，相间相接，回环往复，错落有序，一句之内就表现出了古典律绝诗通首要求的旧术语所谓“平仄粘对律”。

而在现代汉语里，新体（白话）诗行内和行间如果平仄声安排适当，自然也会起一定作用，但是语言也多少随时代起了变化，平仄声调安排已不起关键性作用。我一再举例说明过以四（汉）字文言作书名的平仄声安排，到语体里就不起作用了。林语堂自译书名《瞬息京华》，仄仄平平，是合乎文言四字连在一起所需要的声调安排的正常规则的，而别人妄求花哨，译成《京华烟云》，不了解这样在声调上就成了平平平平，犯了文言四字句声调安排的大忌，念起来至少是拗口了。然而一改成白话基调来处理，不仅《瞬息的京华》或《京华的瞬息》照样顺口，而且《京华的烟云》或《京华的瞬息》照样顺口，而且《京华的烟云》也一样无碍，摆脱了文言平仄律的控制。这就是因为白话里有虚词、语助词之类的特轻音节的介入。

另一方面，与文言平仄律相应（不是等同），根据口语里不可少的虚词、语助词之类特轻音节的穿插方式，在诗行里主要以二、三音节组来调节，也就可以像词牌曲牌里一样，不计歌唱起来另加的衬字以至衬句，自行避免单调、呆板或陈滥、油滑，达到诗情诗意自然变化要求的目的。因此这类虚词、语助词等，不同于衬字，也就成了新格律的有机组成部分。

奇偶音节组的必要性和参差均衡律的可行性

余文近作（1985 年 3 月作）《奇怪的诗论》中紧接他指出李清照双双叠字的奇句的特殊功效后，不忘重申，七言“绝句比六言诗更受欢迎，就因为七言奇偶相间，较易变化节奏，有伸缩性。例如贺知章的《回乡偶书》若改为六言‘少小离乡老回，/乡音无改发衰。/儿童相见不识，笑问客从何来’意思实在一样，可是音调就太局促了，缺少了悠扬的韵味”。这使我想这里外国文学出版社 1986 年出版的《外国诗》丛刊第 3 辑上发表的屠岸先生谈《歌德〈浪游者的夜歌〉的几种译文》以及他写于 1988 年 5 月，最近抄给我看的《补记》一条中有意思而需要商榷的一点问题，正好像已先由余代我指出了其中的症结所在。

屠文中说他自己在 20 世纪 40 年代从朗费罗的英译文转译过这首名诗，后来读到了中国名家郭沫若、宗白华、梁宗岱、朱湘大致都从德文译出的大同小异的文本，加以比较，认为各有所长，“都能表达出原作的意境，是很经得起吟味的”，直至最后读到钱春绮先生的近译，见其中不仅把原先一般的译题订正为《浪游者的夜歌》，较切合歌德一直不是流浪汉的身份，而且，特别是，文字在诸家中最为“精练”，令人叫绝，我仅就这方面说（不管译文对原诗在意义和声韵上契合到什么程度）自然也钦佩钱译：

群峰一片
沉寂，
树梢微风
敛迹。
林中栖鸟
缄默，
稍待你也
安息。

屠文评说“钱译可能是舍弃了原作中一切可以舍弃的文字上的枝节，而把原作中最本质、最核心的东西用汉文表达出来的结果”。对此我也无异议。使我认为牵涉到一个重要的诗语言构造问题，值得商榷的，是以下这一段评析：“钱译的另一个特点是吸收了中国古典诗歌的营养。整首译诗八行，逢单句皆四字，逢双句皆二字，但实际上颇像一首四句仄韵六言诗，每句的结构是上二下四：‘群峰一片沉寂，/树梢微风敛迹。/林中栖鸟缄默，/稍待你也安息。’然而读来仍是新诗而并不是古诗。”这里所引的最后一句话，我基本同意。但是我从这段评析里感到的声韵问题上的一点小小的歧见，却正好从反面证明了我和余二人关于二二音节组不宜过多连续安排的共同看法不无道理。

屠在《补记》中说他最后读到冯至先生的新译加说明，不但把以前各家译题中“流浪者”或“浪游者”一语进一步订正得更符歌德本人原来意蕴的“漫游者”，而且把原诗第一行前人通译为“一切的峰顶”之类订正为更合德文原意的“一切峰顶的上空”。这里我是讨论诗语言的声韵问题，不推敲冯译保持原诗“朴实无华…给人以一种深沉的感动”的功力如何。这里我只照现代汉语规律和按冯说第一行的严格原意，试把钱译添改几个字看看效果：

群峰的 | 上空
沉寂，
树梢头 | 微风
敛迹，
林中的 | 栖鸟
缄默，
一会儿 | 你也要
安息。

这样，汉文显然更近口语调子，更易上口，就像余说不那么“局促”了，更显出了汉语固有的语言音乐性，至于这样一来，韵式就变得太紧凑，是否不符合原诗，在这里也不论，因为不涉及所谈问题的要旨。这也并不表明我比钱有什么高明之处，只是聊以证明余和我二人共信的汉语中奇偶音节组，主要以二、三音节组，相间相接，适当配合在文言、语体诗句、诗行里构成和谐的必要性，亦即依我所说在白话新诗中不同而相应于文言律、绝体平仄律的主要以二、三音节组相互调节、参差均衡成律的可行性。

近闻同好丁鲁先生谈及故杨荫浏这位古乐研究专家会把古典七言诗句分析为三个节奏单位——2 + 2 + 3——由此分大逗小逗，而以末尾3（音节组）合为一小逗，即一音节组，我认为正合我上述遵循语言音乐性松动中求整饬、整饬中求松动的自然倾向而产生的（同样适用于新、旧体诗的）参差均衡律。丁与我不同，不像我一样赞同杨说文言七字句末尾3可作为一小逗，即相当于白话新体诗行中一个三音节组，他赞成何其芳把它作为 2 + 1，并以例举“春蚕到死丝方尽/蜡炬成灰泪始干”和我商讨说，这里“末字强读，实际上是一个节奏单位”（丁 1990 年 8 月 12 日写给我的信）。我还是以为杨说站得住，就“近体”七言定型律诗、绝句平仄声调参差均衡安排论，“丝方尽”，平声“方”后可逗可不逗，“泪始干”，仄声“始”后就决不可逗（还是照一般诵读以至吟咏法，不是照歌手另有讲究的歌唱法，我又得重申），再从语气上说，或从意组构成说，“丝方”既不能与其后的“尽”分开念而一逗，“泪始”也不能与其后的“干”分开吟而一顿，所以我还是不同意何说、丁说，而仍支持杨说、余说。

汉语意组的特色

这是就“音”说的，再就“义”说（好诗无非是声音和意义二者的有机统一体而已），古典七言诗末三字也可证明不可分。朱光潜《诗论》一书中一些说法我是钦佩的，也有一些我不以为然。我却不记得曾经读过他 20 世纪 30 年代写的《论中国诗的顿》一文，现在听说他在文中提出诗的语言节奏与音乐节奏的冲突，“顾到音就顾不到义，顾到义就顾不到音”，我认为不符合事实。我已经提过汉语吐音特色，主要以二、三音节成组说出，可能今古皆然。音组与词组基本上是统一的，正合朱说“意义完成，声音也自然停顿”（转引自南京《江海诗刊》1990 年第 6 期发表的鲁德俊、许霆《意顿说》一文），并不矛盾。我举例所说的“吃喝玩乐”，在说话中如要逐条点项目名称说，自然也可以分别说成“吃、喝、玩、乐”，可是汉语说话的特殊偏向，三四个单音节词，也就自然粘连成两个双音节词，“吃喝、玩乐”，从此也就成为两个意组，逐渐成为两个双音节词惯用语。至于歌唱起来，一个汉字（即一个单音节词）也可以按各曲家的不同唱工，唱得一波三折，在不显出换气痕迹中抑扬顿挫，摇曳生姿，那是另一回事。元曲在本词以外所加的衬字，例如关汉卿《窦娥冤》中插入的长衬句，又如吴方言叙事民歌里也常见的由歌手插入的长衬句，那也是另一回事。这种衬字、衬句，实际上也不计入词牌或曲谱的（如果有现成曲谱的话）。故王力这位语言学、汉语诗律学名家说把例如新诗行“神姿仙态桂林的山”、“如情似梦漓江的水”当中的两个“的”字作为衬字除去，就十足成了两个七言律句（见南京《江海诗刊》1990 年第 4 期丁鲁文《平仄和诗歌进一步律化》），我不敢苟同，因为这种轻音的虚词、语助词之类，在语体新诗律化中，已如前述，就成了格律的有机组成部分，不能算外加的衬字，正是有别于旧体曲牌之类的一个重要特征，也正表明与新、旧体诗中奇偶参差均衡律有所不同而起相似的作用。

话说回来，按汉语特色，以意组即音组作为句、诗行的节奏单位，就和例如英诗律中的音步不同，不能像英诗行中一个多音节词（word）可随格（metre）分割成几个音步（feet）。当然，例外也有，唐代无名氏七绝第一句诵读起来意组就不免随律与音组相达而割裂成“近寒//食雨/草萋萋”，“寒食”音组（词）因律而分割了，近人陆小曼作书自题诗第一句也就只能读成“肠断/人情//意未消”，“情意”一词也是这样，出格而都很别致。虽然如此，汉语古典七言诗通常就是以构成一个意组一个音组作为一个节奏单位而一逗一顿的，所以“丝方尽”、“泪始干”也都不能割裂为“丝方+尽”，“泪始+干”，即是杨说只是“一小逗”。杨说“大逗”显然不是指每句收尾而指七言句中前四字 2+2后，可以在 4 后，也可以在 2 后，依平声字组结尾位置所在而定，相当于法语亚历山大律诗体的大顿（caesura），不一定在十二音节行正中第 6 音节后，而也可以提前在第 4 音节后。所以如今吟诵七言律、绝诗句，流行一律在4后，不论平仄，作一大顿，明明是错误的，违反了汉语诗（不论文言旧体或白话新体）和谐所需要的参差均衡律（限于文言律、绝体来说，也就是旧术语所谓平仄“粘、对”律）。我一再说过英语传统律诗以轻重音安排成格，可以行行都是“轻重/轻重/轻重/轻重……”之类，汉语定型律诗却不能平仄（失对、失粘）即不能句句都安排成“平平/仄仄/平平仄”之类，而必须在各句间保持“对”和“粘”，例如上举平仄式，接下去不能马上重复而须“对”以“仄仄/平平/平平仄”。这也就以语言特色不同来证明汉语律诗不得不与例如英语律诗作不同安排，虽然平仄不等于轻重。这里我得补充说明我当然同意上述丁文中所说不能“仿效西洋诗去做重轻交替之类”，道理首先在于一些语言学家好像正确指出过汉语（至少是现代汉语、普通话）轻重音区别程度上不如在例如英语之类的西语中那样突出，所以汉语古典诗律中也就以声调（细至阴阳四声，简至平仄两声）立格，平仄也就不等同于西诗律中的轻重，只是各自调节得宜，也就功效相似，在语体新诗中也就主要以二、三音节组适当调配，参差均衡，以应近似平仄粘对律的要求。

押韵及其他

另一方面，就诗律的第二个因素押韵（脚韵）说，白话新体诗与西洋传统格律诗既有自然相同的要求，因语言特点不同，也势必有相异的处理。

脚韵押在重音节或强音节上，在中西诗中共属当然。但是在我们的语体新诗行尾以孤立的单音节（单词）押韵，也不宜过分，例如《新月》诗派中典型常用模式的“我愿编起一双忧愁的歌，/歌里有伤心的梦、灰色的河，/每个字眼上响出过往的错”（方玮德《我愿》，转引自蓝棣之编《新月派诗选》第292页）。正如“桂林的山”、“漓江的水”，偶用以分别和下行孤立的单音节词相协，固然会显得脚韵嘹亮、铿锵，多用则反成单调、刺耳，这又正合现代英语诗中，除了增添自由体的变化以外，在律体保持上也往往声随意转而“拗”出歪韵、近似韵之类的趋向。同时，句法对仗、排比，固然是中国汉语传统诗风的又一个特色，但是在语体新诗中用多了也就像在西诗中一样会引起反感，不易容受。

至于韵式，随韵（aabb）、交韵（abab）、抱韵（abba）、还有阴韵、复韵，也并非西诗的独创，我一再说过，我国上至《诗经》，下至《花间集》（和一些宋词慢调），今至一些地方民歌，也就早用过或还在用，不应误认押韵只有用aabb式或xaxa式才合乎中国习惯，为群众喜闻乐见。习惯是可以改变的，可以改好也可以改坏，例如“五四”新文化运动，合理引进了新式标点，明明是一种革新，早为通行习惯，如今却在盲目崇洋复旧的潮流中，分行写语体诗而一律不用标点，好像已经“约定俗成”，而一用标点反就像成了异端，是非颠倒到了什么地步，令人心忧。规范化是好事，荒唐规范化则为害无穷。增进中国语言的丰富性、韧性，是必要的，诗体上引进一些有利于现代化的西式也是无可非议的，盲目照搬人家一时和局部的时髦，则势将促成中国语言纯洁性横受摧折的危机。

主要以二、三音节成组一顿一逗做语体新诗行的节奏单位，在有意无意中大致相应而创作和汉译西诗中，已初见成效，证明行得通，同时有识之士主张讲诗律讲得简单为好，易受群众共识、公认，也渐起作用。但是讲得简单了，在具体理解和应用上自不免产生一些捉摸不定因而感到无所适从的问题，所以在这里多费了一点口舌。首先得说明在白话新诗的场合，如果剔除诗行中“的”、“了”之类虚词、语助词等不计入律，则无律可说，而成无政府状态。其次得阐明在主要的二、三音节组为诗行的节奏单位以外的四音节组，末尾一个单音节组自必为虚词、语助词之类，不然自会形成2+2两个音组或音顿。在行首一个意义独立的例如“啊”之类单音节感叹词，自然只能独立为一顿。至于一个单音词例如“和”介乎两个双音节组之间，则除了有意强调它独立命意以外，就依各诗行的统一或占主导地位的格式而定、或随上边一个双音节组或随下边一个双音节组粘连成一个三音节组，例如“他们和/我们”或“他们/和我们”，而在一个三音节组前面就只能孤悬为一顿。

总　结

最后，总结来说，汉语古典诗，历经变迁，在四、六言，五、七言古体延续并存的同时，发展出接替成主流的五、七言律、绝“近体”，显示了汉语平仄参差均衡律的特色与优越性，也就适用于白话新体诗相应主要以二、三音节组一顿一逗在各行间错落安排的格式，而与西方传统律诗按轻重音在各行中划一的格式异曲同工，殊途同归。汉语古典五、七言律绝和长短句词、曲，高度成熟了，依次都成了定型格律体，从容纳较多伸缩性转化为翻出较多繁杂的声调安排的凝固性。“五四”以后，经过引进西式的自由诗体，打破了汉语旧体诗（词、曲）僵化格律（加滥化辞藻）一统天下的局面，是一个进展，而进一步，在自由体新诗继续成长、成熟的同时，新诗根据汉语言特点（文言、白话共具的特点）形成新格律化倾向，也是演进的自然趋势（从功利主义说，也便于使长期受汉语悠久诗模式熏陶成习的读众共识、公认，完成取代旧体诗创作的历史任务)。但是自由化与格律化各走极端，自也不行。20世纪六七十年代旅美学者周策纵教授，曾从“五四”以来大量“新诗”创作的句型，归纳提出一种定型格律新诗体，意在创新，势成倒退，证明行不通。可见试求新诗格律化，是顺应文学媒体入而出、出而入的演进规律的，不宜逆时代潮流，重试建任何定型格律体，使诗创作再成为填谱工作。看来还是循现代汉语说话的自然规律，以契合意组的音组作为诗行的节奏单位，接近而超出旧平仄粘对律，作参差均衡的适当调节，既容畅通的多向渠道，又具回旋的广阔天地，我们的“新诗”有希望重新成为言志载道的美学利器，善用了，音随意转，意以音显，运行自如，进一步达到自由。

1991年3月12日

(原载香港《明报月刊》1992年1月号)

完成与开端：纪念诗人闻一多八十生辰

闻一多先生的八十大寿，因为毕竟是冥寿，使我首先就想起他活到四十七岁的壮烈捐躯。他一死的光辉反过来照亮了他一生的发展迹印，使我们后死者更看得清楚：他本人，像许多杰出人士一样，就是一部未完成的杰作。他为之牺牲的直接历史任务，应该说早就完成了，至少可以说告一个段落了，虽然他视死如归的精神还是我们知识分子学习不完的榜样。其实，世界上一切事物都是发展的，所谓完成，不是旧的终结就是新的开端。闻先生除了政治上“求仁得仁”，业务上完成的已经不少，无论在学术论著或新诗创作等方面；只是，开端的比较更多。今日我们纪念他，从他完成的地方，进一步探讨他未完成的事业亦即给我们作出的开端，我看是合适的。我在这里，就先简单的追忆一下和闻先生的私人接触，然后，从今日的角度，主要谈谈对闻先生诗创作和新诗格律探索的一些个人体会。

由近及远来追忆，我和闻先生在昆明西南联合大学共事六年（1940—1946），但是不同系，住处又分散（有几年我们每星期有一半或多半住在乡下，而且各在一方），接触不多，现在只记得曾上他最后的宿舍所在地西仓坡去看望过他几次。我得到他遇难的噩耗，却是远在数千里外。当时的情景，记忆犹新。我在1946年三大学复员北返的过程里，较早结束了课程，先回到上海，然后利用学校搬家复课的长期筹备的空隙，多半时间住在无锡乡间。其间曾有一个月我一个人住面临太湖的鼋头渚广福寺的一个偏院的一套两间的屋子。我好像与世隔绝，报纸也难得看到。一个炎日的下午，我在外间挥汗伏在打字机上，时断时续，一边思索一边改稿的时候，有几个游客竟然闯进这个僻院以至我的住处，打断了我的工作。他们好意和我攀谈，我心里正还有点不高兴，他们却告诉我说从报上看见了闻先生被害的消息。我便木然，更不说什么话了，反而咬紧牙关，狠狠在打字机上敲击，好像以此来表达我的哀思。无动于衷吗？实际上就像窗外的万顷平湖，我是心潮起伏，感慨万千。

我想起正是闻先生所说西南联合大学风气转变的一年，1944年（参看1948年开明版《闻一多全集》己集《八年的回忆与感想》）在我也出席的一个文艺晚会上闻先生发言（现据《全集》己集，发言题为《新文艺和文学遗产》，时间是五月八日），最后提到我，说现在我“已经不做诗了，这是他的高见，做新诗的人往往被旧诗蒙蔽了渐渐走向象牙塔”。我心里明白这是对我的讽劝。事实上我确乎从1939年秋后到当时早已五年不写一行诗了（这以前闻先生受约编一本新诗选，曾要我自选一些给他，我心不在诗，后来也竟忘了），而以后呢，还得过六年，到1950年，我才重新开始偶尔写写诗。问题不在于我写不写诗、我走不走向象牙塔，问题的实质是1944年开始闻先生积极参加了当前的实际斗争，而我从“皖南事变”以后开始意气消沉，教书以外，就悄悄埋头写我到1943年中秋才完成草稿的一部长篇小说，只是闻先生并不知道。而我接着修改它的时候，又禁不住开始用英文译改了，听了闻先生的批评，我还是固持下去，妄以为我只有这样做才会对国家和人民有点用处。现在听了闻先生的噩耗以后，我只有反而更不问外事，加劲埋头，直到1948年冬天在英国的一个中世纪山村里，受国家大事的喜讯所震动，一朝恍然，亲见到实践的检验，自认失败，终于掷笔（放下打字机）。

在西南联合大学后期，闻先生政治上日益觉醒，行动上日益积极，我抱愧自己主要仅以有所不为而站在他一边而已。

原先闻先生在1940年读到我刚出版的《慰劳信集》，看来有点出乎他意外，却给了慷慨的嘉许。我呢，在1937年抗战爆发后，路过武汉入川的时候，曾到武昌城里闻先生家里看望他，只见他还是埋在古书堆里，后来在成都听说他跟一些同事和学生，千里迢迢，采风问俗，步行到云南，也感到出乎意外，给了我不少鼓舞。

我虽然不是闻先生的"及门弟子"，但在我大学毕业前不久，在他从青岛大学调来清华大学以后，我也曾面聆过他写诗方面的不少教言。话，我都记不清了，只感到对我大有教益。尽管他出语有时显得偏激，胸襟却是十分宽博。例如，他早年写过不少爱情诗，却也面夸过我在年轻人中间就不写这类诗。又如，就外来影响说，他自己写诗，主要受过英国19世纪诗、特别是浪漫派诗的一些影响，但是他也能欣赏我受过法国象征派诗一些影响的一部分不同的格调。又如，他自己讲究格律，但是他也完全不排斥我同时试写过的自由体。他自己治学谨严，写诗到《死水》阶段，用画法作比，可以说笔力遒劲，线条硬朗，但是，又举例说，他会就我一首松散的自由诗，不自觉的加了括弧里的一短行，为我指出好像晕色法的添一层意味的道理。从此也可以见出闻先生从早年推崇《女神》的时代精神，到自己写《死水》，直到最后击节称赏艾青、田间的一些诗，思想和艺术倾向的理所当然的多变当中一贯的深湛博大。而我这样面受他教诲最多的机会，也就是1933年暑假和广田等代为克家在北京大学印刷所排印他的《烙印》而多次出城到清华大学西院闻先生家里面催他写序的那些日子。

然而我熟稔《死水》和原在上海《时事新报·学灯》（?）上发表的零篇诗作，是早在我中学毕业以前了。

由近及远，从死到生，经过一番回忆，现在我该谈谈闻先生由完成到未完成亦即仅仅给我们开了一个头的新格律诗创作和新诗格律探索等问题。

就新诗创作而论，我始终认为《死水》（至少按他自己标准说）应是闻先生唯一完整的集子（在先的《红烛》显然有“五四”初期那些共同的不成熟痕迹）。我自己小时候一开始上学就是进的所谓“国民小学”，只是课本还是文言，四年初级小学毕业了，还体验过一年的变相私塾生活（读的也只是《孟子》和《左传》）。我是从自己家里的一些旧书当中接触了一点旧诗词。接触到白话文是上一年制高级小学才开始的，语文课本里选到的个别新诗并不令我喜爱。还是在一次我从乡下到上海，到商务印书馆看看，从玻璃柜里挑出一本儿童读物《环游地球记》的同时，我还买了“冰心女士著”的《繁星》。这是我生平买的第一本新诗，也是从此我才开始对新诗发生了兴趣。等到我自命不再是“小读者”的时候，还是初次读《女神》给了我震撼，这不仅因为内容关系，而且是感到新诗与旧诗之间在艺术形式上从此开始划出了明确的界线。现在在我的个人印象里，从《女神》（初版于1921年）以后到中华人民共和国成立为止，新诗发展史上，还是数《志摩的诗》（1925）、《死水》（1928）、《望舒草》（1932）、臧克家的《烙印》（1933）、艾青的《大堰河》（1936）、何其芳的《预言》（1937），或其后的《夜歌》、田间的《给战斗者》（1938）、冯至的《十四行集》（1942）、李季的

《王贵与李香香》(1945)。这些诗集或长诗，从内容与形式，从题材和构思，从艺术表达的探索、开拓、成长、特色等方面说，都是标志了一些新的开端。我不是说这些是“里程碑”，我不是说这些诗的著者在以前和以后没有写过更好的诗篇，更不是说别人没有写过更好的诗篇。我只是以为，作为单行本诗，比较起来，它们既是独辟了蹊径，也是独放了异彩。而《死水》，就本身的完整而论，尤为突出。

《死水》表现的爱国情怀是突出的，社会正义感是一贯的，虽然还没有深入的认识，仅仅表现为对于街头小人物之类的人道主义同情；而从西方来的爱与死题旨的表现，更颇为一般。至于悲观思想当然也是有的，但是总比当时对于统治阶层的歌功颂德，对于当时社会的粉饰太平，要可取得多。我认为徐、闻等曾被称为《新月》派的诗创作里，受过英国19世纪浪漫派传统和它在维多利亚时代的变种以至世纪末的唯美主义和哈代、霍思曼的影响是明显的，受波德莱尔和他以后法、德等西欧诗风的影响是少见的，而波德莱尔自己的《恶之花》也不是用“颓废”一词所能一笔否定得了。像《死水》这整首诗，像《口供》的末行“苍蝇似的思想垃圾桶里爬”之类，所谓“以丑为美”，所谓把不美的事物写进诗里，也未尝不是“化腐朽为神奇”。这在我国诗歌传统里，固然少有，也不是没有。杜甫的名句“朱门酒肉臭，路有冻死骨”，写的是美的事物吗？写出来没有诗意吗，也有“臭”气吗？艺术从生活中出来，成为艺术，就高于生活，和生活并不等同。只有把狰狞的事物，不经过艺术提炼过程，还它以狰狞面目，产生令人作呕的非艺术效果，才是下乘之作。《死水》的价值，今日看来，主要还是在于对我们的艺术方面的启迪。例如，克家过去在诗写作里把其中对下层人民的同情早已向前深入了一步，同时，也承继了其中炼字炼句的功夫（正如闻先生自己承继了我国旧诗的这方面功夫；其实外国诗也同样有这方面的功夫），只是不怎样理会其中格律的讲究。闻先生在1943年答克家的信上说："说郭沫若有火，而不说我有火，不说戴望舒、卞之琳是技巧专家而说我是，这样的颠倒黑白，人们说，你也说，那就让你们说去，我插什么嘴呢？"（《全集》庚集第54页）其实，平心而论，只就我而说，我在写诗"技巧"上，除了从古、外直接学来的一部分，从我国新诗人学来的一部分当中，不是最多的就是从《死水》吗？例如，我在自己诗创作里常倾向于写戏剧性处境、作戏剧性独白或对话，甚至进行小说化，从西方诗里当然找得到较直接的启迪，从我国旧诗的"意境"说里也多少可以找得到较间接的领会，从我的上一辈的新诗作者当中呢？好，我现在翻看到闻先生自己的话了，"尽量采取小说戏剧的态度，利用小说戏剧的技巧"等等（《全集》卷首朱序第22页）。而以说话的调子，用口语来写干净利落、圆顺洗炼的有规律诗行，则我们至今谁也还没有能赶上闻、徐旧作，以至超出一步，这也不是事实吗？闻先生若还在世，听这一说，可能又要发"火"了。但是不仅克家和我，现在大家都容易认识《死水》里蕴藏着"火"。只是我们都还没有充分学到《死水》所启发的炼丹式功夫而加以推进而已。

《死水》的艺术造诣是值得我们继续琢磨的，和《死水》的创作实践相结合而提出的新诗格律理论，正因为与成熟的《死水》不一样，从我目前仅只重读到的他那篇书面主张《诗的格律》（《全集》丁集）看来，还不成熟，却是抓住了一个关键问题，尽管提法偏激以至出了明显的偏差，我认为更值得我们进一步讨论。

"五四"新文学运动一开始好像就有涉及新诗格律问题的谈论，只是我当时还幼小，并没有注意过，而较后例如闻先生自己就说过1926年北京《晨报》副刊“已经有饶孟侃先生《论新诗的音节》的两篇文章”（《全集》丁集第249页），我在南方就没有见过，但是显然没有人像他那样，到出版《死水》为止，有意识持续进行了创作实验。实验结果，大有成就；立论出发点，却有许多站不住脚的地方，也显而易见。他说饶文“是从听觉方面着眼”，我认为显然是对的，而闻先生还要讲虽然“比较占次要的位置”的“视觉方面的问题”，以至谈到汉语的象形文字在诗里的作用、诗里的“绘画的美”、“建筑的美”等等，这显然是混淆了文艺的基本范畴，听觉艺术与视觉艺术的根本区分。还不是从近代起，长远以来，一般较为复杂精炼的诗以至歌词，不先看文字，甚至看熟了，念起来和唱起来，就往往听不出意味以至听不懂，这是事实，但是不能说它们就也是视觉艺术。循此发展，对于“诗中有画，画中有诗”、“诗的建筑美”等等说法，就会作出纠缠不清的议论。这就和确乎感觉到中国旧诗的特色而以不懂汉文而在象形文字上作穿凿说法的美国意象派诗人艾兹拉·庞德，和最新西方流行一时的所谓“具体诗”要犯同样的毛病了。因为闻先生也有从视觉观点谈“节的匀称和句的均齐”的地方，后人讲到所谓“新月”派诗人以及其前的一些新诗作者，往往说“格律谨严”或者把他们的作品嘲为“方块诗”之类，实际上论者和作者自己很少注意到闻先生所提出的格律问题当中的关键的一点以及其他没有在书面提出的押韵问题。

这个核心问题，就是闻先生所说的“音尺”（从英文 metric foot 译来的，别人较多译为“音步”），即后来常说的“音组”或沿用我国旧说的“顿”。在闻先生以［外］，举例说孙大雨先生写诗和译诗体作品，是有意识以“音组”作为诗行内的基本单位；其芳晚期也是如此，只是提法上较习惯于沿用“顿”的名称（最近接读美国威斯康星大学周策纵教授1962年发表在纽约《海外论坛》月刊3卷9期上的《定形新诗体的提议》这篇渊博的长文，知道他也肯定“音组”是新诗律方面的“最主要因素”。）故陆志韦先生，借鉴西方大多数语种的诗律，主张用重音为单位来建行，试验写出了《杂样的五拍诗》（《文学杂志》1947年2卷4期，未去查原刊，仅据香港大学和香港中文大学张曼仪等编的《现代中国诗选》），似也和闻先生的主张和实践有相辅相成的地方。梁宗岱先生译莎士比亚十四行体诗，则试按法国格律诗建行算“音缀”即今我国语言学改称的“音节”（syllabe），也就是汉语的单音字，探求诗行的整齐，这又合闻先生主张的整齐、匀称的一个方面。而比我还年轻一代的屠岸同志译莎士比亚十四行体诗则在“顿”或“音组”以外还讲求轻重音配置，这又是进一步的试验，不论成熟与否甚至成立与否，更无可厚非。

无可否认，事实上闻先生在他试验成果显著的《死水》一集里，除了他自认“我第一次在音节上最满意的试验”的《死水》一首以外，现在我按他的“音尺”来量量，发现合乎他即使较宽标准的，大致还不到一半。至于押韵方面，也还有一个发展过程。例如《天安门》一诗里就还有“来了”和“那么跑”，虚字与实字，押韵（在文言诗、词、曲里一个单音字还占一个独立位置，这样押韵是可以的），这在白话新体诗里是行不通的，而应该照我国《诗经》等连虚字，例如“兮”字，一起押韵，在欧西诗里叫“阴韵”，但是就在这首诗里也已经注意到了，例如“干吗的”协“枪轧的”；《飞毛腿》一诗里还有“人马”协“完啦”，而同时也注意押了阴韵，“神儿”协“准儿”，“完啦”协“脸啦”，“够亮的”协“一样的”（有的是不完整的复韵，例如“混呢”协“问你”，“混”协“问”是行的，“呢”这个虚字与“你”这个实字押韵就不然了）。最后一首《闻一多先生的书桌》也有严格的“倒了”协“叫了”的阴韵。而在《红烛》里不知作于何年的《美与爱》一首也已经用过阴韵，例如“断了”协“见了”，“恼了”协“笑了”，“回了”协“灰了”，在别处还用出了较宽的复合韵，“心悸了”协“成绩了”，只是在其他地方更多用了虚字和实字押韵这种不足为训的办法，例如“来了”协“一条”，“笑话”协“将军吗”，“开了”协“逸条”，“要笑”协“上天了”等等。陆志韦在1920年一月写的一首诗，叫《航海归来》（手头仅据香港《现代中国诗选》）倒早已用出了阴韵：“影子”协“亭子”，“醒了”协“定了”，还用了复合韵“顶上”协“心上”。闻先生在这方面试验，本来也并不是走在最前头（也可以说没有脱离实际），以后也有人向前推进了（也可以说有发展前途）。他在这方面持续探索，过程最显，成果最显，所以最值得一提。

虽然如此，由说话（或念白）的基本规律而来的新诗格律的基本单位“音尺”或“音组”或“顿”之间相互配置关系上，闻先生实验和提出过的每行用一定数目的“二字尺”（即二字“顿”）“三字尺”（即三字“顿”）如何适当安排的问题，我认为直到现在还是最先进的考虑。

至于由基本单位的“顿”或“音组”或“音步”或“音尺”，到行，到节，到整诗，以至体式，闻先生主张“相体裁衣”，完全恰当。同时闻先生是较早基本上按照他的基本格律设想而引起西方十四行诗体的，那就是《死水》诗集第二首《收回》和第三首《你指着太阳起誓》。此外连归入所谓“格律谨严”一派中人好像也只有孙大雨写过几首严格的十四行体诗，例如《老话》（《全集》辛集《诗钞》），而个别人想写而并不知道十四行体是什么回事（参看《全集》辛集《谈商籁体》）。至于引进这个体式，在我国白话新体诗里是否行得通或如何有所变通，那又当别论。

这些都是新诗格律问题上最基本、最简单的考虑。但是今天还如五十多年前闻先生感到的一样。“这些话准有人不愿意听”，恐怕特别在写诗人中间。大家都不知道为什么越来越多的倾向于写四行一节的白话诗，也不在乎其中有什么需要讲究，除非想到要凑几个脚韵。大概是只要求自由吧。其实闻先生也从不反对写自由体诗。只是自由体诗也至少有广义的节奏问题，或者即使“现代化”到不讲旋律也罢。“自由是对于必然的认识”，我常常认为（因此也常说）用在这里也是合适。世界上一切事物的变化都是有客观规律的，也不妨说是有内在节奏的，“生生之为易”就是一种大节奏。只看到现代世界眼花缭乱的浮面现象，当然很容易认为一切都神秘莫测到抓不到什么规律了，顶多是感觉到一些最原始节拍，实际上是错觉，不想到这一切都还是由更多掌握了客观规律所造成的，其中自有狭义以至广义的节奏。不顺应和显出这种节奏，写诗会在多大程度上真正达到它所固有的功用呢？闻先生五十三年前（1926 年）谈到新诗格律化问题所提出的“音尺”（即“音步”、“音组”或“顿”）这个最基本、最简单的朴素观念，至今都还没有像他预期的掀起过什么“轩然大波”。其实也不一定要有什么“大波”、“小波”，闻先生提醒这个概念后，多少年来新诗界也时有讨论，解放后 1954 年作家协会讨论过诗的形式问题，1959 年《文学评论》发表过一辑关于诗的格律问题的文章，众说纷纭，不是没有收获，只是结果并不理想，我个人认为主要是因为没有首先抓住这个“音组”或“顿”的基本问题。

至于闻先生对我国古典诗歌的学术论著，公认极有价值，可惜我几乎还完全没有读过，自己对这方面又毫无研究，当然不能置一词。最近匆匆抽读了一下《唐诗杂论》（《全集》丙集）中《宫体诗的自赎》，我也会感到确乎大有“发前人所未发的胜义”（《全集》卷首郭序第3页），不知是否可以说也大有辩证法，据说“他终于要研究起唯物史观来了”（《全集》卷首朱序第18页），我看这是必然的趋势。我想可以说他已经提出了不少非一般对本国文学有很深学问而对外国文学毫无修养以至常识的学者所能提出的见解。我想到自己过去是对法国和美国最为盛行的“比较文学研究”一直不予重视的，而现在偶尔读到一点美国在中西诗与诗学的比较论著，也觉得颇有新见，即使间或有“邻于妄”也罢，似应刮目相看了。当局者迷，闻先生也说到“旁观者清”（《全集》戊集第19页）；比较比较，有点透视，知彼也易于知己。闻先生后来曾建议调整当时的中国文学系和外国语文学系，合改为文学系，以免“中西对立”，以求“真正沟通融会中西文化”，认为“建设本国文学的研究与批评，及创造新中国的文学，是我们的目标；采用旧的，介绍新的，是我们的手段，要批判的接收，有计划的介绍，中西兼通”（《全集》戊集《调整大学文学院中国文学外国语文学二系机构刍议》），合理的基本精神也就在于此。闻先生并没有要在国内开比较文学研究的风气；只是如果我们能切实试用辩证唯物主义和历史唯物主义，加上对外国文学的一定认识，这样来研究祖国文学遗产，那么闻先生实际上初步开辟的道路，更必然会成为康庄大道。

像我开头所说的，世界上没有绝对完成的事物，一切完成的只是一个阶段，也就是一个新的开端。而一切工作，一切事业，也总不是一个人的事情。我从闻先生光辉的一死，倒推回去，追忆一些个人和他接触的琐事，转过来从他完成的著作到未完成的事业，也就是我们大家有份的事业，谈谈个人的看法，这也就是从死谈到新生。对于我来说，现在按活到的年龄算，闻先生反过来倒远比我年轻了，而他已经作出的许多开端我认为还是开端，因此多谈谈这些开端也就是纪念他青春长在。

1979 年 3 月 27 日

（原载《闻一多纪念文集》，三联书店，1980）

人事固多乖：纪念梁宗岱

虽九死其犹未悔。

——屈原

托体同山阿。

——陶潜

人事固多乖。

——苏轼

如果我记得不错，最后和宗岱一面，是在1979年11月，至今10年整了。当时他已有病，勉力从广州由他的夫人陪侍来京参加文代会。他行动不便，不常到会，有一晚我得空专诚去他住的招待所看望他。对比他30年代矫捷的身躯、火花四放的谈锋，见他的衰老，不胜黯然。但是当时住处的灯光欠明，却正反衬出他精神照旧奕奕。他回广州后却听说长期住院疗病了。1983年11月我接到宣布他逝世的讣告，倒没有照例的转辗延误，让我来得及发一唁电。当时特别针对文化界的又一场运动正处高潮，每晚电视台新闻联播节目当中总要插入一位名作家亮相发言，主要抨击文艺方面盲目搬弄西方现代花样所带来的恶果。我在唁电中特意强调了一下梁生前熟谙西方文化，从不崇洋媚外。这不是为梁据事实辩解，因为这次批判的发动，事出有因，只是并没有发展成又一次史无前例的大盲动，他已和许多人一样，幸免又一次蒙冤挨整。1937年平津沦陷，他离北方南下，暂住天津法租界旅馆候船，（据罗念生同志回忆说）曾邂逅一个倨傲的法国权势人物对他肆言中国决抵抗不了日本侵略，宗岱就用法语辩论说中国必胜；后来上街后抄近路回旅馆，也就摩拳擦掌，蔑视法国巡捕的无理阻拦，正好又遇到那个刚受过梁正言顶撞因而反为之深具敬意的法国权势人物出来说话，得以放行。这是自会替他说话而无法加以颠倒，无中生有，妄指像他这样有西方文化修养的知识分子总会对洋人卑躬屈膝的一个有力反证。

至于介绍西方文艺及其顺应时势的现代化主潮，他倒也不仅沾边，而且起过不小的作用，这也是无可辩驳却也无由指责的事实。

今年正逢“五四”新文化运动七十周年，我在这里也就自然想起梁在1933年写的《文坛往哪里去》（今见他遗著《诗与真》一、二合集人民文学出版社1984年重印本，第53—61页）和1935年写的《新诗的分歧路口》（见《诗与真二集》新版合集第167—172页）两篇文章里高屋建瓴式讲到的一点——（白话）新诗发轫十几年后的趋势，恰与初期的分道扬镳以至背道而驰。究其原因，他指出新诗的倡导者不仅反旧诗（我得补充说，没有突破旧诗的框框来反旧诗），而且把杜甫《秋兴》一类诗都反了（胡适在《尝试集》人民文学出版社重印版第136页上说“我读杜诗，只读《石壕吏》、《自京赴奉先咏怀》一类的诗，律诗中五律我极爱读，七律中最讨厌《秋兴》一类的诗，常说这些诗文法不通，只有一点空架子”），因此“简直是反诗的”，此路就必然不通，而由于对西方诗“深一层”的认识，有所观照，进一步了解旧诗、旧词对于新诗应具的继承价值，一般新诗写作有了他所谓“惊人的发展”，超出了最初倡导者与后起的“权威”评论家当时的接受能力与容忍程度。

梁自己没有提他参与了这个更新过程，但那是当时思想开放、较具识见的诗界人士有目共睹的，我不妨也以自己的切身感受来作证。

我在中学时代，还没有学会读一点法文以前，先后通过李金发、王独清、穆木天、冯乃超以至于赓虞的转手——大为走样的仿作与李金发率多完全失真的翻译——接触到一点作为西方现代主义文学先驱的法国象征派诗，只感到气氛与情调上与我国开始有点熟悉而成为主导外来影响的19世纪英国浪漫派大为异趣，而与我国传统诗（至少是传统诗中的一路）颇有相通处，超出了“五四”初期“拿来”的主要货色。但是它们炫奇立异而作践中国语言的纯正规范或平庸乏味而堆砌迷离恍惚的感伤滥调，甚少给我真正翻新的印象，直到从《小说月报》上读了梁宗岱翻译的梵乐希（瓦雷里）《水仙辞》以及介绍瓦雷里的文章（《梵乐希先生》，今见《诗与真》合集新版，第7—25页）才感到耳目一新。我对瓦雷里这首早期诗作的内容和梁译太多的文言词藻（虽然远非李金发往往文白都欠通的语言所可企及）也并不倾倒，对梁阐释瓦雷里以至里尔克的创作精神却大受启迪。至于1933年梁以宏观的高度，以中西比较文学的广角，论《象征主义》的这篇文章（最初发表于郑振铎、巴金挂帅，靳以执编1934年初出版的《文学季刊》，后收入他的《诗与真》，今见一、二合集重印版第62—83页），我至今还认为是他在这方面的力作。这些译述论评无形中配合了戴望舒二三十年代之交已届成熟时期的一些诗创作实验，共为中国新诗通向现代化的正道推进了一步。

时势所趋，我在1930年秋冬之际开始认真（也是出于百无聊赖）试写一些新诗，其中有几首（也有译玛拉美浅白的一二首诗）第二年和梁写给徐志摩的《论诗》公开信（今见《诗与真》合集重印本，第26—46页）先后同发表在徐编《诗刊》上（梁信中还提出他和创刊号上发表的梁实秋那篇通信的异议）。徐志摩于当年去世后我又在叶公超接编的《新月》杂志上发表了从英国哈罗德·尼柯尔孙著作中摘译的一章，由我冠以《魏尔伦与象征主义》一题，以及选译的波德莱尔十首诗，虽然那是已在他1931年从法国回来由徐热心向胡适力荐得以到北京大学法文系执教当系主任以后的事情（顺便提一句1934年梁因提出与原配离婚，遭到一向能驯服北大当权人物胡博士的胡太太竭力反对，结果被迫离职，秋后与女作家沉樱结婚，同往日本叶山海滨，赋闲译著，一年后回国，改任南开大学教授至1937年平津沦陷为止）。这些译作的问世，都标志了我和宗岱在诗学上的不期相会，而同被志摩引进所谓"新月"派小圈子，一开头就成为异端。接着我们先晚两辈，人也成相识了，我当时还在北京大学英文系读书，也就偶尔到法文系班上旁听过他几堂课。纪德也是由于他的介绍才开始受到我注意，进而翻译了几部他的作品。其中《浪子回家》一篇好像还请他校核过，而我先从英文刊物继从法译单行本转译里尔克的散文叙事诗《旗手》（最后在40年代初期在昆明西南联合大学任教时期请冯至同志用德文原本校阅过），还先于梁自己的翻译。

也算是东西、新旧交错的时会产生了效应，梁不仅以较早参与引进法国为主的文艺新潮而促使新诗向具有中国特色的现代化纯正方向的迈进，作出过应有的贡献，而且，说来也妙，以他个人的特色，使当时还健在的法国现代两位思想路数截然不同的大作家在他翻译的《陶潜诗选》里有了一番契合。保尔·瓦雷里给他的译本写了序，罗曼·曼兰读了他的译文给他写了一封赞扬备至的信。两位大家都从陶潜作品里发现了他与拉丁诗人维琪尔的接近，虽然我认为中国旧日山林隐逸诗与古罗马田园牧歌的境界相隔得十分遥远，不止十万八千里。罗兰读他的译本甚至惊讶中国心灵与拉丁法国（即地中海法国）之间好像有一种特别的血缘关系。也许是因为法国现代作家（甚至这两大家也难免）对于译到法国的中国旧诗文与身临法国的中国新文人总怀有超出常规的特殊好感与期望吧。

但是我觉得梁从瓦雷里论歌德一文（梁有译文，见他的《诗与真》新版一、二合集，第137—158页）似乎比他从瓦雷里的《水仙辞》一诗更多看得见自身性格上、气质上具体而微的（当然远不足与歌德相提并论的）一点映影。梁在瓦雷里论歌德这篇宏文里，既无疑深感到其中不言自喻的追求无尽的浮士德精神的宣扬，也必有所憬悟于自身也就有瓦雷里所指出的普露谛（这是照法文译，照拉丁原文译，应为普罗谛乌斯）或善变因此多面的倾向。

宗岱在1934年写的《诗与真》序里说：

> 这几篇文章……是五、六年来不同的时期与不同的景况下写的。作者思想与艺术的演变是不可避免的事。假如精明的读者在这里觉到内容上相当的一贯与风格上相当的一致，那就全仗这一点努力与追求。
>
> 这并非作者自诩已经达到或接近他的目标……这目标也许将永远缥缈如远峰，不可接如天边灵幻的云。不过单是追求的自身已经具有无上的真谛与无穷的诗趣，而作者也在这里面找着无限的欣悦了，正如一首歌的美妙在于音韵的抑扬舒卷的程序，而不在于曲终响歇之后。

从1930年左右到“文化大革命”这三十多年，梁在诗与译诗方面的艺术见解，在他自称的一贯中，前后的变化，确乎大为有迹可寻。

一、1931年梁在写给徐志摩的《论诗》公开信里就说“我从前是极端反对打破了旧镣铐又自制新镣铐的，现在却两样了”(合集新版第35页)；原先还赞赏旧诗词体中的“参差不齐”(第37页)，《楚辞》诗句的“字数不划一”(第37页)。格律只是用来“磨练自己的好身手”的“桎梏”(《诗与真》二集，新版第171页)，紧接着就进一步作积极说法——“正如无声的气息必定要流过狭隘的箫管才能够奏出和谐的音乐，空灵的诗思亦只有凭附在最完美最坚固的形体上才能达到最大的丰满和最高的强烈。没有一首自由诗，无论本身怎样完美，能够和一首同样完美的有规律的诗在我们的心灵里唤起同样宏伟的观感，同样强烈的反应的”(第171页)。

二、他原先强调“中国文字的单音”说“差不多每个字都有它的独立的同样重要的价值”(第47页)，后来转认为“一个字对于诗人不过是一句诗中的一个原素，本身并没有绝对独立的价值”(第182页)，“诗之所以为诗大部分是成立在字与字之间的新关系上”(第182页)。他原先着重平仄的重要作用(第36—37页)，后来同意以“字组”分节拍，把原先的行中一大“停顿”(caesura，法国诗律的一大要素)说改成“顿”(metric-pause)“拍”(metricbeat)说(第176页)。我认为平仄在新诗里还是起作用的，只是在现代白话里有了“的”之类虚字(辅词)紧随的插入，就在字句连缀中不再像在文言旧律诗里那样起作用，而和双声叠韵一类的讲究一样，已不属格律范畴而纯属诗艺范畴了。他后来主张(与他译莎士比亚十四行体诗的实践表明)节拍整齐，字数也划一(第176页)，我认为这从他早年的主张相反而走过了头了，只有一半道理。“七字至十六字的差异”(第176页)，客观时间上的确是并不一致，但是我认为主要以现代汉语最普通的二、三单字（即单音节）成组为顿为拍而说出，新格律诗中每行求长短齐一的场合，字数也就自然大致平衡，而不需各行字数一刀切齐。否则（不幸如他所译的一些实例所证明）字数划一了，更基本的节拍反而不整齐了。

三、他原先说“中国诗里跨句亦绝无仅有”（合集新版第39页），接着又改变看法，不但肯定“孙大雨先生根据‘字组’〔‘音组’〕分节拍……是通衢”（第176页），而且早寄希望于白话“素诗”〔blank verse〕（第44页脚注，补于1934年），也就是说肯定了跨行〔enjambement〕。我则后来一再说中国旧诗词里跨句也有的是（参阅我《说“三”道“四”》一文）。但是我对新诗里用“素诗”体（无韵而每行长短齐一的格律体）进行诗创作，信心不大，怕如果不严守格律，效果正与无韵自由体诗一样的容易松懈。

四、他先认为“相隔三十余字”押韵“根本失去了应和的功能（《诗与真》新版，第40页），后来转而赞成学写或照原样翻译西方的十四行体诗（他和许多人把西文sonnet音译成“商籁”，不妥，因为那照汉语拼音就变成shanglai了，与原音相去太远），其中照原样押韵，中文里有些地方就得相隔二三十字；而宋词慢调中也间或有相隔二十来个单字押韵的。我认为格律新诗每行长度以不超过四顿（拍，音组）为宜（就像现代英语格律诗每行也倾向于不超过五音步为宜一样），脚韵也就不可能相距太远，不仅交韵应和得起来，抱韵也如此（旧词与现代甘肃民歌“花儿”调里也不乏押抱韵的实例）。

五、他最初翻译《水仙辞》不严格保持原诗的形式，后来转而注意形式来进行翻译莎士比亚十四行体诗的实践，并在理论上指出“翻译，一个不独传达原作的神韵并且在可能内按照原作的韵律和格调的翻译，正是移植外国诗体的一个最可靠的办法”（《诗与真二集》，新版第172页）。这里我得指出照他以字数划一主张来用法国亚历山大体每行十二单音节译莎士比亚每行五音步十音节诗，就不符他要求的“照原诗的韵律和格调的翻译”，所以，借用他自己话来说，这样还只是走向他的“目标”而已。

这些纵向的限于诗形式方面的细微末节的嬗变，并不突出，更谈不上善变，实际上只是朝成熟和健康态势正常发展的形迹，一个作家都有类似的过程。也合乎自然规律，出于人之常情，一个人达到自己一种成就的顶峰，也不免有下坡的势头。举例说梁最初赞同“五四”时期“反对旧诗的许多理由中，只有两个，经过了重大修改之后，我们还觉得可以成立：一是关于表现工具或文字问题的，一是关于表现方式或形式问题的”（《诗与真二集》，新版第168页），又说，“我们也承认旧诗的文字是极精练纯熟的，可是经过了几千年循循相因的使用，已经由极端的精练和纯熟流为腐滥和空洞，失掉新鲜和活力，同时也失掉达意尤其是抒情的作用了”（第168—169页）。他最初曾说玛拉美“虽采取旧诗的格律〔按：中国新诗与旧诗的区别，犹如拉丁文诗与近代英法传统诗的区别之大，还不能引以类比〕，同时却要创造一种新的文字——这尝试是遭了一部分失败的”，瓦雷里“则连文字也是最纯最古典的法文〔按：也不类似我们的文言文之与白话文〕。然而一经他的支配，便另有新的音和义，所以法国的批评家，往往把他和魏尔伦、韩波及许多自由诗的作者并称为‘机械主义的破坏者’。就是提倡自由诗最力的克罗德尔，也赞他不特能把旧囊盛新酒，竟直把旧的格律创造新的曲调，连旧囊也刷得簇新了”（《诗与真》合集新版第24页）。他在抗战期间，在重庆，可又倒退到这一路尝试实践，变形为复旧，以至居然用文言填词，精彩不多，不见得有多少推陈出新的地方。他译诗，经过译瓦雷里少作《水仙辞》的沿用旧词藻与陈腔到译莎士比亚十四行体诗的严谨尝试新格律的高潮，到后来译（或在“文化大革命”中丢失后重译）歌德《浮士德》，也显得有点下坡趋势，不免粗疏生涩（也许最后来不及加工，不足为凭）。

如果，如上所说，梁在艺术观点、艺术修养上的一些纵向嬗变，成就与不足，并不突出，只是正常的发展过程，那么他在后期生涯中横向的一点变化（变出一个与他当行本色不同的活动侧面），则不但不寻常，而且使他受了命运的奇怪捉弄，与之作顶撞的搏斗，演出了一场平凡而实超凡的悲喜剧。

抗战胜利前一年，他避为重庆当局招揽从政，辞了复旦大学教职，远去边陲他童年生活所在的广西百色（他自称的“第二故乡”）。他在那里收拾他父亲死后衰败的遗产。他在继续译书和开始协助当地老教育家为因战乱失学青年办西江学院以外，重温起童年在那里挑箩筐随江湖卖艺人上山采药的旧梦，请教了当地中草药名医，常跟他们一二位再上山采药，早出晚归。他入中年以后有这样的豪兴，是由于他想改他父亲的沿用旧方为另制新药，赶超当时国外新发明的几种抗生素名药如青霉素之类，凭当地丰富的草药资源和自己对化学新发生的兴趣。他经过几年的采集、研究、实验，配制了两种（后来又添一种）主治多种炎症以至“绝症”的药剂，经过慎重的施药临床试用，据说取得了一定的成功。地方一解放，他得到鼓励，兴资改他父亲的旧家业为制药厂，开始拆旧铺，改建化工厂。

这样，他最初从重庆到百色，有点像陶渊明归隐的味道，此刻却有变成为人民的陶朱公的势头了。

那是在 1950 年。事隔一年，厂还未建成，药已进一步提炼，广赠人治病，据说颇见疗效，树立了名声，因而被特邀参加省人民代表大会，又因积极关注地方福利和兴废事宜，被挂上了省参议名义。可是正因为在专区从下到上较多活动，博得广泛信任，无意中（也与他的制药名声有关）得罪了一位当权专横的新官僚头目，结果被罗织了四百多种大至通匪济匪的莫须有罪状。遂即锒铛入狱，虽然中央当时的文化领导胡乔木同志及时出面干预，要求认真调查，严肃处理，得免于冤枉，但还是直到1954年才终于获释。这样，一度当了挂名省参议，两三年坐了冤狱！

他出狱后，又受省人民医院负责人邀请到他的医院进一步作临床实验。终因人事复杂，据他自述（见他打字油印本《我学制药的经过》）实验虽取得了一些成果，也增加了他一些医学知识，未能贯彻下去。1956年他到广州中山大学再次出任教授，当了外文系主任，分工负责法文业务。当地广东人民医院继续他的药剂临床实验，又因人事变化，改在他故乡新会中医院和人民医院实验取得成绩。不久“文化大革命”又来打断了，他当然也就成“牛鬼蛇神”。家乡病人却还时有通过医院远道前来向他求药，因此在甘少苏夫人协助下，在“文化大革命”的最高潮中，还是私下继续实验制药，自以为终于达到与世界抗生素名药争衡的目标，可是他的药剂至今还未经正式检定，很难说已经尝试成功。

而这里又具有极大的讽刺意味。他在“文化大革命”中，似因备有自制药，经受住了造反派的肉体折磨，而也正因为听说他会自疗，受毒打也特别厉害，九死一生，骇人听闻（详见《新文学史料》1983年第3期甘少苏《梁宗岱简历》和《名人传记》杂志1987年第5期卢祖品《诗人梁宗岱之死》）。难怪他生平不仅最钦佩歌德也最钦佩屈原。我不通医道，也不曾细问、不清楚宗岱最后是害什么病终于致命，但无可怀疑，总还是种因于“文化大革命”中受的潜在内伤。

总观梁诗人一生（特别在处世经历中），我不由不感到他从瓦雷里论歌德的宏文里提到的普罗谛乌斯，加以戏拟，没有学到这个神话人物的善变因而八面玲珑，偏就落到被抓住的厄运又终不是能做预言的神祇，不会凭空以花言巧语给人编一个未来的海市蜃楼讨人喜欢，因此反招致了多乖的命运。他学贯中西，通西方主要数国语言，作为专业，他既涉足文学创作、翻译、教研、编书（据说“文化大革命”后期在中山大学遵命编法语词典），中年以后又跨入医药科学的领域。不论在哪方面，他还有自知之明，自认只是一步步接近而并未达到理想境地。但他在不断追求过程中，不像浮士德，而总自得其乐，常自诩成就（流言说他总自命“天下第一”，连提到夫人擅唱粤曲也向人翘大拇指，想必夸大了，不可尽信；但他的高傲——法文 Orgueil，是否也是从瓦雷里名诗《海滨墓园》里学来的，一笑——确也容易予人口实，那是合乎他性格的，也不必为他讳）。他哪怕在否绝的逆境中，居然还兴高采烈，不顾浮士德与魔鬼有约在先，就只管夸：“我对流过的时光可以说：……你这么美好！”就拒学浮士德补一句说：“停住吧！”因此梁（如果可以说也有点浮士德的影子）叫魔鬼也奈何他不了，不能马上把他抓走。到此我不妨说倒是他捉弄了魔鬼。看他显然是在辞世前不久照的遗像（见甘少苏 1985 年重编梁著《我学制药的经过》打字油印本封面里胶版印照片），尽管似在病榻前不暇整容，却还是那么开朗，显然还不认输，不肯说一句“停住吧”而还是对“流过的时光”说着“你这样美好”。

陶渊明的洒脱和陶朱公的精明，在梁宗岱身上确似兼而有之。当年他离开重庆回百色，不愿折腰，却并非“不为五斗米”而是为政见原则，难怪他不安于“采菊东篱”而径去北山采药，下山设厂制剂，几乎要成为人民的陶朱公了，若不是反沾了官边，得了推动后又坐了冤狱。“文化大革命”中受尽皮肉之痛以后，复职大学教授（据他1977年3月2日回答我的信说“我的工作当然还是完成学院的任务，但主要似乎已转制药、施医……”,信还幸存）。据传闻他在生活困难中在家里继续和夫人制药以外，还饲养鸭、鸡、鸽，洋洋得意，自封“海陆空三军司令”。他治学治家，两面俱到，应变上又多少略具普鲁谛乌斯风貌，还对人关切备至。1977年3月2日，他给我的一封信开头就说：“上次［罗］念生来信，提及孟实、君培［冯至］、其芳……却不及你。我正想知道你的下落。收到你的信，真是喜不自胜！”我当时函告他将飞桂林接我由女儿陪去四川养病的老伴（也是在“五七干校”劳改得的病），绕道昆明回京，我想也顺便初游一下“甲天下”的“山水”，再转广州看看熟人，梁就在这封信上接下去说，我“接眷后，绕道来游穗，当然欢迎之至！住处不成问题。学院设有招待所，明窗静［净］几，尚可下榻。院址又在白云山麓，正可供诗人数日之盘桓……”他又详细告诉我如何乘公共汽车到他家所在的外国语学院，第二天又马上写信改嘱我到广州火车站后还是雇三轮机动车直接到学院门前为妥。后来3月25日他又回我信，劝我不坐国内短程飞机，“不保险，不飞为妙”。文艺界人虽不否认他在学术上的成就，往往啧有烦言，说他狂妄自大，但从写给我的这三封短札看来，谁还能否认他非常重人情，对同辈友好和我这样多少是直接受业于他的晚辈，非常关切（听说他有一篇从美国寄回的论文遗作《试论直觉与表现》，生前未及收入他的《诗与真》一、二集，谈到当代写诗的一些人加以鼓励，还把我列入其中，可惜我一直没有读到，听取教诲）。他在1977年3月3日写给我的第二封短信寥寥数语后，结尾说“快要见面了，剪烛西窗的机会正多，就此打住吧”，虽然出于一时疏忽，用典可能欠当（因为李商隐《夜雨寄北》有作“寄内”说，亦有谓“寄友”意），盛情可感。可惜后来因事我此行作罢，未能如我在1935年春与我随曾在北京大学的同学友好，当时在日本留学，现仍任南开大学教授的吴廷璆同志从京都同往东京小游，因而到叶山海滨他与沉樱夫人一同旅居的家中做客一夜那样的畅晤。但我对他晚年窗明几净式的开朗心情印象甚深，所以后来在1979年秋冬间北京举行的文代会期间，我在西郊看望他的晚上，在他行动不便的情况下，招待所幽暗的灯光里，一把晤就顿感四壁生辉。这是他在历尽坎坷仍给我留下的不灭的美好印象。这也会永远予我一种鼓舞的力量，即使在风雨如晦，忧国忧时的日子。

1989年9月初在梁宗岱八十六岁生辰左右动笔，

陆续写至梁逝世六周年的11月6日

（原载《新文学史料》1990年第1期）

赤子心与自我戏剧化：追念叶公超

“啪”的一声巨响，来自课堂里教席桌上，来自教我们大学一年级戏剧课的叶公超老师掌下，同学们初听相顾失色，听多了，往往暗中相顾失笑，给我到今日还留有深刻的印象。

我1929年在上海浦东中学毕业，暑后去北平，进北京大学（当时已恢复原校名）英文系。系主任是深受同学敬佩的温源宁老师，他大概学英国一些名牌高级中学在语文学上打坚实基础的榜样，规定第二外语必须学两年拉丁文、法德语两门中一门必修课，还可选修希腊文。头三年除作文、翻译课外，必修英国诗、小说、戏剧。1929年暑假前，叶原也在上海，在暨南大学任教，听说和校长郑洪年（公超叔叶恭绰的朋友）一言不合就拍桌辞职，重行北上，任清华大学外文系教授，在北京大学兼课。叶老师教我们戏剧课，显然不怎样作课前准备，只是从指定我们各备的一厚本叫《英国戏剧杰作选》（*Great English Plays*）当中挑几个十八九世纪的散文戏剧（因为从一年级开始就另有莎士比亚戏剧课），到堂上就叫我们同排几位同学轮流合念对话。每听到我们发音或语调有误或不妥，就爆出教桌上那么一声拍案巨响。老实说，我不大喜欢，自然也就没有学好《委曲求全》《弄假成真》等十八九世纪英国喜剧之类，倒是学会了看透人家的自我戏剧化表现。后来在二年级英诗课上和叶老师相熟了，我也就常出城去清华北院他家里看望他。他总热情接待，完全卸掉了无形的脸上粉墨、身上戏装、口里台白——只是我没有亲听过他在家里像对一位清华同学那样，还竟至由畅谈老谭（鑫培）当年而字正腔圆，清唱《打渔杀家》的“昨夜晚，吃醉酒”之类。

公超师教我们英诗课，是代徐志摩，因为志摩在1931年乘飞机失事遇难。好像当时徐还教我翻译课，那就由胡适之院长自己暂代。胡对我的翻译原则，讲究取“信”于内容与形式，并趁机引进些西语句法，例如倒装句（我们口头说话倒往往实有的），或偶用文言前置词，例如用“于”代替白话“在……里”“在……上”以应英语的“in”“on”之类，使我们的语言在保持纯洁性条件下增加更多的丰富性、伸缩性，颇不以为然，有如他不喜欢我的诗风。相反，我在英诗课上却颇得叶师嘉许，就像过去徐师对我一样。而徐师在英诗课上，据我后来忆及，大致像他自己在作诗一般，海阔天空，驰骋文思而总不外乎讲19世纪浪漫派诗人，尤其是雪莱，我甚至没有听到过他讲哈代。我则在学了一年法文以后，写诗兴趣实已转到结合中国传统诗的一个路数，正好借鉴以法国为主的象征派诗了。是叶师第一个使我重开了新眼界，开始初识英国20世纪30年代左倾诗人奥顿之流以及已属现代主义范畴的叶芝晚期诗。我特别记得他在堂上津津有味地教我们《在学童中间》一诗，俨然自充诗中已成“头面人物”的叶芝督学，把我们当学童，在我们中间寻找变成当年幼小的女孩子茆德·甘（Maud Gonne）一副稚气的面貌而感慨系之。

叶公超接编《新月》杂志，实际上使刊物面貌已大有改变。诗歌方面发表了更多除了语言风格、实质上已非《新月》派正统诗格局的作、译。我就在他经手下发表过从尼柯尔孙（Harold

Nicolson)《魏尔伦》一书摘译出的一章，加题叫《魏尔伦与象征主义》；也发表过我的《恶之华拾零》（译诗十首）。后来他特嘱我为《学文》创刊号专译 T. S. 艾略特著名论文《传统与个人的才能》，亲自为我校订，为我译出文前一句拉丁文 motto。这些不仅多少影响了我自己在 30 年代的诗风，而且大致对三四十年代一部分较能经得起时间考验的新诗篇的产生起过一定的作用。

公超晚年在《联合报》副刊上发表《我与〈学文〉》一文中说：“《学文》同人，除了《新月》的原班人马，新人中有个朱孟实先生”，说“有他参加，使《学文》增色非浅”。我不记得孟实在《学文》上发表过什么文章（因为我身边早就没有《学文》杂志），最近翻阅孟实自己最得意的旧著《诗论》新版单行本，发现其中有许多论诗律的精辟见解，我过去不记得读过，忽感到增长了不少关于中国旧诗（词）成律的发展知识，发现与西诗律比较及发展新诗律的见解中许多与我在创作实验中得出的看法不谋而合处，也有不少与我的看法对立处。而现在读公超 1937 年发表在孟实主编的《文学杂志》创刊号上的《论新诗》一文，发现更多深获我心的见解。例如新诗建行单位不应计单字数而计语言“音组”，比孙大雨先生通过长时期实践到 30 年代开始译莎士比亚才提出“音组”说法似还早一步；又如提出“顿逗”以至“拍”（与陆志韦所提的“拍”不尽相同），以及照现代说话规律几音节一顿的说法，当然早于何其芳和我自己，显然是我受了他说法的启迪，而我竟忘记了十几年前一定读过他这篇文章。同时我从朱、叶二位的这两篇文章中增强了我曾在 1953 年底在一个诗歌形式座谈会中提出白话新诗也可以有“诵调”（说话节奏）与“吟调”（是哼唱而不是歌唱以至“徒唱”，是 chanting，不是 singing）的论据。我现在认为这两篇文字，与已故王力《汉语诗律学》1958 年前未删节本一起，正是不应被写新诗者与研究新诗者所忽视的，而正因为受了忽视，中国新诗的发展才受了巨大的损失。《论新诗》一文不仅是叶最杰出的遗著，而且应视为中国新诗史论的经典之作，虽然也还有不少可商榷处。

我接触到可归入现代主义范畴的拆台派（debunking）传记文学，也是首先通过叶先生的介绍。我在他主编的《新月》杂志上读了他的得意弟子梁遇春谈斯特莱切那篇“绝笔”，感到确如编者按语所说，远胜过当时英法一些报刊应景的悼念文章，才起意译《维多利亚女王传》的。当时用美国退还庚子赔款成立的中华教育文化基金会新设编译委员会，由胡适主持，约稿所付稿酬较丰，分每千字十元、七元、五元三级，我们大学初毕业的青年一般译费只得三级待遇，在上海文坛也就是最高级稿酬了。梁实秋给他们用散文翻译莎士比亚戏剧，则不计字数，每本一千元！1934年上半年我纯靠零星翻译西方文学作品给报刊发表维持生活，秋后也想沾这点油水以稳定生活。可是我虽还短期当过胡适翻译课的及门弟子，不敢直接向他申请特约译斯特莱切《维多利亚女王传》，还是由也曾在北京大学教过我英国戏剧课的余上沅老师为我推荐，才准予先交译样几段，经过手下人挑剔审查后，我又亲去在胡面前据理力辩，终于成约。公超则答应等我译完后为译本写序。我为了使中国一般读者方便起见，到北平图书馆查资料，制订维多利亚女王夫妇英、德两方面王室世系图和女王治下的历任首相表，因为忙于编《文学季刊》的附属月刊，拖欠每月译稿定额太多，不得已在1939年暮春忍心把编务都推给能干的靳以一个人，自己躲到日本京都去赶译，夏天译完全书后回北平交稿。现在不记得是交公超写了译本序转去编委会还是我直接交去而声明等叶写了序一起送上海出版的。抗战开始后我在前后方跑了两年，1940年夏天到昆明，经友人买得相赠我译的这本《维多利亚女王传》(由长沙或香港商务印书馆出版)。一看，连封面原著者英文名都印错了一个字母，叶序没有倒也罢了(因为他暑后休假去美国，可能没有写)，把我自制的世系图、首相表删掉也罢了，竟把我好不容易译出的原书所附的参考书英、法、德文全名表也割掉了。我一生气，也就置诸不理。抗战胜利后，这本书基本上就以这副面貌在上海商务印书馆一再出版，没有找我联系送过我一本，听说还在我所有的译书中最为畅销。“文化大革命”后重经友人从旧书摊上又买到一本送我，我据以找原文校改了一编，补译了原书本有的参考书详目，自己写了篇译序，于1986年在北京三联书店出了新版。1992年北京商务据此重印了更精致的一版。

瑞恰慈(I. A. Richards)也许可以说和艾略特一样，同是无意中成了后来盛极一时的新批评派的先驱者之一，1929年由北京大学和清华大学合聘来任客座教授一年(后续在燕京大学教书)，好像是出于也是剑桥出身的温源宁的建议。当时瑞恰慈在北京大学英文系授四年级文学批评课，我初入学曾贸然去旁听过一堂，当然一点也不懂。瑞恰慈在剑桥的高足燕卜荪(William Empson)，中文名就是公超代取的，青出于蓝，日后成著名批评家(早为30年代知名诗人)，声誉日隆，远超过乃师，晚年还受封为爵士，1937年受北京大学专聘客座讲学，不巧正逢全面抗战爆发，就在平津三大学南迁临时组成的西南联合大学教书，这是由于叶的推荐，因为他当时已改任北京大学外文系主任。我在1939年初在太行山外一个抗日游击队基地，在尚未去陈庚旅七七二团随军生活几个月以前，就一户农家门外的磨石，借温暖的阳光一口气写出了一个短篇小说，是据传闻及当地报纸报道另一场合农民和日本侵略军对答的实录拼凑而成的，富有浪漫色彩，自感好玩，邮寄昆明的友人，不知怎样被转交给了在西南联大主编《今日评论》的钱端升教授（?），以“薛林”笔名发表了。这样也好，正可以平衡我在延安那边的刊物上发表的抗战诗、小说、系列通讯，证明我在全国一致抗日中的不偏不倚。公超也热心抗战，读了这篇短小说（《红裤子》）就把它译成英文，由燕卜荪介绍给英国《人生与文章》（Life and Letters）发表了。燕卜荪这个诗人学者据金岳霖回忆说，他曾在蒙自喝酒到烂醉如泥，躺在床底下睡觉。一到1939年9月，大战在西欧也爆发了，他就奔回祖国在BBC电台效力；公超也就出任当时的“中央宣传部”国际宣传处新加坡办事处主任。我1940年夏天从四川峨嵋山转到昆明改在西南联大教书的时候，他们两人都已经不在那里了。

太平洋战争发生后不久，新加坡沦陷，叶绕道回重庆述职，路过昆明，我们在联大教书的前北大先后同学（包括今北大杨周翰教授），勉力凑钱在一家饭馆设宴招待他一次，他很高兴，当然全没有当年在教室里对我们拍桌子的余响了。可是谈他从新加坡沦陷当时在弹雨纷飞中驾小木船渡过马六甲海峡到对岸印尼爪哇的苏门答腊，讲得有声有色，语惊四座。我看出他有点“吹”，断定他在赤子心（爱国热情）上面又有点自我戏剧化了。他弃学从仕以后，国内人提起他在海外活动总感到他似有些神秘色彩，我认为这也就是他好自我戏剧化的结果。他后来改在英国为当时的“中央宣传部”任职，据说与英国朝野名流颇多接触，与伦敦的海外活动分子尤多结纳，我看倒是人家老于世故，看穿了他自我戏剧化底下无害的赤子心（天真），才与他频繁往来的吧。

当然他做了官特别是外交官以后也不免染上了官场习气——另一种自我戏剧化：摆架子，作外交辞令。我最后一次和他见面，是在1947年盛夏，在南京，在外交部他的办公室。抗战后期，英国文化委员会每年给中国五名旅居研究奖，从各大学各科副教授、教授当中评选，另给二十名进修奖学金考选副教授及其下各科教师。第一批得英国文化委员会旅居研究奖的教授当中，我记得有范存忠、方重二位，他们被邀往英国，分别客居牛津大学与剑桥大学。1945 年夏天，日本投降前夕，英国文化委员会新任驻华总代表罗思培教授（Prof. Roxby）前往重庆赴任，路过昆明，经西南联大同事英国作家白英（Robert Payne）为我介绍与罗思培及其夫人晤谈，并找我的英文著译稿向他们吹嘘，提供审阅，当年冬天我从重庆英国文化委员会总代表处接到通知，邀请我次年去牛津大学拜理奥（Balliol）学院作客一年。次年春间我又接他们通知，因第二批邀往英国五名中国教授中一名客居牛津的因病延期不归，限于名额，把我的行期延至 1947 年度。我就先复员去天津南开大学任教一学年。第二年暑假，我南返上海，准备出国。我冒着盛暑，前往南京外交部办出国护照。到了那里，想不到国民政府虽已不像在重庆时代，不再要求出国学人先到重庆集训一个月，却另立名目，好像与我特别留难，要求我当即在南京找殷实铺保。我在那里无亲无故，哪里去找呢？这真把我难住了。我在外交部大门内踌躇的时候，巧逢里边出来一位年轻外事工作人员向我打招呼，说是我当年在北京大学同系的低班同学，他认识我（我现在连他的姓名都忘记了），听说我为难的原委，就提醒我："找叶先生呀，他是次长嘛！"他给我指点了哪里是叶次长的办公室。我进去了。和他隔一张大办公桌对面坐下。我们重见，他当然是高兴的，可是略一沉思，显然不仅想到我们过去的师生情谊，也想到抗战初期我去过延安，去过八路军在太行山内外抗战的部队（他自己不是译过我的抗战小说《红裤子》吗?)，脸色就一沉，当然不会再像当年在教室里拍桌子了，沉吟以后就皮笑肉不笑的对我说："怎么办呢？……那么由我来给你作保吧！”然后又马上加一句：“就不知道行不行噢。”我想，既由副部长作保，哪有不行的？这多少又有点要他自我戏剧化的一套。于是我欣然和他握手辞别，回上海不久，护照果然寄到了。

叶次长对我网开一面的这一着，后来巴不得忘干净。显而易见，自从他当了国民政府外交部长和驻美大使以后，确愈来愈有他的难处。可是就当年在南京相见一面而言，他还是重情谊的，人情味占上风的（也就是我所谓不失赤子心），也可能说是有远见的。放任我辈老实文人随意来去，总无大碍。这可能是从他欣赏自己的得意门生梁遇春谈斯特莱切等文章中无意感染到的一点冷眼阅世的无所谓态度（或如他就梁所说的“幻灭”感）吧。我 1982 年为《徐志摩选集》，1983 年为《废名选集》写序，依旧都拉扯到志摩与废名，认他们是两极端，《语丝》派的废名不会喜欢《现代评论》派的志摩。后来读公超跋《泪与笑》一文，才知道梁遇春写过悼志摩的《吻火》一文，公超曾认为“过火”，废名却说有炉火纯青的意味，使梁“颇为之所动”，这使我不得不改正自己对于叶师在内的四角良好关系的不正确印象。

这也就使我联想到，我 1949 年二月经香港回到北平，被北京大学抢先找去西语系任教，虽然自知量力，拒不接替系主任职务，终还是不得不负责师生最多的英文组业务，而我到此才认识的燕卜荪（我在英国的时候，他正已回中国，重新在北京大学执教），也居然置于我的属下。我常因事找他，有时顺便把自己的英文试作、试译稿请教他，他给我作了字句上的个别修改后，我总感到怎样也不能改得更合我自己的意思，不像我过去在国内外请教英国学人，经他们改过一些字眼无有不是能自己另想更恰当字眼的，真使我由衷佩服他的文字功夫，虽然我还是坦白承认读不大懂他的诗与文学理论。当时我们大陆闭关锁国，运动不断，开明的汤（用彤）副校长和我还可设法照顾燕卜荪，不干扰他的教课与治学。还有两次放他去美国垦埌（Kenyon）学院去作暑期讲学，他也如期回来。他安心教到1952年暑假才因为孩子大了，从小和中国孩子一同上普通小学也够时间了，想带他们回祖国受教育，才举家离开了中国。这使我又像上了叶颇有启迪的一课：这样放任不仅无碍于各自信奉的实际政治，而且从长期看，甚至有益。

我得到公超逝世的噩耗是在1981年11月在荷兰的莱顿（Leyden）大学。我应邀去那里参加荷籍美国讲师汉乐逸以我为题写论文（后修订成一大本英文专著出版）而得博士学位的授予典礼。在此时际，我一听说这个噩耗，特别伤感。我想正逢身在国外，趁便向台北发一个唁电。再一想，不知道那边是否也像大陆一样照例设有治丧委员会，又不知道他家属的情况，电报该发到哪里呢？无可奈何，终于作罢。

叶生前多才多艺，半途弃学做官，而且做了活跃的外交官，在政治舞台上空热闹一场，依我才疏学浅而如今实已算落后的看不起宦途升沉的文士传统观点看，诚属可惜，不如在他原来的本行方面，多结出一些学术成果，更有利于我们文学创作与文学批评的前途。所幸，遗著还在，其中还有不少可供我们今日以至来日略加鉴别而受用不尽处。

想当年，他翩翩年少，不失赤子心，决不是“长袖善舞”之辈，只是在教室里能扮一副师道尊严的样子（实反以拍桌子而露馅、曝光），回到家里对自己中意的门生热情接待，开怀谈天，一卸面具、道袍，甚至无拘无束，清唱几段道地谭腔。风闻到晚年以至身后，虽受识者崇敬，不免有点寂寞，对比之下，备觉凄怆。我偶见他“暮年词赋”（几篇散文），显然也出于避嫌，一字不及于我，我对他当年在教室里拍案棒喝，得益匪浅，没齿难忘。现先在列名待写纪念文字的几位作古师友表当中特为提前勉提秃笔，写上几句，略抒缅怀微意，也聊充酬答他当年在教室里拍案惊人的一声巨响而回应的轻轻“一声钟、一声鼓、一声木鱼、一声磐”（断章截义摘用徐志摩一首诗的零句）。

1989年1月15—18日

补识：本文写到一半，我很高兴找到了一本洪范书店版《叶公超散文集》，核正了自己一些已经不可能确记的文字，而所附秦贤次先生的介绍文又补充了我知之不详的叶先生身世和晚年生涯，增进了我的了解，但关于叶先生在北平执教时期，也有与我亲历而至今记得的不尽相符的细节。

我想起1980年红叶时节应邀访美两个月，穿梭东中西部大小城市、院校十余处，对洋人卖中国膏药、巡回历程中，结识不少原从大陆或台湾旅美安家的文人学者，相叙甚欢。在我三次抽空去新港（New Haven）看望旧友的行程中，第一次宿新交郑愁予诗人家，谈及叶，承转赠此书，携回国内珍藏。

这次为写文章寻书，还意外发现劫后尚存的玻璃书柜内高置最上格的一部两卷本乔伊斯《尤利喜士》原著。叶在《写实小说的命运》这篇生动的妙文中对这部小说评价不高。说是“奇著，假使装订漂亮，买来看完之后，放在书架上作个陈列品；否则看完了就当便宜的字纸去换取灯［火柴］也未尝不可”。这部书是巴黎奥德赛出版社1932年版，虽非硬布面，但纸张不错，封面装帧灰地印赭字，相当典雅，令我顿时想起，正是叶不记得哪年买来看后舍不得拿去换“取灯”，送给我装点寒伧门面的。只是我一直不耐烦读完全书，高搁在不太受尘封的旧玻璃书柜内，夹在一排破旧波德莱尔、魏尔伦等法文纸面书中，今还幸存，也属奇缘。

其实，所谓“新月同人”文学趣味也决非尽同；英国20年代意识流小说家中也是如此。维吉尼亚·伍尔孚就批评过乔伊斯后期小说破坏英语纯洁性之类。大致在叶执编《新月》杂志时期，该刊登过伍尔孚夫人《墙上一点痕迹》的译文就出于他自己之手。这恐怕是伍尔孚夫人作品在我国最早的介绍，先于我在天津《大公报》文艺版上发表的伍尔孚夫人论俄国小说一文的译文。至于乔伊斯，我也就在1934年译过他最早期易懂的《都柏林人》短篇小说中的一篇，可能是这位意识流小说大家的作品在中国属于最早见诸翻译的为数寥寥的一批（后来与我所译伍尔孚夫人一篇小说一起收入我编译的《西窗集》，译本以1984年江西人民出版社修订本第二版为准)。我同意气魄较小、文字较正规的伍尔孚夫人批评乔伊斯的说法，我还能通读《青年艺术家画像》。好像阿瑟·韦利译《古诗十九首》“行行重行行”一诗首句为“on and on, and on and on”，就是套用这部小说里一处连续用几个“on”字的办法；而我过去自行废弃的40年代试作长篇小说《山山水水》稿以“行行重行行”作为motto，试用英文译改的时候也就用韦利的译文，因为正巧合我的小说分上下两编共四部的安排［如今我的一部分残稿合成一集叫《山山水水（小说片断)》，1983年由香港山边社出版］。我以后再也读不下乔伊斯的后来两本“奇著”，特别不敢也不愿碰最后那一本天书。

叶主编《学文》，发表过林徽因的小说《九十九度中》。这篇允称吾国早期最像样的意识流小说，与徐志摩也向这方面试过一手的《轮盘》那一篇相得益彰，且尤胜于它，也多少合公超所说同时含写实精神的，我也觉得比今日大陆流行的“意识流”小说道地、纯正，远胜过准荒诞派“新潮”“新锐”的时髦梦呓。可能这是我们老朽的落伍偏见，那还是让总是公正的时间去判断吧。

1989年1月19日

(原载《文汇月刊》1989年第12期)

诗与小说：读冯至创作《伍子胥》

二千年前，春秋末期，伍子胥的出亡故事，从城父到吴市的一段，在少年冯至的天真眼光里已似“天空中的一道虹彩”（《伍子胥》后记，《冯至选集》卷Ⅰ，第369页）；冯在小说正文里也就用过“彩虹”的比喻，说“渔夫的白发、少女的红颜，只不过使子胥的精神得到暂时的休息，是他视界里的一道彩虹”（《伍子胥》第八章，《选集》卷Ⅰ，第358页）。原始故事的传说梗概与细节以纷陈的色彩，历经古人正史和稗史的记载，到近代还片断见诸旧戏舞台的表演，熠熠生辉。冯至的这个比喻，似更适用于他自己在中年（20世纪40年代初）用这个历史传说写成的《伍子胥》。它在中国现代小说史上，虽不像一些皇皇巨著“红火”一时，独放的异彩，却也是经得起时间的考验。冯写出这部中篇小说以后，在说了原始故事像一道彩虹以后，紧接着自称当时看这个故事已“好似地上的一架长桥”。冯晚近回忆说：“我在1942年终至1943年春写的《伍子胥》可以说是一架桥梁，它一方面还留存着一些田园风光，一方面则更多地着眼于现实。”（《立斜阳集》，北京工人出版社，1989，第132页）两道“弧”分别“负担着”“所应负担的事物”。我看《伍子胥》的创作则是兼挑了两道"弧"的重担。

我曾混用了冯先生看待伍子胥故事的虹与桥的弧形喻象，把他在昆明两三年里相继写出的《十四行集》和《伍子胥》并列(当时还连带了冯加进几篇新作构成的《山水》散文集)说是一道"弧"，"在他艺术创造历程上，即不算顶峰，总还是突出的一道"弧"，一弯彩虹。《伍子胥》的写作，也就像这个小说主人公的过昭关，从一个境界过渡到另一个境界"(见我写的短文《忆"林场茅屋"》)，我现在想加上说"一种蜕变"(冯在《伍》正文昭关章也用了他素来爱用的蜕变喻象比了过昭关，见《选集》卷Ⅰ，第343、341页)，特别有意义；而从相辅相成的《十四行集》也可以得到一点阐明。

冯至在他的《十四行集》的第二十七首即最后一首，作为尾声也有点像总结的样子，又用出了二合一的喻象，"水瓶"与"风旗"，先说"从一片泛滥无形的水里，/取水人取来椭圆的一瓶，/这点水就得到一个定形；/看，从在秋风里飘扬的风旗，//它把住些把不住的事体，/让远方的光、远方的黑夜/和些远方的草木的荣谢，/还有个奔向远方的心意，//都保留一些在这面旗上……"(《选集》卷Ⅰ，第149页)。他到盛年借了里尔克较为松动的变体十四行诗的"定形"表达了自己的创意，而他从青少年时代就开始作出了一个抉择，企图用历史传说的框架"把住些"捉摸不定的感受，使这些感受也得以自在舒展(参看《伍子胥》后记《选集》代序，《选集》卷Ⅰ，第370、20页)，亦即以之"定形"。

冯少年时代喜欢伍子胥故事，深受感动，并非有什么个人的切身经历可以引起对伍的深仇大恨特别的共鸣，若说有共同的忧患意识，则无非是当时人民都难免地感到社会现状的不公平，至多像小说正文里也提到的对于"是非颠倒、黑白混淆"之类的义愤（《选集》卷Ⅰ，第342页）。

关于伍子胥的传说故事，作为青少年，冯所神往的主要是浪漫色彩的这个出亡人物和“江上的渔夫、溧水边的浣纱女”这样优美的“遇合”；“昭关的夜色、江上的黄昏、溧水的阳光”这样的诗情画意在他都曾经像音乐萦回脑际却并没有“把住”（《选集》卷Ⅰ，第20、370页）。这是说他还没有足够的自己从现实生活中来的新的感受以充实那些飘逸的幻象与画面。只有日久从大千世界积累够了新的体验，他才像偶然间有一际遇，便“把住”了这些古远的霞光云影，赋予了自有特色的美学和哲学意义。

时代前进，人类的思想感情也随之复杂微妙化，在文学体裁中已不易用本来单纯也单薄的诗体作为表达工具，易于单线贯串的长篇叙事诗体在高手或巨匠手中也不易操作自如以适应现代的要求。

从青少年时代以写诗起家的文人，到了一定的成熟年龄（一般说是中年前后），见识了一些世面，经受了一些风雨，有的往往转而向往写小说（因为小说体可以容纳多样诗意，诗体难于包涵小说体所可能承载的繁夥）。他们既不满足于19世纪拜伦和普希金那样写诗体“小说”，进而也不满足于20世纪初年诗风正在转变的里尔克写《旗手克利斯托弗·里尔克的爱与死之歌》那样的散文叙事诗。他们真像要所谓“屏除丝竹”就用散文体写小说，其中也不乏写出了成功的长篇小说的实例（虽然写出的还不一定像小说家的小说）。

冯至写起了中篇历史小说《伍子胥》，基本上也合乎这种规律。他早年也是从写诗入手的，可是有所不同，他一开头也就写出过三首受人注意的叙事诗，带有梦幻色彩、神话传说色彩，而且还用散文写出了两个成功的短篇“历史故事”。他在1928年

23岁的时候（根据他在1944年写《伍》后记所说的“十六年前”推算），第一次读到《旗手》，“就被那一幕幕的色彩与音调所感动”，当时就想，“关于伍子胥的逃亡也正好用这样的体裁写一遍”（《选集》卷Ⅰ，第370页），写一篇“叙事诗或小说”（《选集》卷Ⅰ，第20页），后来在30年代游学德国假期泛海旅行中，在抗战初期随工作单位内迁，在几个城市里流离转徙中，屡次动念想写，总没有下笔（《选集》卷Ⅰ，第370、20页），直到1942年借偶然的机会（我修订旧日从法文转译的《旗手》请他帮助用德语原文校看一下）出于“一时兴会”，才像“狂风乍起”一下子写出了“城父、林泽、洧滨、昭关、江上、溧水、吴市七章”（《选集》卷Ⅰ，第370页）。随后又因为自认把这段逃亡故事写成了“含有现代色彩的‘奥地赛’……索兴不顾历史，不顾传说……，添了两章：宛丘与延陵”（《选集》卷Ⅰ，第371页）。这样，整段伍子胥的出亡故事在冯至的冶炼下，获得了许多新的内涵，成了完美的艺术品，别具简练的魅力，处处耐人寻味，发人深思。

世界上成文的历史，出于人手，都不可能是人类历史完全如实的记录（照相也有角度不同等造成的差异）。中国古人笔下的史籍自然也难免有许多地方与神话之类难解难分（原始社会人类生活和思想方式本来也多近于此）。我们文明古国的各种史乘中自有不少古拙可爱的佳话懿行的流风遗韵，尽管总有种种避讳，也自透露了不少丑恶、残酷和野蛮。孔子作《春秋》，在简单纪事中也自存褒贬，而讲仁义礼仪、温柔敦厚的他这位圣人，也会把动辄开杀戒视为等闲。经典如司马迁的杰作《史记》显然有意无意中也会有所疏漏，有所掺杂。赵晔所著的《吴越春秋》则是小说家言，杂凑词书中的伍子胥传说，增了些声色，也加了些荒诞。冯至从这些历史文献中取材写他的《伍子胥》，都有所依据，只有宛丘与延陵两章，进行了他所谓的“捏造”（实为进一步艺术加工），但是伍“从那两个地方经过，也不是不可能的”（《选集》卷Ⅰ，第371页）。这样冯取历史“定形”创作小说的艺术过程中也就提炼了历史，并给历史加了不少可为今用的调味。

正因为冯至选择了伍子胥出亡故事中从城父至吴市的一段行程，恰当处理了一路上可能遭遇的美与丑、善与恶（《选集》卷Ⅰ，第20页），点明了小说主人公的刚毅素质，与整部小说的情调一致，与小说主人公的基本性格相符，就免于着笔写以后有关的种种耸人听闻的事件，不是隐瞒而是涵盖了它们，正如小说中提到的伍子胥张弓吓退了追捕的楚兵，引而不发。传说中的一些突出事件，主要是伍子胥终率吴师攻入楚都郢城，因楚平王已死，就掘墓鞭尸三百，最后又是自己受谗人陷害，在吴王夫差不听忠告防越，反报以赐死面前的激昂陈辞，要求死后把眼睛挖悬吴都城门以观越军入城之类的壮烈或惨烈，都免于涉笔了。至于《吴越春秋》里增加的声色和迷信以及无稽的节外生枝，小说里更严加选择，小取大舍。例如江上渔夫，渡伍过江后的自沉，浣衣女子应伍乞食后的投水，都不但无端或者庸俗，而且隐寓陈旧的伦理观念或带狭隘的市井眼光。

根据冯至喜爱平凡中出奇的艺术创作倾向，不但撇开了渔夫拒绝报酬而还一提代价的铜臭渍斑，而且点缀至伍子胥受吴季札为友人墓上挂剑佳话的启迪，拿他佩带10年的家传宝物的一把剑捧给渔夫，得到的回答是：“你要拿这当报酬吗？我把你渡过江来，这值得什么报酬呢？”作者还设想：“渔夫的生活是有限的，江水给他的生活划了一个界限；他常常看见陆地上有些行人，不知他们为什么离乡背井要走得那么远。既然远行，山水就成为他们的阻碍；他看惯了走到江边过不来的行人，是多么苦恼！他于是立下志愿，只要一有闲暇，就把那样的人顺便渡过来。”（《选集》卷Ⅰ，第351页）渔夫没有自沉，只是“拨转船头向下游驶去”。伍独立江边，望着那只船越走越远了，再一看他手中被无名渔夫拒受的剑，“觉得这剑已经不是他自己的了：他好像是在替一个永久难忘的朋友保留着这把剑”（《选集》卷Ⅰ，第351页）。这就纯化了、淡出了这个场面，使之更近情理也更具诗意。

冯至处理本来就富有诗情画意的伍同浣衣女子的遇合、乞食、奉食，整章都在“你”和“我”，“取”和“与”的关系上作了哲理的抒情，这个好像亘古初醒的天真女子施舍给一个远方来的生疏男子一钵米饭，想象“这钵饭吃入他的身内，正如一粒粒的种子种在土地里了，将来会生长成凌空的树木。这画图一转瞬就消逝了，——它却永久留在人类的原野里，成为人类史上重要的一章”（《选集》卷Ⅰ，第355页），即此一例，可见整章小说的色调。而所舍弃的《吴越春秋》所写这个女子随即投水自尽，则显然更具后汉时代作者的一点封建意识，对于这个亲切的哲理抒情场景，自然成了外加的污染，不能相容。

传说故事中直接或间接有关的人物，也有所摒舍（不让出场，只是提说），有所增益（虽不出场，而着意渲染）。冯至直接写到专诸，写出了他的本色、叨光伍子胥这段行程的恰好完结，免了张扬紧接上来的刺王僚的血腥场面，在林泽的楚狂家里伍也与出场的申包胥打了照面，而且和这位旧友不寐谈心（三人都不满腐败的楚王朝而取三种态度：楚狂的遁世，伍子胥为反抗出行，申包胥为了避免朝廷上谗人的锋芒，对内政不闻不问，偏重外事活动，奔波在外）。申的意志坚强也点出了，也点明了两人“将要各自分头去做两件不同的大工作”，也叨光了故事行程的适可而止，免写了申后来痛哭秦庭，请兵救楚的轰动铺排，只是轻描淡写了一句：“正如他们在儿时做过盖房子的游戏一般：一个把一座盖得不满意的房子推翻，一个等待着推翻，然后再把它从新恢复。”（《选集》卷Ⅰ，第323页）冯在小说中也常有这样微含嘲世意味而不露针芒的幽默笔触。

迫使伍子胥出亡的元凶，谗臣费无忌，在冯著小说里也没有出场，只是在笼统叙述中一笔打发了：“这个在伍氏父子的眼里本来是一个零，一只苍蝇似的人，不知不觉地竟忽然站立起来，凌越了一切，如今反倒把全楚国的人都看成零，看成一群无关重要的飞蝇了。”（《选集》卷Ⅰ，第311页）伍子胥所景仰的一些历史人物中，郑国的治国贤臣，未及亲见，只从叙述他死后的众口交誉中，也与在郑国亲见一面的逃亡在那里的太子建堕落的形象对比中突出了他的操行。至于小说中伍子胥显然最钦佩的吴季札，也没有出场，但是在伍诸多的言行中烘托了他的风采，甚至以《延陵》整章在当地群众的普遍称誉中突出了他的风范，以至亲自想去登门求教而终碍于自身所负的不同重担而未去叩门。

小说对伍子胥传说故事的一些细节进行了近情理的改动也别具意义，例如一方面既在“浣衣女子”的场合，删去投水这个意外，摒除了可能隐含的不良暗示，另一方面根据传说写吴市城厢区专诸在家门前骂街，甚至拔刀要动武，由门内女人一喝就乖乖回屋，引起对立群众讪笑一场中，把《吴越春秋》里说这个女人是这条汉子的妻子改为老母，这也就免除了予人以勇汉惧内的庸俗化口实。

冯至在还没有对现实生活积累相当足够的体验与感受的时

候，写不出自己的《伍子胥》小说（写出来也一定会是另一副样子），反过来他动手把伍子胥出亡故事注入了更多诗意和深沉的寓意，加以一清如水的抒发中，也就处处揭示了写作当时（抗战期间）所谓“大后方”“眼前的现实”（《选集》卷Ⅰ，第20页）。这样当时大家耳闻目睹的腐败现象充斥了《伍子胥》小说中，但都像经过艺术升华作用，或者起了艺术“间离”作用，不再令人难于直面了，例子也不胜枚举。《昭关》章中写楚国的士兵害病将死而还有一口气的时候就被抛在外边“让他那惨白无光的眼睛再望一望晴朗的秋空”，“他还有气没力地举起一只枯柴似的手来抵御”渐渐接近他的“乌鸦和野狗”（《选集》卷Ⅰ，第344页）。这不是出于凭空的想象，而是生动的写真：当时昆明人大家都知道郊外路旁就有过从四川“拉”来的病倒“壮丁”被这样抛弃的，也作出过这样的姿势！

全书对于众多人物与事件，如前举若干例那样，进行了诗的处理，炉火纯青的语言也就在冲淡中见隽永的醇味。早年冯至初读了里尔克的《旗手》，向往写一篇类似的叙事诗或小说，因为时移世易，自己的思想和心情也变了，16年后写出的《伍子胥》小说：“也没有一点相同或类似的地方”（《选集》卷Ⅰ，第371页）。的确，全书没有一贯的诗以至散文诗的较为整饬的节奏。当然散文写得好也自有散文的节奏，但是散文小说《伍子胥》的现代而有点古拙可喜的语言中也随诗情诗意闪出整饬的诗节奏。（附带说一句，正因为这部小说重要表达方式是通过著者的叙述描写，语言自然，避免了现代历史话剧、历史电影剧使古装人物学古人说话、不文不白、矫揉造作的腔调。）例如小说中叙述伍子胥那天晚上决定出亡的一刻，说“他觉得三年的日出日落都聚集在这一瞬间，他不能把这瞬间放过，他要在这瞬间做一个重要的决定”（《选集》卷Ⅰ，第313页，冯常用的“抉择”、“负担”，还有“把住”这个实际上把“抉择”与“负担”合并为一义的用词，似乎正符合存在主义哲学的语汇），紧接在前边的伍子胥的说白：“壁上的弓，再不弯，就不能再弯了；囊里的箭，再不用，就锈得不能再用了。”这就是道地的诗节奏的一闪现。这种语言与节奏，在所引诸例中，也就足见一斑。而全书最后一段描写伍子胥在吴市吹箫（《选集》卷Ⅰ，第366—368页）就成了多种形象、情调、色彩与声音融会在一起的一篇散文交响诗，达到了高潮，也正给全书做了恰当的总结（可惜这里不能全引）。我在这里只有总结一句：冯至文学创作，由写诗一度转入用散文写历史小说，既有意对我国以一则经久的传说为典型的历史进行了精致的艺术性提炼，也在无意中符合了现代世界严肃小说的诗化亦即散文化（不重情节）这样的创作潮流。

1992年12月2日

附注：承《冯至先生88寿辰纪念论文集》编辑组邀约，我许诺自选题目写一篇文字，至今差不多整整一周年了！我认为冯至文学创作中，中篇历史小说《伍子胥》比诸诗组《十四行集》是更值得学人做学术性探讨的。我今年多次把它反复重读，每次都好像得到些新的欣悦与启迪，无奈首先由于自己本来就学识浅陋，无从对它进行比较、考订、广征博引，写学术性论文，又恰逢今年像果树生产的“大年”，纪念活动似乎特别多，在我老来日趋迟钝的笔下，必须也义当应景的要求，应接不暇，穿插了进来，我一再特请编辑组破例照顾，展缓我的截稿日期，最近一个月，眼看实在不能再拖了，就硬抽时间，只就书论书，就著者自述论书，赶写印象式文字，愈着急愈不能把酝酿已久的纷纭思绪，编织起来，边写边改，凑出一篇浑成的文章，现在交出些条条，抄袭了许多原文，还很草草，希望专集编印，不因我这点不妨撇开的小障碍而发车晚点，当然也希望这些小条条有幸能搭上末班车，但愿如此，使我也稍感心安。

1992年12月3日

（原载《中国现代文学研究丛刊》1994年第2期）

《雕虫纪历》自序

“人贵有自知之明。”也许我还有点自知：如果说写诗是“雕虫小技”，那么用在我的场合，应是更为恰当。

“一个人能力有大小”，气魄自然也有大小。回顾过去，我在精神生活上，也可以自命曾经沧海，饱经风霜，却总是微不足道。人非木石，写诗的更不妨说是“感情动物”。我写诗，而且一直是写的抒情诗，也总在不能自已的时候，却总倾向于克制，仿佛故意要做“冷血动物”。规格本来不大，我偏又喜爱淘洗，喜爱提炼，期待结晶，期待升华，结果当然只能出产一些小玩艺儿。事过几十年，这些小东西，尽管还有人爱好，实际上只是在一种历史博物馆或者资料库的一个小角落里暂时可能占一个位置而已。

这些小玩艺儿的产生，制造者冷暖自知，甘苦自明。现在我把它们整理一番的时候，想不妨自己做一点说明。它们是，不论在思想内容上还是在艺术形式上，都构成相当长、相当大的一番曲折历程，一种探索的历程。

我的诗都是短诗，不仅分量轻，数量也非常有限。多少年几番写诗，就像是来了几次小浪潮。

第一阵小浪潮是在1930年秋冬的一些日子。那是我到北平的第二年。我在前一年，在上海读完了两年的高级中学后考上了北京大学（地方改成“北平”了，大学却经过师生力争，恢复了“北京”的名字）。旧社会所谓出身“清寒”的，面临飘零身世，我当然也是要改变现状的，由小到大，由内到外，听说到北伐战争，也就关心，也为了它的进展而感到欢欣。我从乡下转学到上海，正逢“四一二”事件以后的当年秋天，悲愤之余，也抱了幻灭感。当时有政治觉醒的学生进一步投入现实斗争；太不懂事的“天真”小青年，也会不安于现实，若不问政治，也总会有所向往。我对北行的兴趣，好像是矛盾的，一方面因为那里是“五四”运动的发祥地，一方面又因为那里是破旧的故都；实际上也是统一的，对二者都像是一种凭吊，一种寄怀。经过一年的呼吸荒凉空气、一年的埋头读书，我终于又安定不下了。说得好听，这也还是不满现实的表现吧。我彷徨，我苦闷。有一阵我就悄悄发而为诗。

当时我写得很少，自行销毁的较多。诗是诗，人是人，我写诗总想不为人知。大概是第二年初诗人徐志摩来教我们英诗一课，不知怎的，堂下问起我也写诗吧，我觉得不好意思，但终于老着脸皮，就拿那么一点点给他看。不料他把这些诗带回上海跟小说家沈从文一起读了，居然大受赞赏，也没有跟我打招呼，就分交给一些刊物发表，也亮出了我的真姓名。这使我惊讶，却总是不小的鼓励。于是我在1931年夏秋间又写了几首更无甚可取的诗。“九一八”事变接着就发生，徐志摩在写给我的最后一封短信上，在寥寥数语中，说了“昏闷过日”后，乘飞机北返失事去世，我又停笔了一年。以后几年，我都是在“山雨欲来风满楼”的几阵间歇里写了一些，直到1937年春末为止。

这期间写的一些诗，论内容随之以形式，论思想倾向随之以艺术风格，也不断变化，交错变化或曲折变化，只是没有什么大变。

人总是生活在社会现实当中，文学反映现实，不管反映深刻还是反映肤浅，也总是要改变现实，只是有的要改过来，有的要改过去，有所理想或有所幻想等不同罢了。我自己写在30年代的一些诗，也总不由自己，打上了30年代的社会印记。

30年代我国左翼文学形成了一股激流。西欧、英美文学同时也有为后人过分贬抑的所谓“粉红色十年”。虽然，由于主客观条件不同，二者之间有质的区别，发展也不同，后者昙花一现，前者到抗日战争已经形成了我国的文学主流，这也总表明了30年代不分东西的时代潮流。我自己思想感情上成长较慢，最初读到20年代西方“现代主义”文学，还好像一见如故，有所写作不无共鸣，直到1937年抗战起来才在诗创作上结束了前一个时期。

这时期我先后写诗有许多共同的特点。

当时由于方向不明，小处敏感，大处茫然，面对历史事件、时代风云，我总不知要表达或如何表达自己的悲喜反应。这时期写诗，总像是身在幽谷，虽然是心在峰巅。

当时以凭吊开端，我写诗总富于怀旧、怀远的情调。

我始终只写了一些抒情短诗。但是我总怕出头露面，安于在人群里默默无闻，更怕公开我的私人感情。这时期我更多借景抒情，借物抒情，借人抒情，借事抒情。没有真情实感，我始终是不会写诗的，但是这时期我更少写真人真事。我总喜欢表达我国旧说的“意境”或者西方所说“戏剧性处境”，也可以说是倾向于小说化，典型化，非个人化，甚至偶尔用出了戏拟（parody）。所以，这时期的极大多数诗里的“我”也可以和“你”或“他”（“她”）互换，当然要随整首诗的局面互换，互换得合乎逻辑。

同时，始终是以口语为主，适当吸收了欧化句法和文言遗词（这是为了字少意多，为了求精炼）。诗体则自由体与格律体兼用，最初主要试用不成熟的格律体，一度主要用自由体，最后几乎全用自以为较熟练的格律体以至直到解放后的新时期。

这一个时期也可以分三个阶段。

第一阶段（1930—1932）是我在大学毕业以前的一些日子。

这阶段写诗，较多表现当时社会现实的皮毛，较多寄情于同归没落的社会下层平凡人、小人物。这（就国内现代人而论）可能是多少受到写了《死水》以后的师辈闻一多本人的熏陶。我主要用口语，用格律体，来体现深入我感触的北平街头郊外，室内院角，完全是北国风光的荒凉境界（《一个和尚》和《一块破船片》是例外）。可能我着墨更平淡一点，调子更低沉一点。我开始用进了过去所谓“不入诗”的事物，例如小茶馆、闲人手里捏磨的一对核桃、冰糖葫芦、酸梅汤、扁担之类。我也常用冷淡盖深挚（例如《苦雨》），或者玩笑出辛酸（例如《叫卖》）。同时我和同学李广田、何其芳交往日密，写诗也可能互有契合，我也开始较多写起了自由体，只是我写的不如他们早期诗作的厚实或浓郁，在自己显或不显的忧郁里有点轻飘飘而已。

第二阶段（1933—1935）开始于我在大学临毕业以前发生的一场风云（日本侵略军一度经冀东进一步逼近）以后的暂时苟安时期。主要在郑振铎、巴金这两位热情人的感染和影响下，我开始在学院与文坛之间，“京派”（这里用的不是当时流行的自高或被贬之词）与“海派”（这里不含贬义，不是当时真正的所谓“海派”）之间，不论见面不见面，能通声气，不论认识不认识，相处无间。在当时写诗人物方面，我本来和住在北平的李广田、何其芳等许多朋友以外，早已和不在北平的臧克家相熟。

现在我和曾被划入新月派的上辈方令孺、林徽因这两位女诗人等、原算是语丝派小说家后来也写起诗来的废名、过去是沉钟社诗人冯至以至号称现代派诗人戴望舒等都有程度不同的交往了（至于和田间、艾青等不可胜数的诗人相识还是以后的事情）。

我的行踪也流动了。我虽然还是以北平为基点，常常出入，最初为职业（教书）而住过保定半年，后来为职业（又是教书）而住过济南一年。其间还曾跨海到日本，为职业（为国内特约译书）而住过京都五个月（正如后来1936年为译书而住过青岛五个月，1937年住过杭州和雁荡山各两三个月）。这也是一种奇怪的倾向：人家越是要用炮火欺压过来，我越是想转过人家后边去看看。结果我切身体会到军国主义国家的警察、特务的可憎可笑、法西斯重压下普通老百姓的可怜可亲。当然，多见识一点异国风物，本身也就可以扩大眼界。

这些都影响到我在这个阶段的诗思、诗风的趋于复杂化。自然，我自己直接对于古诗、洋诗的爱好上一些变化也有一定的关系。

一方面忧思中有时候增强了悲观的深度，一方面惆怅中有时候出现了开朗以至喜悦的苗头。

这时候也写出了《春城》这样直接对兵临过城下的故都（包括身在其中的自己）所作的冷嘲热讽；也写出了《尺八》这样明白对祖国式微的哀愁。

风格上也偶尔放纵一点也罢，偶尔又过分压缩而终归不行。追求筑建式的倾向较多让位于追求行云流水式的倾向，主要用自由体表达，也将引起下阶段的反响，以至探求二者的统一。

山山水水、花花草草，也多了起来。北国风光已经不占压倒优势。例如，较早的《古城的心》是在河北旧城的即景之作；差不多同时的《古镇的梦》却是回忆江南僻地典型小镇的想象之作（“桥下”“不断流水”是过去北方一般乡间居民点除夏日雨季以外所罕见的；过去北方多大村，江、浙多小镇）。江南景色逐渐出现，这也标志了景随情转，景随人转，下阶段回头南下的预兆。

所以这是上下交接、前后过渡的阶段。

第三个阶段主要就是我回头南下，在江、浙游转的 1937 年春天几个月。我差不多一年半完全没有写过诗。重新写起诗来，就继续和发展了前一个阶段所预示的转化。形式上偏于试用格律体（这到后期以至解放后都是如此）；风格上较多融会了江南风味；意境和情调上，哀愁中含了一点喜气。

年前在青岛海滨欣闻“西安事变”后的希望不知不觉中多少影响了我的心情。

同时，私生活中的一个隐秘因素也使我在这个阶段里写诗另外有了一个具体特点：写了像《无题》等我以前和以后从不写的这样几首诗。

当初闻一多曾经面夸过我在年轻人中间不写情诗。我原则上并不反对别人写爱情诗，也并不一律不会欣赏别人写的这种诗。只是我一向怕写自己的私生活；而正如我面对重大的历史事件不会用语言表达自己的激情，我在私生活中越是触及内心的痛痒处，越是不想写诗来抒发。事实上我当时逐渐扩大了的私人交游中，在这方面也没有感到过这种触动。

但是后来，在 1933 年初秋，例外也来了。在一般的儿女交往中有一个异乎寻常的初次结识，显然彼此有相通的“一点”。由于我的矜持，由于对方的洒脱，看来一纵即逝的这一点，我以为值得珍惜而只能任其消失的一颗朝露罢了。不料事隔三年多，我们彼此有缘重逢，就发现这竟是彼此无心或有意共同栽培的一粒种子，突然萌发，甚至含苞了。我开始做起了好梦，开始私下深切感受这方面的悲欢。隐隐中我又在希望中预感到无望，预感到这还是不会开花结果。仿佛作为雪泥鸿爪，留个纪念，就写了《无题》等这种诗。（至于我在1934年写的《春城》里的一段插曲，"我是一只断线的风筝……"，那是故意用滥调嘲弄一般的情诗；而在解放后我也还偶尔写过《金丽娟三献宝》和《搓稻绳》等，那是以叙述方式歌颂青年男女，而且主旨不在于写爱情，也可以说是爱情诗，这是另一回事了。）

我这种诗，即使在喜悦里还包含惆怅、无可奈何的命定感（实际上是社会条件作用）、"色空观念"（实际上是阶级没落的想法）。所以，也好，远在主客观造成的这一场悲欢离合达到高潮的几年以前，我就用《装饰集》（后来收入过《十年诗草》）最后一首诗《灯虫》的末行——"像风扫满阶的落红"，来结束了这种诗、这个写诗阶段以至这整个写诗前期。

"无之以为用"，破而有立，也有助于化消极因素为积极因素，绝处逢生，有便于铺平前进的道路。而且即使这种小诗也多半是显然有现实基础的空中楼阁，有的是古意翻新，照例不写真人真事。这样，虽然这番私生活以后还有几年的折腾长梦，还会多少影响我的思想再走一大段弯路，这种抒情诗创作上小说化，"非个人化"，也有利于我自己在倾向上比较能跳出小我，开拓视野，由内向到外向，由片面到全面，而在诗创作上为自己的写诗后期以至解放后写诗新时期，准备了新的开端。

我写诗道路上的转折点也就开始表现在又是一年半写诗空白以后的1938年秋后的日子。

全面抗战起来，全国人心振奋。炮火翻动了整个天地，抖动了人群的组合，也在离散中打破了我私人的一时好梦。我和小说家芦焚从雁荡山奔回上海，随后自己又转经热闹一时的武汉，到了成都。在那里，在不到一年的时间里逐渐会见了经过一番离乱的旧识新交。大势所趋，由于爱国心、正义感的推动，我也想到延安去访问一次，特别是到敌后浴血奋战的部队去生活一番（这和当年敌军日益深入我国而我出于好奇心反过去转到人家的本土看看住住，自然完全不同了）。由于何其芳的积极活动、沙汀的积极联系，我随他们于 1938 年 8 月底到了延安。

我在这另一个世界里，遇见了不少的旧识、更多的新交。我在大庭广众里见到过许多革命前辈、英雄人物，特别是在周扬的热心安排下，和沙汀、何其芳一起去见过毛主席。后来在前方太行山内外，部队里，地方上，我还接触过一些高层风云人物和许多各级英勇领导和军民。

1938 年 11 月，还在延安客居的时候，响应号召写"慰劳信"，我在又是相隔了一年半以后，用诗体写了两封。这就是我这个后期的开始，在一年后的 11 月继续在峨嵋山完竟的又是一个短短的写诗时期的开始。

与前期相反，现在是基本上在邦家大事的热潮里面对广大人民而写（和解放后偶尔有所写作一样），基本上都用格律体（也和以后一样）写真人真事（和以后又不大相同）。

这些诗就是《慰劳信集》（曾经在 1940 年香港明日社出版过，原来都有题目，收入 1942 年桂林明日社出版的《十年诗草》的时候，我把题目都删去了，紧接着想再删去其中的两三首，却已经来不及）。当时流行过的"慰劳"一词，实际上等于我们今日的"致敬"。现在看来，作为诗，要恢复原来的题目，每首题目前照西方用法，不分尊卑的"给"字实在也用不着。

然后就是 11 年没有写过一行诗。本来是写作兴趣已经他移。特别是在昆明听说了"皖南事变"，我连思想上也感受到一大打击。我就从 1941 年暑假开始，当真一心埋头写起一部终归失败的长篇小说来了。我当时思想上糊涂到以为当前大事是我实际上误解的统一战线的破裂，以后就是行动问题，干就是了，没有什么好谈，想不到这种想法正表明我当时还不能摆脱也不自觉的“调和论”的破产，反而进一步妄想写一部“大作”，用形象表现，在文化上，精神上，竖贯古今，横贯东西，沟通了解，挽救“世道人心”，妄以为我只有这样才会对人民和国家有点用处。1948 年 12 月，我在英国僻处牛津以西几十公里的科茨渥尔德中世纪山村的迷雾里独自埋头中，忽然天天见大报头条新闻所报道的淮海战役，猛然受了震动，从迷雾中醒来。实践证明了我的荒谬和失败。我就在年底乘船回国，路经香港，终于在 1949 年 3 月回到了解放了的北京。经过这个“十万八千里”的大拐弯，我以后偶尔写诗，也就算另一个时期了。

解放后这个新时期，我多次到社会实际生活中，以下乡参观、劳动或工作为多，时间有短有长，偶尔写起诗来，除了感性和理性认识开始有了质的不同，坚信要为社会主义服务，除了由自发而自觉地着重写劳动人民，尤其是工农兵，此外诗风上基本是前一个时期的延续，没有什么大变：同样基本上用格律体而不易为读众所注意，同样求精炼而没有能做到深入浅出，同样要面对当前重大事态而又不一定写真人真事而已。

这时期短短的三度写诗，在共同的特点以外，也有不同的特色，因此可以分为三个阶段。

第一个阶段就是抗美援朝开始的 1950 年 11 月。这些诗，大多数激越而失之粗鄙，通俗而失之庸俗，易懂而不耐人寻味。时过境迁，它们也算完成了任务，烟消云散。

第二个阶段是在我参加江、浙农业合作化试点工作将近一整年以后的秋天。其间我长住天目山南，反复出入太湖东北和阳澄湖西南。写的就只是几首。因为是农业合作化初期的产物，它们都带有一点田园诗风味。因为工作收尾在吴县两侧以后写的，它们都渗透了水乡景色，多数是试用一点江南民歌的调子，特别是《采菱》这一首，那却又融会了一点旧词的调子。这些诗都还试吸取了一些吴方言、吴农谚，而内容又是新事物，形式又全是还并非为大家所觉察得出的新格律，又一贯想多含蓄一点，因此不多加注释，也不易为读众接受，虽然其中一首曾由一家通俗读物出版社征得我同意准备过出版一本连环画册。

第三个阶段，基本上就是 1958 年 3 月写的《十三陵水库工地杂诗》。我在工地上只参加了一下劳动，居然也写出来这么几首。这里又转回到念白式格律体。这些诗照例还有人说难懂，但是其中有一首我自己至少见过登上了《广播节目报》。

我过去写诗，在思想内容和艺术形式上，全部曲折的历程、探索的历程，就是如此。

其中我一贯探索的格律问题和“古为今用，洋为中用”问题，至今还是突出的问题。

这里再谈谈我今日的看法。

我们用白话写新诗，自由体显然是最容易，实际上这样写得像诗，也最不容易，因为没有轨道可循。格律却又必然从实践中来，由不自觉到自觉，逐渐为大家意识到，习惯了而所谓“约定俗成”。

我通过自己的实践，参考了古今中外一般创作与理论的实例，对于白话新体诗的格律所得出的看法，至今还是和一小部分人所提过的看法大同小异。

我们说诗要写得大体整齐（包括匀称），也就可以说一首诗念起来能显出内在的像音乐一样的节拍和节奏。我们用汉语说话，最多场合是说出两三个单音字作一“顿”也，少则可以到一个字（一字“顿”可以归附到上边或下边两个二字“顿”当中的一个而合成一个三字“顿”），多则可以到四个字（四字

“顿”就必然有一个“的”“了”“吗”之类的收尾“虚字”，不然就自然会分成二二或一三或三一两个“顿”）。这是汉语的基本内在规律、客观规律。一句话，可以因人而异，因时而异，说得慢说得快，拉长缩短，那是主观运用，甚至一篇社论的几句话也可以通过音乐家之手，谱成一首歌，那是外在加工。所以用汉语白话写诗，基本格律因素，像我国旧体诗或民歌一样，和多数外国语格律诗类似，主要不在于脚韵的安排而在于这个“顿”或称“音组”的处理。

一个“顿”或“音组”在我国汉语里大致与一个“词”或“词组”相等而也不一定相等。白话新体诗，像照文言旧体诗算字数或像法国诗算音缀或音节数（相当于汉语单音字数），写得整齐，有时就显得不自然，其实并不整齐，难怪常常被嘲笑为“方块诗”或“豆腐干块诗”。其实有些“方块诗”也并非不自然，并非实际上不整齐，那就是因为恰好与“顿”或“音组”数整齐相合。白话新体诗，有从苏联马雅可夫斯基学来的一行分几级的所谓“楼梯式”，好像故意要不整齐，其实人家是貌似不整齐中有整齐，各行的基本单位数，相当于我们的“顿”或“音组”数，还是一致。

由一个到几个“顿”或“音组”可以成为一个诗“行”（也像英语格律诗一样，一行超过五个“顿”——相当于五个英语“音步”，一般也就嫌冗长）；由几行划一或对称安排，加上或不加上脚韵安排，就可以成为一个诗“节”；一个诗节也可以独立成为一首诗，几个或许多个诗节划一或对称安排，就可以成为一首短诗或一部长诗。这很简单，可以自由变化，形成多种体式。

写白话新体诗，由基本格律因素的“顿”或“音组”到行，到节，到整诗，以至形成多种体式，就牵涉到押韵和跨行问题。

押韵是我国写诗的传统方式，旧说“无韵不成诗”，虽然古代好像也有例外。今日写白话新诗不用脚韵是否行得通，其实关系不大：我国今日既习惯于有韵自由体，也习惯于无韵自由体，和外国一样。我国旧诗较多一韵到底，换韵也不稀罕，旧词小令里更为多见。民间大鼓词严格要求一韵到底；“信天游”就经常换韵。我们听觉习惯改变了，听一韵到底也会感到单调（现代英国诗里有时故意押近似韵或坏韵）。

阴韵（Feminine rhyme），我国《诗经》里就有（就是连“虚”字“兮”一起押韵，例如“其实七兮”和“迨其吉兮”押韵），后来就少见了。法国格律诗严格要求阴阳韵交替；英国诗里就难做到，偶尔也用阴韵，用多了往往引起不严肃以至滑稽的作用，有时候故意用来以求达到这种效果。我们今日在白话新体诗里也可以用阴韵（就是连虚字“的”“了”之类一起押韵），但是情况也不同法国诗一样而同英国诗相似。至于由阴韵发展到复合韵，例如我在《叫卖》这首小诗里用的“小玩艺儿，/好玩艺儿”，那是过去从北平街头叫卖人口里如实捡来，我小时候听到家乡“山歌”里也有用“吓杀人”和“削（吴音xia）杀人”押韵，这种情况外国也不是没有。

交错押韵，在我国也是古已有之，只是稀有，后来在旧词里，特别在较早的《花间集》里就常见。今日我们有些人，至少我自己就常用，甚至用很复杂的交错脚韵安排，至于听众能不能听得出来，我看还是我们的听觉习惯能否逐渐改变的问题。应该承认，由于语言本身的性能不同，脚韵交错得太复杂，间隔得太远，在我们新体诗里大致不大行得通。

跨行（eniambement）是外来说法。行断意续，实际上在我国旧诗词里也常有（例如“可怜无定河边骨/犹是春闺梦里人”、“那人却在/灯火阑珊处”，只是用旧式标点，总是圈点断而已）。

今天用这种办法，也可以很自然。读白话新体诗，遇到这种地方，如不能接受，那是容易改变的习惯问题；否则就是行不是断在可以大顿一下的地方，而是为了把各行削齐或为了凑韵，硬把多余的行尾跨到下一行头上罢了。（那样间或有意做了，倒也可以达到特殊的效果。）

这些看起来复杂，关键问题还是在这个简单的基本格律因素即“顿”或“音组”本身用起来还有不少的讲究。例如全首各行以奇数“顿”即三字“顿”或一字“顿”收尾占主导地位，就像旧诗的五七言体，在白话新诗里就较近哼或吟咏的调子；而全首各行以偶数“顿”即二字“顿”收尾占主导地位，就像旧诗的四、六言体，在白话新诗里就较合说话的调子。即使旧体五七言诗，如各句都用偶数“顿”收尾，就仅为貌似，实为四、六言诗，在新体白话诗里，一行如全用两个以上的三字“顿”，节奏就急促；一行如全用二字“顿”，节奏就徐缓，一行如用三、二字“顿”相间，节奏就从容。不像我国旧体律、绝诗（古称“近体诗”），因为是文言，在诗中一个单音字还是一个独立存在，平仄安排，在白话新体诗里，关系不大。若照多数西方格律诗体用轻重音组成每行节拍单位，我们用汉语白话来做诗，每“顿”或“音组”里自然会有一两个重音或较重音，或两个并重音，但是要作轻重音固定整齐安排，就不适合（而且，虽然脚韵押在重音上似还不太难，只是这样多押了脚韵也会引起单调乏味的感觉）。这是由于汉语的性能就和多数欧语性能不一样。也就因此西诗里，例如用抑扬、扬抑等格，轻重、轻重或重轻、重轻等，可以行行如此，汉语文言格律诗就不能每句都用仄平、仄平或平仄、平仄之类，也不能句句都用平平仄仄平或仄仄平平仄之类。在白话格律体新诗里，可能也需要不同字数“顿”的参差交错，而除非为了有意要达到特殊效果的场合，不能行行都用一样安排的不同字数“顿”，例如一律用三二、三二或二三、二三或三二、二三或三三、二二或二二、三三等等。

我这种主张看起来复杂，实际上很简单，用起来也很自由。问题却到今还是出在这个基本格律因素的“顿”或“音组”本身的简单上。我想既不能再调平仄，也不能照排轻重，可能还用得着以二字“顿”和三字“顿”为骨干，进一步在彼此间做适当安排，以补“顿”或“音组”本身内整齐不明显（倒也自由）这一点不足吧？

总之，这都是为了在我们既不是随意来“吟”或“哼”，也不是按曲谱来“唱”，而是按说话方式来“念”或“朗诵”白话新体诗的时候，不致显不出像诗本身作为时间艺术、听觉艺术所含有的内在因素、客观规律，而只像话剧台词或鼓动演说，使朗诵者无所依据，就凭各自的才能，自由创造，以表达像音乐一样的节拍、节奏以至于旋律。

我对白话新体诗格律问题的看法，就是如此。这也就牵涉到我在“古为今用，洋为中用”问题上的个人经验。

记得1959年，在一次诗歌问题座谈会上，我们的理论家胡乔木在讲话当中曾经说“五四”以后开始写新诗的，以特点说，大致先有过三代人：第一代对中国旧诗知道得较多，第二代对外国诗知道得较多，第三代对两方面都知道一点（大意如此，可能大有出入）。我论年龄，论开始写诗时期，似应属于这里所说的第三代。论特点，我写诗可能也是如此。我决不是对写诗知识，博通古外，只是兴之所至，都有所涉猎而已。

我在小学时代只是自己从家里找到的一些旧书里耽读过一些词章，到中学后期开始从原文接触到一些英国诗，刚进大学稍懂了一点法文就开始读了更少，更片面的一些法国诗。因为个人情况不同，景仰或喜爱过的大小洋古诗，在我自己写起诗来不一定有过影响。只是一般说来，不是从这方面或是从那方面，自觉不自觉，有所借鉴，有所吸收，也自难免。

我写白话新体诗，要说是“欧化”（其实写诗分行，就是从西方如鲁迅所说的“拿来主义”），那么也未尝不“古化”。一则主要在外形上，影响容易看得出，一则完全在内涵上，影响不易着痕迹。一方面，文学具有民族风格才有世界意义。另一方面，欧洲中世纪以后的文学，已成世界的文学，现在这个“世界”当然也早已包括了中国。就我自己论，问题是看写诗能否“化古”、“化欧”。

在我自己的白话新体诗里所表现的想法和写法上，古今中外颇有不少相通的地方。

例如，我写抒情诗，像我国多数旧诗一样，着重“意境”，就常通过西方的“戏剧性处境”而作“戏剧性台词”。

又如，诗要精炼。我自己着重含蓄，写起诗来，就和西方有一路诗的注重暗示性，也自然容易合拍。

又如语言要丰富。我写新体诗，基本上用口语，但是我也常吸取文言词汇、文言句法（前期有一个阶段最多），解放后新时期也一度试引进个别方言，同时也常用大家也逐渐习惯了的欧化句法。

从消极方面讲，例如我在前期诗的一个阶段居然也出现过晚唐南宋诗词的末世之音，同时也有点近于西方“世纪末”诗歌的情调。

“现实主义”和“浪漫主义”的术语也是从西方“拿来”的。我自己认为我写的诗里大概也有广义的现实主义和广义的浪漫主义这两种成分，只是结合或抵触了，自己也说不准，也不应是自己评定的问题。

中外伟大的诗人，影响当然也大。他们对于我写新体诗，限于个人的能力和气质，虽然不可能没有影响，却不一定明显。而一些次要以至微不足道的诗人的个别作品却往往显然能为我“用”。

例如，我前期诗作里好像也一度冒出过李商隐、姜白石诗词以至《花间》词风味的形迹。

又如，我前期最早阶段写北平街头灰色景物，显然指得出波德莱尔写巴黎街头穷人、老人以至盲人的启发。写《荒原》以及其前短作的托·斯·艾略特对于我前期中间阶段的写法不无关系；同样情况是在我前期第三阶段，还有叶慈（W. B. Yeats）、里尔克（R. M. Rilke）、瓦雷里（Paul Valéry）的后期短诗之类；后期以至解放后新时期，对我也多少有所借鉴的还有奥顿（W. H. Auden）中期的一些诗歌，阿拉贡（Aragon）抵抗运动时期的一些诗歌。

有的还是有意利用人家的格调表达自己不同的感触。

例如，《长途》这一首写北平郊区的诗，是有意仿照魏尔伦（Paul Verlaine）一首无题诗的整首各节的安排。其中“几丝持续的蝉声”更在不觉中想起瓦雷里《海滨墓园》写到蝉声的名句。双声叠韵，在白话新体诗里还是用得着。西诗常用，我国旧诗词更如此，例如姜白石《湘月》一词里的名句“一叶夷犹乘兴”用来给江上泛舟绘声绘影。

更个别的还是存心作戏拟（Parody）。我前期诗中的《一个和尚》是存心戏拟法国 19 世纪末期二、三流象征派十四行体诗，只是多重复了两个脚韵，多用 ong（eng）韵，来表现单调的钟声，内容却全然不是西方事物，折光反映同期诗作所表达的厌倦情调。

十四行体，在西方今日似还有生命力，我认为最近于我国的七言律诗体，其中起、承、转、合用得好，也还可以运用自如。

我也曾想是否在写白话新体诗里也仿效七言律诗体，去掉其中的四句对仗，而写成八行体，没有试过，只试过类似七言绝句的四行诗。

我在前后期写诗，试用过多种西方诗体，例如《白螺壳》就套用了瓦雷里用过的一种韵脚排列上最较复杂的诗体，正如我也套用过他曾写过的一首变体短行十四行体诗来写了《给空军战士》。

实际上我全部直到后期和解放后新时期所写不多，存心用十四行体也颇有几首，只是没有标明是十四行体，而读者也似乎很少看得出。这可能说明了我在中文里没有达到这样诗体的效果，也可能说明了我还能用得不显眼。我较后的经验是在中文里写十四行体，用每行不超过四"顿"或更短的，可能用得自然，不然就不易成功。

当然，如果我写白话新体诗，写得不好，不就是因为"古为今用，洋为中用"，用得不好或者不对头而已。

任何作品发表出去了，就不可能再收回来，只有经读者摒弃、时间淘汰，才可能自然灭迹，用不着作者担心。然而作者整理自己的诗作，自己总还有权否决。所以我在这里整理出来的这么少得可怜的几十首短诗，我也仍当做迄今为止的诗汇集而不是诗选集。自己的标准也有反复，因此一时候保留了一些，到另一个时候又删去了，而恢复了另一些，我是有过这个经历的。目前我删去一部分，又有了新的尺度。思想感情上太颓唐、太软绵绵、太酸溜溜的，艺术表现得实在晦涩，过分离奇，平庸粗俗，缺少回味，无非是一种情调的"变奏"来得太多的，或者成堆删去，或者删去一部分。相反，个别内容虽无甚意义，手法上还有些特色的，我却加以保留，聊备一格。当然，这里存诗标准也可能不会是最后的，因为人还在，自己以后还可能想有所改动。

事物总是发展的，发展也总是有阶段的、有曲折的。到目前为止，就做这点说明而把这样薄薄的一小本诗集交付给读众，交付给时间，像交付给大海。

1978 年 12 月 10 日

（原载《雕虫纪历 1930—1958》，人民文学出版社，1979）

附记一：所存各诗完全保留了本来面目，只是过去，特别在解放前，无论发表在单行本里或者刊物上的，总有错排，现在改正了几个字，而根据我试探格律所达到的今日标准，早期写的有几个字稍换一下就可以协律的，也就改了，另外也索性改了个别字句。第四辑各诗即原《慰劳信集》，恢复原来的题目，也略加更动。

附记二：这本诗集在 1979 年人民文学出版社出版后，不久即销售一空，能读到它的海内外相识与不相识的朋友，出于好意和热忱，纷纷向我提出异议，抱怨我在 1949 年（实际是 1939 年）以前的部分删掉太多。现在应读者的要求，我根据自己的艺术标准，改变了原序最后所说的一些主意，补入了 30 首，作为“另外一辑”，编在后边。现在全书有了 100 首。其中《群鸦》和《芦叶船》则完全因为从 1931 年到 1934 年先后曾有上海和北平的出版社在刊物上登过预告，就以这两首的题目作书名，后来并没有出书，而这两首诗也只分别在另两本集子里出现过一下，现在勉强收在这里，完全是为了满足读者的好奇心，看看它们是什么样子（第二首为了使意思清楚一点，更动了几个字）。这样，全书合起来，我纪念徐志摩逝世 10 周年编交出版社，在 1942 年出版的《十年诗草（1930—1939）》一书中原包括的四部分——曾雕木版试刷过十几册样本的《音尘集》全部收入了；题赠张充和而因战争爆发未及出版的《装饰集》也如此（只是砍了一首的大部分，留了个尾巴，独立成一首小诗，仍用原题）；出版过单行本的《慰劳信集》早按照我的原意删去了三首；《音尘集外》部分呢，去了两首而补了 10 首（其中有两首发表过而从未入集）。而以前，从 1933 年到

1936年先后出版过的《三秋草》、《鱼目集》、《数行集》（即《汉园集》的第三部分），各集收入的和互相重复的一些，与《十年诗草》一起，合计删去共只15首而已（其中《长》就是《西长安街》第一段不算另一首）。即便1951年出版的《翻一个浪头》，虽经自己早就报废，也还在这本书里保留了四首在第五辑的开头。这在我就算全了。读者当然有取舍和搜罗的自由，但是实在再没有几首入集和未入集的可以发掘，还请大家包涵，不要再给我来个“鞭尸三百”。

作者年表

1910年12月8日　生于江苏海门

1917年9月—1921年7月　海门汤家镇第七国民小学

1921年9月—1922年7月　海门太兴镇袁氏国文专修学校

1922年9月—1924年7月　海门麒麟镇啟秀高级小学

1924年9月—1925年7月　海门中学初中部

1925年9月—1926年10月　海门麒麟镇啟秀高级中学

1926年10月—1927年7月　海门江家镇三益初级中学

1927年9月—1929年7月　上海浦东中学高中部

1929年9月—1933年7月　北平北京大学英文系

1933年10月—1934年1月　保定育德中学高中部任英文教员，诗集《三秋草》（1933年）

1934年1月—1935年3月　在北平为《大公报》文艺版自由译稿等并为《文学季刊》和《水星》文学创作月刊协助编稿

1935年4月—1935年7月　在日本为国内中华文化基金会编译委员会特约译书，诗集《鱼目集》（1935年）

1935年9月—1936年7月　济南省立高级中学任英文教员

1936年9月—1937年9月　在青岛、上海、杭州、雁荡山等地为中华文化基金会自由译著并特约译稿

1937年10月—1938年8月　成都四川大学任英文教员

1938年9月—1939年7月 延安、太行山区地方和部队以及延安鲁迅艺术学院访问并参加临时性工作

1939年9月—1940年8月 峨眉山四川大学任英文讲师，报告文学《第七七二团在太行山一带》（1940年）、中译本斯特莱切著《维多利亚女王传》（1940年）

1940年9月—1946年5月 昆明西南联合大学外文系任讲师，1943年升为副教授，诗集《慰劳信集》（1940年）、诗汇编《十年诗草》（1943年）

1946年10月—1947年6月 天津南开大学外文系任教授

1947年10月—1948年12月 英国文化委员会邀往牛津大学做客研究员

1949年4月—1952年8月 北京大学西语系英文组任教授

1952年9月—1964年8月 北京大学文学研究所（后改为中科院文学研究所）任西方组研究员，1954年被评为二级研究员

1964年9月—2000年12月 中国科学院外国文学研究所即中国社会科学院外国文学研究所任研究员，诗集《雕虫纪历1930—1958》（1979年）、著作《布莱希特戏剧印象》（1980年）、中译本《莎士比亚悲剧四种》（1984年）、《莎士比亚悲剧论痕》（1989年）

2000年1月 获首届“厦新杯”中国诗人奖终身成就奖

2000年12月2日 在北京协和医院病逝

安徽教育出版社于2000年和2002年出版《卞之琳译文集》（三卷）和《卞之琳文集》（三卷）